ERICA SPINDLER

Cauchemar

Rom

MIRA

Titre original :
SEE JANE DIE
publié par MIRA®

Traduction de l'américain par VALERY LAMEIGNERE

Photo de couverture : Editions Harlequin

83/85 boulevard Vincent Auriol 75646 PARIS CEDEX 13.
ISBN 978-2-2808-4505-2 — ISSN 1765-7792

A Linda West.
Pour sa gentillesse, son humour, son indéfectible amitié.

Prologue

Vendredi 13 mars 1987,
Lac Ray Hubbard,
Dallas, Texas.

Encore un effort. Quelques mètres de plus… Jane Killian s'arrêta enfin de nager, au bord de l'épuisement. Le cœur tambourinant et le souffle court malgré l'énergie de ses quinze ans, elle ne put réprimer un sourire de satisfaction. Le soleil parait la surface du lac, lisse comme un miroir, de mille reflets d'argent.

Aveuglée de lumière, elle colla une main sur son front en guise de visière et se tourna du côté de la berge. Un nuage esseulé traversa le ciel d'azur. Profitant de l'ombre fugace, elle agita triomphalement les bras en direction de sa demi-sœur.

De deux ans son aînée, Stacy l'avait mise au défi de plonger dans l'eau glacée. Ses amis, une bande d'adolescents arrogants et narquois, avaient surenchéri entre deux ricanements. Impossible de se défiler. Pour une fois qu'ils l'acceptaient parmi eux…

Jane ne s'était pas contentée de se mouiller : elle avait nagé. D'abord jusqu'au ponton. Puis elle s'était enhardie et avait dépassé la parcelle de terre qui s'avançait loin dans le lac, marquant la frontière entre nageurs et plaisanciers.

Plus âgée, mais aussi plus forte et plus athlétique qu'elle, Stacy ne perdait jamais une occasion de railler son penchant pour les livres et la rêverie.

Mais Jane tenait sa revanche.

Jamais plus sa sœur ne la traiterait de froussarde, de rat de bibliothèque. Son exploit allait lui clouer le bec pour de bon.

Dans son dos, le grondement d'un moteur vint troubler ses pensées et le calme du matin. Jane fit volte-face. Fendant l'eau à pleine vitesse, un hors-bord se dirigeait droit sur elle. La pratique du ski nautique lui avait enseigné les réflexes à adopter en pareille situation : bras levés, elle signala sa présence au pilote du bateau, qui dévia légèrement sa course dans une gerbe d'écume. Soulagée, elle s'apprêtait à regagner la terre ferme quand il reprit soudain sa trajectoire initiale.

Que faisait-il ? Se pouvait-il qu'il ne l'ait pas vu ? Jane signala de nouveau sa présence.

Sans résultat.

Affolée, elle jeta un regard vers la berge, où Stacy et ses amis gesticulaient en hurlant.

Elle les imita avec l'énergie du désespoir.

Mais le bateau lui fonçait toujours dessus.

Exprès.

Un cri de terreur monta en elle, aussitôt couvert par le vrombissement du moteur. Jane vit un dernier pan de ciel bleu disparaître sous la masse sombre de la coque. Alors les ténèbres l'envahirent.

Les ténèbres, puis la douleur, atroce, inhumaine…

L'hélice du bateau lui déchiquetait le visage.

1.

Dimanche 19 octobre 2003
Dallas, Texas.

Jane Killian se réveilla en sursaut. La tête lourde, elle se redressa avec difficulté et ouvrit un œil. Seule lumière dans la pièce obscure, une diode du moniteur vidéo clignotait à intervalles réguliers. Jane s'était endormie dans la salle de projection de son atelier pendant qu'elle peaufinait le montage d'une de ses interviews, en prévision de *Corps de Poupées*, sa prochaine exposition.

— Jane ? Tout va bien ?

La voix familière provenait de la porte de l'atelier. Ian, son mari depuis presque un an, se tenait dans l'embrasure. Amour, émerveillement et incrédulité se bousculèrent en elle. Le Dr Ian Westbrook, cet homme intelligent au charme ravageur, l'aimait. Il l'aimait *elle.*

L'expression de son visage l'alarma.

— J'ai encore crié, n'est-ce pas ?

Il acquiesça d'un signe de tête.

— Je m'inquiète pour toi, tu sais.

Elle aussi. A trois reprises ces dernières semaines, elle s'était réveillée en hurlant — en raison non pas d'un simple cauchemar, mais du souvenir de cette journée où sa vie avait basculé pour toujours. Une journée qui avait transformé la ravissante jeune fille, heureuse et entourée d'amis qu'elle était alors en un quasimodo au féminin.

— Tu as envie d'en parler ?

— C'est toujours la même chose. Un bateau fonce sur une adolescente, son hélice lui broie la moitié du visage, lui arrache son œil droit et manque de la décapiter. La fille en réchappe. Le pilote du bateau n'est jamais retrouvé et la police décide de classer la tentative de meurtre en accident. Fin de l'histoire.

Sauf que dans son rêve, le pilote du bateau revient terminer sa sinistre besogne.

Et elle se réveille en hurlant.

— Ce n'est pas la fin de l'histoire, loin de là, objecta Ian d'une voix douce. La fille ne s'est pas contentée de survivre : elle a triomphé. Elle a surmonté toute une série d'opérations chirurgicales douloureuses. Elle a affronté des années durant les regards insistants des passants, leurs chuchotements. Leurs expressions horrifiées à la vue de son visage. Leur pitié.

— Jusqu'au jour où son chemin croisa celui d'un brillant chirurgien, poursuivit Jane. Ils tombèrent amoureux l'un de l'autre, se marièrent et eurent beaucoup d'enfants. Ça me rappelle ces émissions de télé destinées à faire pleurer dans les chaumières. Mesdames, préparez vos mouchoirs.

Ian s'approcha d'elle pour l'enlacer. La fraîcheur de ses bras et de son pull lorsqu'elle appuya sa joue contre lui fit songer à Jane qu'il avait dû sortir prendre l'air.

— Inutile de faire la maligne avec moi, Jane. Je suis ton mari.

— C'est pourtant ma spécialité.

— Faux, rétorqua-t-il, amusé. Je connais ta spécialité.

Elle lui rendit son sourire, ravie, et surtout consciente de l'aimer chaque minute un peu plus.

— Ferais-tu allusion à un certain savoir-faire secret transmis de génération en génération aux jeunes Texanes bien nées ? A un savoir-faire qui aurait de quoi choquer la bonne société ?

— Ça se pourrait bien, en effet.

— Je suis ravie de vous l'entendre dire, Dr Westbrook, d'autant que c'est une de mes occupations préférées.

A ces mots, Ian redevint plus sérieux et plongea son regard dans celui de sa femme.

— Tu n'as et tu n'auras jamais rien d'une banale Texane de bonne famille, Jane.

— Là, tu m'en bouches un coin.

Le ton acerbe de sa réplique lui fit froncer les sourcils.

— Et voilà, tu recommences.

— Désolée. Tu sais, il m'arrive aussi de faire relâche.

Il plaça ses mains en coupe autour du visage de Jane.

— Si je l'avais voulu, j'aurais très bien pu séduire une de ces petites poupées en tailleur Gucci couvertes de bijoux, parfaitement coiffées et pomponnées. Mais c'est de toi que je suis tombé amoureux.

Elle resta muette tandis qu'il laissait glisser ses pouces le long de ses pommettes.

— Tu as réellement triomphé de ce drame, Jane. Si tu savais comme tu es forte…

Plus il croyait en elle, plus elle éprouvait un sentiment d'imposture. Le souvenir de cette maudite journée avait encore une telle emprise sur elle… Méritait-elle vraiment ces compliments ?

Elle se pressa contre le torse de Ian. Son roc, son cœur. Le grand amour qu'elle n'aurait jamais oser espérer.

— C'est sans doute à cause du bébé, ajouta-t-il doucement après un temps de silence. J'en suis certain. C'est pour ça que tes cauchemars reviennent.

Son médecin venait tout juste de lui confirmer ce dont elle se doutait depuis un bon moment : elle était enceinte. De huit semaines.

— Mais je me sens en pleine forme, protesta-t-elle. Je n'ai pas à me plaindre de nausées matinales ni même de grosses fatigues. Et on ne peut pas dire que le bébé ne soit pas désiré.

— Peut-être, mais les premiers mois de la grossesse ne sont pas de tout repos. Tes hormones font la java, et ton taux HCG double tous les deux jours… Et il continuera à ce rythme pendant encore un mois. Et puis, on a beau être aux anges, l'arrivée d'un enfant va quand même bouleverser notre vie.

Ce discours parfaitement sensé eut sur Jane un effet apaisant. Pourtant, sans savoir pourquoi, elle resta sceptique.

Comme s'il avait lu dans ses pensées, Ian se pencha jusqu'à toucher son front du sien.

— Fais-moi confiance, Jane. C'est mon métier.

Elle ne put s'empêcher de sourire.

— Tu n'es ni psy, ni obstétricien gynécologue… Je te rappelle que ta spécialité, c'est la chirurgie plastique.

— Tu n'as pas besoin d'un psy, mon cœur. Mais si tu ne me crois pas, pourquoi tu n'appellerais pas ton ami, Dave Nash ? Il ne te dira pas autre chose.

Psychologue clinicien et consultant occasionnel auprès de la police de Dallas, le Dr Dave Nash était avant tout le meilleur ami de Jane. Leur amitié remontait au lycée, à l'époque où lui seul la défendait quand les adolescents de sa classe la traitaient en paria. Il l'avait invitée à danser à la fête de l'école, ignorant les moqueries des autres garçons qui évitaient Jane comme la peste. Il lui avait prodigué des conseils, offert son épaule les jours de détresse. A vingt ans, ils avaient même essayé de sortir ensemble, avant de se retrancher dans le confort de leur amitié.

Sans le soutien de Dave Nash, les années de calvaire qui avaient séparé son accident de son rétablissement auraient été plus difficiles encore.

Pourquoi ne pas l'appeler, en effet…

Jane se colla tout contre Ian.

— Quelle heure est-il ?

— 22 heures passées. Tu devrais déjà être au lit, petite mère.

Ce sobriquet affectueux la fit rougir de plaisir. Elle avait si souvent rêvé de devenir maman, et voilà que son désir devenait réalité.

Jusqu'à quel point la chance peut-elle sourire à une femme ?

— Que dirais-tu d'une camomille ? proposa Ian. Ça t'aidera à dormir.

Jane hocha la tête et quitta à regret les bras de son mari afin de récupérer la cassette de son interview. Puis ils sortirent de la salle de projection.

— Comment se passe le montage ? s'enquit Ian lorsqu'ils traversèrent le studio de prise de vues.

— Bien. Mais la date du vernissage approche à grands pas.

— Excitée ?

— Plutôt apeurée.

— Il ne faut pas t'inquiéter, Jane.

Eteignant les lumières derrière lui, il la précéda dans l'escalier en colimaçon qui menait à leur loft attenant.

— J'ai le pressentiment que la communauté artistique va se prosterner à tes pieds. Et ce sera amplement mérité.

— Et d'où te vient ce pressentiment ?

— Il se trouve que je connais l'artiste. Et qu'elle a du génie.

Jane éclata de rire. Il l'installa sur le canapé moelleux, puis, se penchant vers elle, effleura ses lèvres d'un baiser léger.

— J'en ai pour une minute.

— Tu peux sortir Duke de sa niche ? lui lança-t-elle alors qu'il s'éloignait. Je l'entends gémir.

— Ce chien est un vrai bébé. Le plus gros bébé du Texas.

— Tu ne serais pas un peu jaloux, par hasard ?

Il fit volte-face.

— Jaloux comme un tigre, confirma-t-il avec le plus grand sérieux.

Mais ses yeux brillaient de malice.

— Moi aussi j'aimerais bien que tu me grattes derrière les oreilles de temps en temps.

Quelques secondes plus tard, Duke bondissait hors de la cuisine. Formidablement laid, mais d'une intelligence peu commune, il n'était qu'un chiot lorsque Jane l'avait retiré de la SPA. Elle l'avait choisi par compassion, persuadée que personne d'autre ne voudrait adopter ce drôle d'animal qui, par son aspect général et son pelage, évoquait à la fois un labrador, un épagneul Breton et un dalmatien.

Duke vint s'affaler à côté de Jane et posa sa grosse tête sur ses cuisses. Ses yeux roulèrent de plaisir lorsqu'elle passa la main sur ses oreilles soyeuses.

— Et toi, que penses-tu de tout ça ? murmura-t-elle, songeant à la manière dont le passé s'immisçait dans son sommeil et ébranlait son sentiment de sécurité et de bien-être. C'est le bébé qui me perturbe à ce point, à ton avis ? Ou quelque chose se trame-t-il dans mon dos ?

En guise de réponse, il poussa un petit gémissement.

— Je devrais peut-être appeler Dave, non ?

Sur la table basse, une boîte miroir lui renvoya son image, légèrement déformée par son angle de vue et les bords biseautés du verre.

Légèrement déformée. C'est tout à fait moi, se dit-elle. Jamais elle ne pourrait se voir autrement, et ce même si la plupart des gens la considéraient comme une jolie brune parfaitement normale. Tout au plus devaient-ils s'interroger à la vue de la fine cicatrice qui s'étirait le long de sa mâchoire, avant de supposer qu'elle se remettait sans doute d'une opération de chirurgie esthétique — un lifting peut-être. Seuls les plus observateurs, perdus dans ses beaux yeux noisette, notaient parfois une infime différence dans leur façon de réfléchir la lumière, sans pour autant s'en étonner.

Mais ces regards extérieurs influaient peu sur la vision qu'elle avait d'elle-même. A dire vrai, ne pas s'examiner dans une glace représentait pour Jane un défi quotidien. Sans cesse, elle devait s'empêcher de comparer l'ancienne adolescente au visage cousu de cicatrices avec cette femme dont l'œil factice dissimulait une orbite atrocement vide.

Une succession d'opérations de chirurgie réparatrice lui avait redonné un visage humain. Une prothèse fabriquée sur mesure avait remplacé son œil. Pourtant, jamais aucune opération n'aurait le pouvoir de lui rendre sa place parmi les siens ; aucune invention technologique ne lui permettrait jamais de retrouver son regard d'autrefois sur le monde, ni le regard du monde sur elle.

La jeune fille insouciante et sûre d'elle qu'était autrefois Jane avait disparu corps et âme en ce beau et froid matin de mars.

Impossible de revenir en arrière. Et quand bien même cela aurait été possible, elle ne l'aurait pas souhaité. Pas question de perdre cette vision si particulière qui donnait tout son prix au travail de l'artiste Jane Killian, alias Cameo. Pas question de perdre Cameo.

Qu'aurait-elle eu à exprimer d'intéressant dans la peau d'une jeune femme insouciante ?

— Un petit thé en amoureux ? dit Ian, de retour avec deux mugs.

Après avoir posé les tasses sur des sous-verre, il poussa Duke du coude et s'installa près de Jane.

Pendant un moment, ils se contentèrent de boire à petites gorgées, en silence. Puis elle le vit fixer l'horloge.

— Mon Dieu, il est minuit passé ! s'exclama-t-elle en consultant l'heure à son tour.

— Déjà ? fit-il, les yeux plissés comme pour y voir plus net. Je n'ose pas imaginer la journée qui m'attend demain.

— Nous sommes déjà demain.

Elle se lova contre lui.

— Considère ça comme un entraînement en vue des biberons de deux heures du matin…

Sans voir son visage, elle sut qu'il souriait.

— On se rassure comme on peut, commenta-t-il.

Le silence retomba entre eux. Ian le rompit en premier :

— Quand comptes-tu annoncer la bonne nouvelle à Stacy ?

Un vague malaise envahit Jane, qui se raidit dans les bras de son mari. Le charme était rompu.

Ian se dégagea afin de la regarder droit dans les yeux.

— Elle se réjouira pour toi, Jane. Je sais que ça lui fera plaisir.

— Je l'espère. C'est juste que maintenant j'ai…

Tout ce que sa sœur désirait.

Et pire encore, Stacy avait été la première des deux à fréquenter Ian.

Jane se mordit les lèvres. Elle n'avait qu'une sœur et ne voulait pas la faire souffrir. Si seulement elle avait pu rencontrer Ian par un autre biais… Stacy et lui n'avaient peut-être eu qu'une brève liaison, mais Jane ne se sentait pas moins coupable. Comme si elle l'avait volé à sa sœur.

Elle revoyait le jour où ils lui avaient annoncé leur intention de se marier. Une soudaine vulnérabilité, une détresse impossible à dissimuler avait fait trembler cette grande blonde au physique de nageuse nordique.

Ian avait compté pour Stacy. Vraiment.

Comme s'il devinait ses pensées, il entoura d'un bras ferme les épaules de sa femme.

— Je sais qu'il existe un lourd passif entre vous. Toute une vie de blessures et de malentendus. Mais pourquoi tu n'essaierais pas de lui faire un peu confiance cette fois ?

Stacy n'avait que trois mois quand son père, un inspecteur de police, était mort en service. Sa mère s'était vite remariée, et Jane avait été conçue avant que l'encre du certificat de mariage n'ait eu le temps de sécher. Si son nouvel époux avait élevé Stacy comme sa propre fille, sans faire la moindre différence entre les deux fillettes, il en avait été tout autrement de la part de sa famille huppée de Highland Park. Plus encore que les autres, Grand-Mère Killian, une femme autoritaire et acariâtre, avait profité de la moindre occasion pour afficher sa préférence envers Jane. Stacy n'était pas de leur sang, répétait-elle à qui voulait bien l'entendre.

Tant que leurs parents étaient en vie, Stacy avait pu se passer de l'amour de sa grand-mère, et même supporter ses rebuffades. Mais lorsqu'ils étaient morts six ans plus tôt, l'un emporté par une crise cardiaque, l'autre par une congestion cérébrale, Jane et elle n'avaient plus eu pour toute famille que cette vieille dame injuste.

Celle-ci était décédée à son tour quelques années plus tard, laissant à Jane une immense fortune en héritage… et à Stacy toutes les raisons du monde d'en vouloir à sa sœur. Car la jeune femme n'avait rien reçu, elle. Pas même un souvenir de l'homme qui avait été son père dans toute l'acceptation du terme, ou presque.

Jane souffrait de ne pas connaître cette complicité propre à tant de sœurs. Si seulement elles parvenaient à mettre de côté ces histoires anciennes… Si seulement elle pouvait trouver le moyen de se rapprocher de Stacy… Sa proposition de partager l'héritage n'avait fait que mettre de l'huile sur le feu, Stacy ayant littéralement craché sur cette offre. Puisqu'elle n'avait pas eu droit à l'amour de leur grand-mère, elle n'accepterait rien d'elle. Pas un centime.

— Arrête, la morigéna doucement Ian.

— Arrêter quoi ?

— Arrête de t'en vouloir pour les a priori de ta grand-mère.

— Tu penses pouvoir lire dans mes pensées ?

— Oui.

Il approcha son visage tout contre celui de Jane.

— Je connais tous tes secrets, mon amour.

— Tous ?

— Le moindre d'entre eux.

— Et que comptes-tu faire de ce savoir ?

Il baissa la tête jusqu'à effleurer ses lèvres.

— Mmm… Je préfère garder le secret. Et te laisser le plaisir de le percer.

Longtemps après qu'ils se furent couchés, et alors que Ian dormait à ses côtés, Jane s'aperçut qu'elle ne lui avait pas demandé ce qu'il était allé faire dehors ce soir-là à une heure si tardive.

2.

Lundi 20 octobre 2003,
12 h 20.

L'inspecteur de police Stacy Killian balaya la scène du regard : la victime était étendue sur le lit d'une luxueuse chambre d'hôtel ; son coéquipier Mac McPherson s'entretenait avec le médecin légiste ; le photographe de police et les criminologues s'affairaient chacun dans leur coin…

L'appel était survenu à l'heure du déjeuner, et certains gars avaient emballé leur repas — hamburgers frites ou sandwichs faits maison — pour le manger sur place. Debout derrière le périmètre de sécurité, l'air soit agacé, soit résigné, ils finissaient d'avaler leur casse-croûte.

Les victimes de meurtres n'avaient décidément aucun sens du timing.

Des odeurs entêtantes de nourriture se répandaient dans les couloirs du palace, et Stacy prit un malin plaisir à se représenter les responsables de l'hôtel, avec leur nez pincé et leur mine outrée : un macchabée dans une chambre, passe encore, mais des relents de fast-food dans le corridor, cela faisait vraiment désordre.

Stacy soupira. Les snobs et les mondains de tous poils lui tapaient sur le système.

Son entrée dans la chambre déclencha une succession de saluts auxquels elle répondit avant de se diriger vers son coéquipier.

Ce faisant, elle passa en revue l'opulente décoration de la pièce, notant les lourds rideaux soigneusement tirés, le secrétaire Louis XVI sur lequel avait été posé un plateau avec des fraises enrobées de chocolat et une demi-bouteille de champagne, et la gerbe de fleurs fraîchement coupées près de la fenêtre.

L'arrangement floral, un odorant mélange de lys et d'iris, ne pouvait supplanter l'odeur dégagée par le cadavre. Il arrivait parfois que le corps se vide au moment du décès, surtout si la mort survenait violemment. Stacy plissa le nez mais, contrairement aux débutants, se garda de se boucher les narines. L'expérience lui avait appris qu'il valait mieux attendre quelques instants que ses glandes olfactives se fatiguent et lui permettent de respirer sans éprouver de haut-le-cœur.

Dans les cas les plus pénibles, quand le corps de la victime se trouvait déjà en état de décomposition avancée — ou pire encore, quand il avait été immergé dans l'eau chaude —, la puanteur atteignait une telle intensité qu'elle ne pouvait être dominée, pas même en se badigeonnant un pot entier de crème Vicks sous le nez. L'odeur de ces dépouilles imprégnait tout, jusqu'à la racine des cheveux. Voilà pourquoi on trouvait du shampoing au citron et des vêtements de rechange dans chaque casier des vestiaires de la brigade criminelle.

Stacy s'arrêta face à la penderie. Là, elle sortit une paire de gants en latex de la poche de son blouson, les enfila méticuleusement, puis fit coulisser la porte ornée de miroirs avant de jeter un œil à l'intérieur. Un chemisier en soie blanche et un tailleur taupe s'y trouvaient. Très élégants. Très coûteux. Elle vérifia l'étiquette. Armani. Sur l'étagère supérieure était rangée une paire de petits escarpins en daim marron. Pas donnés eux non plus.

— Salut Stacy.

Elle répondit au salut de Mac par un signe de tête. La petite trentaine, Mac avait des yeux de chiot et un sourire engageant. Arrivé de la brigade des mœurs quelques semaines plus tôt, il avait été choisi pour faire équipe avec elle — affectation parmi les plus périlleuses du Texas, à en croire les anciens coéquipiers de Stacy. Ces derniers, de même que la majorité des flics de la brigade, la considéraient en général comme une emmerdeuse finie. La pire de toutes.

Ce titre honorifique ne lui faisait plus ni chaud ni froid depuis longtemps. La police de Dallas s'apparentait à un club réservé aux hommes où, dans le meilleur des cas, les femmes étaient simplement tolérées. Pour réussir à y être admises, elles devaient jouer des coudes, c'est-à-dire faire preuve d'intelligence, de dureté et d'efficacité. Sans oublier surtout de se forger une solide carapace. Pour la plupart de ces cow-boys en effet, chacune d'elles appartenait forcément à l'une ou l'autre de ces quatre catégories : victimes, délinquantes, nymphos ou emmerdeuses.

A tout prendre, Stacy s'estimait heureuse de ne pas être classée dans l'une des trois premières. Après tout, elle faisait du bon travail et c'était là le principal. Même ses anciens coéquipiers le reconnaissaient.

D'un pas tranquille, Mac traversa la pièce et vint se planter devant elle.

— Où étais-tu ? La fête bat son plein depuis déjà un bon moment.

— Son vernis à ongles était pas encore sec, lâcha un membre de la police scientifique, un crétin du nom de Lester Bart. Comme d'hab.

— Va te faire foutre, répondit-elle, imperturbable.

— Y a que la vérité qui fâche, ma chérie.

— Ce qui risque de te fâcher, toi, c'est le coup de pied au cul que je vais t'envoyer. Et si je me casse un ongle en faisant ça, il y a des chances pour que je m'énerve sérieusement ensuite.

Avec un petit ricanement, le technicien repartit à la chasse aux empreintes digitales. Mac s'approcha du tailleur taupe.

— Belles fringues.

Sans répondre, Stacy fit demi-tour et entra dans la salle de bains. Mac la suivit.

— Tu n'es pas très bavarde, on dirait ?

— Non.

Elle examina la pièce. Une trousse de toilette trônait seule sur l'étagère. Les draps de bain n'étaient pas dépliés, et les produits de beauté de l'hôtel attendaient encore dans leur emballage sur un petit plateau chromé.

Stacy s'empara de la trousse et en inspecta le contenu avec soin. Crèmes, lotions, parfum. Gel lubrificateur. Préservatifs. Vibromasseur. Deux longues écharpes en soie, sans doute destinées à se faire attacher au lit.

Voilà une fille qui aimait s'envoyer en l'air. Et qui n'avait pas froid aux yeux.

— Je vois que les scouts ne sont pas les seuls à être toujours prêts, remarqua Mac.

Elle lui lança un regard noir, agacée que ses pensées reflètent à ce point les siennes. Debout dans l'embrasure de la porte, ses larges épaules emplissaient presque tout l'espace.

Elle fronça les sourcils.

— Je suppose que c'est une plaisanterie ?

— Mieux vaut en rire qu'en pleurer.

— C'est ce qu'on dit.

— Tu n'es pas d'accord ?

Stacy s'avança vers la porte.

— J'aimerais passer, merci.

Il hésita une seconde, puis s'effaça. Au moment où elle le frôlait, il la retint par le bras.

— Pourquoi te sens-tu obligée de jouer les dures à cuire, Killian ?

— C'est comme ça et pas autrement, rétorqua-t-elle en fixant la main sur son bras. Si ça ne te plaît pas, libre à toi de demander une autre affectation.

— Je ne veux pas d'une…

Mac se mordit la langue et desserra son emprise.

— OK, comme tu voudras.

Stacy retourna près du lit où reposait la morte. Son corps livide contrastait avec sa tenue, qui la déshabillait plus qu'elle ne l'habillait : peignoir en satin noir, string et soutien-gorge assortis ; bas et porte-jarretelles. Le peignoir, grand ouvert, n'avait plus de ceinture — le tueur s'en était servi pour l'étrangler. Sûrement jolie autrefois, cette femme ne présentait plus désormais qu'un visage congestionné et rougeâtre, aux paupières et aux lèvres parsemées de pétéchies.

Elle devait avoir une trentaine d'années, peut-être plus. A l'évidence, elle prenait soin d'elle : peau satinée, mains manucurées aux ongles peints d'un délicat rose nacré, mèches blondes élégamment réparties sur une chevelure souple et brillante. La grande classe. Même morte, elle avait l'air riche.

Rien d'étonnant, à vrai dire, de la part de quelqu'un capable de claquer deux cent cinquante dollars pour une nuit d'hôtel.

— Il y a du monde au balcon, lança Mac à la vue des prothèses mammaires de la morte.

Habituée à ces écarts de langage, Stacy ne broncha pas. Sachant que Mac en avait sûrement déjà fait de même, elle ouvrit son calepin, dessina une rapide esquisse de la scène, consigna une foule de détails, et enfin nota l'heure et la position exacte du corps.

— Qu'est-ce qu'on a à se mettre sous la dent ? s'enquit-elle alors.

— Elle s'appelle Victoria Vanmeer. La femme de chambre…

— Ses papiers confirment son identité ?

— Ouais. Elle a également réservé sous ce nom. En solo.

Elle fit comme si elle n'avait pas remarqué à quel point elle l'irritait.

— Ensuite ?

— La femme de chambre l'a découverte en venant faire le ménage. Elle la croyait partie. Elle a aussitôt appelé le directeur de l'hôtel, qui à son tour nous a prévenus.

— Sac à main ? Portefeuille ? Bijoux ?

— On a tout vérifié. Le portefeuille est bourré à craquer.

Il jeta un bref coup d'œil à la morte.

— Le vol n'est pas le mobile, conclut-il.

— Sans blague ? Elle connaissait son assassin et lui faisait confiance. Ils étaient convenus de se retrouver ici. Pour une partie de jambes en l'air, manifestement.

Son regard s'attarda sur le décor de la chambre.

— L'homme doit avoir l'habitude de ce genre d'endroits, ajouta-t-elle. Il évolue certainement dans le même milieu qu'elle.

— Son permis de conduire indique une adresse sur Hillerest Avenue. Le repère des rentiers.

Highland Park. Le quartier le plus chic de Dallas. Celui qui comptait le plus grand nombre d'héritiers au mètre carré. Stacy fit la moue.

— Je parie que l'un des deux est marié. Peut-être même les deux.

— Pas de bague.

Mac avait raison. L'annulaire gauche de la victime ne portait pas même la petite marque de bronzage dénonçant en général la femme adultère.

— A tous les coups, c'est lui qui est marié.

— C'étaient peut-être des colleuses d'enveloppe.

La remarque émanait de Lester.

— Pardon ? s'insurgea Stacy.

— Des lesbiennes, quoi.

— Tu te rends compte à quel point tu es dégueulasse ?

— Tu n'aurais pas un petit faible pour les filles, Killian ? Tu veux peut-être nous faire des confidences ?

Elle imaginait déjà la rumeur se propager au sein de la brigade : Stacy Killian est une gouine. On comprend mieux maintenant pourquoi elle préfère nous briser les couilles plutôt que de les caresser.

Génial.

— Je trouve certaines appellations insultantes. Tu serais de mon avis si tu avais un tant soit peu de compassion.

— Pourquoi tu ne la fermes pas un peu, Lester ? intervint Mac. On a un boulot à terminer.

Le visage de leur collègue vira au rouge. Il ouvrit la bouche comme s'il s'apprêtait à répondre, mais décida d'en rester là. Des ricanements fusèrent autour d'eux, et Stacy songea que Mac n'avait pas fini d'entendre parler de cette histoire.

Mais ce n'était pas son problème.

De nouveau concentré sur leur travail, Mac lui exposa sa théorie :

— L'infidélité n'est peut-être pas une fausse piste, mais pour ma part j'envisage un scénario différent. Imaginons deux amants réunis pour fêter un événement qui leur tient à cœur. La date anniversaire de leur rencontre, ou la signature d'un gros contrat, par exemple. La belle chambre d'hôtel fait partie des réjouissances.

— Plausible, concéda-t-elle. Mais ce n'est pas l'impression que ça me donne.

— Si le type est marié et que sa femme est au courant de sa liaison, il se peut qu'elle se soit pointée ici avant lui. Résultat, il trouve sa maîtresse morte en arrivant, panique et se fait la malle.

Elle visualisa mentalement ce scénario.

— Etrangler quelqu'un demande une force considérable. Mais c'est une possibilité.

Puis, notant la présence du médecin légiste :

— Interviens quand tu veux, Pete.

Pete Winston, petit homme dégarni aux allures de comptable, s'adressa à elle depuis la tête du lit.

— Le décès remonte à dix ou douze heures. Les hémorragies présentes sur les paupières et les lèvres corroborent l'hypothèse d'une mort par strangulation. Bien entendu, il faudra attendre l'autopsie pour en savoir plus.

— Des rapports sexuels avant le meurtre ? demanda Stacy.

L'activité sexuelle impliquait la présence de sperme et de poils pubiens, et par conséquent des traces d'ADN.

— Je ne sais pas encore. La culotte n'a pas été retirée, mais ça n'est pas une ceinture de chasteté.

Il contourna le lit pour les rejoindre.

— Jetez donc un œil là-dessus.

Sa main gantée leur indiqua toute une série de petites cicatrices au niveau de l'aine, du maillot, des hanches, ainsi qu'à l'intérieur et à l'extérieur des cuisses de la victime.

— Liposuccion, dit-il. Et regardez là.

Il pointa du doigt les sourcils et la courbe de la mâchoire.

— Elle s'est aussi payé un lifting.

— Les temps sont durs, ironisa Lester. Tu crois sortir avec une jeune fille et un jour tu te rends compte que tu te tapes une mamie.

Sa plaisanterie lui valut deux ou trois éclats de rire de ses collègues et un regard furieux de Stacy. Elle décida cependant d'ignorer la provocation pour se concentrer sur les informations du médecin légiste.

— Quoi d'autre, Pete ?

— C'est à peu près tout, répondit l'expert en retirant ses gants. Tu auras mes conclusions officielles à 8 heures demain matin.

— Demain matin ? Pete, il s'agit d'un meurtre. Chaque minute compte, tu le sais bien. Chaque minute…

Il leva la main pour l'arrêter.

— Il y en a d'autres avant elle. Cette fois, il faudra faire la queue comme tout le monde. Pas de passe-droit.

Elle imita le geste du médecin, et main levée rétorqua :

— Pas de passe-droit, d'accord. Je suis réglo… Cette pauvre fille vient d'être assassinée par quelqu'un en qui elle avait confiance, mais pourquoi en faire toute une histoire ? Et après tout, ce n'est pas grave si chaque minute perdue compromet l'identification de son meurtrier, pas grave non plus si…

— D'accord, d'accord, pas la peine d'en rajouter. Mais ne viens pas te plaindre si je te téléphone au milieu de la nuit.

Stacy le gratifia de son plus beau sourire.

— Tu es un ange, Pete. J'attends ton appel.

3.

Lundi 20 octobre 2003,
12 h 45.

Le directeur général de l'hôtel, Rick Deland, n'avait pas l'air dans son assiette. Pâle comme un linge, nota Stacy. Il fallait se mettre à sa place : une femme venait d'être assassinée dans une chambre de son établissement. Pour ne rien arranger, un essaim de policiers avaient envahi son palace et le pressaient de leur céder les enregistrements des caméras de surveillance du huitième étage et de l'ascenseur, ainsi que la liste des clients et son accord pour les interroger.

— Le Plaza, s'escrimait-il à leur expliquer en pesant ses mots, s'efforce de satisfaire une clientèle habituée à un service haut de gamme et discret. Une clientèle qui n'hésite pas à acheter son incognito au prix fort. Vous autoriser à les interroger reviendrait à rompre l'engagement que nous avons pris envers elles. C'est notre image de marque qui est en jeu.

Un homme ordinaire dans un costume extraordinaire, jugea Stacy après avoir évalué du regard le quadragénaire aux cheveux bruns. Le genre bon élève en courtoisie, savoir-vivre et autres belles manières. Elle se demanda combien pouvait gagner le directeur d'un hôtel comme Le Plaza. Mille fois plus qu'un inspecteur de la police de Dallas, à coup sûr. Même si, comme elle, cet inspecteur pouvait se prévaloir de dix années d'expérience.

Stacy n'avait jamais appris à s'accommoder d'une réponse négative et, manifestement, ce type ne s'en doutait pas le moins du monde. Pas encore.

— Une femme vient d'être assassinée, monsieur Deland. Une cliente de votre hôtel.

— C'est fâcheux, cela va sans dire. Mais je ne vois pas…

— Fâcheux ? l'interrompit-elle. Un meurtre est un acte que je qualifierais de bien plus que *fâcheux*.

— Le terme est mal choisi, j'en conviens.

Son regard fuyant chercha Mac, impavide derrière Stacy. Ne trouvant nul secours de ce côté-là, il revint se poser sur elle.

— Veuillez m'en excuser.

— Epargnez-nous vos formules de politesse, monsieur Deland, c'est de concret dont nous avons besoin.

Elle se pencha vers lui.

— L'un de vos clients pourrait avoir remarqué ou entendu quelque chose, vu quelqu'un… La plupart des enquêtes pour meurtre sont résolues dans les quarante-huit heures suivant les faits, monsieur Deland. *Quand* elles sont résolues…

— C'est la vérité, insista Mac. Après deux jours, les chances de succès diminuent avec chaque heure qui passe. La mémoire se brouille, les pistes aussi.

— Avez-vous songé un instant que le coupable pourrait faire partie de votre personnel ? demanda Stacy.

Une expression horrifiée se peignit sur le visage du directeur.

— Mon personnel ? Comment pouvez-vous imaginer…

— Donnez-nous accès à l'ensemble de l'hôtel, l'interrompit Stacy. Y compris les chambres.

Il secoua la tête.

— Chaque nouveau recrutement donne lieu à une vérification. C'est systématique. Elle porte sur un nombre élevé de points dont le casier judiciaire, l'historique bancaire, les précédents employeurs, et bien d'autres encore… Nous imposons un test de dépistage anti-drogue à tous nos salariés. Nos procédures sont extrêmement rigoureuses. Vous pouvez me croire, aucun membre de mon personnel n'est impliqué dans cette triste affaire.

Nullement convaincue par ce plaidoyer, Stacy tenta une nouvelle approche.

— J'ai remarqué des fraises et une demi-bouteille de champagne près du lit de la victime. Ça vient du service de chambre ?

— Oui. Ce genre d'attentions illustre l'esprit d'un séjour au Plaza. D'ailleurs, nous appelons cela l'Esprit Plaza.

— Mais il faut payer un supplément ?

— Bien entendu.

— Il y avait aussi un bouquet de fleurs fraîchement coupées. Toujours l'Esprit Plaza ?

— Non. Elle a dû les commander. Ou bien un ami les aura fait livrer à l'hôtel.

Stacy et Mac échangèrent un regard. Elle reconnut dans ses yeux sa propre excitation. Facile. Enfantin, même. L'amant fait livrer un bouquet à sa maîtresse sur le lieu du rendez-vous. Tous deux se disputent, il la tue. Les fleurs permettent de remonter jusqu'à lui et la police fait une nouvelle croix dans la colonne des affaires résolues.

Ça paraissait presque trop simple mais, après tout, un nombre invraisemblable d'enquêtes aboutissaient à cause d'une stupide erreur commise par le coupable.

— Vous pouvez vérifier ?

— Certainement. J'ai ici la note de madame Vanmeer.

Il la parcourut de haut en bas.

— Nous y voilà. Les fleurs ont été facturées par l'hôtel.

Il lut la déception sur le visage de Stacy.

— Je suis navré.

— Puis-je voir cette facture ?

— Je vous en prie, dit-il en lui tendant le papier. Vous remarquerez la petite étiquette accolée à son nom.

— Une petite étiquette ? Ce qui signifie ?

— Elle nous sert à repérer nos hôtes privilégiés.

— Par privilégié, vous entendez un client régulier ? Ou un grand dépensier ?

— Le terme désigne une personne qui nous rend visite de temps à autre et nous fait connaître ses préférences, que cela concerne une chambre ou les facilités de l'établissement.

— Comme fumeur ou non-fumeur, un lit ou deux ? demanda Mac.

— Précisément.

Le directeur lui adressa un large sourire.

— Il n'est pas rare que l'on nous réclame des oreillers en mousse plutôt qu'en plumes, ou de remplir le minibar de bouteilles de Perrier et de barres chocolatées... De petites attentions comme ça.

Stacy consignait scrupuleusement ses remarques. Quand il eut terminé, elle le regarda droit dans les yeux.

— Quelles étaient les préférences de madame Vanmeer ?

Pour toute réponse il décrocha le téléphone d'un air entendu, questionna une femme du nom de Martha, la remercia puis raccrocha.

— J'ai la clef du mystère. Madame Vanmeer souhaitait des fleurs fraîches dès son arrivée, ainsi qu'une demi-bouteille de champagne — si possible du Mumm Cordon Rouge —, et des fraises enrobées de chocolat. Elle exigeait également une salle de bains équipée d'un Jacuzzi grand modèle, mais sans miroir lumineux ni pèse-personne.

Stacy se souvint des cicatrices que lui avait montrées Pete. A l'évidence, Victoria Vanmeer avait été une femme soucieuse de son apparence jusqu'à l'obsession.

— Le miroir et la balance, murmura Mac. C'est carrément bizarre.

— Pour vous, peut-être, intervint le directeur général. Mais sachez qu'au Plaza, nous faisons tout ce qui est en notre pouvoir pour mettre notre clientèle à l'aise. On pourrait presque dire que nous la dorlotons, même.

Stacy vit Mac lever les yeux au ciel.

— La victime séjournait souvent chez vous ? voulut-il savoir.

L'homme hésita, puis fit oui de la tête.

— Deux ou trois fois par mois.

— Avec son mari ?

— Il me semble que madame Vanmeer était divorcée.

— Et elle retrouvait toujours le même homme ?

— Je l'ignore. Je ne mets pas mon nez dans la vie privée de mes hôtes.

— Dans quoi le mettez-vous alors ?

— Je vous demande pardon ?

L'ombre d'un sourire passa sur les lèvres de Stacy.

— Pourriez-vous identifier l'un de ses amis ?

— Moi ? En aucun cas. Peut-être aurez-vous plus de chance auprès de mon personnel.

— Ou auprès des clients de l'hôtel.

Les joues bronzées du directeur s'empourprèrent.

— Je vous autorise l'accès aux enregistrements vidéo. Mais pas à la liste des clients.

— Je peux les assigner à comparaître.

— Faites comme bon vous semble. De toute façon, je vous garantie que vous n'aurez pas cette liste sans assignation. Et permettez-moi de vous mettre en garde : si je vous surprends en train d'importuner ne serait-ce qu'un seul de mes hôtes, je ferai sauter votre insigne.

Stacy ne put contenir sa fureur à ces mots.

— Il serait vraiment regrettable que la presse vienne à apprendre les détails de ce drame. Je vois d'ici les gros titres : *Au Plaza, des jeux lubriques tournent au meurtre. L'assassin court toujours.* Ce ne serait pas très bon pour vos affaires, je me trompe ?

— Etes-vous en train de me menacer ? gronda Rick Deland. Parce que alors…

— Personne ne vous menace, le coupa Mac. L'inspecteur Killian prend son travail très à cœur. Je suis certain que vous pouvez la comprendre.

— Bien sûr… Cette histoire me bouleverse, croyez-le bien. Mais ma clientèle n'a rien à voir avec tout ça.

— Voilà une affirmation pour le moins audacieuse, monsieur Deland. Parce que si vos employés eux aussi sont blancs comme neige, comme vous nous l'assurez, qui nous reste-t-il ? Le fantôme de Barbe-Bleue ? Un revenant qui hanterait les couloirs de l'hôtel ?

Le sang monta de nouveau au visage du directeur.

— Je trouve votre goût du sarcasme assez déplorable, inspecteur Killian. Je fais mon possible pour vous être agréable, mais ma clientèle passe avant tout.

— Victoria Vanmeer faisait aussi partie de votre précieuse clientèle. Sauf qu'elle n'est plus de ce monde. C'est dans votre établissement qu'elle a été sauvagement assassinée et…

— Merci pour votre coopération, monsieur Deland, s'interposa Mac. Et merci de nous permettre de visionner les enregistrements des caméras de surveillance.

Il tendit la main à son interlocuteur.

— Pouvons-nous compter sur votre aide au cas où un suspect apparaîtrait sur la bande vidéo ?

— Cela va sans dire.

— Encore merci. Les cassettes…

— Je vous les apporte sur-le-champ.

Stacy attendit que la porte se soit refermée derrière le directeur pour se tourner vers son coéquipier.

— Bon sang, mais qu'est-ce qui t'a pris ?

— La situation devenait tendue. J'ai préféré la désamorcer.

— Foutaises. Tu t'es écrasé devant lui. Quand on travaille bien, on…

— Rien ne l'obligeait à nous donner les enregistrements vidéo, Stacy. Il aurait pu exiger d'abord une assignation à comparaître.

— Je voulais tout obtenir. Je suis certaine que si on lui avait mis un peu plus la pression…

— On se serait fait éjecter de son bureau, voilà tout. Et on aurait dû attendre. Je n'ai pourtant pas besoin de te rappeler que chaque minute compte.

Il avait raison. Il en était conscient et elle aussi — ce qui l'agaçait au plus haut point.

— Bon. Laisse tomber.

Il fronça les sourcils.

— Je ne te comprends pas, Stacy.

— Ha ouais ? grinça-t-elle en croisant les bras. Et je suis censée faire quoi ? Te fournir le mode d'emploi ?

— Qu'est-ce que ça t'apporte d'être si chiante ? Tu tiens vraiment à te faire détester par tous tes collègues ?

— Je suis un bon flic. Je suis consciencieuse et je ne me laisse pas marcher sur les pieds. Si ça te défrise, tu sais où est le bureau du capitaine.

— Non, le problème c'est…

Il ravala sa phrase, l'air frustré.

— J'aime ta façon de travailler, le sérieux que tu y mets. J'admire ta vivacité d'esprit et la manière dont tu décortiques les faits avant de les relier les uns aux autres en faisant preuve de logique.

— Mince alors, un mâle perspicace et sensible. On m'a refilé le haut du panier.

Il secoua la tête, incrédule.

— Qu'est-ce qui cloche chez toi ? Tu ne peux pas recevoir un compliment sans te braquer ? Pourquoi une telle hostilité ?

— Parce que toutes ces belles paroles ne sont pas gratuites. Tu espères quelque chose en retour. Je me trompe ?

Il resta silencieux un court moment.

— D'accord, c'est vrai, admit-il. J'aimerais en contrepartie que tu me considères comme un être humain. Ou peut-être simplement que tu me traites d'égal à égal. Comme un coéquipier à part entière. *Ton* coéquipier.

— Parce que je te traite comment, selon toi ?

— Comme un laquais décérébré, un gamin encombrant… Un bleu.

Il s'approcha tout près d'elle.

— C'est vrai que je débute à la Crim', Stacy, mais je sers la police depuis plus longtemps que toi. Même si tu es un bon flic, j'ai dans mon sac deux ou trois tours qui pourraient te surprendre.

— Si c'est ce que tu crois… On verra bien.

Un sourire flottait sur ses lèvres. Mac le lui rendit.

— OK. On verra bien.

Rick Deland revint à cet instant, accompagné d'un homme imposant doté d'une épaisse crinière blanche. Ce dernier, un certain Hank Barrow, s'avéra être le responsable de la sécurité du Plaza.

— Inspecteurs, dit-il en leur serrant la main, je crois savoir que vous êtes autorisés à visionner les enregistrements vidéo des caméras de surveillance de l'hôtel.

— En effet, répondit Mac en souriant. Votre collaboration nous est précieuse.

— Je crains hélas que les nouvelles ne soient pas excellentes.

L'homme coula un bref regard vers son directeur.

— Il n'y a pas de problème avec les enregistrements des ascenseurs, mais la cassette du huitième étage est vierge. Enfin c'est tout comme.

— Putain de merde ! Que s'est-il passé ?

— Nous essayons de rendre notre surveillance la plus discrète possible, alors nous avons placé une plante artificielle dans le coin où est située la caméra au huitième étage. Il semblerait qu'une de nos employées ait déplacé le pot en faisant le ménage. L'objectif a été couvert par le feuillage du ficus. Franchement, ce n'est pas la première fois que ça arrive.

Stacy fit la moue.

— Et vous, vous ne vous en êtes pas rendu compte plus tôt ?

— Nos caméras sont uniquement là pour respecter les clauses de notre assurance. Nous ne suivons pas les allées et venues de notre clientèle sur écran.

— Combien de temps conservez-vous les enregistrements ?

— Quarante-huit heures.

Stacy commençait à croire que le coupable était un homme intelligent, très bien renseigné sur le système de sécurité de l'hôtel — en particulier ses carences. Pour elle, l'hypothèse d'un crime passionnel, commis sous le coup d'une impulsion, cédait peu à peu le pas à celle d'un meurtre prémédité.

— J'ai gardé la bonne nouvelle pour la fin, annonça Hank Barrow. Nous avons les enregistrements de tous les escaliers. Tenez, les voici, ajouta-t-il en leur présentant plusieurs cassettes. J'espère que ça vous sera utile.

Le meurtrier avait forcément pris l'ascenseur ou l'escalier. Impossible pour lui d'éviter toutes les caméras.

— Ah, j'allais oublier. Ces cassettes sont muettes. Vous n'aurez que des images.

— Bien sûr.

— Une petite mise en garde pour finir : vous risquez d'assister à quelques scènes assez crues. Nos hôtes se doutent rarement de la présence des caméras et…

— Et leur ignorance leur ôte toute inhibition, l'interrompit sèchement Stacy. Merci du tuyau, on mettra le carré blanc.

4.

Lundi 20 octobre 2003,
14 h 00.

Le département des Affaires criminelles de la police de Dallas avait ses locaux dans l'hôtel de ville, situé à l'angle de Commerce Street et Harwood Street. Gris, lugubre et fonctionnel, le bâtiment ressemblait à n'importe quel autre édifice public. Le paiement des PV et la fixation des audiences pour les délits de la circulation s'effectuaient au rez-de-chaussée. Les étages supérieurs regroupaient ensuite la salle du tribunal, le quartier général de la police et les bureaux de nombre de fonctionnaires de la ville. La brigade criminelle occupait quant à elle le troisième étage. Autant dire qu'on ne chômait jamais par ici…

Accompagnée de Mac, Stacy se fraya un chemin à travers une marée humaine en direction de l'ascenseur. Au passage, des bribes de conversation lui parvinrent aux oreilles, tantôt en espagnol, tantôt en anglais.

— *Hijo de una perra !*[1]

Ayant toujours vécu au Texas, Stacy avait fini par acquérir une connaissance basique de l'espagnol. A en juger par ces propos, donc, ce monsieur ne se réjouissait guère d'être là.

De toute façon, le QG de la police était toujours synonyme de journée pourrie. Franchir ses portes signifiait que vous étiez dans

1. *Fils de chienne !*

la merde jusqu'au cou — ou alors, si vous travailliez là, que vous vous coltiniez la merde des autres.

Pour Stacy et Mac, il s'agissait cette fois d'un meurtre.

Sale journée, en effet.

Une bouffée de parfum luxueux vint titiller les narines de Stacy. Elle se mêlait à des odeurs corporelles, à la puanteur d'un fumeur à la chaîne. Répugnant mélange. Dallas, terre des riches et des miséreux, des mondains et des édentés. Mais tous échouaient là un jour ou l'autre.

Ils saluèrent le policier en faction derrière le bureau d'accueil et attendirent un ascenseur. Mac s'effaça pour laisser Stacy entrer la première.

— A quoi tu penses ? l'interrogea-t-il.

— On briefe le patron et on lui demande de l'aide pour visionner les cassettes. Notre homme est sur l'une d'elles et je compte bien le coincer.

La cabine s'immobilisa avec une secousse et s'ouvrit sur le troisième étage. Au plafond pendait un avertissement : *Strictement réservé au personnel autorisé.* Le long du mur opposé aux ascenseurs, une rangée de chaises de bureau cassées, tordues ou brinquebalantes, étalait sa misère. Les inspecteurs de la section avaient baptisé « cimetière » ce bout de couloir où reposaient les meubles ayant passé l'arme à gauche.

Ils pénétrèrent dans leurs bureaux et prirent connaissance des messages. Stacy les lut en diagonale.

— Le capitaine est là? demanda-t-elle à la secrétaire sans lever le nez de ses papiers.

— Ouaip, répondit Kitty en ravalant la bulle de son malabar.

Stacy remarqua que celui-ci était du même rose que son pull angora et que son rouge à lèvres.

— Il vous attend. Eh, salut Mac ! ajouta-t-elle d'un ton provocateur qui attira l'attention de Stacy.

— Salut, Kitty. La journée se passe bien ?

— Ouais, *trrrop* bien.

Le « r » s'était transformé en ronronnement lascif. Stacy leva les yeux au ciel.

— Tant mieux. Bon, faut que j'y aille.

Ils lui tournèrent le dos et se dirigèrent vers le bureau du patron. Une fois hors de portée des oreilles de Kitty, Stacy se pencha vers Mac.

— Eh, salut Mac…, chuchota-t-elle en imitant la jeune secrétaire. …*trrrop* bien.

— C'est qu'une gamine.

— Alors pourquoi tu rougis, McPherson ?

— Killian ! McPherson ! On a une question à vous poser.

Cette déclaration, lancée sur un ton amical, venait de Beane, un détective de la brigade qu'accompagnait son coéquipier, Bell. A la crim', la paire était connue sous le sobriquet affectueux de B & B. Ils donnaient l'impression d'avoir eu une matinée plutôt pénible.

— Dites toujours.

— Vous donneriez quelle note dans l'échelle de l'horreur à votre virée au Plaza ? Parce que nous, on vient de se taper quatre heures avec un macchabée à la gare de Bachman Transfer.

La gare était l'un des trois points de collecte des ordures de la ville de Dallas.

— Ça se sent, jeta Stacy par-dessus son épaule. Je crois que tu as besoin d'une bonne douche.

— Je suis sûr qu'on a été victimes de discrimination sexuelle, rétorqua Bell. Encore un abus de la gent féminine.

— Laisse tomber, lança Mac, hilare. Tu es jaloux, voilà tout.

— Si Beane part à la retraite, je te garantis que moi aussi je ferai équipe avec une gonzesse.

Le sourire aux lèvres, ils partirent à la rencontre de leur supérieur, le capitaine de police Tom Schulze. L'homme comptait vingt années de bons et loyaux services à la brigade criminelle, et s'avérait équitable malgré sa dureté. Avec le temps, Stacy avait appris à respecter son instinct imparable et même ses colères légendaires. Malheur à ceux qui en faisaient les frais…

Elle tapota le chambranle de sa porte. Il était au téléphone, mais les invita d'un signe de la main à pénétrer dans le bureau. Mac s'assit. Stacy, elle, préféra rester debout. Le capitaine raccrocha au bout d'un moment. En dix ans, ses cheveux roux clair avaient grisé et s'étaient raréfiés, mais ses yeux d'un bleu presque électrique avaient conservé le même éclat. Leur regard perçant se posa sur Stacy.

— Faites-moi un topo sur la situation.

— La victime s'appelle Victoria Vanmeer. Il semblerait qu'elle ait été étranglée. Pete nous a promis de nous donner les conclusions de l'autopsie avant demain matin.

— Continuez.

Mac prit la relève.

— Elle est arrivée à l'hôtel hier soir vers 20 heures, seule. La femme de chambre a découvert son corps ce matin aux alentours de 11 h 15. Nous souhaitions interroger les clients et inspecter les chambres, mais la direction de l'hôtel s'y est opposée.

Anticipant les reproches de Schulze, Stacy intervint :

— Nous sommes tout de même parvenus à obtenir les enregistrements des caméras de sécurité placées dans les ascenseurs et les escaliers.

— Combien d'ascenseurs ?

— Deux pour la clientèle. Un réservé au service. Trois escaliers de secours.

Le capitaine Schulze fit un rapide calcul.

— Ça nous fait quinze heures et quart d'enregistrement sur chaque cassette pour les ascenseurs et les escaliers. Le segment à considérer dépendra de l'heure estimée du décès que nous donnera Pete.

— Selon lui, elle était morte depuis dix à douze heures à notre arrivée sur les lieux.

— Voilà qui nous facilitera le travail.

— Mme Vanmeer était une habituée du Plaza. L'hôtel avait pour consigne de livrer dans sa chambre des fleurs fraîchement coupées, du champagne et des fraises enrobées de chocolat. Une commande à renouveler à chacun de ses séjours.

— Des pistes ?

— Elle avait rendez-vous avec son amant, ça ne fait aucun doute. J'ai le sentiment qu'au moins l'un des deux est marié.

— Question bagage, elle venait avec le strict minimum, ajouta Mac. Juste de quoi s'envoyer en l'air.

— Vous pensez que son amant est notre homme ?

— Oui, acquiesça Stacy. Ou peut-être le troisième coin du triangle amoureux. Un jaloux ou une jalouse.

— Vous allez avoir besoin d'aide pour passer ses cassettes en revue.

— Oui, monsieur.

— Je vais vous envoyer Camp, Riggio, Falon et ...

— Falon a une gastro, fit remarquer Mac. Pareil pour Moore.

Le capitaine laissa échapper un juron. Une épidémie de gastroentérite avait commencé à décimer le département des Affaires criminelles, au point que certaines brigades ne fonctionnaient plus qu'avec la moitié de leur effectif. Ceux qui restaient enchaînaient du coup les heures sup'.

— Faudra faire avec.

Schulze s'empara du téléphone, signifiant ainsi la fin de l'entretien.

— Cette affaire n'a pas l'air sorcier. Dépêchons-nous de la résoudre.

5.

Lundi 20 octobre 2003,
15 h 15.

Jane colla son œil au viseur de la caméra vidéo. Anne, son modèle, se tenait assise sur une estrade recouverte de tissu blanc et située à environ trois mètres de l'objectif. Une toile de fond d'un même blanc immaculé complétait l'installation.

Jane désirait un éclairage aussi cru que possible. Un éclairage implacable, cruel même. Elle souhaitait voir son modèle complètement mis à nu et débarrassé de tous les artifices utilisés d'ordinaire pour les prises de vue. Pas d'ombres, pas de lumières tamisées ; pas de produits de beauté non plus, ni de vêtements judicieusement choisis ou de coiffure élaborée.

Au lieu de ça, la femme offrait aux regards son visage dépouillé. Ses cheveux avaient été tirés en arrière et arrangés en un sévère chignon, et elle ne portait rien d'autre qu'une chemise d'hôpital fermée à la taille par une ceinture.

Exhibition totale. Psychologique. Emotionnelle.

— Ted, demanda Jane à son assistant qui se tenait près d'elle. Pourrais-tu déplacer un peu cette lumière sur la droite ? Il y a une légère ombre sur sa joue gauche.

Il s'exécuta, puis resta immobile pendant qu'elle consultait de nouveau le viseur de la caméra.

Ted Jackman lui avait proposé ses services deux ans plus tôt après avoir été emballé par l'une de ses expos. Jane, qui avait parfois caressé l'idée d'embaucher un assistant sans vraiment entreprendre de recherches, avait décidé de faire un essai. Ted s'était avéré une perle rare. Quelqu'un d'efficace. De loyal. D'intelligent. Elle avait toute confiance en lui. Certes, Ian avait émis des réserves sur sa personnalité, mais elle lui avait rappelé que Ted partageait sa vie depuis plus longtemps que lui.

Sans faire siennes les inquiétudes de son mari, elle pouvait comprendre leur origine. Ted avait déjà vécu beaucoup de choses pour un garçon de vingt-huit ans, dont un passage dans la marine, un petit succès à la tête d'un groupe de rock local, un séjour en cure de désintoxication, et, juste avant de travailler avec elle, un emploi de maquilleur pour une entreprise de pompes funèbres.

Physiquement, il tenait autant de la Belle que de la Bête. Bien bâti, musclé et élancé, ses yeux sombres — un rien envoûtants — ne manquaient pas de charme. Mais il était également couvert de piercings et de tatouages, et la frange de ses longs cheveux bruns était striée de mèches blanches.

La Belle et la Bête. A l'image de Jane.

— Je m'assois comme ça ? demanda Anne en repliant ses jambes sous elle pour amortir la dure assise de l'estrade.

— La position la plus confortable pour vous sera la bonne.

Anne se tortilla, gênée, et regarda successivement Ted et Jane.

— Je dois être affreuse.

Jane ne fit aucun commentaire. En un geste inconscient, la jeune femme porta ses mains à ses cheveux afin de leur redonner du volume. Elle les rabaissa aussitôt et les plaqua sur ses cuisses avec un rire nerveux en se rappelant comment Jane l'avait coiffée.

La plupart des artistes s'efforçaient de mettre leurs sujets à l'aise, de les détendre au maximum. Jane, elle, cherchait à produire l'effet inverse.

Sa démarche consistait à sonder les zones d'ombre. A distiller la peur, la vulnérabilité et le désespoir dans l'esprit de son modèle.

— De quoi avez-vous peur, Anne ? commença-t-elle. Quand vous êtes seule dans le noir, quel monstre vient vous hanter ?

— De quoi ai-je peur ? répéta la femme, de plus en plus embarrassée. Vous voulez dire, peur, genre… des araignées ?

Ce n'était pas ce que Jane avait en tête, mais elle l'encouragea à partir de là si elle le souhaitait. Certains de ses modèles connaissaient exactement ses attentes. D'autres, comme Anne, ne savaient rien d'autre de l'artiste Cameo que les termes de l'annonce à laquelle elles avaient répondu : cent dollars pour quelques heures de pose.

De tous âges et de toutes races, elles constituaient un éventail complet de la gent féminine : de l'anorexique à l'obèse, de la beauté fatale au monstre de laideur.

Curieusement, toutes partageaient une certaine angoisse, comme si un lien invisible unissait les femmes du monde entier.

— Je déteste les araignées, dit-elle.

— Et pourquoi ça, Anne ?

— Elles sont si… répugnantes. Si laides.

Elle resta un instant muette, secouée de frissons.

— Et puis tous ces petits poils sur leurs pattes…

— Votre phobie est donc visuelle ? Une réaction épidermique à l'apparence de l'animal ?

Anne fronça les sourcils, mais la peau de son front resta lisse. Injections de Botox, conclut Jane.

— Je n'avais jamais envisagé la question sous cet angle…

— Ressentez-vous la même chose face à des personnes laides ou défigurées ? Ou bien face aux obèses ?

Jane ne supportait pas ces mots, cette manière d'étiqueter les gens. Elle ne s'en était servie que pour faire réagir son modèle.

Anne devint rouge comme une pivoine et détourna la tête.

Elle avait honte d'admettre que oui.

Il ne s'agissait ni plus ni moins que d'une forme de discrimination. Jane en savait quelque chose…

— Vous devez être honnête avec moi, Anne. C'est pour ça que nous sommes ici. C'est la raison d'être de mon travail.

— Vous allez mal me juger. Vous me trouverez détestable.

— Je suis là pour vous filmer, pas pour vous juger. Si vous ne vous sentez pas capable de me dire la vérité, ne perdons pas notre temps et finissons-en tout de suite.

Pendant un moment, Anne sembla incapable de se décider. Puis elle se résolut à soutenir le regard de Jane.

— Je sais que ce n'est pas gentil, mais... ça me fait mal de voir ces gens-là.

— Pourquoi?

— Je l'ignore.

— Moi, je n'en suis pas si sûre.

Anne s'agita sur l'estrade, l'air au supplice.

— Quand je les observe, d'une certaine manière je... je me mets à les haïr.

— La haine est un sentiment très fort. Peut-être plus fort encore que l'amour.

Anne ne répondit pas.

— A votre avis, d'où vous vient ce sentiment ?

— Je ne sais pas.

Jane marqua une pause afin de rassembler ses pensées, puis opta pour une autre tactique.

— Vous considérez-vous comme une belle femme, Anne ?

— Oui, avoua celle-ci en rougissant. Pour mon âge, en tout cas.

— Comment ça, pour votre âge ?

— Eh bien, disons que je n'ai plus vingt ans.

— On ne peut pas avoir vingt ans toute sa vie.

— Evidemment, reconnut-elle, non sans une certaine tension dans la voix. Vieillir. Dieu l'a voulu ainsi.

— En effet.

Jane prit soin de conserver un ton neutre, presque indifférent. L'expérience lui avait appris que cette froideur apparente exacerbait les émotions de certains de ses modèles.

— Quel âge avez-vous ? demanda Anne.

— Trente-deux ans.

— Une toute jeune fille, en somme. Je me souviens de mes trente-deux ans…

— Vous êtes à peine plus âgée que moi.

— J'ai quarante-trois ans. Autant dire que mes trente-deux ans remontent à des années-lumière ! Vous ne comprenez pas. Vous ne pouvez pas comprendre parce que…

Elle ravala ses mots. Jane fit un gros plan sur elle, jusqu'à ce que son visage remplisse le cadre. La cassette enregistra les larmes dans ses yeux. Sa vulnérabilité, qui confinait au désespoir. Ses lèvres tremblantes et sa façon de les presser l'une contre l'autre.

Honnête, se dit Jane. Puissant.

Elle fit le point sur la bouche d'Anne lorsque cette-ci s'humecta les lèvres avant de poursuivre :

— Tous les matins, je scrute mon visage dans le miroir. A la recherche des marques de vieillesse. Je m'arrête à la moindre ride, au moindre pli. J'observe la courbe de ma mâchoire se ramollir.

Par réflexe, elle serra le poing — geste qui n'échappa pas à la caméra de Jane.

— Je ne peux rien avaler, parce que soit ça se loge directement sur mes hanches, soit je fais de la rétention d'eau. Quant à l'alcool…

Un rire de colère la secoua.

— Un cocktail de trop et je me retrouve avec les yeux gonflés toute la journée suivante.

Jane savait comment les peurs et le manque de confiance pouvaient conduire au désespoir le plus vif. Ou pire, au mépris de soi.

— Vous ne pouvez pas imaginer le temps que je passe en salle de gym… Sur le tapis de course et le rameur… Combien de litres de sueur mon corps a transpiré pour continuer à entrer dans un 36… Tout l'argent que j'ai dépensé en injections de collagène, de Botox et en pilules coupe-faim…

— Non, murmura Jane. Je ne peux pas.

Les bras enroulés autour d'elle-même, comme emprisonnés par une camisole invisible, Anne se pencha vers la caméra.

— En effet, vous ne pouvez pas le concevoir. Parce que vous avez *trente-deux ans*. Dix de moins que moi. *Une décennie*.

Au lieu de répondre, Jane laissa s'installer un silence de plus en plus pesant.

Quand enfin elle se décida à parler, elle répéta sa question initiale, bouclant ainsi la boucle :

— De quoi avez-vous peur, Anne ? Lorsque vous êtes seule dans le noir, qui est le monstre ?

Les yeux de son modèle se remplirent de larmes.

— J'ai peur de devenir vieille, parvint-elle à articuler. De devenir molle et ridée. Et…

Elle inspira profondément.

— Et laide.

— Tout le monde ne serait pas d'accord avec vous, répliqua Jane. Pour certains, rien n'est plus beau que l'œuvre du temps sur un visage.

— Qui donc ? Le jour de votre naissance, vous commencez à mourir. Vous y avez déjà pensé ?

A nouveau, Anne approcha son visage de l'objectif.

— Vous ne trouvez pas ça déprimant ? Physiquement, on n'est jamais aussi parfait qu'à la naissance.

Jane veilla à dissimuler son excitation. Cette séance de travail s'annonçait excellente. L'une de ses meilleures même. Plus tard, elle chercherait sur le film les subtiles nuances qui lui confirmeraient cette première impression positive — la manière dont le visage du modèle restituait ses émotions, celle dont son langage corporel reflétait ou contredisait ses propos.

— Merci, Anne, fit-elle en attendant. La séance est terminée.

— Déjà ? Ce n'était pas si compliqué, finalement.

Elle descendit de son estrade.

— Je me suis bien débrouillée ?

Jane lui offrit son plus beau sourire.

— Comme un chef. Je crois bien que si je parviens à obtenir à temps les reliefs correspondants, ce film figurera dans ma prochaine exposition. Voyez Ted pour fixer vos séances de moulage.

Ces dernières consistaient à fabriquer un moule en plâtre du visage du modèle et de diverses parties de son corps. Dans un deuxième temps, Jane y versait au goutte-à-goutte du métal en fusion, lequel formait peu à peu une sorte de maillage en relief. L'effet organique provoqué par la coulée, le frottement et la rencontre du métal avec les formes du modèle offrait alors un contraste spectaculaire avec la rigidité du matériau lui-même. Les critiques d'art avaient qualifié ses œuvres d'à la fois lyriques et dépouillées. Divisées, les féministes louaient sa critique de la société moderne ou dénonçaient une grossière exploitation des femmes.

Jane ne se retrouvait dans aucune de ces interprétations. Son art se contentait d'exprimer ce qu'elle croyait vrai. Et, dans le cas présent, son intime conviction était que la société occidentale accordait à la beauté — en particulier à la beauté féminine — une importance disproportionnée.

A l'image des écrivains, des musiciens, et même des comiques, elle s'appuyait sur son expérience personnelle pour parler de la condition humaine. Bien sûr, son propos n'allait pas toujours de soi ; chaque individu le percevait selon sa sensibilité, et tout le monde ne pouvait avoir la même. Mais la force de son travail résidait dans l'universalité de son message. Grâce à son côté indéfinissable, il parvenait à toucher le plus grand nombre, tout en procurant à chacun une émotion particulière.

Anne se dirigea vers le dressing en évitant de croiser le regard de Ted.

— Vous permettez que je me change ?

— Je vous en prie.

— J'en ai pour deux minutes.

Alors que la porte se refermait derrière elle, Ted se tourna vers Jane.

— Décidément, je fais cet effet à beaucoup de vos modèles. Ma mère prétend que j'effraie les gens.

— Les mamans ont toujours raison.

Il accusa le coup malgré le ton léger de sa remarque.

— Est-ce que je vous fais peur, Jane ?

Malgré les demandes insistantes de la jeune femme, il n'était jamais parvenu à la tutoyer.

— Peur ? A moi ? répondit Jane, amusée. Qui pourrait faire peur à la fée Carabosse ?

— Je n'aime pas quand vous parlez de vous de cette manière. Vous êtes une belle femme. Et une belle personne.

Ted fit un geste en direction du dressing.

— Elle, par contre, elle inspire plutôt la pitié.

— Anne ? Pourquoi ?

— Pas elle en particulier. Mais la plupart de vos modèles… Leur vision de la vie me paraît si étroite.

Une ombre passa sur son visage.

— Elles ne ressentent rien d'authentique. Elles n'ont pas la moindre idée de ce qu'est la souffrance, la vraie, alors elles s'en inventent.

La colère perceptible dans sa voix prit Jane au dépourvu.

— Et où est le mal ? Elles ne font de tort qu'à elles-mêmes.

— Peut-être. Mais vous seriez prête à abandonner votre souffrance pour leur ressembler, vous ?

Avant que Jane n'ait pu répondre, Anne émergea du dressing, parfaitement pomponnée, habillée, maquillée et recoiffée.

— C'est tout de même mieux, non ?

— Vous êtes splendide, confirma Jane.

Radieuse, Anne fixa Ted dans l'espoir d'un nouveau compliment.

— Je vais chercher le carnet de rendez-vous, se contenta-t-il de répliquer avant de tourner les talons.

Une fois les dates choisies, Jane raccompagna Anne jusqu'à la sortie, lui assurant une nouvelle fois que la séance s'était déroulée à merveille.

De retour dans l'atelier, elle remarqua sur le visage de Ted une expression étrange.

— Ça ne va pas ?

— Elle cherchait le compliment, dit-il. Ces femmes-là feraient n'importe quoi pour en recevoir.

— Qu'est-ce que ça t'aurait coûté de lui en faire un ?

— J'aurais menti, voilà tout.

— Tu ne la trouves pas jolie ?

— Non, répondit-il, catégorique. Pas du tout.

— Alors tu es sans doute le seul homme à Dallas à qui elle ne plaît pas.

Dans les yeux de Ted brillait une lueur presque sauvage.

— Il n'y a que les apparences qui comptent pour elle. Moi, ce qui m'intéresse, c'est la personnalité des gens. Et ce qu'elle m'a donné à voir de la sienne me répugne.

Jane ne sut que lui répondre. La violence de sa réaction la surprenait.

— Si vous me donnez le feu vert, reprit-il soudain, je peux m'occuper des invitations pour le vernissage et faire en sorte qu'elles soient postées au plus tard demain à midi.

Elle jeta un œil à sa montre, heureuse qu'il ait changé de sujet.

— Je vais boire un café avec Dave au Café des Arts. Je verrai ça avec toi dès mon retour.

— D'accord. Pendant ce temps, je vais terminer de cataloguer les œuvres pour l'exposition.

Jane le regarda s'éloigner, prise d'un vague malaise. Que savait-elle de sa vie privée ? Avait-il des amis, une compagne ? Que faisait-il de son temps libre ? Jusqu'à sa remarque à propos de sa mère, quelques instants plus tôt, elle ne l'avait jamais entendu faire la moindre allusion à sa famille.

De fait, elle n'avait même pas la moindre idée de ce qui le motivait dans la vie.

Etrange, songea-t-elle. Etrange que l'on puisse travailler tous les jours avec quelqu'un sans rien savoir de lui, ou presque. Comment cela se pouvait-il ? Le caractère réservé de Ted était-il seul à mettre en cause ? Ou était-ce elle qui n'avait pas fait l'effort de s'intéresser à lui ?

6.

Lundi 20 octobre 2003,
16 h 00.

Jane émergea de chez elle et, levant son visage vers le ciel, inspira une grande bouffée d'air revigorant. Elle avait beau adorer son travail et son atelier, une journée entière à respirer de l'air recyclé sous des projecteurs lui faisait apprécier la fraîcheur naturelle de la rue, et ce malgré les nuages qui assombrissaient le ciel cet après-midi-là.

Elle avait choisi de vivre et de travailler dans une partie de la ville appelée Deep Ellum. Ce quartier vivant et bigarré, situé à l'est du centre-ville, à l'extrémité d'Elm Street, devait son nom à la façon dont ses premiers habitants prononçaient le mot *Elm*. Réputé pour sa vie nocturne, Deep Ellum attirait les jeunes, les marginaux, les originaux de tout bord, les artistes, les musiciens et, d'une manière générale, quiconque ne partageait pas la culture du paraître si typique de Dallas.

C'était précisément cet aspect qui plaisait à Jane.

Ici, elle se sentait chez elle.

Elle se mit en route d'un bon pas, saluant des visages familiers au passage — artistes, commerçants, serveurs du restaurant de quartier où elle aimait dîner, musiciens… Tout le monde se connaissait dans le coin, Deep Ellum n'étant formé que de trois longues rues : Elm, Main et Commerce.

En raison de ses nombreux restaurants et boîtes de nuit, la première constituait le centre névralgique du quartier. Commerce Street se caractérisait quant à elle par son côté plus résidentiel — c'était d'ailleurs là qu'habitait Jane — et était séparée d'Elm Street par Main Street, dont l'atmosphère empruntait à celle de ses deux voisines.

Le propriétaire du salon de tatouage local paressait sur le seuil de sa boutique, une cigarette entre les dents. Véritable homme-sandwich vantant sur sa peau les mérites de son propre travail, il était toujours vêtu d'un simple marcel. Ce jour-là ne faisait pas exception à la règle.

— Salut, Snake ! l'interpella Jane. Comment vont les affaires ?

Il haussa les épaules et souffla un long ruban de fumée blanchâtre qui parut se figer un instant dans l'air glacé.

— J'ai un motif qui t'irait à ravir, ma chérie. Et justement, j'ai un peu de temps devant moi. Ça pourrait filer des idées à ton jules.

Elle sourit.

— Mon jules n'est pas en manque d'inspiration. Et puis j'ai horreur des piqûres.

A dire vrai, après les multiples opérations qu'elle avait subies, et les années passées à rêver d'une peau douce et intacte, la seule pensée d'un tatouage lui donnait la chair de poule.

Agitant la main en signe d'au revoir, Jane reprit sa marche en direction de Main Street. Elle devait retrouver Dave au Café des Arts. L'endroit comptait parmi ses cantines préférées — en partie parce qu'on y buvait le meilleur café *latte* du quartier, mais aussi parce qu'on pouvait y découvrir des créations d'artistes locaux encore inconnus. C'était d'ailleurs là qu'elle-même avait présenté ses premières œuvres.

Elle poussa la porte du café. L'exposition en cours se composait d'un ensemble de tableaux expressionnistes intitulé *Cri*. Les images dérangeantes et les zébrures aux couleurs agressives lui semblèrent manquer d'originalité, mais pas de force. Le peintre manquait encore un peu d'expérience, mais elle ne doutait pas que son nom deviendrait familier à la communauté artistique de Dallas d'ici quelques années. Elle était même prête à le parier.

Assis au bar, Dave sirotait un café noir. Grand, blond et d'une beauté tranquille, il se leva à la vue de Jane, le visage éclairé d'un sourire.

— La sublime Cameo, en chair et en os.

Elle serra son ami dans ses bras en riant.

— Dave, tu es vraiment givré.

Il porta un doigt à ses lèvres.

— Chuuut, pas d'esclandre. Je suis psy. Si mes patients découvrent que c'est moi qui suis dingue, je serai obligé de venir me réfugier chez toi.

— Et cette perspective te paraît si terrible ?

— Ecoute Jane, je t'aime beaucoup. Vraiment. Mais en toute franchise, le couple idéal que tu formes avec Ian ne collerait pas avec mon style de vie.

— Tu devrais essayer, au moins. Qui sait si tu n'y prendrais pas goût ?

— Et renoncer à la vie de célibataire ?

Il la prit par le bras et la conduisit à une table près de la fenêtre.

— Cela n'aurait pu m'arriver qu'avec une seule femme, et elle m'a sauvé de ce désastre en tombant amoureuse et en se mariant à un autre.

— Elle t'a sauvé ? s'esclaffa Jane.

Alors qu'ils avaient tous deux une petite vingtaine d'années, ils s'étaient fait la promesse de se marier à quarante ans s'ils n'avaient pas trouvé chaussure à leur pied. Bien sûr, à respectivement vingt et un et vingt-deux ans, la quarantaine leur paraissait une terre lointaine peuplée de vieillards. La dernière ligne droite avant la sénilité.

— Qu'est-ce que tu prends ? C'est moi qui invite, soit dit en passant.

— Un double *latte* décaféiné. Et l'un de ces merveilleux *muffins* aux noix et à la farine d'avoine.

Il porta la main à son cœur.

— Un déca, toi ?!

Après un temps d'hésitation, elle répondit sur le mode de la plaisanterie :

— Il n'est jamais trop tard pour changer son fusil d'épaule.

A sa manière de l'observer, elle sentit qu'il flairait le mensonge. Après un moment pourtant, il se contenta d'acquiescer.

Elle le suivit des yeux tandis qu'il traversait le bar. Elle s'était rangée à l'avis de Ian et avait décidé de s'entretenir avec Dave de son état psychologique. Mais à présent, elle se sentait nerveuse. Non à l'idée de s'épancher devant Dave, mais à celle d'ouvrir une boîte de Pandore qu'elle aurait préféré maintenir fermée.

Dave revint avec son *muffin* et sa boisson. Elle se jeta sur les deux avec une égale voracité, sans savoir si elle avait vraiment faim ou si elle cherchait à repousser le plus longtemps possible la véritable raison du rendez-vous.

Le sourire aux lèvres, Dave la regarda engloutir son gâteau.

— Tu as oublié de déjeuner ?

— Je travaillais.

— Ça s'est bien passé ?

— A merveille. Mon modèle s'appelait Anne, lui expliqua-t-elle, et j'envisage d'inclure les moulages de son corps et de son visage dans l'exposition si j'arrive à les terminer à temps.

Dave sortit de son sac à dos un numéro du magazine *Texas Monthly* et le posa sur la table.

— Chaud devant ! Il sort tout juste des rotatives.

Jane découvrit alors son propre visage en quadrichromie sur la couverture du mensuel.

Des émotions contradictoires se bousculèrent en elle, dont la moindre n'était pas l'envie de disparaître sous la table. Son image, qu'elle avait toujours évitée, était désormais livrée en pâture à tous les lecteurs du Texas.

— D'où sors-tu ce journal ?

— Un de mes patients y travaille. Et tiens-toi bien, le numéro sera en kiosque demain.

Jane en resta sans voix.

— Regarde-moi cette photo… Tu es très belle.

Non, jamais elle ne le serait. Mais elle devait reconnaître que la prise de vue était réussie. Intéressante. Evocatrice. Le photographe avait utilisé un puissant éclairage directionnel pour mettre en valeur un côté de son visage, laissant l'autre dans l'ombre.

— *La vision brutale et poétique de Cameo*, murmura-t-elle en lisant la légende sous sa photo.

Elle se tourna vers son ami.

— Je n'ose pas regarder.

— L'article est extrêmement flatteur, pourtant. Tu en sors grandie.

— Ne te moque pas de moi.

— Je ne me permettrais pas.

Il tendit le magazine à Jane.

— Allez, lis-le.

Elle finit par s'y résoudre. Le journaliste s'était intéressé à son passé, à l'accident, et à la manière dont l'art l'avait sauvée. Le reste de l'article évoquait son travail, son récent succès à l'échelle nationale et les louanges de la critique sur ses dernières œuvres.

Il était essentiellement question de son activité artistique, mais le journal avait cru bon d'inclure une photographie d'elle et Ian, et une autre de l'adolescente qu'elle avait été à quinze ans, juste après l'accident.

Elle ne put détacher son regard du vieux cliché tiré d'un canard de l'époque. La bouche sèche, elle articula d'un ton amer :

— Il a fallu qu'ils publient ça. Pas d'article à grand tirage sans photo choc.

— Arrête, Jane.

— Montrer la Belle sans la Bête ne les intéressait pas.

— On ne peut pas fuir son passé. Il faut accepter ce que tu es.

— Je ressemble à un monstre. Et je ne vois pas ce qui peut justifier la publication d'une photo aussi insoutenable.

— Laisse tomber, Jane.

— Je sais, mais tout de même, je trouve un peu trop facile de…

— Arrête, s'il te plaît.

Sa voix se fit plus douce.

— Ton art reflète ta personnalité et les épreuves que tu as dû traverser. Tu le dis toi-même dans l'article. En ce sens, la présence de cette ancienne photo est justifiée.

Elle prit le temps de digérer ces paroles, convaincue au fond de la lucidité de son ami. L'horreur de se découvrir en couverture d'un magazine et de savoir que tant de gens la verraient ainsi affectait son jugement.

— Ça fait mal, admit-elle enfin.

— Bien sûr que ça fait mal.

— Je ne veux pas que les gens me regardent, moi. Je veux qu'ils regardent mon travail.

— Impossible de séparer l'un de l'autre, ma douce. Désolé.

— Salaud. Enfoiré.

— On m'a traité de bien pire.

— Les femmes avec qui tu as couché, je parie.

— Et ça ne m'empêche pas de dormir.

Il avait toujours eu cette faculté de la remettre sur les rails. Sa bonne humeur retrouvée, elle fit glisser le magazine vers lui.

— C'est pour toi, dit-il en le repoussant vers elle.

Puis il la fixa droit dans les yeux.

— La récré est finie, Jane. Crache le morceau.

— Quoi ? Que veux-tu que je te dise ?

— Ce qui te tracasse.

— Alors je ne peux pas donner rendez-vous à un vieil ami sans être soupçonnée d'avoir des arrière-pensées ?

Il haussa un sourcil.

— Moins de deux semaines avant le vernissage de ta grande exposition au Musée d'Art Moderne de Dallas ? Non.

— Petit malin, va.

— Malin tout court, mauvaise langue.

N'importe quel autre jour, Jane aurait souri.

— Les cauchemars sont revenus.

Inutile de demander de quoi elle parlait — il était au courant.

— Toujours les mêmes ?

— A une exception près.

Elle se tordit les mains.

— Le pilote du bateau fait demi-tour pour me passer dessus une seconde fois. Pour terminer sa sale besogne. Je me réveille en hurlant.

— A quelle fréquence as-tu ces…

— Trois en deux semaines.

— Rien de particulier dans ta vie, à part un mariage parfait et la gloire imminente ?

Elle hésita. Avec Ian, ils s'étaient mis d'accord pour ne pas annoncer la bonne nouvelle tout de suite. Et quand il serait temps d'en parler, Stacy devait être la première à l'apprendre.

Mais comment Dave pourrait-il l'aider si elle lui cachait la vérité ?

— Je suis enceinte.

Sous l'effet de la surprise, il parut grimacer, puis très vite son visage s'éclaira de plaisir. Il se leva d'un bond et contourna la table pour la serrer de toutes ses forces dans ses bras.

— Je suis si heureux pour toi ! C'est une merveilleuse nouvelle !

Elle s'accrocha à lui, en proie soudain à une peur irrationnelle.

Il la garda contre lui quelques instants, avant de se dégager doucement.

— De quoi as-tu peur, Jane ?

Elle songea à sa séance avec Anne. Elle lui avait posé la même question : De quoi avez-vous peur, Anne ? Quand vous êtes seule dans le noir, dites-moi, quel monstre vient vous hanter ?

Anne lui avait répondu honnêtement. Pourrait-elle faire de même ?

— Asseyons-nous, dit-elle.

Il hocha la tête.

— Vas-y, commence, l'enjoignit-elle lorsqu'ils furent de nouveau assis face à face.

— Si tu veux, acquiesça-t-il, le menton appuyé sur ses mains jointes. Comment va ta vie ?

— C'est le bonheur.

— Vraiment.

— Vraiment, Dave. Je suis la femme la plus heureuse au monde.

— Tu le crois sincèrement ?

— Oui. J'ai beaucoup réfléchi à ma chance ces derniers temps.

Elle fit une pause pour rassembler ses pensées.

— Ce n'est pas seulement Ian, ou le bébé, ou mon expo… Le jour de l'accident, si ce médecin n'avait pas été chez lui, s'il n'avait pas entendu mes cris et appelé le SAMU *avant* de me venir en aide, si l'ambulance avait été retenue ou si les médecins urgentistes avaient manqué d'expérience, si la trajectoire du bateau avait été différente de quelques centimètres… je serais morte.

Elle posa ses mains à plat sur ses cuisses. Elles tremblaient.

— Et aujourd'hui j'ai tout ce dont une femme peut rêver. L'amour. Du succès dans une carrière que j'adore. Et bientôt un enfant.

— Alors pourquoi ces cauchemars ?

— C'est toi le sorcier des âmes. J'attends tes explications.

— D'accord.

Il se pencha légèrement en avant.

— Peut-être crains-tu de perdre ce bonheur ? De voir la chance te faire soudain faux bond ?

— Mais enfin, pourquoi ? Je…

— Que se passe-t-il quand les rêves se réalisent ?

— On est heureux.

Il ignora le sarcasme.

— A une époque, le bonheur te paraissait la chose la plus naturelle au monde. Tu avais tout : une famille aimante, des amis, et tu étais appréciée des autres. Il a suffi d'un instant à quelqu'un pour détruire ta vie insouciante. Cette expérience t'a enseigné la fragilité du bonheur, sa versatilité, et aussi à quel point chaque instant est précieux.

Il saisit les mains de Jane et les pressa fermement.

— Tes rêves sont devenus réalité, mais aujourd'hui tu as peur de tout perdre à nouveau. Tu as peur que la chance t'abandonne.

Elle pinça ses lèvres tremblantes, consciente de l'écho que ces mots trouvaient en elle.

— Voilà ce que signifie ton rêve, Jane. L'idée de tout perdre. De devoir vivre avec ce malheur. Tu t'en es sortie la première fois, tu as survécu. Alors, dans ton esprit, ce type va essayer une nouvelle fois de finir « sa sale besogne », comme tu dis.

Mon Dieu, oui. Cela ne faisait aucun doute. Elle avait tant à perdre maintenant qu'elle possédait tout.

C'était parfaitement clair.

Elle laissa échapper un soupir de soulagement.

— Tu as raison, Dave. Dieu merci. Je ... je craignais un peu de perdre la tête. De revivre encore mes heures les plus noires. Je ne veux plus jamais connaître ça. Jamais.

A nouveau, Dave pressa les mains de Jane, avant de les libérer.

— Tu veux dominer tes peurs ? Alors tâche de percevoir leur vraie nature.

— Elles sont stupides. Exagérées. Sans fondement.

— Rien de tout ça, gronda-t-il sur un ton affectueux. Tu as subi un traumatisme sévère. L'esprit s'adapte, apprend à se protéger dans ces cas-là. Le syndrome des personnalités multiples en est un exemple — un peu extrême, je te l'accorde.

— Je me sens soulagée d'un grand poids.

— Dave Nash, fameux génie.

— Fumeux génie, plutôt. C'est comme ça qu'on t'appelait Stacy et moi.

— A propos de ta sœur, comment a-t-elle réagi à la grande nouvelle ?

— Elle n'est pas encore au courant.

Il écarquilla les yeux.

— Tu ne lui as pas dit ?

— Nous-mêmes venons juste de l'apprendre, se défendit-elle. Et j'avais bien l'intention de le lui annoncer en premier, mais…

Dans son regard se lut un signal de détresse.

— Tu sais comment est Stacy.

Il ne répondit pas tout de suite.

— Les liens de parenté ne sont pas des routes à sens unique, Jane. Tu as ta part de responsabilité dans la dégradation de tes relations avec Stacy.

— Alors, pourquoi ne m'expliques-tu pas comment les améliorer ? Je déteste la manière dont les choses se passent avec elle.

— Je n'en crois pas un mot.

Une bouffée de chaleur la submergea.

— Je n'arrive pas à croire que tu aies osé dire ça, répliqua-t-elle, les joues en feu.

— Mets-toi à ma place une seconde. Stacy est ta sœur, et de surcroît ta seule famille. Et pourtant, tu ne l'as même pas prévenue de ta grossesse. Tu aurais dû décrocher ton téléphone sur-le-champ pour lui apprendre la nouvelle. Dès qu'il s'agit de Stacy, tu remets toujours tes appels au lendemain.

— Je craignais de la blesser…

— Mais tu ne lui as même pas donné une chance ! L'une de vous deux doit briser ce cercle vicieux.

— Tous nos désaccords sont de sa faute.

— Tu en es sûre ?

La question de Dave lui arracha un soupir irrité.

— Laisse un peu tomber tes réflexes de psy.

— Je te parle en ami, Jane, pas en médecin. Je te le répète : brise le cercle vicieux.

— Monsieur-je-sais-tout.

— Fumeux génie, corrigea-t-il.

Elle avait beau lui en vouloir de ne pas partager son avis, elle ne put s'empêcher de lui rendre son sourire.

— Je t'aime beaucoup, est-ce que tu le sais au moins ?

— Oui, oui, je le sais. Et par une merveilleuse coïncidence, je t'aime aussi beaucoup.

La conversation se prolongea encore quelques minutes. Jane pressa Dave de lui parler à son tour de sa vie. Elle s'enquit de son travail, de cette rousse avec qui on l'avait vu récemment… Il lui brossa un rapide tableau de sa situation : cette fille était déjà de l'histoire ancienne, les patients se bousculaient à la porte de son cabinet, et au printemps il prévoyait un petit séjour à Paris.

Au moment de se séparer, il l'embrassa sur la joue.

— Ça m'a fait plaisir de te voir. Tu m'as manqué.

— Ça m'a fait plaisir à moi aussi. Et merci de m'avoir aidée à comprendre ce que je vis en ce moment. Je crois que les nuits vont être plus douces, à l'avenir.

— A la bonne heure.

Son visage devint plus grave.

— Passe un coup de fil à Stacy, Jane. Elle aussi a besoin de toi.

— J'aimerais le croire.

— C'est pourtant vrai.

Il l'embrassa à nouveau.

— Promets-moi de l'appeler.

Elle accepta à contrecœur. Que craignait-elle le plus ? se demanda-t-elle en sortant ensuite du café. Faire face à sa peur irrationnelle de tout perdre ? Ou affronter sa sœur ?

7.

Lundi 20 octobre 2003,
17 h 30.

Affalée sur le canapé, Stacy contemplait le moniteur vidéo où défilaient en noir et blanc des images de piètre qualité. Elle s'étira et consulta sa montre. Deux heures et demie à s'abîmer les yeux, et rien à se mettre sous la dent. Que du banal. Des couples. Des gamins qui jouaient dans l'ascenseur, montant du premier au dernier étage, et vice-versa au moins dix fois de suite. Quelques vieillards aussi.

Selon Deland, le taux d'occupation de l'hôtel était à moins de cinquante pour cent, après avoir affiché complet trois semaines d'affilée grâce à la grande foire du Texas et aux matchs de football américain opposant les grandes universités du Sud.

Cela se voyait sur les cassettes.

Enfin bon, songea Stacy, les enregistrements de l'escalier auraient peut-être quelque chose de plus intéressant à révéler.

Chargé d'aviser la famille proche de Victoria Vanmeer de son décès et de déblayer le terrain pour l'enquête, Mac était parti s'entretenir avec les voisins de la victime et suivre les pistes existantes. Stacy l'avait poussé à faire ce boulot, mais regrettait à présent son absence. Mac n'aurait pas été de trop pour l'aider à passer ces cassettes en revue. C'était un bon flic, qui se consacrait pleinement à sa tâche et faisait preuve d'un sens aigu de l'observation.

Pas comme Camp et Riggio, ces deux tire-au-flanc bons pour la casse. Elle n'avait aucune confiance en eux. L'envie la démangea d'aller les surveiller, de peur qu'ils ne laissent passer un détail important, mais les paroles de Mac lui revinrent en mémoire et elle se retint. Peut-être avait-elle vraiment la manie de vouloir tout contrôler, en effet.

Sauf qu'il l'avait surtout dépeinte en garce méfiante et agressive.

Quel merdier, pensa-t-elle. Si ses cassettes restaient muettes, il lui faudrait se taper celles des deux incapables.

Le meurtrier de Victoria Vanmeer s'était forcément servi de l'ascenseur ou des escaliers pour atteindre le huitième étage. Il n'avait tout de même pas utilisé un tapis volant.

Elle aurait bien bu un café. Et mangé un beignet aussi. Un de ceux fourrés à la crème, par exemple… Il en restait peut-être un au fond de la boîte.

Ça ne coûtait rien d'y croire. Même s'ils franchissaient rarement le cap des 10 heures du matin.

Le ventre en proie à d'éloquents gargouillis, elle jeta un regard plein de convoitise vers la porte. Au fond, un simple beignet couvert de sucre glace, même sec comme du carton-pâte, ferait fort bien l'affaire.

Elle se redressa pour éteindre le moniteur, mais suspendit soudain son geste. Sur l'écran, un homme montait au huitième étage. L'horloge du film affichait 16 h 36.

Stacy rembobina la cassette.

L'homme avait pris l'ascenseur au niveau de la réception, seul. Vêtu d'un jean, d'un blouson d'aviateur en cuir et d'une casquette de base-ball, il lui apparut grand, élancé, et assez carré d'épaules.

Les yeux plissés, Stacy scruta l'écran. La casquette pouvait être celle de l'équipe des Atlanta Braves, mais ce point restait à confirmer. En attendant, elle masquait le visage du type, ce d'autant plus qu'il avait incliné la tête au moment de passer devant la caméra.

Stacy vit la cabine d'ascenseur s'immobiliser au huitième étage, et l'homme en sortir.

Elle rembobina la séquence et l'étudia encore. Et encore.

Il savait où se trouvait la caméra. Voilà pourquoi il détournait la tête.

Elle ne s'était pas trompée. Le type était un malin qui avait bien prévu son coup. Il avait appuyé sur le bouton du huitième sans la moindre hésitation, pris la peine aussi de mettre des gants. Notant ce détail, elle essaya de se souvenir de la température de la nuit précédente. Dix degrés ? Moins ? Assez froid pour que ses gants n'attirent pas l'attention ?

Stacy calcula la durée du meurtre, imagina le scénario. Il entre dans la chambre, salue sa maîtresse avec des mots choisis. Elle est là à l'attendre, peut-être allongée sur le lit. Ça fait partie du plaisir. Du jeu. Il lui murmure des cochonneries à l'oreille pendant une minute ou deux, l'excite. Il se peut qu'il se serve même de la ceinture de son peignoir pour lui caresser le cou. Il garde ses gants, pourquoi pas son blouson... Elle n'a rien contre ces petits amuse-gueules lubriques. Et puis elle lui fait confiance, ça ne l'inquiète pas le moins du monde.

Soudain il passe à l'action. Il l'étrangle.

En vingt minutes, le tour est joué. Peut-être même moins.

L'heure inscrite sur la bande-vidéo correspondait pile poil à l'heure de la mort selon l'estimation de Pete.

Elle eut une montée d'adrénaline. Sa dope, comme elle l'appelait. Il y avait une chance sur quatre pour qu'il ait emprunté la même cabine d'ascenseur après le meurtre. Stacy appuya néanmoins sur l'avance rapide. Une chance sur quatre, et pourtant bingo : monsieur le fan de l'équipe des Atlanta Braves était là. Sa casquette toujours vissée sur le crâne, il était redescendu dix-sept minutes après être monté au huitième étage.

Je te tiens, espèce de salopard.

Stacy se leva d'un bond pour aller chercher les autres.

8.

Lundi 20 octobre 2003,
18 h 15.

Stacy venait de rembobiner la cassette pour la quatrième fois quand Mac rejoignit l'équipe groupée devant le moniteur. Il balança sa veste sur la table.

— Quoi ? Pas de pop corn ni de crèmes glacées ?

— On se calme, dit Stacy. J'ai mieux que ça. Regarde plutôt.

Mac attrapa une chaise, la retourna vivement et s'assit à califourchon. La bande-vidéo défila de nouveau. Lorsque le suspect fut sur le point de quitter l'hôtel, Stacy appuya sur la touche *pause* et interrogea son coéquipier :

— Tu en penses quoi ?

— Il connaissait l'emplacement des caméras.

— C'est aussi mon avis.

— L'heure correspond, lâcha Camp. Et il a l'air beau mec.

Mac fit la moue.

— On a quelqu'un d'autre ?

— Pas pour le moment, répondit Riggio. Deux femmes seules. Un couple d'adolescents boutonneux. Que dalle.

— Et les enregistrements des escaliers ?

— *Niet.*

Camp consulta sa montre.

— Il me reste à peu près une heure à visionner.

— Alors, au boulot.

A son tour, Stacy jeta un œil à sa montre.

— Mac et moi, on va essayer d'avancer à partir de ce qu'on a.

Elle attendit que les autres inspecteurs soient partis, puis se tourna vers son coéquipier :

— La récolte a été fructueuse ?

Il sortit son calepin.

— Deux divorces, le dernier datant d'il y a deux ans. Des maris toujours pleins aux as et bien plus âgés qu'elle.

— Elle avait un travail ?

— Elle se prétendait décoratrice d'intérieur, mais ses voisins ne l'ont jamais rien vu faire. J'imagine qu'elle utilisait sa carte professionnelle pour obtenir des rabais dans toutes les boutiques de déco de la ville. Ses divorces ont été particulièrement bénéfiques pour son compte en banque.

— Un petit ami ?

— Pas qu'un, hélas. Mme Vanmeer avait tendance à en faire collection. Si j'en crois sa gouvernante, elle avait un goût immodéré pour les hommes.

— Intéressant.

Stacy tapota du bout des doigts la table en bois délabrée. Ses pensées fusaient en tous sens.

— Un ex-mari jaloux. Ou méprisé, et saigné à blanc par un jugement de divorce.

— Tu crois que le mobile se cache de ce côté-là ?

— Ça se pourrait bien.

— J'ai eu son premier mari au téléphone. Il habite Atlanta et n'a pas parlé à son ex depuis des années. Il m'a paru un peu sonné à la nouvelle de sa mort.

— Et le deuxième ?

— Il faisait une croisière. Son bateau a accosté à Miami ce matin et son avion doit atterrir à l'aéroport de Dallas ce soir à 22 h 45.

— Donc, celui-là a un alibi.

— D'après mes renseignements, il a aussi assez d'argent pour que quelqu'un fasse le sale boulot à sa place.

— Voilà ce que je propose. On appelle Rick Deland au Plaza et on lui montre le type sur la cassette pour voir si lui ou quiconque à l'hôtel parvient à l'identifier.

Mac n'y voyant pas d'objection, elle sortit de la poche de son pantalon la carte du directeur de l'hôtel.

Quelques instants plus tard, elle avait le directeur au bout du fil.

— Heureuse de vous avoir en ligne, monsieur Deland. Mon coéquipier et moi aimerions vous montrer quelque chose. Pouvons-nous faire un saut au Plaza ?

Il donna son accord et elle raccrocha.

— C'est bon, dit-elle en enfilant sa veste. A quelle heure l'avion de l'ex-mari doit atterrir à Dallas, déjà ? Onze heures moins le quart ?

Il acquiesça.

— Tu crois qu'un détour par l'aéroport s'impose ?

— Rien de tel que l'effet de surprise pour donner un coup de fouet à une enquête.

Elle vérifia l'heure.

— Autre chose ?

— Ouais. Un truc qui devrait t'intéresser.

Quelque chose dans le ton de sa voix lui donna la chair de poule. Elle le scruta avec appréhension.

— Devine qui était le chirurgien esthétique de Victoria Vanmeer ? Le Dr Ian Westbrook. Ton beau-frère.

9.

Lundi 20 octobre 2003,
20 h 25.

Jane buvait lentement son eau minérale en observant Ian qui, installé aux fourneaux, préparait un poulet à l'orange et au romarin — l'un de ses plats préférés. La cuisine s'emplissait peu à peu des senteurs d'agrume et de poulet grillé parfumé aux herbes. Cuisinier émérite, Ian préparait la plupart des repas du couple, Jane préférant endosser le rôle de sous-chef et de plongeur.

— J'ai vu Dave aujourd'hui.

— Je me demandais combien de temps ça allait te prendre pour l'appeler. Tu n'as même pas tenu vingt-quatre heures.

Jane dressa l'oreille. Etait-ce de l'agacement qu'elle percevait dans le ton de sa voix ? De la jalousie ?

— Nous sommes amis depuis si longtemps.

— Je le sais, Jane.

Ils échangèrent un bref regard.

— Je ne t'en veux pas de l'avoir appelé. Après tout, c'est moi qui te l'ai suggéré.

— En effet. Et c'était d'ailleurs une excellente idée.

— Alors ?

— Il m'a apporté le dernier numéro du *Texas Monthly.*

Ian abandonna la cuillère en bois dans la casserole et se tourna vers elle.

— Eh bien ? Qu'en dis-tu ?

— Dis-moi plutôt ce que toi tu en penses.

Elle alla chercher le magazine et le posa sur le comptoir en granit après l'avoir ouvert à la page où se trouvait l'article en question.

Ian émit un sifflement admiratif.

— Et dire que tu m'as épousé.

— Tu m'as fait pitié. C'était une œuvre de bienfaisance.

— Je sais, tu m'as trouvé au rayon des occasions… Mais avoue que tu voulais des sensations fortes sans payer le prix d'une première main.

— Tu n'es pas bon marché, mon chéri, plaisanta-t-elle. Par contre, pour les sensations fortes…

Il se pencha pour l'embrasser. Quand il se redressa, ses traits avaient perdu leur expression amusée.

— La photo t'a dérangée.

Ce n'était pas une question, il la connaissait trop bien pour ça. Elle opina du chef.

— Et Dave ? Quelle a été sa réaction ?

— Il m'a encouragée à surmonter mon malaise. Selon lui, mon passé fait partie intégrante de ma personnalité et de l'artiste que je suis devenue.

Alors qu'elle terminait sa phrase, ses yeux se posèrent sur l'image monstrueuse de son visage défiguré. Incapable de lutter contre son pouvoir destructeur, elle préféra fermer le magazine.

— Maintenant, je suis jaloux pour de bon. J'aurais pu te dire tout ça.

Elle ne parvint pas à sourire.

— Je lui ai parlé des cauchemars.

— Et… ?

Elle lui résuma en quelques mots la théorie de Dave à ce sujet.

— Il me croit effrayée à l'idée de tout perdre.

— Tu es d'accord avec lui ?

— Ça tient debout. Et puis je me suis sentie tellement soulagée après notre conversation… D'après lui, admettre ma peur et comprendre ce qui m'arrive constituerait déjà un premier pas vers une rémission.

Elle se tut un instant.

— Je lui ai annoncé que j'étais enceinte.

— Je m'en doutais un peu.

— Tu n'es pas fâché, Ian ?

— Bien sûr que non.

— Tu fais une drôle de tête. Qu'y a-t-il ?

Il ouvrit la bouche, mais se ravisa.

— Rien, rien.

— Mais si, voyons. Allez, dis-moi.

Il plongea les lèvres dans son verre de vin et prit le temps d'avaler une longue gorgée.

— Je pensais juste que la nouvelle de ta grossesse avait dû drôlement le secouer.

Elle plissa le front.

— Je ne comprends pas où tu veux en venir.

— Il est amoureux de toi.

Elle dévisagea son mari un moment, perplexe.

— Ce n'est pas vrai.

— En es-tu certaine ?

Jane n'en revenait pas. Les propos de son époux la sidéraient.

— Mais enfin, nous sommes amis. L'amitié entre hommes et femmes existe, tu sais.

— C'est donc la raison pour laquelle il traîne dans les parages depuis toutes ces années?

— Bien sûr !

La colère lui colora les joues.

— Nous sommes amis. Nous avons des tas de souvenirs en commun. Notre relation est basée sur un respect mutuel.

Ian leva les mains pour calmer le jeu.

— Je suis désolé. Je retire ce que j'ai dit. Je dois être simplement jaloux de votre complicité.

Elle se colla contre lui et le ceintura tendrement.

— Il n'y a aucune raison d'être jaloux.

— Tu me le promets ?

— Mmm-hmm.

Il l'embrassa, puis lui conseilla de s'asseoir si elle ne souhaitait pas voir un excellent dîner lui passer sous le nez.

Le silence retomba alors entre eux.

— Nous avons aussi évoqué Stacy, finit par déclarer Jane.

Il leva les yeux, intéressé.

— Tiens donc.

— Dave estime que j'ai ma part de responsabilité dans la dégradation de nos relations.

— Mais tu n'es pas d'accord, n'est-ce pas ?

— Je n'ai pas dit ça.

Sa voix avait pris cette intonation à la fois défensive et agressive qu'elle méprisait tant.

— C'est juste que…

Elle fut interrompue par la sonnerie de la porte principale. Duke se mit à aboyer dans le hall d'entrée.

— Sauvée par le gong, la taquina Ian pour détendre l'atmosphère.

Elle lui décocha une grimace en guise de réponse, avant de décrocher l'Interphone.

— Oui ?

— C'est Stacy.

Jane se tourna vers son mari, qui lui adressa un large sourire.

— Dave a dû vendre la mèche, lança-t-il. Tu es dans le pétrin, maintenant.

— Jane ?

Elle reporta son attention sur l'Interphone.

— Monte, Stacy. Je t'ouvre la porte.

Elle alla à sa rencontre et constata avec surprise que sa sœur n'était pas seule. Plutôt bel homme, son compagnon devait mesurer près d'un mètre quatre-vingt-dix.

— Je ne savais pas que tu étais accompagnée, bredouilla-t-elle.

— Je te présente mon coéquipier, Mac McPherson.
— Enchantée, fit-il en lui tendant la main.
— Très heureuse, monsieur McPherson.
— Jane, on a des questions à poser à Ian. Il est là ?
— Ian? répéta Jane sans bien comprendre.

Elle regarda tour à tour Stacy et son coéquipier. Sa sœur semblait désolée, tandis que lui affichait une mine déterminée.

— Des questions ?
— Du travail de police, Jane. Je suis navrée.
— Il est dans la cuisine. Suivez-moi.

Ian leva les yeux au moment où ils pénétrèrent dans la pièce.

— Stacy, dit-il d'une voix accueillante, ça fait une éternité.

Il s'essuya les mains sur un torchon et traversa la cuisine pour l'embrasser sur les deux joues.

— On ne t'a pas beaucoup vue ces derniers temps. Tu nous as manquée.

Jane remarqua que sa sœur ne pouvait s'empêcher de rougir. A l'évidence, l'attention de Ian la ravissait. Pourquoi n'avait-elle pu la prendre dans ses bras ? Ou au moins l'accueillir d'un sourire ou de quelques mots gentils ? Pourquoi ne pouvait-elle se réjouir de sa présence ?

Dave avait peut-être raison, après tout. Les sœurs Killian se renvoyaient éternellement la balle. L'une des deux devait briser le cercle vicieux.

— C'est vrai, renchérit-elle, tu nous as manqué.

Mais ses paroles tombèrent à plat. Elles sonnaient creux même à ses propres oreilles.

Le regard de Stacy lui fit baisser les yeux. Ian vola aussitôt à son secours en lui passant un bras autour des épaules.

— Vous restez dîner tous les deux, bien sûr ?

Jane comprit qu'il interprétait cette arrivée impromptue comme une simple visite amicale de Stacy, venue peut-être leur présenter son nouveau fiancé.

— Ian, dit-elle, voici le coéquipier de Stacy.

L'homme s'avança.

— Mac McPherson. Nous sommes ici en service commandé, docteur Westbrook.

Déconcerté, Ian échangea une poignée de main avec lui.

— La soirée prend un tour pour le moins inattendu.

Stacy lui sourit gentiment.

— Oui, je suppose que ça te paraît un peu bizarre, mais sache que l'expression *service commandé* est bien trop sérieuse pour qualifier notre démarche. Et puis l'horaire n'est pas idéal, excuse-nous.

Ian s'approcha de la table.

— Asseyez-vous, je vous en prie. Je peux vous servir un verre de vin ? Du thé ou…

— Rien, l'interrompit Stacy. Mais c'est gentil de nous le proposer, merci.

Ian et les deux inspecteurs prirent place autour de la table. Jane, elle, préféra rester debout.

— Ian, attaqua Stacy, connais-tu une certaine Victoria Vanmeer ?

Il parut étonné.

— Victoria ? Bien sûr. C'est une de mes patientes. Pourquoi ?

Stacy ignora sa question.

— Depuis combien de temps la connais-tu ?

— Laisse-moi réfléchir une minute.

Il tapota la table de son index, comme s'il s'en servait pour compter.

— Je l'ai eu comme patiente pour la première fois à l'époque où je travaillais au Centre de chirurgie esthétique de Dallas. Il y a quatre ou cinq ans, donc. Je peux vérifier dans mes dossiers.

— Tu l'as opérée à plusieurs reprises, n'est-ce pas ?

— En effet, concéda-t-il, mal à l'aise.

— Quels types d'interventions ?

— Je suis navré, mais ces informations sont confidentielles. Secret médical.

— Elle est morte, Ian, lâcha abruptement Stacy. Assassinée.

— Oh, mon Dieu !

Jane pressa une main sur ses lèvres et se tourna vers Ian, dont le visage stupéfait resta un moment figé.

— Quand ? Comment ?

— La nuit dernière, à une heure indéterminée. Son corps a été découvert ce matin.

Mac se décida à parler.

— Nous espérons que vous pourrez nous aider à retrouver l'assassin, docteur Westbrook.

— Moi ?

Ses yeux se posèrent sur Jane, puis à nouveau sur les inspecteurs.

— J'imagine que vous la connaissiez bien. Ses craintes et ses espoirs. Ses secrets les plus intimes.

— J'étais son chirurgien esthétique, répliqua sèchement Ian. Pas son psy.

Stacy reprit le contrôle de la conversation, non sans avoir fusillé son coéquipier du regard.

— Corrige-moi si je me trompe, Ian, mais il ne serait pas si surprenant que tes patientes se confient à toi. Ne font-elles pas appel à tes compétences d'abord pour des raisons d'ordre émotionnel ? L'une a un mari qui lorgne les filles plus jeunes, ou un petit ami attiré par les grosses poitrines, une autre vient de se faire larguer… Elles s'adressent à toi dans l'espoir que tu pourras les aider.

— Ce n'est pas faux, admit-il. La chirurgie esthétique est une intervention de confort. Les motivations les plus diverses poussent les patients à modifier leur apparence. Et c'est vrai, le plus souvent la décision trouve son origine dans un manque affectif. Mais de là à vous aider à attraper son assassin ou à comprendre pourquoi elle a été tuée, il y…

Mac l'interrompit.

— Et de quels manques affectifs Victoria Vanmeer souffrait-elle pour vouloir ainsi changer son apparence ?

Ian fronça les sourcils.

— Victoria était obsédée par son physique et par la crainte de vieillir.

— Pourquoi ?

Le ton hargneux de l'inspecteur McPherson fit bondir Jane.

— Pas besoin d'une quelconque tragédie pour expliquer ça, intervint-elle. Je passe mon temps avec des femmes qui partagent des préoccupations identiques. De belles femmes, tout bonnement désespérées à l'idée de perdre leur jeunesse.

— Pourquoi ? insista Mac. C'est un peu excessif, non ?

— En effet, répliqua-t-elle en croisant les bras sur sa poitrine. Mais cette obsession pour la beauté n'est que le reflet du système de valeurs perverti de notre société. Pour vous en convaincre, ouvrez un magazine au hasard ou allumez la télévision. Toutes les femmes y sont jeunes, minces et resplendissantes.

— Et alors ?

— Les autres se croient par conséquent obligées de ressembler à ces créatures de rêve, non seulement pour réussir leur vie professionnelle, mais surtout pour être aimées.

— Résultat, elles se tournent vers la chirurgie esthétique, conclut Mac d'une voix où perçait une pointe de raillerie.

— Si l'image que vous aviez de vous dépendait de votre physique, et que ce physique devait être jugé à l'aune d'un idéal inaccessible imposé par les médias, je parie que vous feriez l'impossible pour vous rapprocher de cet idéal. Et si, au lieu de vous en rapprocher vous vous en éloigniez chaque jour un peu plus, je parie aussi que ça vous effraierait. Vous seriez désespéré, même. N'est-ce pas, inspecteur ?

— On fait juste notre travail, dit doucement Stacy. Rien d'autre.

Ian mêla ses doigts à ceux de sa femme.

— Comme tu le sais, Stacy, ce sujet passionne Jane. Ses mots décrivent à merveille les sentiments de Victoria, et à vrai dire de bon nombre de mes patientes. Victoria se plaignait souvent des hommes qu'elle fréquentait, mais elle se lamentait plus encore de vieillir. De ne pas être aussi belle qu'avant. Je ne suis pas certain que cela vous soit d'une grande aide, mais voilà quel genre de femme elle était.

— Quand l'as-tu vue pour la dernière fois ?

— Victoria ? Un mois, je pense. Elle est passée à la clinique pour discuter d'une thoracoplastie.

— De quoi s'agit-il ?

— Pas de ce qu'elle imaginait. Pour simplifier, il s'agit de raccourcir une côte afin de corriger une déformation du rachis. Ça se pratique pour les gens atteints de scoliose sévère — c'est-à-dire les bossus.

— Elle pensait à quoi, elle ?

— A une ablation de certaines côtes qui lui aurait permis de remodeler sa silhouette… d'affiner sa taille.

— C'est pas possible… Vous vous foutez de moi, lâcha Mac, incrédule.

— Pendant des années, des rumeurs ont circulé à propos de célébrités qui auraient subi cette opération. Cher. Jane Fonda. Pamela Anderson. Entre autres.

— Et vous avez refusé de pratiquer cette opération ?

— Il n'en était pas question. Comme je viens de vous l'expliquer, la thoracoplastie n'est pas une intervention de confort. Les côtes protègent des organes vitaux. Je lui ai conseillé de réfléchir à une liposuccion des hanches — c'est ce qu'ont fait en réalité les célébrités comme Cher pour avoir une taille aussi fine.

— Elle n'avait que quarante-deux ans, fit remarquer Stacy. Ça paraît plutôt jeune pour subir autant d'interventions chirurgicales. Etait-ce vraiment nécessaire ?

— La réponse à cette question ne peut qu'être subjective. Manifestement, elle estimait que oui.

— Et toi aussi ? insista-t-elle.

— Ce n'était pas à moi d'en décider. Si j'avais refusé de l'opérer, elle serait allée voir un autre chirurgien.

Mac émit un petit ricanement.

— Ecoutez, dit Ian en se penchant vers lui, il existe deux courants de pensée en ce qui concerne les soins esthétiques. L'un préconise d'entreprendre les grands travaux avant l'apparition des premiers signes du vieillissement. L'autre, considéré comme l'école traditionnelle…

— … préfère attendre que le vieillissement soit indéniable, termina Stacy.

— Et quel point de vue défendez-vous ? demanda Mac.

— Je me laisse guider par le souhait du patient. Dans la mesure du raisonnable.

— Evidemment.

Jane était déconcertée par l'agressivité de McPherson. Comme elle, Ian semblait nerveux, mal à l'aise.

— Est-ce qu'elle avait évoqué devant toi d'éventuels ennuis qu'elle aurait pu avoir ? s'enquit Stacy, presque avec l'air de s'excuser.

Ils appliquaient la fameuse technique du bon flic, mauvais flic, songea Jane. L'un se montrait compréhensif et poli, tandis que l'autre jouait les méchants. Mais pourquoi se donnaient-ils cette peine ? Qu'étaient-ils réellement venus faire chez eux ?

— Pas à ma connaissance.

— Des problèmes avec un homme ?

— Pas que je sache.

— Quelqu'un qui comptait dans sa vie ?

— Je suis navré, Stacy, nous n'étions pas proches au point d'échanger ce genre de confidences.

— Que peux-tu nous dire sur ses maris ?

— Victoria a été mariée deux fois. La première quand elle était jeune. Je crois qu'elle est restée divorcée pendant de longues années. L'affaire s'était résolue pacifiquement — en clair, aussi bien que possible pour un divorce.

— Et le second mariage ?

Il réfléchit un moment, comme s'il avait du mal à s'en souvenir.

— Plus récent et moins pacifique, beaucoup moins même. Mais je ne me souviens plus des détails.

— Des enfants ?

— Non.

— Quelle sorte de gens voyait-elle ? Des types louches ? Des marginaux ?

— Non, les mauvaises fréquentations n'étaient pas du tout son genre. Son narcissisme et ses goûts de luxe l'amenaient à ne s'intéresser qu'aux messieurs fortunés. Ses deux maris étaient des types droits qui avaient bien réussi dans la vie. Elle ne frayait qu'avec des médecins, des avocats, des hommes d'affaires. Du beau linge, quoi.

— Comme toi.

Il se raidit.

— Mais j'étais son médecin.

— Ces hommes avec qui elle sortait, il lui arrivait de les évoquer ?

Ian parut embarrassé par les questions de Stacy.

— Il m'est arrivé de la rencontrer par hasard — lors du vernissage d'une galerie d'art, au cinéma ou à un gala de charité, par exemple.

— Et elle était accompagnée ?

— Oui.

— Toujours par le même bonhomme ?

— Non, un différent à chaque fois.

— Tu te rappelles…

— Leurs noms ?

Il secoua la tête en signe de négation.

— Désolé.

— La dernière fois que tu l'as vue, a-t-elle eu un comportement singulier ?

Ian prit le temps de la réflexion, avant de répondre de nouveau par la négative.

— Je l'ai trouvée égale à elle-même. Je suis navré, j'aimerais vraiment pouvoir vous aider.

Stacy se leva, imitée par Mac.

— Si quoi que ce soit te venait à l'esprit, tu promets de nous appeler ?

— Je n'y manquerai pas.

Mac et elle se dirigèrent vers la porte, Duke trottinant à leurs côtés. Une fois dans le vestibule, Mac tendit sa carte à Ian, qui y jeta un rapide coup d'œil.

— Je n'arrive pas à croire que Victoria soit morte, avoua-t-il. Comment est-elle… Comment est-ce arrivé ?

— Excuse-nous, Ian, répondit Stacy, mais on ne peut pas en parler.

Il ouvrit la porte, l'air préoccupé.

— Je comprends. C'est juste tellement… inconcevable.

Au moment de franchir la porte, Stacy se tourna vers Jane.

— On s'appelle vite, d'accord ?

— Ça me ferait très plaisir. On pourrait déjeuner ensemble, dit Jane avec un sourire forcé.

Stacy accepta, mais s'attarda encore un instant sur le palier.

— Une dernière chose, Ian. Ta relation avec Victoria Vanmeer était-elle strictement professionnelle ?

— Je te demande pardon ?

— Ta relation avec Victoria Vanmeer était-elle strictement professionnelle ?

— Oui, répondit-il vivement. Il n'y a jamais rien eu entre nous. Pourquoi cette question ?

— Pour ne rien laisser au hasard, c'est tout.

Jane dévisagea sa sœur, tandis qu'un frisson lui parcourait l'échine. La question de Stacy lui semblait déplacée, sans rapport avec les autres. Et puis, même si Ian avait eu une aventure avec cette femme, qu'est-ce que ça aurait changé ?

Tout ça ne lui disait rien qui vaille…

10.

Lundi 20 octobre 2003,
20 h 25.

La température avait chuté le temps de leur visite. Frissonnante, Stacy resserra sur elle les pans de sa veste en tweed. Un air de jazz s'élevait du côté de Elm Street. Une voiture fila dans la nuit tombante, klaxonnant au passage une jeune femme aux cheveux orange. Bozo le clown au féminin, songea-t-elle.

Ils traversèrent la rue pour rejoindre la Ford de Mac, garée le long du trottoir. Stacy contourna le véhicule pour s'installer sur le siège passager pendant que son coéquipier s'installait au volant.

— Alors, qu'en penses-tu ? lui demanda-t-il.

— Ce que je pense de quoi ?

— Le brave Dr Westbrook nous a-t-il dit la vérité sur ses rapports avec la victime ?

Stacy fronça les sourcils.

— Pourquoi nous aurait-il menti ?

— Pour des tas de raisons. Peut-être.

— Non, pas lui, affirma-t-elle.

Mac fixa le pare-brise, visiblement peu pressé de démarrer.

L'impatience gagna Stacy.

— Quoi ? Qu'est-ce qu'il y a ?

— Quand tu lui as posé la question, il a eu un air bizarre.

— Comment ça, bizarre ?

— L'air d'un homme qui fait de gros efforts pour paraître innocent.

— Ça ne m'a pas frappée.

Mac mit enfin le contact et s'engagea sur la chaussée.

— Et si on parlait de la cassette vidéo ? lança-t-il, changeant de sujet.

Stacy ne fut pas dupe. Ils avaient beau ne pas faire équipe depuis longtemps, elle voyait clair dans son jeu.

— Je t'écoute.

— Ça ne t'a pas frappée non plus que l'homme sur la cassette et ton beau-frère aient sensiblement le même gabarit ?

— Si. Mais la remarque vaut pour environ vingt pour cent de la population masculine de Dallas. Autant tirer le coupable à la courte paille.

— Tu m'aurais répondu la même chose si Ian Westbrook n'était pas ton beau-frère ?

— Ian était son chirurgien, s'enflamma Stacy. Il…

— Ecoute, personne au Plaza n'a été capable d'identifier notre homme sur la cassette vidéo. Les probabilités qu'il s'agisse d'un client de l'hôtel sont faibles et on se dirige vers une impasse de ce côté-là. On ne peut pas se permettre de négliger la moindre piste. Ton beau-frère est un homme marié — et à une femme extrêmement riche par-dessus le marché. Une femme qui n'apprécierait sans doute pas d'apprendre qu'il s'adonne à des manipulations extra médicales avec une de ses patientes.

— Comment es-tu au courant de la fortune de Jane ? le coupa Stacy, contrariée.

— Tout le monde est au courant…

Il freina au feu rouge situé à l'angle de Commerce et de South Walton Street.

— … de l'héritage de ta sœur et du fait que tu en as été écartée. Dallas est un village, Stacy.

— Génial, marmonna-t-elle. Il ne manquait plus que ça.

Il eut un sourire compréhensif.

— Si ça peut te réconforter, les collègues trouvent ça dégueulasse. Quelques-uns auraient bien tenté leur chance auprès de toi pour obtenir un prêt.

Son visage était resté de marbre tandis qu'il prononçait ses mots, mais ses yeux l'avaient trahi. Elle décida qu'elle l'aimait bien. Mac était sans aucun doute le type le moins arrogant avec qui elle ait fait équipe.

— Pas de commentaire ?

— Je ne voudrais pas t'encourager. Vous n'êtes *pas* drôle, inspecteur McPherson.

— Si, je suis drôle. Reconnais-le.

— Certainement pas. Mais je te remercie de ne pas m'infliger les blagues machistes auxquelles m'ont habituée mes autres coéquipiers.

— Arrête, mon cœur s'emballe.

Il bifurqua sur une voie rapide.

— Quelle voiture conduit ton beau-frère ?

— Un roadster Audi TT. Rouge cerise. Pourquoi ?

— On a un peu de temps devant nous. Allons faire un autre tour au Plaza. On donnera aux voituriers le modèle et le numéro d'immatriculation de l'Audi du toubib.

— Tu nous fais une fixette.

— Je ne veux négliger aucune piste. Et tu en ferais autant s'il ne s'agissait pas de ta famille.

Les voituriers tenaient un registre des plaques d'immatriculation de tous les véhicules garés par leurs soins. Le meurtrier était sans doute assez bien renseigné pour le savoir, songea Stacy, mais ça valait le coup d'essayer. Elle soupira, énervée.

— Bon, allons-y.

Le trajet fut court jusqu'au Plaza, et ils eurent le temps de s'entretenir avec les deux voituriers. Seul l'un d'entre eux, Andrew, avait travaillé la veille au soir. Stacy se chargea de l'interroger pendant que Mac allait consulter le registre avec l'autre.

— Vous souvenez-vous d'avoir vu ou garé un roadster Audi TT rouge hier soir, entre 22 h 30 et 23 heures ? demanda-t-elle.

L'homme prit le temps de rassembler ses souvenirs, puis secoua la tête.

— Désolé, inspecteur. On voit tellement de voitures de ce genre ici qu'on ne les remarque même plus. Celle-là par contre — il pointa du doigt la Ford de Mac —, elle sort du lot.

Elle opta pour une autre tactique.

— Auriez-vous vu passer un homme grand, bien bâti, portant un blouson d'aviateur en cuir et une casquette de base-ball ?

La mine concentrée, Andrew se creusa la tête.

— Non, je ne crois pas… Enfin, peut-être que si… Oui, oui, je crois bien l'avoir vu.

Stacy sentit s'accélérer les battements de son cœur.

— Vous le reconnaîtriez s'il passait à nouveau devant vous ? Ou parmi une série de photos ?

— Désolé. Je n'ai pas distingué son visage.

Evidemment. Ce gars-là est malin comme un singe. Il a bien préparé son coup.

— Pourriez-vous au moins me dire s'il était blond ? Brun ? Roux ?

Une Jaguar d'un noir étincelant vint se ranger près d'eux. Le voiturier la regarda du coin de l'œil.

— Je ne suis sûr de rien. Comme je viens de vous le dire, je ne l'ai pas bien vu.

La portière avant de la Jaguar s'ouvrit.

— Je dois m'occuper de cette voiture.

— OK, dit-elle en lui donnant sa carte. Appelez-moi si quelque chose vous revient en mémoire. Quelle que soit l'heure.

— Vous pouvez compter sur moi, inspecteur.

— S'il vous plaît ! l'interpella-t-elle alors qu'il s'éloignait vers la Jaguar.

— Oui ?

— Qui faisait équipe avec vous hier soir ?

— Danny Witt.

Stacy le suivit des yeux un moment avant de se retourner à l'appel de son nom. Mac se dirigeait vers elle à grandes enjambées.

— Alors ?

— Si le doc était là hier soir, répondit-il, il n'a pas laissé les voituriers garer son Audi.

— Andrew pense avoir aperçu notre homme, mais il n'a pas pu voir son visage.

— Merde. C'est qui ce mec ? David Copperfield ?

— Non, juste un malin.

Ils regagnèrent la Ford.

— A quelle heure doit atterrir l'avion de l'ex de Vanmeer ? demanda-t-elle après avoir consulté sa montre.

— A 22 h 42. Vol 1362. American Airlines.

— On a juste le temps d'y être.

Ils foncèrent en direction de l'aéroport de Dallas et parvinrent au terminal avec assez d'avance pour se payer un Coca et un hotdog.

Stacy finissait d'en avaler la dernière bouchée lorsque le hautparleur annonça l'arrivée du vol en provenance de Miami.

L'ex-mari de Victoria Vanmeer fut l'un des tout premiers à sortir. Classe affaire, supposa Stacy. Rien d'étonnant au vu des éléments recueillis par Mac : l'homme était un businessman aisé qui avait investi dans le pétrole et les technologies de pointe.

Rien d'étonnant non plus à ce qu'il soit accompagné d'une somptueuse blonde d'au moins trente ans sa cadette. L'un comme l'autre semblaient avoir abusé du soleil — et aussi du champagne.

Stacy sortit son insigne de police et lui barra le chemin.

— Monsieur Hastings ?

Il s'arrêta. Son regard se porta sur le badge de la jeune femme, puis sur celui de Mac. Ses traits se durcirent.

— Charles Hastings, énonça-t-il clairement. Que puis-je faire pour vous ?

— Inspecteur Killian, police de Dallas. Voici mon coéquipier, l'inspecteur McPherson. Nous aimerions vous poser quelques questions.

— A quel sujet ?

— Pourriez-vous nous suivre un peu à l'écart, je vous prie ?

L'homme parut irrité.

— Chérie, dit-il à sa compagne, je te laisse récupérer les bagages. On se retrouve ici.

La jeune femme acquiesça et s'éloigna, non sans avoir d'abord toisé les deux inspecteurs d'un air furibond. Ces derniers accompagnèrent Charles Hastings vers un coin tranquille.

— C'est au sujet de votre ex-femme.

Il haussa un sourcil. Manifestement, il y avait eu plus d'une madame Hastings.

— Victoria Vanmeer.

— Victoria ?

Il eut un rire ironique.

— Je ne vois pas en quoi cela peut me concerner.

— Quand lui avez-vous parlé pour la dernière fois ?

— Je ne m'en souviens pas.

— Vous ne vous souvenez pas de la dernière fois où vous avez parlé avec celle qui fut votre épouse ? Je trouve ça plutôt curieux.

— Moi, ce que je trouve curieux, c'est que vous veniez m'interroger à propos de cette femme. Qu'est-ce qu'elle a encore fait ?

Stacy ignora la question. L'attitude du bonhomme lui restait en travers de la gorge.

— Si vous préférez, nous pouvons poursuivre cette conversation dans les locaux de la brigade criminelle.

— Appelez mon avocat demain matin. Je suis fatigué et je rentre chez moi.

Il voulut se frayer un chemin entre les deux inspecteurs, mais Mac le retint.

— Votre ex-femme est morte, monsieur Hastings. Assassinée. Ça s'est passé hier soir.

Charles Hastings ne put masquer son trouble à cette nouvelle, mais il se ressaisit presque aussitôt.

— Et qu'ai-je à voir là-dedans ?

— A vous de nous le dire.

— Je reviens d'une croisière de dix jours. Je ne peux même pas me souvenir de la dernière fois où j'ai adressé la parole à Victoria. Preuve que je n'ai rien à voir avec cette histoire.

Stacy serra les dents. Seul l'argent pouvait rendre arrogant à ce point. Beaucoup d'argent. Et ça, elle avait du mal à le supporter.

— Je vois que son décès vous brise le cœur.

L'homme soupira, exaspéré.

— Me marier avec cette femme a été la plus grosse bêtise de ma vie. Et ne pas exiger de contrat de mariage une pure folie.

— Et pourquoi vous êtes-vous marié avec elle, monsieur Hastings ?

Il la jaugea du regard comme s'il avait eu affaire à une action boursière, et Stacy le soupçonna de ne pas lui accorder une cote très élevée.

— Elle avait le don de… de faire des choses qu'aucune autre ne savait faire.

— Des choses ?

— Oui, des choses. Avec son corps. J'ai cru que dire « oui » devant Monsieur le Maire l'inciterait à ne plus les faire qu'avec moi.

— Mais ça n'a pas été le cas ?

— Victoria était une nymphomane incapable de rester fidèle à qui que ce soit.

Hastings jeta un regard énamouré dans la direction où sa compagne avait disparu.

— Ecoutez, ajouta-t-il, c'était une salope superficielle et égoïste. Sa mort ne sera pas une grande perte, ni pour moi ni pour l'humanité.

— Quelle délicatesse…

— Gardez vos sarcasmes pour impressionner les petits truands, inspecteur, riposta-t-il avec froideur.

Mac décida d'intervenir.

— Savez-vous qui elle fréquentait ces derniers temps ?

— Non.

— Vous lui connaissiez des ennemis?

— Je n'ai pour ainsi dire eu aucun contact avec Victoria depuis notre divorce, mais la connaissant, je peux imaginer qu'elle en ait caressé plus d'un à rebrousse-poil. Renseignez-vous auprès de son entourage.

— C'est ce que nous allons faire, répondit Mac à voix basse, avant de lui tendre sa carte. Merci de votre patience. Si vous pensez à quoi que ce soit qui puisse nous être utile, n'hésitez pas à nous contacter.

Après un bref regard sur la carte, Hastings la rangea dans la poche de sa chemise.

— Vous voulez des renseignements sur mon ex ? Pourquoi ne pas interroger son chirurgien plastique ? Pendant notre mariage, elle a passé plus de temps sur sa table d'opération et dans son lit qu'avec moi.

Stacy eut l'impression de recevoir un coup de massue sur la tête. Elle se tourna vers Mac, qui se rapprocha insensiblement d'elle.

— Je peux y aller ?

Ils le laissèrent partir. Mais tandis que Charles Hastings s'éloignait, Stacy ne put s'empêcher de songer que, pour sa sœur, des nuages noirs s'amoncelaient à l'horizon.

11.

Mardi 21 octobre 2003,
1 h 15.

La sonnerie insistante du téléphone tira Stacy d'un profond sommeil. Elle chercha le combiné à tâtons.

— Killian à l'appareil.

— Haut les cœurs, inspecteur.

Elle parvint tant bien que mal à s'asseoir.

— Pete ?

— Le seul et l'unique. Je t'ai promis un appel nocturne et j'ai tenu parole. Mais tu préfères peut-être attendre le matin ?

— Pas question.

Elle acheva instantanément de se réveiller.

— Je t'écoute.

— Mort par asphyxie. On s'en doutait un peu, je te l'accorde. Le profond hématome et la fracture de l'os hyoïde à la base de la langue indiquent que le meurtrier a exercé bien plus que la pression nécessaire pour provoquer la mort. J'ai estimé l'heure du décès aux alentours de 23 heures, à deux ou trois minutes près.

— Un rapport sexuel ?

— Pas ce soir, merci.

— Arrête de faire le con.

— Tu l'as cherché. Et pour te répondre sérieusement, non. Aucune trace d'activité sexuelle.

Merde. Au revoir, l'ADN servie sur un plateau.

— Rien d'autre ?

— Ni drogue ni alcool. Aucun signe de maladie. Si elle n'était pas morte, elle serait en parfaite santé.

Ça lui fait une belle jambe, maintenant.

— Tu crois que c'est un homme qui a fait le coup ?

— A en juger par la taille de l'hématome, je répondrais par l'affirmative. Ou alors une femme forte comme un bœuf. Une dernière chose, plutôt intéressante : je crois que le type est gaucher. Le côté droit de la gorge présente un hématome plus profond, ce qui signifie que l'assassin a plus de force dans la main gauche.

Stacy changea d'oreille comme pour mieux entendre.

— Tu es certain de ce que tu avances ?

— Non, c'est juste une hypothèse. Comme le reste de mes conclusions, d'ailleurs. J'aimerais bien rentrer chez moi et me coucher, maintenant.

— Permission accordée si je peux récupérer le rapport demain.

— Après 10 heures.

— Rendez-vous à 8 h 30.

— Killia…

— Va dormir, Pete, ou tu risques d'être dans le gaz demain matin.

Elle raccrocha sur ses mots, et composa le numéro de son coéquipier.

La troisième sonnerie fut la bonne.

— … lô ? marmonna-t-il d'une voix lourde de sommeil.

— Mac, c'est Stacy. Pete vient de me communiquer les résultats de l'autopsie.

Un bruissement lui parvint à l'autre bout du fil, suivi de ce qu'elle imagina être le grognement d'une femme.

— Quelle heure est-il ?

— 1 h 20.

— Bon Dieu, Stacy, on est en pleine nuit…

— J'ai interrompu quelque chose d'agréable ?

— Ouais, j'étais en train de rêver que je quittais ce boulot de merde tant que je suis encore jeune.

— Tu pourras prendre ta retraite quand on aura pincé notre homme.

— On ?

Au ton de sa voix, elle devina son sourire.

— Tu commences vraiment à me considérer comme un coéquipier à part entière ?

Elle se rendit compte que c'était le cas et se renfrogna.

— Dépêche-toi de te rendormir, McPherson. Je t'attends demain matin au bureau à 7 heures. J'amènerai le caoua.

12.

Mardi 21 octobre 2003,
11 h 45.

Jane contempla la façade d'inspiration Art Déco de l'hôtel de ville. Le sommeil avait tardé à venir la nuit précédente. Elle n'avait cessé de se tourner et se retourner entre ses draps, préoccupée par les événements de la veille — les conseils de Dave, sa prise de conscience de l'état lamentable de ses relations avec Stacy et la visite de cette dernière.

Ta relation avec Victoria Vanmeer était-elle strictement professionnelle ?

Stacy était en droit de poser une telle question, songea Jane. Ainsi qu'elle l'avait expliqué, elle souhaitait juste ne rien laisser au hasard. Après tout, c'était son boulot d'interroger les gens. De vérifier leurs réponses et de mettre bout à bout les indices recueillis pour élucider les crimes. Stacy ne faisait que son travail, se répéta-t-elle. Rien de plus normal.

Alors pourquoi avait-elle éprouvé un tel malaise ? Pourquoi sa question et les douloureux sous-entendus qu'elle charriait s'étaient-ils immiscés dans son esprit à l'heure de dormir ?

Les mots maladroits de sa sœur résonnèrent à nouveau dans sa tête.

Ta relation avec Victoria Vanmeer était-elle strictement professionnelle ?

Ian avait-il été nerveux, ou était-ce le fruit de son imagination ? Avait-elle rêvé ce bref silence coupable qui avait précédé ses dénégations ?

Son mari ne menait pas une vie monacale lorsqu'elle l'avait rencontré, elle le savait. Il avait même été marié, brièvement il est vrai, à une femme du nom de Mona Fields. Bel homme et doué pour un métier où l'on rencontrait beaucoup de jolies femmes, Ian avait eu de nombreuses aventures. Il ne s'en était jamais caché.

Dans ces conditions, pourquoi aurait-il menti ? Parce que cette femme avait été l'une de ses patientes ? Ou parce qu'elle était morte ?

Les images de son cauchemar occultèrent soudain toute autre pensée.

Le pilote du bateau, manœuvrant pour lui passer dessus une seconde fois. Pour terminer sa sinistre besogne.

Non, personne ne la priverait de son bonheur. Croire le contraire était irrationnel. Une conséquence de son traumatisme, rien de plus.

Ian avait dit la vérité. Son mari n'était pas un menteur. Sans doute avait-il été aussi surpris qu'elle par la teneur de la question, d'où son hésitation. Comme elle, il était resté interdit quelques secondes avant de se ressaisir.

Quelque peu soulagée, elle se félicita d'avoir suivi les conseils de Dave. D'avoir affronté sa peur et découvert l'origine de celle-ci.

Dave croyait également nécessaire de crever l'abcès avec Stacy. De lui tendre une main fraternelle. Mais ce n'était pas la raison de sa présence en ces lieux. Ou du moins pas la seule.

Jane inspira une grande bouffée d'oxygène avant de gravir les marches à l'entrée de l'immeuble. Sa sœur avait-elle une idée en tête ? Elle voulait en avoir le cœur net, parce que si tel était le cas, elle devrait prouver à Stacy qu'elle faisait fausse route.

En haut des marches, un policier qui sortait lui tint la porte. Elle le remercia et pénétra dans le hall sombre où, accablés par une chaleur suffocante, des dizaines de femmes et d'hommes en sueur faisaient la queue pour payer leurs contraventions. Jane slaloma entre les grappes humaines jusqu'au bureau d'information.

Il y avait bien longtemps qu'elle n'avait pas rendu visite à sa sœur, songea-t-elle en saluant le policier en tenue posté derrière le bureau.

— Je viens voir l'inspecteur Killian, à la brigade criminelle.

— Votre nom ?

— Jane Westbrook. Je suis sa sœur.

L'homme, maigre comme un clou et doté d'une moustache du dernier ringard, la dévisagea comme pour tenter de lui trouver un air de famille.

— Un moment.

Il décrocha son téléphone et lui tourna le dos le temps de demander l'autorisation. Puis il pointa du doigt les ascenseurs situés juste derrière son bureau.

— Montez au troisième et suivez les indications.

— Merci, dit Jane, bien qu'il se fût déjà désintéressé d'elle pour renseigner une autre personne.

Elle s'approcha des ascenseurs, dont les opulentes portes en métal ornées d'étoiles dorées contrastaient avec l'atmosphère administrative et miteuse du reste du bâtiment.

Elle patienta quelques instants, le temps que l'une des cabines s'ouvre, et sentit alors son cœur se mettre à battre la chamade. Ses paumes devinrent moites. Quand avait-elle rendu une visite surprise à Stacy pour la dernière fois ?

Le jour de la mort de leur grand-mère. Leur entrevue avait été un désastre sans précédent.

Parvenue au troisième étage, elle découvrit Stacy qui l'attendait, debout dans le petit couloir menant aux bureaux. Elle paraissait méfiante.

— Salut, Stacy.

Jane se crispa au son de sa propre voix : on aurait dit une enfant surprise à chaparder des bonbons. Elle sortit de l'ascenseur et grimaça au fracas des portes métalliques qui se refermaient derrière elle.

— Tout va bien ? demanda Stacy.

— Très bien. Je me demandais juste si tu accepterais de déjeuner avec moi.

— Déjeuner ? répéta sa sœur. Toi et moi ?

— Pourquoi pas ? J'ai entendu dire que ça se faisait beaucoup entre sœurs.

— Pas entre toutes les sœurs. Notre dernier déjeuner remonte à l'année dernière.

— J'aimerais peut-être qu'il en soit autrement.

— Impossible, rétorqua-t-elle sèchement. Désolée.

Elle avait l'air de tout sauf d'être désolée. Jane ne s'avoua pourtant pas vaincue.

— On pourrait aller boire un café alors ?

Un semblant de sourire déforma la bouche de Stacy.

— Je vais bien réussir à me libérer cinq minutes. Suis-moi, je t'invite.

Elle la conduisit jusqu'à une porte sur laquelle était inscrit : *Homicides.*

— Il y a quelqu'un en salle d'interrogatoire numéro un ? demanda-t-elle à la secrétaire championne en bulles de chewing-gum.

— Non, non.

Sans chercher à cacher sa curiosité, la jeune femme se pencha pour mieux voir Jane.

Stacy l'ignora.

— Si on me cherche, c'est là que je suis.

Après avoir rempli deux tasses d'une mixture bourbeuse puisée dans la cafetière commune, elle entraîna Jane dans la salle d'interrogatoire et referma la porte derrière elles.

Ni l'une ni l'autre ne s'assit. Au lieu de ça, elles se firent face debout, chacune serrant dans la main son gobelet en plastique. Un silence gêné les séparait.

— Comment vas-tu ? parvint enfin à articuler Jane.

— Bien. Et toi ?

— En pleine forme. Je pense beaucoup à mon exposition.

— Ça me fait plaisir que ça marche aussi bien pour toi.

— J'aimerais le croire.

— Pourquoi en douterais-tu ?

Il s'agissait d'une provocation plus que d'une question, même si elle s'était exprimée sans agressivité. Mais de quoi la défiait-elle ? De la croire ou de ne pas la croire ?

Jane se souvint des paroles de Dave : leur relation n'était pas une route à sens unique. Leurs rapports conflictuels lui étaient imputables autant qu'à Stacy.

La seule façon d'améliorer la situation consistait à mettre les pieds dans le plat, en bannissant tout faux-semblant.

— Pourquoi s'est-on éloignées à ce point, Stacy ? Pourquoi le simple fait de se parler est-il devenu une épreuve ?

— J'ai beaucoup à faire avec ce meurtre sur les bras.

— Mais c'était pareil la semaine dernière, et aussi celle d'avant… On se comporte toujours comme deux étrangères.

Le silence de sa sœur la poussa à insister.

— Nous étions proches, à une époque. Tu te souviens ?

Stacy semblait mal à l'aise.

— Oui, sans doute. Mais le temps nous a séparées. Ça arrive dans beaucoup de familles.

— Je regrette ce qu'a fait grand-mère.

— Je ne voulais pas de son argent.

Elle aurait voulu son amour. Jane posa la main sur le bras de sa sœur.

— Elle a eu tort. Tu es la fille de papa tout autant que moi.

Stacy posa sa tasse sur la table.

— Je dois retourner travailler.

— Attends ! S'il te plaît.

Jane se surprit elle-même. D'où venait ce brusque désespoir dans sa voix ?

— Les sentiments de notre grand-mère n'ont rien à voir avec nous. Avec toi et moi. Tu es ma seule famille.

— Pas tout à fait, non. Toi, tu as Ian.

Ces mots lui firent l'effet d'une gifle. Instinctivement, elle retira sa main et fit un pas en arrière.

— Ce n'est pas pareil. Tu es ma sœur. Nous sommes du même sang.

— A moitié seulement.

— Ne dis pas ça. Ne fais pas comme…

Stacy la coupa sans ménagement.

— Tu n'es qu'une hypocrite, Jane. Tu es venue ici me chanter un sur l'amour et la complicité entre sœurs, alors que je devine très bien la vraie raison de ta visite. Tu t'interroges à cause de hier soir. Tu n'arrêtes pas de ressasser les questions qu'on a posées à Ian. Une question, surtout.

Ta relation avec Victoria Vanmeer était-elle strictement professionnelle ?

— Quelle carte tu vas jouer, maintenant ? poursuivit-elle. Celle de la franchise, ou de l'étonnement ? Tu oserais prétendre que ma dernière question ne t'a pas littéralement soufflée ?

Une brusque bouffée de chaleur envahit Jane, qui releva le menton d'un air crâne.

— Et alors, qu'est-ce que ça changerait si Ian avait eu une aventure avec elle ? Il pouvait coucher avec qui il voulait avant de me rencontrer. Ça n'a aucun rapport avec aujourd'hui, avec notre mariage. Et ça n'a surtout aucun rapport avec la mort de cette femme.

— Tu en es si sûre ?

— Absolument.

— Tu penses bien connaître ton mari ?

— Je te demande pardon ?

Stacy s'approcha d'elle.

— Peut-être que tu ignores certaines choses à son sujet.

Jane crut se trouver mal. Elle pivota sur ses talons et, luttant pour conserver son équilibre, s'effondra sur une chaise. Une fois le vertige passé, elle chercha le regard de sa sœur.

— Ian n'est impliqué d'aucune manière dans le meurtre de cette fille. C'est tout simplement impossible, et je crois que tu le sais aussi bien que moi.

— Et cette certitude se fonde sur quoi ? Ce n'est pas parce que tu souhaites quelque chose que c'est la vérité.

— Enfin, Stacy ! Tu connais Ian.

— Les gens ont parfois des secrets. Ils cachent leur vraie personnalité. Ils dissimulent leurs motivations profondes et leurs projets.

— J'en connais aussi qui cachent leurs sentiments, riposta Jane, réorientant la conversation vers sa sœur et vers leur difficulté à communiquer. Et qui dissimulent leurs blessures.

— Navrée, je n'ai pas le temps d'entamer une psychanalyse avec toi.

Stacy esquissa un mouvement pour s'en aller mais Jane la retint.

— Il était à la maison ce soir-là. Avec moi. Toute la nuit.

Stacy plissa le front.

— Tu en es sûre et certaine ?

— Oui. Satisfaite ?

A l'évidence, elle ne l'était pas. Tant pis, songea Jane. Il lui faudrait désormais vivre avec ça.

— Et pour répondre à ta question de tout à l'heure — ou plutôt à ton accusation —, oui, ton coéquipier et toi m'avez rendu nerveuse hier soir. Et cette fameuse question m'a déstabilisée. En venant ici, j'espérais me rassurer un peu, c'est vrai. Mais ce n'était pas le seul but de ma visite. Tu es ma sœur, et je croyais sincèrement qu'on pouvait lever les malentendus qui nous séparent. Retrouver notre complicité d'antan, en somme. A présent, je n'en suis plus si sûre.

— Bien essayé, Jane. Et encore bravo pour le coup de la pauvre épouse en proie à ses vapeurs. Pendant quelques secondes, je me suis même inquiétée.

— Pourquoi tant de cruauté, Stacy ? Pourquoi cette haine ? Si ce n'est pas à cause de grand-mère, est-ce à cause de Ian ? Parce que tu l'as connu avant moi ?

Le visage de Stacy devint rouge de colère.

— Le problème vient peut-être de nous. Peut-être qu'on n'a rien en commun, toi et moi.

— Mais c'est faux ! Nous avons notre vie entière en commun.

Jane se leva, les jambes flageolantes.

— Je suis enceinte, Stacy. Je voulais que tu le saches.

Sa sœur la dévisagea. Ses joues rouges pâlirent d'un coup.

— Enceinte, répéta-t-elle. De combien de…

— Huit semaines.

Jane rajusta la courroie du sac sur son épaule.

— Pour une raison ou une autre, je sais que tu ne te réjouiras pas de mon bonheur. Ça me brise le cœur, mais il en sera ainsi tant que tu refuseras de faire la moitié du chemin. Si un jour tu changes d'avis, tu sais où me trouver.

Stacy se contenta de lui opposer un silence éloquent. Sans un mot de plus, Jane prit congé de sa sœur.

13.

Mardi 21 octobre 2003,
11 h 55.

Immobile devant la porte de la salle d'interrogatoire, Stacy regarda Jane s'en aller. Elle bataillait contre l'envie de la rattraper. De s'excuser. De renouer les liens qui autrefois les unissaient.

Quand leurs rapports avaient-ils dégénéré ? Enfants, elles étaient les meilleures amies du monde, incapables de jouer l'une sans l'autre. Les problèmes n'avaient surgi qu'au moment de l'adolescence, lorsque Jane avait commencé à faire son intéressante pour intégrer à toute force le clan de Stacy et ses amis.

Comme ce matin-là au lac. A compter de ce jour, rien n'avait plus été pareil.

Les traits de Stacy se crispèrent. Jane avait raison : elle s'était mal comportée avec elle, elle avait été volontairement cruelle. Pourquoi ? Etait-elle à ce point en colère contre sa petite sœur ? Etait-elle si jalouse ?

Enceinte. De huit semaines.

Elle ressentit un pincement au cœur. Du plus profond d'elle-même montait la brûlure de l'envie. Tout avait toujours fonctionné à merveille pour sa sœur. Même l'accident semblait avoir rendu sa vie plus belle.

— Tu t'apprêtes à nous pondre un vaccin contre le cancer ?

Elle se retourna. A quelques pas d'elle, Mac la considérait avec une certaine curiosité.

— Pardon ?

— Tu sembles perdue dans tes pensées.

Elle répondit avec un sourire forcé :

— Dans mes souvenirs, plutôt.

— Je vois que le téléphone arabe a correctement fonctionné. Ta sœur était bien dans nos murs.

— Elle ne s'est pas cantonnée aux murs.

Stacy fit semblant de frissonner d'effroi.

— Elle est venue *dans cette pièce.*

— Elle n'a même pas pu attendre vingt-quatre heures avant de se précipiter ici pour que tu la rassures. Dis donc, on a vraiment dû le secouer.

Sans savoir pourquoi, Stacy ne put s'empêcher de défendre sa sœur. Ne lui avait-elle pourtant pas porté une accusation similaire quelques instants plus tôt ?

— En fait, elle est venue me voir pour tout autre chose. Ça n'a aucun rapport avec notre visite d'hier soir.

Il attendit des détails. Voyant que rien ne venait, il se rembrunit.

— Il faut qu'on se parle.

— Pas de problème.

Stacy jeta son gobelet dans la poubelle.

— Mon bureau ou le tien ?

— Pourquoi pas ici ? fit-il en indiquant la salle d'interrogatoire derrière eux.

— Parfait.

Il entra à sa suite, et ferma la porte.

— J'ai entendu dire quelque chose ce matin. Je suis obligé de te demander si c'est vrai.

Elle plissa légèrement les yeux.

— Je t'écoute.

— Il paraît que tu as eu une aventure avec Ian Westbrook ?

Liberman. Ce gros lourdingue. Elle avait commis l'erreur de se confier une fois à son ancien coéquipier. *Une seule fois.*

— On s'est un peu fréquentés. Rien de sérieux.

— Tu lui as présenté ta sœur et il t'a larguée pour elle, je me trompe ?

— Pas si tu sous-entends qu'il m'a brisé le cœur. Ça ne s'est pas passé comme ça.

— Non ? Comment, alors ?

— Comme je viens de te le dire. On s'est bien amusés, mais les sentiments n'étaient pas de la partie.

— Je ne te crois pas.

La colère déforma son visage.

— Je ne suis pas une menteuse, Mac. Ne refais jamais cette erreur.

— En fait, c'est lui que je considère comme un menteur. Tu ne t'es jamais demandé pourquoi il t'a laissée tomber pour se mettre en ménage avec ta sœur ?

— Où veux-tu en venir ?

Il s'approcha d'elle.

— Il t'a larguée pour ta sœur parce qu'elle avait de l'argent, et toi non.

A dire vrai, Stacy avait songé la même chose à l'époque. Mais c'était une manière de se consoler.

Seules la souffrance et la colère lui avaient inspiré ces pensées, car au fond, elle ne leur avait jamais accordé le moindre crédit. Et encore moins après avoir vu Ian et Jane ensemble.

Pareille complicité pouvait-elle être feinte ? Ian pouvait-il avoir simulé une telle ivresse amoureuse ? Pouvait-on faire semblant d'avoir à ce point la tête à l'envers ?

Cela lui paraissait hautement improbable.

— Ian aime Jane. J'en suis convaincue. De plus, c'est un chirurgien esthétique qui ne manque pas de clientes. Pourquoi un spécialiste aussi réputé se transformerait-il en chasseur de dot ?

— Ecoute, Stacy, on parle ici d'argent avec un grand A. D'une fortune assez grosse pour envoyer tout le monde se faire foutre.

Westbrook n'aurait jamais pu amasser un tel pactole, même en passant sa vie à retaper des nichons.

Stacy pinça les lèvres. Elle n'avait pas encore considéré le mariage de sa sœur sous cet angle. *Une fortune assez grosse pour envoyer tout le monde se faire foutre.* Pour obtenir ce qu'il voulait, quand il le voulait.

En épousant Jane, Ian avait touché le gros lot.

Je suis enceinte, Stacy. De huit semaines.

Le cœur au bord des lèvres, elle lutta contre un sentiment de fatalisme.

— J'aimerais bien m'offrir le luxe d'une petite visite à l'assistante de Westbrook, poursuivit Mac. Elle prend ses appels, ouvre son courrier, gère son planning. En d'autres termes, rien de ce qui se passe dans ce cabinet ne lui est étranger. Si le chirurgien et Victoria Vanmeer jouaient à touche-pipi sur la table d'opération, je parie qu'elle était au courant.

— Mon intuition me dit que tu te fourres le doigt dans l'œil.

Sa voix se fit plus basse.

— Comment l'as-tu rencontré, Stacy ?

La certitude que sa réponse ne lui vaudrait rien de bon la fit hésiter.

— A l'occasion d'une consultation, finit-elle par avouer. Mais je n'étais pas l'une de ses patientes, et il n'était pas marié.

Le regard satisfait de Mac lui arracha un soupir exaspéré.

— Pourquoi es-tu si convaincu de son implication dans cette histoire ?

— Pourquoi es-tu si convaincue qu'il est blanc comme neige ?

Il approcha son visage de celui de Stacy.

— L'ex-mari de Vanmeer affirme que Westbrook couchait avec la victime. Ce sont ses propres mots. Et Westbrook est la meilleure piste que nous ayons. Je crois qu'on devrait le considérer comme notre suspect numéro un.

Devant son silence, Mac insista.

— Tu es d'abord un flic, Stacy ? Ou la belle-sœur de Westbrook ? Tu dois choisir, maintenant.

Que le diable l'emporte, il avait raison.

— Très bien, décida-t-elle. Allons-y.

14.

Mardi 21 octobre 2003,
17 h 15.

Jane remonta de l'atelier en chantonnant. Elle venait de réaliser le moulage du visage d'Anne, de ses cuisses et son pubis, de sa hanche droite, de ses épaules et de ses seins. Ted avait promis de rester jusqu'à ce que les moules soient prêts à accueillir le métal. Le temps commençait à manquer. Pour inclure Anne dans l'exposition, elle devrait passer à l'étape suivante dès le lendemain matin.

Le processus était simple — presque trop même au goût de certains critiques. Tout d'abord, elle fabriquait un moule en plâtre. Une fois sèches, les surfaces rugueuses étaient poncées, les bulles et les creux emplis de plâtre puis poncés à nouveau. Une fois le moule prêt, elle s'armait d'un chalumeau et de fil à souder, chauffait le métal jusqu'à l'état liquide, et coulait le matériau en fusion au compte-goutte dans le moule. Pas besoin de fonderie, de trous de coulée, de fonte à la cire perdue, de centrifugeuse, de poulies, de monte-charges, ou autre matériel lourd.

A l'école des Beaux-Arts, elle avait appris les techniques classiques de la fonte. Elle s'était lancée dans la réalisation de pièces immenses, nécessitant un espace aux dimensions pharaoniques, une véritable fonderie et l'aide de plusieurs autres étudiants afin de mener à bien sa tâche.

La lourdeur du processus l'avait inhibée. Il s'accordait mal avec ses aspirations artistiques.

C'était le hasard qui l'avait orientée vers son mode de travail actuel. Peu après la mort de sa mère, alors qu'elle mettait de l'ordre dans les affaires de la défunte, un voile de mariée en dentelles avait attiré son attention. Jane n'avait pu s'empêcher de s'en vêtir... et avait été subjuguée par la manière dont la dentelle restituait ses traits.

Cette découverte avait été le déclic. Profondément intriguée, elle s'était demandé comment créer le même effet dans son travail.

Après quelques années d'essais et d'approximations, elle avait jeté son dévolu sur la soudure.

Sa technique de travail avait ainsi perdu en rapidité ce qu'elle avait gagné en légèreté. Non seulement ses sculptures prenaient vie goutte après goutte, mais Jane devait sans cesse s'interrompre pour évaluer le résultat, et étudier l'image naissante.

Le matériau, un mélange d'étain, de plomb et d'argent, offrait un rendu magnifique, moins lourd que le bronze classique, mais également pérenne.

Jane émergea de son atelier et pénétra dans son loft, prenant le soin de verrouiller la porte derrière elle. Duke bondit vers elle, la queue frétillante.

— Salut mon vieux, le salua-t-elle en se penchant pour lui gratter la tête. La journée se passe comme tu veux ?

Il émit un grognement et leva vers elle des yeux humides d'adoration.

— Que dirais-tu d'une petite promenade avant le retour de Ian ?

— Trop tard. Je suis déjà rentré.

— Ian ?

Perplexe, elle jeta un coup d'œil à sa montre et quitta l'entrée pour rejoindre son mari dans la cuisine. Elle le trouva pensif, debout face à la fenêtre panoramique, admirant les contours de la ville haute. Leur loft bénéficiait d'une vue imprenable sur la *Chase Tower*, un gratte-ciel surnommé le Trou de Serrure à cause de la spectaculaire découpe de sa façade. La nuit, des projecteurs illuminaient son sommet de verre, faisant ressortir la beauté de son architecture inimitable.

Elle s'approcha de lui et remarqua qu'il s'était versé du vin rouge.

— Tu rentres tôt… Mauvaise journée ?

Il porta le verre à ses lèvres.

— C'est le moins qu'on puisse dire.

— Tu aurais dû venir à l'atelier. J'aurais arrêté de travailler plus tôt.

— J'avais besoin d'être seul.

Son regard se détacha du spectacle de la ville pour se poser sur elle. Elle étouffa un gémissement : ses yeux étaient rouges et gonflés, comme s'il avait pleuré.

— Qu'est-ce qui ne va pas ? demanda-t-elle doucement. Que s'est-il passé ?

— La police m'a rendu visite au bureau cet après-midi.

— La police ? répéta-t-elle, comme assommée. Mais pourquoi ?

— Je n'en sais pas plus que toi. Ils m'ont encore interrogé à propos de Victoria. Sur les rapports que nous entretenions. Les mêmes questions que hier soir.

— Stacy était-elle…

— Oui, elle était présente.

La colère lui coupa le souffle. Elle eut le sentiment d'avoir été trahie.

— Je suis allée la voir ce matin même, au siège de la police. Elle ne m'a rien dit sur…

Jane s'arrêta net. Bien sûr qu'elle n'avait rien dit.

Elle couvrit son ventre de ses bras.

— Je lui ai annoncé que nous attendions un enfant. Je voulais me réconcilier avec elle. Ça ne s'est pas bien passé.

— Elle fait son travail, voilà tout.

Jane détourna les yeux. Ian appuya un doigt sous le menton de sa femme pour l'obliger à lui faire face. Elle était furieuse.

— Si ça peut te réconforter, je dois reconnaître qu'elle a pris des gants avec moi. Elle ne semblait pas là de gaieté de cœur.

— Il faut toujours que tu la défendes.

— C'est mon devoir.

— Pourquoi ?

— Elle nous a présentés. Je lui dois beaucoup.

La colère de Jane fondit comme neige au soleil. Elle l'enlaça et colla son visage au sien.

— Je t'aime.

Il se pencha vers elle, mais ne l'embrassa que du bout des lèvres avant de se libérer de son étreinte.

— En fait, je ne crois pas qu'ils venaient m'interroger.

— Que venaient-ils faire, alors ?

— Je crois qu'ils étaient là pour questionner Marsha.

Marsha Tanner était la responsable de son cabinet. Elle l'assistait déjà lorsqu'il travaillait au Centre de chirurgie esthétique de Dallas.

— Mais pourquoi elle ? s'inquiéta Jane.

— Je l'ignore. Ils l'ont prise à part pour l'interroger.

— Qu'est-ce qu'elle t'a dit après leur passage ? Elle t'a expliqué ce qu'ils cherchaient ?

Il secoua la tête en signe d'impuissance.

— Ils sont restés avec elle moins de cinq minutes. Mais…

Il ne put terminer sa phrase.

— Oui ? l'encouragea Jane avec douceur.

— Elle… Elle s'est comportée bizarrement après leur départ.

— Comment ça, bizarrement ?

Il la regarda dans les yeux.

— Elle est restée vague, mystérieuse… Comme quelqu'un qui se sent coupable. Comme si elle m'avait…

Il laissa sa phrase en suspens, si bien que Jane dut encore le presser d'exprimer le fond de sa pensée.

— Comme si elle m'avait trahi, dit-il enfin. Comme si elle avait trahi ma confiance.

— Mais comment aurait-elle pu faire une chose par…

Ce fut au tour de Jane de s'interrompre. La réponse s'imposait d'elle-même.

Elle a trahi sa confiance en dévoilant à la police qu'il avait eu une aventure avec Victoria Vanmeer.

Ou qu'il avait une aventure.

Non. Elle croyait son mari. Elle croyait en son honnêteté.

Tu penses bien connaître Ian, Jane ? Peut-être te trompes-tu sur son compte…

Jane secoua la tête comme pour chasser ces interrogations et ce qu'elles impliquaient. Chasser cette sensation de doute, de vulnérabilité. Chasser la suspicion.

Tout cela était absurde. Ian lui avait été fidèle. Ian l'aimait.

Comme s'il lisait dans ses pensées, il tendit une main vers elle.

— Tu me fais confiance, n'est-ce pas ?

— Bien sûr, répondit-elle en joignant ses doigts aux siens. Je t'ai épousé. Je t'aime.

— Si seulement je savais quelque chose qui puisse les aider. Mais j'ignore tout de cette histoire.

— Ils vont bientôt arrêter de te harceler, affirma-t-elle avec une soudaine virulence. Le problème, c'est qu'ils n'ont aucune piste sérieuse. Ils s'acharnent sur toi parce qu'il leur faut quelqu'un à tout prix.

Le silence tomba sur la pièce. Derrière eux, Duke poussa un gémissement.

Ian prononça doucement le nom de sa femme. Elle leva vers lui ses yeux noisette.

— Je ne sais pas pourquoi, mais j'ai un mauvais pressentiment.

Un frisson parcourut Jane, qui porta une main protectrice à son ventre. Force lui était de reconnaître qu'elle éprouvait la même chose. Et qu'elle avait peur.

15.

Mardi 21 octobre 2003,
19 h 50.

Le Chubby Charlie proposait essentiellement des hamburgers géants, des sandwichs sauce barbecue et des steaks grillés. La nourriture n'y était pas seulement excellente, elle était aussi roborative et bon marché… Autant de qualités qui en faisaient la cantine des fines gueules de la police de Dallas.

La pression bien fraîche servie dans des chopes gigantesques et la musique country du juke-box ne gâtaient rien non plus. Ce soir-là, ce dernier déversait à plein volume une chanson de Shania Twain où il était question d'un amour sincère pour un homme qui ne l'était pas.

Stacy essaya de repérer Dave dans la pénombre du bar. Elle finit par l'apercevoir tout au bout du comptoir, le portable collé à l'oreille. Il la remarqua à son tour et lui fit un signe de la main.

La présence familière de cet ami si sûr la rasséréna. Elle l'avait appelé dans la matinée, profitant d'un moment de tranquillité. Le message laissé sur son répondeur allait à l'essentiel : *Jane attend un bébé. Au secours.*

Il l'avait aussitôt rappelée pour lui proposer de la retrouver le soir même.

Ils avaient pris cette habitude des années plus tôt. Depuis le lycée, Jane et elle se tournaient toujours vers leur ami commun dans les moments de crise, surtout quand l'une ou l'autre était à l'origine du problème. Dave représentait pour elles la voix de la raison, le calme dans la tempête. Il avait toujours su apaiser leurs disputes et les amener à renouer le dialogue.

Voir Dave embrasser la carrière de psychologue n'avait pas étonné Stacy. Selon elle, il était né pour aider les autres à résoudre leurs ennuis. Elle arriva près de lui au moment où sa conversation téléphonique prenait fin.

— Rappelez-moi si son état empirait, conclut-il avant de refermer son portable d'un geste vif.

Il se leva et la prit dans ses bras.

— Désolé pour le coup de fil. Je suis content de te voir, Stacy.

— Moi aussi.

Il l'entraîna vers une alcôve située dans un coin.

— Tu as faim ?

— J'ai l'estomac dans les talons, même.

— Tant mieux, moi aussi.

Ils s'assirent sur les banquettes, commandèrent des sodas, des sandwichs à la dinde sauce barbecue, et d'épaisses rondelles d'oignons frits.

— Comment vas-tu ? demanda-t-il.

Un rire doux-amer lui échappa.

— Je suis dévorée de jalousie et j'ai le cœur brisé. Si ma voix tremblante ne t'a pas mis la puce à l'oreille, les oignons frits auraient dû te renseigner.

— Ces plats qui vous réconfortent…, murmura-t-il. Tu sais, tout ça se justifie pleinement sur le plan psychologique. A mon avis, il faut se faire du bien comme on peut. Dans la limite du raisonnable, bien entendu.

— Je déteste ce que je ressens en ce moment. C'est méchant. Je devrais me réjouir pour elle.

— Ce n'est pas méchant, c'est destructeur.

Il tendit le bras par-dessus la table et lui saisit la main.

— Quand t'a-t-elle annoncé la nouvelle ?

— Ce matin. Elle est enceinte de huit…

Elle ravala ses mots, comprenant que Dave avait déjà tous les détails.

— Elle te l'a dit en premier, n'est-ce pas ? J'aurais dû m'en douter.

Il serra sa main plus fort entre la sienne.

— Ça ne veut rien dire, Stacy.

— Epargne-moi ton baratin, Dave. Bien sûr que ça veut dire quelque chose.

— Elle craignait que tu ne le prennes mal.

— Chanceuse et perspicace.

Stacy retira sa main et la posa sur sa cuisse.

— Elle a décidément tout pour elle.

— Tu lui manques.

— Elle m'a servi le même couplet.

— Et tu ne l'as pas crue.

— Ce n'est pas ça…

Elle s'interrompit pour laisser la serveuse poser les Coca. Le temps d'avaler une gorgée glacée, elle avait rassemblé ses esprits.

— Pourquoi lui manquerais-je ? grinça-t-elle alors. J'ai l'impression que sa vie est bien remplie.

— Tu lui manques parce que tu es sa sœur. Ce que vous avez en commun est unique. Personne ne peut te remplacer.

Stacy regarda dans le vide, le cœur lourd.

— L'envie est un sentiment normal. C'est humain de se sentir jaloux, ou envieux. Dans ton cas, ce sentiment est parfaitement compréhensible et on peut sans peine en déterminer l'origine.

Il commença le compte des événements heureux qui avaient jalonné la vie de Jane :

— Un héritage de plusieurs millions de dollars. Un mariage avec un beau chirurgien que tu avais, soit dit en passant, connu avant elle. Une carrière qui non seulement la passionne, mais lui vaudra bientôt une reconnaissance nationale. Et voilà qu'elle attend maintenant un enfant…

Stacy eut un rire douloureux.

— Il est facile de la haïr, n'est-ce pas ?

— Il est aussi facile de l'aimer.

— Pas quand on est à ma place.

Il se rapprocha d'elle.

— Tu l'aimes, Stacy. Et c'est dans cet amour qu'il faut chercher la cause de ta souffrance.

— Alors guérissez-moi, docteur. Remettez-moi d'aplomb.

— Mon aide est limitée par la nature même de nos relations. Nous sommes amis. Et des amis de longue date, qui plus est. Mais je peux te donner les noms d'excellents confrères qui…

— Non merci. Je n'ai aucune envie de laisser un inconnu jouer au Lego avec ma cervelle.

— Tu préfères te contenter d'un pansement appliqué par un ami ?

— Quelque chose dans ce genre, oui.

— Un pansement ne fera pas l'affaire, ma chérie. La plaie resterait ouverte en dessous. Tu dois faire le point sur ta vie. Changer ce qui ne fonctionne pas et savoir apprécier le reste.

Stacy l'écouta en silence jusqu'à ce que la serveuse apporte leur commande. Ayant perdu tout appétit, elle attaqua son plat du bout des dents.

— Jane recommence à avoir des cauchemars, lui apprit-il après avoir avalé une bouchée de son sandwich. Tu étais au courant ?

Elle fit non de la tête. La nourriture ne passait pas. Ses pensées l'entraînaient vers ce matin de mars au bord du lac. Vers la caresse du soleil sur son visage et le son d'un hors-bord, de plus en plus proche… Vers les cris de Jane.

Les cris de Jane au lendemain de l'accident, nuit après nuit.

Stacy repoussa son assiette.

— C'est à cause des cauchemars qu'elle m'a parlé de sa grossesse, poursuivit-il. Elle n'a pas toujours eu la vie facile. Toi non plus, d'ailleurs.

Elle avala sa salive.

— Je suis désolée, elle est… Je suis vraiment désolée.

Il chercha à décrypter son expression.
— Pourquoi évites-tu de parler de l'accident de Jane ?
— Parce qu'il n'y a rien à en dire. C'est Jane qui a été blessée. Pas moi.
— Ah oui ? Tu crois ça ?
— C'est bon, tu peux arrêter de me psychanalyser maintenant.
— J'ai perdu les codes pour désactiver le processus, désolé.
Il avait l'air de tout, sauf d'un homme désolé. Stacy se renfrogna.
— Tu as assisté à l'accident. En tant qu'aînée, tu te sentais responsable de ta petite sœur. Elle avait séché l'école pour t'accompagner, et c'est toi qui l'as mise au défi de nager dans le lac. Un fardeau bien lourd pour les épaules d'une gamine de dix-sept ans.
— Si tu crois que je souffre d'un stress post-traumatique, tu te fourres le doigt dans l'œil. Jusqu'au coude.
— Le passé est une arme redoutable.
— Et je retourne cette arme contre moi, c'est ce que tu essaies de me faire comprendre ?
— C'est une possibilité.
— Jusqu'au coude, Dave.
— Tu en es certaine ?
— Absolument.
Il prit le temps de choisir une rondelle d'oignon frit.
— Bon, très bien, parlons-en. Ça ne peut pas faire de mal. Au contraire, même.
Elle grimaça.
— Dr Dave-la-Persévérance.
— Tu savais à quoi t'attendre.
— Je suis une emmerdeuse, pas vrai ?
Elle ne lui laissa pas le temps de répondre.
— Je voulais te voir parce que tu es mon ami depuis toujours. Merci d'être là pour moi.
Il prit sa main.
— Je serai toujours là pour toi. Je…

La sonnerie de son portable lui coupa la parole. Il consulta l'écran pour vérifier le numéro.

— Merde, c'est l'hôpital. Je dois répondre.

Elle lui fit signe qu'elle comprenait et se leva.

— Je vais me rafraîchir, dit-elle avec un sourire un peu forcé. Je reviens tout de suite.

Elle tomba sur Mac à l'entrée du restaurant, non loin des toilettes, et le salua en coup de vent. Quand elle regagna la salle principale deux minutes plus tard, il avait disparu.

De retour à table, elle eut la surprise de voir Dave le manteau sur le dos.

— Que se passe-t-il ?

— Je suis navré, Stacy, mais je dois partir. J'ai une patiente suicidaire en observation à l'hôpital de Green Oaks. Elle va mal. On remet ça à un autre soir ?

Elle fit un effort pour dissimuler sa déception.

— Quand tu veux.

Il la serra dans ses bras.

— Ne sois pas en colère contre Jane, lui conseilla-t-il. Elle a toujours autant besoin de notre amour et de notre soutien.

Jane. Toujours Jane.

Comme s'il avait suivi le cours de ses pensées, il lui offrit un sourire réconfortant.

— Ta jalousie est tout à fait normale. Ce qui compte, c'est ce que tu vas en faire. Comment tu vas réagir.

Stacy le regarda s'éloigner. Pourquoi n'avait-elle jamais ressenti pour lui autre chose que de l'amitié ? Ce n'était pas la première fois qu'elle en éprouvait comme un regret. Dave avait tout ce qu'une femme pouvait désirer : il était beau, intelligent, gentil, couronné de succès… Et pour ne rien gâter, on pouvait compter sur lui. Il avait toujours eu les pieds sur terre.

Peut-être ne s'était-elle jamais autorisée à envisager leur relation sous cet angle à cause des sentiments de Dave à l'égard de sa sœur.

Stacy avait remarqué son attirance pour Jane, même à l'époque où elle ressemblait à la fiancée de Frankenstein.

— Re-bonjour.

Elle leva les yeux. Mac se tenait debout devant sa table, une chope de bière à la main.

— Je peux ? demanda-t-il en indiquant du menton l'espace libre à côté d'elle.

Elle glissa le long de la banquette afin qu'il puisse s'asseoir.

— Fais comme chez toi.

Il s'installa et avala une gorgée de bière.

— Petit ami ?

— Juste un ami. Un vieil ami.

— Tu ne finis pas ton sandwich ?

— Vas-y, il est à toi.

Elle poussa l'assiette vers lui. Trois bouchées lui suffirent pour l'engloutir entièrement.

— Tu es fauché en ce moment, Mac ?

Il sourit.

— Je ne supporte pas de voir jeter la nourriture. En plus, j'ai toujours faim. Ma mère piquait des crises quand elle devait payer la note de l'épicier.

Stacy le dévisagea, intriguée. Sa spontanéité presque enfantine n'était pas sans charme.

— Tu as des frères et sœurs ?

— Un de chaque. Je suis pile au milieu.

— Les enfants du milieu sont souvent des conciliateurs.

— Et me voilà flic. J'étais prédestiné.

— Tu t'entends bien avec tes frères et sœurs ?

— Ouais. Les deux sont mariés et ont des gamins. Randy est comptable, Maryanne professeur.

— Quelle classe ?

— Pardon ?

Il enfourna un oignon frit dans sa bouche, bien que ce dernier eût refroidi depuis longtemps.

— Ta sœur. Elle enseigne en quelle classe ?

— Elle est prof d'anglais dans un collège.

Stacy songea à quel point ses amis et elle avaient été insupportables à cet âge.

— Dieu ait pitié d'elle.

— Je peux te poser une question ?

Elle haussa un sourcil.

— Et si je te dis non ?

— Je la poserais quand même.

— Je risque de ne pas y répondre.

Il pencha légèrement la tête de côté.

— C'est quoi, l'embrouille entre ta sœur et toi ?

— Une longue histoire. Pas très drôle.

— J'ai tout mon temps.

— Oui, mais moi je n'ai pas le courage.

Il la fixa d'un air pensif.

— OK, on change de sujet, lâcha-t-il.

— Ce serait sympa.

— Il faut rendre une petite visite à Marsha Tanner, demain matin à la première heure.

Stacy s'y attendait. Ça l'ennuyait de l'admettre, mais Marsha s'était montrée nerveuse cet après-midi-là, et incapable de leur fournir des renseignements précis. A plusieurs reprises même, elle avait prétendu ne se souvenir de rien en réponse à leurs questions. Et puis, elle avait souvent tourné les yeux vers le bureau de Ian, comme si elle craignait qu'il l'entende. A moins qu'elle eût inconsciemment cherché son soutien ?

— Je suis d'accord avec toi. Mais pourquoi attendre demain ? Je n'ai rien de mieux à faire ce soir.

Le portable de Mac sonna avant qu'il n'ait eu le temps de répondre. Il leva un doigt pour lui demander de patienter.

— McPherson à l'appareil.

Il écouta, l'air de plus en plus concentré.

— Merde. Où ça ?

Un silence.

— Killian est avec moi. On arrive tout de suite.

Il rangea le téléphone dans la poche intérieure de sa veste et bondit sur ses pieds.

Stacy était déjà debout.

— Quel est le programme des réjouissances ?

— Triple meurtre. A Fair Park.

Marsha Tanner attendrait.

16.

Mercredi 22 octobre 2003,
11 h 55.

Ian avait choisi Uptown, un quartier résidentiel, pour établir sa clinique. L'endroit regorgeait de boutiques chic et de bistrots, de galeries d'art et d'antiquaires. La plupart d'entre eux trouvaient refuge dans d'anciens cottages victoriens ou dans le style Cape Cod. Située en plein milieu de la ligne de tramway de Mc Kinney Avenue, cette partie de Dallas avait su rester charmante, sans sombrer dans la frénésie qui régnait dans les quartiers en vue d'autres grandes villes.

Abandonner la clinique dans laquelle il était associé n'avait pas été une décision facile. Il avait dû laisser derrière lui six chirurgiens de grande réputation, sans parler d'un département complet consacré aux soins de la peau. Des esthéticiens spécialisés y pratiquaient des traitements gommants, exfoliants et désincrustants, ainsi que diverses techniques de rajeunissement, du peeling mécanique à la micro-dermabrasion.

Les affaires marchaient bien, l'argent coulait à flots. Mais son travail ne le satisfaisait guère. Outre qu'il figurait au bas de la pyramide, ses associés l'avaient contraint à abandonner sa passion, la chirurgie reconstructive. La pratique était certes noble, lui avaient-ils expliqué, mais pas assez rentable. Les implants divers, la blépharoplastie et la chirurgie du ventre généraient des profits bien plus importants que la reconstruction d'un visage d'enfant brûlé ou battu… ou déchiqueté par l'hélice d'un hors-bord.

Pourquoi persévérer dans un travail frustrant alors qu'elle avait les moyens de l'aider à débuter autre chose ? avait argué Jane. Les moyens, et aussi le désir. Son propre travail la comblait, et elle souhaitait à son mari le même bonheur.

Ils étaient ainsi devenus associés dans la société Chirurgie plastique Wesbrook. Elle amenait le soutien financier, lui le talent.

L'entreprise leur avait coûté cher. Ils avaient d'abord dû dénicher le parfait cottage victorien, le rénover pour l'adapter aux besoins spécifiques d'un cabinet médical, puis les meubles et l'équipement nécessaires. Le prix de certains appareils s'était avéré exorbitant. Une table d'examen se payait cinq mille dollars, un fauteuil pas loin de sept mille. Il avait aussi fallu se procurer des lasers Vasculight, Ultrapulse Encore et IPL Quantum DL, pour n'en citer que quelques-uns.

Engager du personnel n'était pas non plus bon marché. Il y avait les salaires et les primes d'assurance à verser. Marsha Tanner, responsable adjointe du Centre de chirurgie esthétique de Dallas, l'avait suivi dans cette aventure, de même que l'une des esthéticiennes — la meilleure selon Jane. Pour cela, Ian n'avait pas eu d'autre choix que de leur faire une offre généreuse qui incluait de coûteux avantages.

Profiter de l'héritage de sa femme l'avait rendu nerveux. Mal à l'aise. La banque aurait sûrement accepté de lui faire un prêt, soutenait-il. Oui, mais à quel taux ? répliquait-elle alors. Elle n'avait pas souhaité le voir contracter une lourde dette et négliger sa passion pour rembourser la banque. Pour sa part, elle estimait les sommes dépensées négligeables au regard de sa fortune, ce d'autant plus qu'elles étaient investies dans une activité louable. Si Ian pouvait aider ne serait-ce qu'une autre personne à s'offrir une opération de chirurgie reconstructive, tous ses efforts seraient récompensés.

Comment aurait-elle pu ne pas éprouver pareil sentiment ? Elle aussi était passée par là. Elle n'ignorait rien des blessures morales qu'infligeait une difformité.

Elle savait aussi qu'un chirurgien de talent pouvait accomplir des miracles.

En se garant devant la maison victorienne peinte en bleu et blanc, Jane ne put réprimer un sourire de satisfaction. Elle était heureuse du tour pris par leur grand projet. Et elle adorait voir Ian s'épanouir dans son travail.

Curieux, tout de même, qu'elle ait fini par épouser un médecin. Après tant d'opérations, quand enfin son visage avait été déclaré « réparé », elle avait juré de ne plus jamais remettre les pieds dans un cabinet médical.

Et voilà qu'elle avait participé à la construction d'une clinique.

Jane ramassa son sac à main, descendit de sa Jeep et, après avoir activé le verrouillage automatique des portes, pressa le pas le long de l'allée bordée de fleurs. Lorsqu'elle pénétra dans la clinique, le téléphone sonnait. Une femme assise dans la salle d'attente feuilletait un magazine. Personne derrière le bureau d'accueil.

Ian sortit la tête de son bureau. Il avait l'air stressé.

— Salut, toi, dit-il. Je croyais que c'était l'intérimaire qui arrivait. Marsha est malade.

— Tu veux que je réponde ? demanda-t-elle en pointant du doigt le téléphone qui ne désarmait pas.

— Tu serais un ange.

Il disparut derrière la porte de son bureau. Jane répondit au téléphone, prit un message et se tourna vers la salle d'attente. La femme la regardait fixement.

Elle avait sans doute eu un grave accident, à en juger par l'enchevêtrement de cicatrices qui sillonnaient le côté gauche de son visage.

— Bonjour, la salua Jane avec un sourire, avant de noter le magazine qu'elle tenait entre ses mains.

Texas Monthly. Sa photo s'affichait en couverture.

— C'est vous, n'est-ce pas ?

— Oui.

— Vous êtes si belle maintenant, murmura la patiente, la voix vibrante d'un mélange d'espoir et d'envie. Est-ce le Dr Westbrook… ? C'est lui qui vous a opérée ?

— Non, répondit doucement Jane. Le Dr Westbrook est mon mari. Mais il a beaucoup de talent. Je sais qu'il pourra vous aider.

La femme devait faire un effort pour parler.

— Je… Je l'espère. Je… Merci.

— Il ne devrait plus en avoir pour très longtemps maintenant. Puis-je vous proposer quelque chose à boire ?

Elle déclina l'offre et Jane entreprit de remettre de l'ordre sur le bureau d'accueil, qui semblait avoir été victime d'un tremblement de terre.

Ian émergea alors de son cabinet en compagnie d'une femme portant dans ses bras une toute petite fille affligée d'un palais fendu. L'enfant serrait contre elle un lapin en peluche en piteux état.

— Appelez mon secrétariat demain, dit Ian. Mon assistante sera de retour. Elle planifiera l'admission et passera en revue tout ce que vous aurez à faire avant l'opération.

Il se pencha vers la gamine.

— A la prochaine, Karlee. Et n'oublie pas d'amener monsieur lapin avec toi.

La fillette lui retourna un timide sourire avant de presser son visage contre l'épaule de sa mère. Jane observait cet échange, la gorge nouée. Ian ferait un père merveilleux.

La dame sortit après s'être confondue en remerciements. Jane s'approcha de Ian, se hissa sur la pointe des pieds et l'embrassa.

— Tu as l'air lessivé.

— C'est la folie, aujourd'hui. Marsha n'est tout simplement pas venue. Pas un coup de fil pour me prévenir, rien.

— Où est Elise ? demanda-t-elle, faisant par là allusion à l'esthéticienne qui assistait Ian à l'occasion.

— Avec un patient. Son agenda est complet aujourd'hui.

— Tu as essayé de joindre Marsha chez elle ?

— Plusieurs fois. Elise aussi a appelé. Pas de réponse.

Jane fronça les sourcils. Ça ne ressemblait pas à Marsha. Pas du tout.

— Je suis bien d'accord, avoua Ian lorsqu'elle lui eut fait part de son étonnement. Et quand tu songes que cette absence arrive au lendemain de l'interrogatoire policier…

Il jeta un coup d'œil à la dérobée vers la salle d'attente.

— … Eh bien moi, ça m'a fait froid dans le dos.

Sans la laisser répondre, il changea de sujet.

— Que fais-tu en vadrouille à cette heure-ci ? Je m'attendais à ce que tu restes enfermée dans ton atelier toute la journée.

— Je reviens du musée où je devais régler des problèmes d'organisation. J'ai fait un détour par ici en espérant pouvoir déjeuner avec toi. Je vois que ça ne va pas être possible.

— Désolé. Tout s'est bien passé ?

— Très bien. Nous nous sommes mis d'accord sur la disposition des sculptures et des vidéos.

Elle remarqua que son attention dérivait à nouveau vers la salle d'attente.

— Tu es occupé. Je te raconterai tout ce soir.

Il parut soulagé.

— Je te raccompagne.

Sur le pas de la porte, il l'embrassa.

— Tu voudras bien déjeuner avec moi une autre fois ?

— Evidemment, que tu es bête.

Elle s'apprêtait à franchir la porte quand elle s'arrêta net.

— Marsha n'habite pas très loin d'ici… Et si j'allais voir ce qu'elle a ?

Il parut déconcerté.

— Comment sais-tu où elle habite ?

— On en a discuté un jour. Elle s'est installée dans le quartier des rues en M. Magnolia Avenue, plus exactement. A six ou sept pâtés de maisons de chez Stacy.

Bien qu'abordables, en tout cas selon les critères de Dallas, le secteur comptait parmi les plus convoités de la ville. De charmants cottages entourés de grands jardins s'y alignaient le long de larges rues ombragées d'où l'on pouvait rejoindre à pied les restaurants, boutiques ou boîtes de nuit de Greenville Street.

— Mais tu as sûrement plein d'autres choses à faire…

— Ça ne me dérange pas, je t'assure.

— Non, vraiment, Jane. N'y va pas. Elle est sans doute malade comme un chien et profondément endormie. Laisse tomber.

Elle recula d'un pas, vexée.

— J'essayais juste de t'aider.

Les traits d'Ian s'adoucirent.

— Je sais, mon cœur. Je te demande pardon.

Un long soupir exprima toute sa frustration.

— Je ne suis plus moi-même en ce moment. Toute cette histoire avec Victoria et la police… L'absence de Marsha a été la cerise sur le gâteau. Et une cerise vraiment indigeste.

Elle tendit le bras pour lui caresser la joue.

— Ça va s'arranger, Ian. Je te le promets.

Il parvint à esquisser un faible sourire.

— Pas étonnant que je t'aime tant.

L'intérimaire arriva à cet instant et Jane se dépêcha de retourner à sa voiture. Ian était déjà rentré dans la clinique lorsqu'elle jeta un œil à son rétroviseur.

Une bouffée d'inquiétude la submergea. Que se passerait-il si le bruit se répandait en ville qu'Ian faisait l'objet d'investigations policières ? Sa réputation pourrait en pâtir. Quelle femme ferait confiance à un chirurgien soupçonné du meurtre d'une de ses patientes ? Qui voudrait travailler avec lui ?

Se pouvait-il que Marsha soit le premier dommage collatéral de cette histoire ? se demanda-t-elle en attachant sa ceinture de sécurité. Elle inséra la clef de contact et démarra la Jeep. Qu'avait dit Ian, déjà ? Qu'elle avait eu l'air coupable après le départ de la police. Comme si elle avait trahi sa confiance.

Jane prit la direction de McKinney Avenue. Comme ce devait être pénible pour Ian… Opérer sous une telle pression…

Elle s'arrêta à un feu rouge. Devant elle, le tramway passa dans un bruit de ferraille.

Une femme aussi professionnelle que Marsha Tanner ne pouvait abandonner son travail du jour au lendemain sans fournir la moindre explication. En même temps, on avait déjà vu des choses plus étranges.

Un sentiment de colère s'empara d'elle. Les inspecteurs de police se moquaient bien de détruire la réputation d'un innocent. Les conséquences à long terme de leur campagne de diffamation et le stress qu'ils infligeaient aux relations privées et professionnelles de leurs suspects étaient le cadet de leurs soucis.

Plus elle y songeait, plus son sentiment d'injustice s'accentuait. Et plus elle était convaincue aussi que Marsha n'était pas malade, mais simplement mal à l'aise. Ou alors sous pression.

Le coup de Klaxon d'un automobiliste agacé lui fit prendre conscience que le feu était passé au vert. Elle engagea la première, mais au lieu de prendre à gauche pour revenir à Deep Ellum, elle tourna à droite en direction du quartier des rues en M.

17.

Mercredi 22 octobre 2003,
13 h 15.

L'assistante de son mari résidait dans Magnolia Avenue. Sans être certaine du numéro, Jane se souvenait que sa maison faisait presque l'angle avec Morningside Street, et qu'il s'agissait d'un pavillon aux volets bleus.

Elle tenait ce détail d'une photo que lui avait montrée Marsha. L'affaire risquait juste de se corser s'ils avaient été repeints…

Jane bifurqua dans Magnolia Avenue et, à l'approche de Morningside Street, roula au pas en scrutant les deux côtés de la rue.

Finalement, ce fut la Coccinelle jaune canari de Marsha qui lui permit de repérer où elle habitait.

Elle se gara dans l'allée, derrière la Volkswagen, et s'avança vers le porche ombragé. Des jappements aigus résonnèrent depuis l'arrière de la maison — probablement Suky, le loulou de Poméranie de Marsha. Ce chien était comme un enfant pour elle, ainsi qu'en témoignaient la demi-douzaine de photos qui tapissaient les murs de son bureau. Elle-même en plaisantait et racontait comment, chaque année, elle habillait l'animal d'un costume de renne pour prendre une photo avec le Père Noël.

Arrivée devant la porte d'entrée, Jane hésita. Quelque chose la fit hésiter. Marsha n'aurait jamais laissé Suky dehors, surtout par un temps aussi frais.

La pauvre femme était peut-être vraiment malade. Qui sait même si elle n'était pas trop faible pour appeler les urgences ? Cela expliquerait qu'elle n'ait pas averti Ian de son absence, ni répondu à ses appels.

Jane appuya sur la sonnette et attendit un moment. Silence. Elle recommença, puis alla coller son nez à la fenêtre du salon. Tout était en ordre, et pourtant rien ne semblait normal.

Poussée par un sentiment d'urgence, elle tourna la poignée de la porte d'entrée.

Celle-ci n'était pas verrouillée et s'ouvrit sans bruit.

— Marsha ? appela-t-elle en passant la tête dans l'embrasure. C'est Jane Westbrook. Je viens juste vérifier que tout va bien.

Toujours aucune réponse.

Alors qu'elle pénétrait dans l'étroit vestibule, une odeur fétide lui fit plisser le nez.

L'estomac barbouillé, elle jeta un œil sur sa gauche, vers la salle à manger, puis à droite vers le petit salon. Des murs couleur beurre frais, un canapé bleu pervenche, des petits coussins décoratifs aux couleurs vives. Un intérieur très féminin, songea Jane. Féminin, accueillant et chaleureux.

Du moins devait-il l'être en temps normal car, à cet instant, il faisait plutôt naître en elle un sourd malaise.

Non, décidément, quelque chose ne tournait pas rond.

— Marsha ?

Elle devait être alitée. Endormie. Trop faible pour appeler. Et cette odeur pouvait s'expliquer si elle souffrait d'une gastroentérite.

Le cœur battant, Jane traversa le hall d'entrée. Le couloir à sa gauche menait probablement aux chambres, et les portes battantes fermées devant elle à la cuisine.

Sous le coup d'une impulsion, elle se rua vers elles. L'odeur s'intensifia. D'une main, elle poussa l'un des battants, qui s'écarta sans difficulté. Elle voulut appeler de nouveau…, mais les mots moururent sur ses lèvres.

Un cri d'horreur lui échappa à la place.

Marsha ne pouvait lui répondre. Elle ne répondrait jamais plus à personne.

Nue à l'exception d'un slip noir, la malheureuse avait été attachée à une chaise de la cuisine. Une sorte de chiffon sombre lui avait été fourré dans la bouche et un cordon enserrait son cou.

Au sol gisait un peignoir blanc en tissu-éponge.

La pièce se mit à tourner. Jane vacilla en arrière et s'accrocha au chambranle de la porte pour ne pas tomber.

Elle prit soudain conscience des coups de pattes désespérés du chien sur la porte de derrière, de la couleur pourpre du visage de Marsha, de l'odeur étouffante de la mort.

Une main collée sur sa bouche, elle fit demi-tour et s'enfuit en courant. Parvenue à la rambarde du porche, elle se courba au-dessus des buissons, prise d'un violent haut-le-cœur.

Elle se rendit compte alors qu'elle sanglotait. De l'autre côté de la rue, une femme avait interrompu l'arrosage de ses fleurs pour l'observer.

— Au secours, murmura-t-elle.

Elle fit un pas en avant, les jambes en coton. Des étoiles se mirent à danser devant ses yeux. Elle s'agrippa à la rampe, descendit la première marche.

— Au secours, appela-t-elle encore, plus fort cette fois. S'il vous plaît… Quelqu'un… La police…

Une mère poussant un landau s'arrêta, affolée.

— Madame ? Vous allez…

Jane descendit une autre marche.

— Au sec…

Son cerveau lui sembla se vider de son sang. Ses jambes se dérobèrent. Puis tout devint noir.

18.

Mercredi 22 octobre 2003,
14 h 00.

Stacy contemplait la scène, cherchant désespérément à rester objective. Elle devait se faire violence pour oublier sa sœur dehors, pâle comme un linge hormis une vilaine entaille au front. Elle s'était évanouie. Dieu merci, une voisine passait devant la maison et s'était portée à son secours avant d'appeler la police.

Ian était arrivé juste après elle et Mac. Il s'occupait de Jane, l'air abasourdi.

Pouvait-il être si bon acteur ?

D'ordinaire plutôt tranquille, Mac semblait sur le point d'exploser.

— On arrive trop tard ! siffla-t-il entre ses dents. Putain de merde !

Elle resta silencieuse. Qu'aurait-elle pu dire ? Ils avaient tout foiré.

Le sous-inspecteur leur fit un rapport préliminaire.

— L'endroit est nickel chrome. A priori, rien n'a été dérobé, ni dans le sac à main, ni dans la boîte à bijoux.

— Portes et fenêtres ?

— Aucun signe d'effraction.

Evidemment. Il ne s'agissait pas là d'un meurtre commis par un rôdeur, ou d'un cambriolage qui aurait mal tourné. Il s'agissait d'une véritable exécution, intentionnelle et minutieuse. Seul détail curieux : l'agresseur de Marsha Tanner lui avait enfoncé son soutien-gorge dans la bouche.

— Qu'est-ce que tu en dis ? demanda Stacy à Mac.

— Il faut creuser dans son passé. A un moment ou un autre de sa vie, elle a peut-être été en relation avec des milieux louches. La drogue ou la mafia, par exemple.

Ça ne ressemblait guère à la Marsha qu'avait rencontrée Stacy mais, après tout, les gens qui finissaient ainsi menaient souvent une double vie.

Pete Winston arriva, visiblement peu ravi de la voir. Comme elle et Mac, il avait été réquisitionné pour le triple meurtre de la veille. La police de Dallas n'était manifestement pas le seul service touché par l'épidémie de gastroentérite.

— Killian, grogna-t-il. Toujours au cœur de l'action.

— Pas de repos pour les braves, répondit-elle. Tu as l'air au bout du rouleau.

— Je crois que je couve quelque chose.

— Alors garde tes distances, grommela Mac. J'ai trop d'affaires sur le dos pour me permettre d'être malade.

— Que peux-tu me dire dès à présent ? s'enquit Stacy.

Tout en ajustant ses gants, Pete lui jeta un regard furibond.

— A première vue, il s'agit d'un homicide.

— Sans déconner ?

— Tu veux en savoir plus ? Alors laisse-moi tranquille, que je puisse faire mon travail.

Hélas pour lui, « laisser tranquille » ne faisait pas partie du vocabulaire de Stacy.

— Donne-moi au moins une heure de décès approximative.

Winston s'avança dans la pièce avec précaution, attentif à ne pas altérer une éventuelle preuve ou pièce à conviction.

— A en juger par la lividité du cadavre, elle n'est pas morte depuis longtemps, dit-il. Quelques heures tout au plus ; cinq, peut-être six. La température du corps nous renseignera.

Stacy fit un rapide calcul. Marsha Tanner s'était fait assassiner à peu près à l'heure où ils avaient initialement prévu de lui rendre visite. A la mine de son coéquipier, elle comprit qu'il venait de procéder à la même analyse.

— On a merdé, Killian. Et pas qu'un peu. Le capitaine va nous passer un de ces savons…

— Sans blague.

— Tu as déjà interrogé ta sœur ?

— Pas encore. Tu viens avec moi ?

Il acquiesça et l'accompagna jusqu'au porche, où Jane se tenait recroquevillée contre Ian.

Stacy s'accroupit devant elle.

— On peut te poser deux ou trois questions ?

Elle acquiesça d'une voix incertaine, tandis que Ian resserrait plus fort ses bras autour d'elle.

— Redis-moi pourquoi tu es venue ici.

Jane lui expliqua sa visite impromptue à la clinique, l'absence de Marsha, sa décision — malgré l'opposition de Ian — d'aller la voir pour s'assurer qu'elle n'avait pas besoin d'aide.

Mac se tourna vers Ian.

— Vous vous êtes opposé à cette visite ? Pourquoi ?

— J'ai pensé… que Marsha devait être vraiment très mal… C'était la première fois qu'elle s'absentait sans prévenir.

— Et vous n'avez pas trouvé ça étrange ?

— Si, bien sûr. Franchement étrange, même.

— Pourtant, vous n'avez pas cherché à en savoir davantage.

— Je l'ai appelée. Plusieurs fois. Elise aussi.

— Elise ?

— Mon esthéticienne. Marsha n'a pas répondu au téléphone. Nous ne pouvions pas faire grand-chose de plus ; il y avait des patients à traiter.

Il regarda tour à tour Jane et Stacy.

— Nous étions surchargés tous les deux.

— Dans ces conditions, insista Mac, pourquoi ne vouliez-vous pas que votre femme aille la voir à votre place ? C'était la solution idéale, non ?

Ian parut soudain hors de lui.

— Que sous-entendez-vous ?

— Rien du tout. J'essaie juste de comprendre votre manière de raisonner.

— Jane est enceinte. Je ne voulais pas l'exposer à la grippe ou… pire encore.

Elle a été soumise à bien pire que la grippe, songea Stacy. Elle a été confrontée à l'un des plus odieux spectacles que ce monde puisse offrir.

Elle se tourna vers Jane.

— Dis-moi précisément ce que tu as trouvé à ton arrivée.

Jane commença son récit d'une voix brisée, si faible que Stacy dut tendre l'oreille pour l'entendre.

— J'ai appuyé sur la sonnette, mais Marsha n'a pas… Le chien aboyait à l'arrière de la maison… alors j'ai pensé… quelque chose n'était pas normal. Ce chien était comme son bébé et…

Les yeux de Jane s'emplirent de larmes.

— Quelqu'un s'est-il occupé de lui ? Il a sans doute besoin de nourriture ou d'eau. Il doit être… terrifié.

— On va prendre soin de lui, la rassura Stacy. Ne t'inquiète pas.

— Mais qui va le recueillir ? Marsha n'avait pas d'enfants ni de…

— Dans ce genre de situations, les animaux domestiques restent à la fourrière jusqu'à ce qu'ils soient réclamés par le parent le plus proche.

— Non ! Jane implora Ian et Stacy du regard. Marsha aurait détesté ça. On ne peut pas… pas après ce qui vient d'arriver.

— Nous le prendrons avec nous, décida Ian. Comme ça, Duke aura un copain.

Une boule se forma dans la gorge de Stacy devant la générosité de la proposition. Devant la façon dont sa sœur contemplait son mari, les yeux brillants d'amour et de gratitude.

Elle toussota et ramena la conversation vers ce qui les intéressait.

— Que s'est-il passé après que tu as entendu le chien aboyer ?

— Je me suis dit qu'elle ne l'aurait jamais laissé dehors dans le froid. J'étais persuadée que quelque chose ne tournait pas rond. Alors j'ai essayé d'ouvrir la porte...

— Tu as vu quelqu'un ? Entendu quoi que ce soit à part le chien ?

Jane secoua la tête.

— J'ai juste remarqué... une odeur désagréable. J'ai supposé qu'elle...

— Quoi ? l'encouragea Stacy.

— ... qu'elle avait vomi, termina-t-elle, l'air défait.

Mac recommença à questionner Ian.

— Dans votre clinique, vous réalisez beaucoup d'implants mammaires ?

La question sembla prendre le médecin au dépourvu.

— Je vous demande pardon ?

— Des augmentations de la poitrine, vous en faites souvent ?

— Je ne vois pas le rapport avec...

— Vous en faites souvent, oui ou non ?

— J'en ai beaucoup fait à la clinique où je travaillais auparavant.

— Et à présent ?

— Ça m'arrive. Mais je me suis spécialisé dans la reconstruction faciale.

Ian jeta un coup d'œil à Stacy.

— Je dois ramener Jane à la maison. Vos questions peuvent-elles attendre ?

— Juste une minute, insista Mac. La chirurgie reconstructive est-elle lucrative ?

— Parfois. Ça dépend des patients. S'ils ont une mutuelle ou non. Si elle est bonne ou pas. J'essaie d'opérer tous ceux qui en ont besoin.

— Vous êtes un bon samaritain.

Le sarcasme fit rougir Ian.

— J'aime aider les gens.

— Mais vous pratiquez encore la chirurgie esthétique ?

— De temps à autre. Il faut bien payer les factures.

— Vous avez pourtant épousé une femme riche. Ce n'est pas elle qui les paie ?

Jane poussa un gémissement désespéré. Ian l'aida à se relever, l'air grave.

— Je ramène ma femme à la maison, déclara-t-il froidement en passant un bras protecteur autour d'elle. Si vous avez besoin d'autres précisions, vous pouvez m'appeler chez nous. Ou demain à la clinique.

— Docteur Westbrook ?

Ian lui refit face sans un mot.

— L'assassin de Marsha lui a enfoncé son soutien-gorge dans la bouche. Qu'en pensez-vous ?

— Que voulez-vous que j'en pense ?

— A quelle heure partez-vous au travail dans la matinée, Dr Westbrook ?

— Mes rendez-vous commencent à 9 heures.

— Vous quittez donc votre domicile à 8 heures ?

— A peu près. Parfois plus tôt, parfois plus tard.

— Et ce matin ?

— Excusez-moi ?

— Ce matin ; plus tôt ou plus tard ?

Stacy n'en aurait pas mis sa main au feu, mais il lui sembla voir Ian pâlir.

— Un peu avant 8 heures, répondit-il d'un ton laconique. Comme je vous l'ai dit, la journée s'annonçait bien remplie. Je devais passer des coups de fils, étudier les dossiers de mes patients.

— Merci de ton aide, s'interposa Stacy. On se rappelle.

Elle attendit que Ian ait aidé Jane à monter dans sa voiture avant d'affronter son coéquipier :

— Qu'est-ce qui t'a pris de…

— De faire mon travail ? Je suis flic, au cas où tu l'aurais oublié.

— Je ne vois pas où tu veux en venir.

— Je veux en venir au fait que pour une soi-disant championne des interrogatoires musclés, tu calmes beaucoup le jeu quand il s'agit de ton beau-frère. Tu veux peut-être qu'on en discute ?

— Ce que je veux, c'est m'occuper de ce meurtre. Ça ne te dérange pas trop ?

Elle s'apprêtait à le planter là, mais il la retint par le bras.

— Pourquoi crois-tu que l'assassin lui a fourré un soutien-gorge dans la bouche ? La symbolique est frappante, tu ne trouves pas ? Combien de nichons a-t-il opéré à ton avis ? Cinq cents ? Mille ?… On est en présence de deux meurtres, continua-t-il. Les deux victimes avaient des liens avec ce bon docteur. Marsha Tanner a été assassinée moins de trente-quatre heures après qu'on l'ait interrogée, et *avant* qu'on puisse la questionner de nouveau. Vanmeer était la patiente de Westbrook, et d'après l'ex de la dame sa maîtresse aussi. Et dois-je te rappeler que le type de l'ascenseur du Plaza, monsieur Casquette de l'équipe des Atlanta Braves, a la même corpulence que lui ?

— Rien ne l'accable directement, contre-attaqua Stacy. Absolument rien. Un gabarit et un teint similaires à l'homme de l'ascenseur ? Comme *éléments nombreux et concordants*, tu repasseras. Et puis, ajouta-t-elle, il a un alibi pour la nuit où Vanmeer a été assassinée.

— Mais son alibi vient de sa femme, ce qui lui ôte toute crédibilité. Elle ferait tout pour le protéger.

Stacy était sur le point de nier, de répliquer que Jane ne ferait jamais obstruction à la justice, mais elle ravala ses arguments. L'amour de Jane pour son mari était si profond, si entier… Elle se battrait jusqu'au bout pour l'innocenter.

Mais irait-elle jusqu'à mentir ?

Mac s'approcha d'elle.

— Comme tu le sais, des gens ont été poursuivis et condamnés sur la base de preuves indirectes.

— Et le mobile du crime, Mac ? Tu as aussi ta petite idée là-dessus ?

— Ouais. Un mobile vieux comme le monde. L'argent. Ta sœur est une femme très riche. Comment crois-tu qu'elle réagirait si elle découvrait qu'il a une maîtresse ?

Stacy suivait son raisonnement : si Ian avait eu une aventure avec Victoria Vanmeer, cette dernière avait pu le menacer de tout révéler à Jane. Il se serait alors débarrassé d'elle pour la faire taire et, une fois devenu suspect aux yeux de la police, aurait éliminé la seule personne au courant de toutes ses allées et venues. La seule personne à même de confirmer sans l'ombre d'un doute son implication dans le meurtre de Victoria Vanmeer : son assistante Marsha.

Stacy en eut la nausée. Tout concordait.

Non, ce n'était pas possible.

Mac soupira d'un air écœuré.

— Je crois que tu devrais regarder la réalité en face, Stacy. Pour le moment, ton beau-frère est dans la merde jusqu'au cou. Et à moins d'un miracle, il va s'y enfoncer de plus en plus.

19.

Mercredi 22 octobre 2003,
15 h 30.

Les cheveux mouillés, Jane arpentait son salon de long en large. Le jet brûlant de la douche picotait encore sa peau. Sitôt rentrée, elle s'était précipitée dans la salle de bains et, sans même attendre que l'eau soit chaude, elle avait arraché ses vêtements et cherché désespérément à se débarrasser de l'odeur de la mort.

Shampoing et savon en avaient eu raison, mais le souvenir la hantait toujours. Dès qu'elle fermait les yeux, le visage de Marsha lui apparaissait, colorié de pourpre. Puis venait sa bouche ouverte, obscène, bâillonnée par ce qu'elle savait désormais être un soutien-gorge.

Jane porta ses mains fébriles à son front. Elle se sentait malade. Déstabilisée. Prête à sangloter comme à hurler. Pleurer pour Marsha, son décès. Hurler contre un monde dans lequel un être humain pouvait commettre un acte aussi ignoble envers un autre.

Duke se mit à grogner sourdement. Il l'observait, les poils dressés le long de sa crête dorsale, sans qu'elle puisse déterminer s'il flairait la mort ou sa détresse.

Jane se mordit la lèvre inférieure à la pensée du chien de Marsha. Ted avait proposé de s'occuper du loulou de Poméranie jusqu'à ce qu'on lui trouve un foyer. Elle lui en avait été reconnaissante, certaine qu'il prendrait soin de l'animal.

Ian était retourné à la clinique pour annuler ses rendez-vous des prochains jours. Répugnant à la laisser seule, il avait fait promettre à Ted de ne pas s'éloigner d'elle. Lui aussi était bouleversé. Désorienté. Marsha venait d'être assassinée et la police, y compris Stacy, semblait croire qu'il avait trempé dans ce meurtre.

C'était absurde. Insensé. Jane ferma les yeux. Ses sens retrouvèrent la mémoire des événements récents… Le bruit des pattes du chien contre la porte ; l'odeur de la mort ; le goût de son propre vomi.

Ian n'y était pour rien. Il était incapable de commettre un tel acte. Stacy le savait bien. Qu'attendait-elle pour le dire à son coéquipier ? Pourquoi avait-elle laissé cet homme parler à Ian de cette façon ?

La sonnette de la porte d'entrée retentit. Jane alla jusqu'à la fenêtre donnant sur la rue et jeta un œil en contrebas. Le 4x4 Bronco de sa sœur était garé le long du trottoir sur la voie réservée aux pompiers.

Elle se mit à trembler. Son premier réflexe fut de se cacher. Faire semblant de ne pas être là, ou alors endormie. Mais presque aussitôt monta en elle l'envie de se battre, et la colère l'emporta sur tout le reste. Colère contre la police, qui avait traité Ian en criminel. Colère contre Stacy, qui n'avait rien fait pour empêcher ça.

Elle décrocha l'Interphone.

— Oui ?

— Jane, c'est Stacy.

— Tu veux dire l'inspecteur Killian ?

— Je suppose que c'est mérité.

— Tu peux même en être certaine. Qu'est-ce que tu veux ?

— J'ai besoin de te parler. Je peux monter ?

— Je ne crois pas, non.

— Ecoute, je suis de ton côté. De *votre* côté.

Elle baissa la voix.

— C'est important, Jane.

— Tu es seule ?

— Oui.

Sans ajouter un mot, Jane appuya sur le bouton qui commandait l'ouverture et alla attendre Stacy au pied des marches. Sa sœur paraissait fatiguée. Jane lut des excuses dans son regard, des regrets. Mais pour quoi ? Pour le passé ? Ou pour ce qui allait arriver ?

— Je voulais savoir comment tu allais. Est-ce que tu tiens le coup ?

— Aussi bien que possible…

Elle croisa les bras.

— … compte tenu de la situation.

— Et ta blessure à la tête ?

Jane porta la main à son front, où un large pansement protégeait sa plaie.

— C'est douloureux. Mais pas autant que…

Elle n'acheva pas sa phrase, mais celle-ci n'en demeura pas moins présente, implicite, comme en suspens au-dessus d'elles.

Pas autant que d'avoir trouvé Marsha dans cet état.

— Je suis désolée que tu aies eu à subir cette… cette vision d'horreur. Je sais à quel point la première fois est brutale. Moi, devant mon premier cadavre, je n'ai pas pu m'empêcher de vomir. Je me suis humiliée devant tous mes collègues.

La colère de Jane s'estompa un peu. Ce côté de Stacy, plus vulnérable, lui était encore inconnu.

Elles montèrent ensemble les dernières marches et Jane la conduisit dans la cuisine.

— Café ? proposa-t-elle. Thé glacé ?

— Non, merci.

Stacy indiqua les chaises groupées autour de la table.

— Et si tu t'asseyais ?

— Je n'en ai pas envie.

Elle releva le menton.

— Tu es venue ici à quel titre, Stacy ? Comme ma sœur ? Ou en tant que flic ?

— Peut-être les deux.

— Tu ne peux pas être les deux à la fois.

— Si. Je suis flic, Jane. Je ne peux pas me dissocier de mon travail. Mais ça ne veut pas dire pour autant que je ne me soucie pas de toi. Ni que je me fiche de… du bébé. Et sache aussi que je suis inquiète pour Ian. Très inquiète, même.

Jane la dévisagea un moment. Elle avait le sentiment que la terre se dérobait sous ses pieds.

— Je crois que je vais m'asseoir, finalement.

Elles prirent place l'une en face de l'autre.

— J'ai quelques questions à te poser, Jane.

— Au sujet de Ian ?

— Oui.

Jane agrippa le bras de sa chaise.

— Vas-y.

— Tu es sûre et certaine qu'il était à la maison dimanche soir ?

La nuit du meurtre de Victoria Vanmeer. La peur s'insinua en elle. Une peur glaçante, irraisonnée.

— Oui, tout à fait certaine.

— Toute la nuit ?

La fraîcheur de la nuit imprégnant sa peau et ses vêtements. Il avait dû prendre l'air.

Mais pourquoi ?

— Oui.

Elle se sentit tenue de fournir une explication à sa sœur, de lui prouver qu'elle ne mentait pas.

— On a dîné à la maison. Ian a fait des steaks grillés.

— Et ensuite ?

— On a rangé la cuisine, on a discuté un peu. J'ai ensuite rejoint mon atelier afin de peaufiner le montage d'une interview pour mon expo.

— Et Ian ?

— Il est allé dans son bureau. Il voulait terminer de lire ses revues médicales.

— Combien de temps es-tu restée enfermée dans ton atelier ?

— Je ne sais plus… Un bon moment, il me semble.

— De quelle heure à quelle heure ?

— Je n'en sais rien !

Elle se leva d'un bond, un peu chancelante.

— Qu'est-ce que cela peut faire ? Pourquoi…

— C'est très important, Jane.

Stacy lui saisit les mains.

— Crois-moi, c'est une question de vie ou de mort. Réfléchis, s'il te plaît.

Jane sentit la panique lui couper les jambes. Incapable de contenir le tremblement qui l'agitait, elle se laissa retomber sur sa chaise.

— Nous avons fini de dîner à 19 h 30, 20 heures au plus tard. Après ça, on a rangé la cuisine. Je me suis retirée dans mon atelier, et lui dans son bureau.

Stacy fit un rapide calcul.

— Donc, aux alentours de 21 h 30, 22 heures, tu as quitté ton atelier…

— Ian m'a réveillée. Je m'étais endormie et…

— Endormie ?!

L'exclamation de Stacy lui donna un coup au cœur. Elle regretta aussitôt d'avoir mentionné ce détail. D'un autre côté, lui cacher quoi que ce soit maintenant pourrait compromettre Ian plus tard. Cela ôterait toute crédibilité à son témoignage.

— Oui, poursuivit-elle, je lui ai demandé l'heure et il m'a répondu qu'il était 22 heures, mais…

L'horloge du salon. Elle indiquait deux heures de plus, soit minuit passé.

Ce n'était pas possible. *Cela ne se pouvait pas.*

— Que se passe-t-il, Jane ? Tu te souviens d'autre chose ?

— Rien, rien… C'est juste qu'aujourd'hui… Quel choc… C'est tout.

— Donc, il t'a réveillée aux alentours de 22 heures ?

— En fait, ce n'est pas lui qui m'a réveillée. C'est le cauchemar. Ian m'a entendue crier et s'est précipité dans l'atelier.

Stacy parut satisfaite de sa réponse.

— Ian a grandi à Atlanta, non ?

— Tout près. A Athens.

— C'est donc un supporter des Braves ?

— Tu parles de l'équipe de base-ball ? Les Atlanta Braves ?

— Oui.

— Alors sans doute… Mais tu sais, Ian n'est pas un grand fan de base-ball. Le sport ne le passionne pas.

Stacy s'écarta d'elle pour s'approcher de la fenêtre. Elle resta un moment absorbée par le spectacle des gratte-ciel, les traits figés, raide comme la justice. Jane ne parvenait pas à saisir la nature du conflit intérieur dont elle semblait la proie.

Quelques instants s'écoulèrent avant qu'elle se retourne.

— Jane, je dois te demander autre chose. Tu vas m'en vouloir, mais je n'ai pas le choix. Tu ne dois absolument rien me cacher, même si ça te coûte.

Jane acquiesça, incapable de prononcer un mot.

— Tu es certaine que Ian ne t'a jamais trompée ?

— Comment oses-tu…

— A-t-il été un mari fidèle, oui ou non ?

— Oui ! Il a été toujours été fidèle. J'en suis sûre à cent pour cent.

— Tu serais prête à en témoigner sous serment ?

La peur lui coupa le souffle.

— Témoigner ? Mais pourquoi ? Tu ne me dis pas tout, Stacy !

— Je ne devrais pas être là… Je n'ai pas le droit de te prévenir, mais les choses se présentent mal pour Ian. Je te conseille de lui chercher un avocat.

Quelques secondes durant, Jane eut du mal à respirer. La terre lui semblait tourner à l'envers.

— Tu n'es pas sérieuse ! Je t'en supplie, dis-moi que c'est une mauvaise blague !

— Si seulement…

Jane déglutit avec peine. *La fraîcheur de la nuit sur sa peau et ses vêtements. L'horloge qui indiquait une heure plus tardive.* Où était allé Ian cette nuit-là, pendant qu'elle sommeillait dans son atelier ? Pas au Plaza pour assassiner une femme. Jamais de la vie.

Ian était l'homme le plus doux du monde. Un homme honnête et droit. Il aurait préféré se couper un bras que de commettre un tel acte.

Comment Stacy pouvait-elle être aussi aveugle ?

— Pourquoi fais-tu ça, Stacy ? Par jalousie ? Pour me punir d'avoir épousé Ian ? Ou pour te venger de grand-mère ?

Le visage de sa sœur vira au rouge brique.

— Je t'assure que ça n'a rien à voir avec moi. Il s'agit de preuves, Jane. De preuves irréfutables.

— Je ne te crois pas. Il n'y a pas la moindre preuve. Il ne peut pas y en avoir, parce que Ian n'a rien à voir avec tout ça.

— J'essaie juste de t'aider. Si tu voulais bien m'écouter…

— M'aider ? Parce que tu appelles ça de l'aide ?

Le ton de Jane se fit grinçant.

— Vous cherchez à lui faire porter le chapeau. Vous pourriez très bien suivre d'autres pistes.

— J'aimerais pouvoir faire quelque chose. Mais ce n'est pas possible. Ce n'est plus de mon ressort.

— Pourquoi me détestes-tu ?! hurla Jane, les larmes aux yeux. Qu'ai-je donc fait pour que tu me haïsses à ce point ?

— En venant te voir aujourd'hui, j'ai mis ma carrière en danger, répondit froidement Stacy. Et c'est comme ça que tu me remercies ? Merci, petite sœur. Merci beaucoup.

Jane enroula ses bras autour d'elle, la tête en feu. C'était forcément un mauvais rêve. Elle n'allait pas tarder à se réveiller en criant.

Le pilote faisait demi-tour, prêt à lui passer dessus une deuxième fois. Pour terminer sa sinistre besogne.

Le cauchemar se réalisait. Comme son subconscient l'avait craint.

Elle était en train de tout perdre.

— Jane ? Ça va ?

Non. Et ça n'irait peut-être plus jamais.

— Il est temps que tu t'en ailles.

Stacy ouvrit la bouche comme pour répondre, avant de tourner les talons sans un mot.

— Je suis désolée, lâcha-t-elle à la porte de la cuisine. Sincèrement.

Pétrifiée, Jane attendit le claquement de la porte d'entrée pour s'effondrer sur une chaise et pleurer toutes les larmes de son corps.

20.

Mercredi 22 octobre 2003,
17 h 35.

— Inspecteur Killian !

Kitty courut après Stacy et lui tendit plusieurs messages.

— Le capitaine vous cherche.

— Merci, répondit Stacy en s'efforçant de rien montrer de son inquiétude.

Une invitation dans le bureau du capitaine après les heures de service ne présageait rien de bon pour sa soirée. Sans parler de sa carrière.

Se pouvait-il qu'il ait eu vent de sa visite à sa sœur ? Mais comment ?

Mac se leva à sa vue.

— Où étais-tu ? demanda-t-il en lui emboîtant le pas.

— J'avais rendez-vous chez le médecin. Un truc de filles.

— Ben voyons.

Elle préféra ignorer son ton sarcastique.

— Le capitaine veut nous voir ?

— Quelque chose comme ça, oui.

Elle s'arrêta net.

— Qu'est-ce qui se passe, au juste ? Je suis parano ou ça sent le coup fourré ?

Il évita son regard.

— Le capitaine veut te voir, on ne m'a rien dit de plus.

Elle n'en crut pas un mot, mais jugea inutile d'insister. Elle saurait vite à quoi s'en tenir.

Arrivée devant le bureau de leur supérieur, Stacy frappa à la porte restée ouverte. Le patron leur fit signe d'entrer, la mine furibonde.

— Asseyez-vous.

— Je préfère rester debout, merci.

Il leva les yeux sur elle.

— Je vous retire les dossiers Vanmeer et Tanner.

— Quoi ?! Mais pourquoi ?

— Il y a conflit d'intérêts, et pas qu'un peu. Vous avez des liens familiaux avec un suspect.

— Sauf votre respect, capitaine Schulze, protesta-t-elle, je suis parfaitement capable de rester objective.

— Votre beau-frère est le suspect numéro un dans ces deux homicides. Nom de Dieu, Killian, vous auriez dû vous désister vous-même dès ce matin. J'ai bien envie de vous suspendre.

— J'ai déblayé le terrain pour ces dossiers, capitaine. Je les connais bien l'un et l'autre. Si vous me les retirez…

— C'est déjà fait.

Son regard se porta sur Mac.

— McPherson, vous faites désormais équipe avec Liberman sur ces deux affaires.

Stacy commençait à comprendre. C'était Mac qui l'avait dénoncée à Schulze. Il avait osé faire ça. Il avait osé briser leur tandem.

Pas de quoi s'étonner, du reste. Elle aurait dû voir le coup venir à des kilomètres. Mais non. Au contraire, elle s'était laissée aller à lui faire confiance. Quelle idiote.

— Ce sera tout, mon capitaine ?

Il lui signifia son congé et Stacy quitta la pièce à grands pas. Mac la rattrapa devant les toilettes pour femmes. Elle lui fit face, tremblante de rage.

— Ne t'approche pas de moi, Mac. Notre tandem est mort et enterré.

— Je n'en suis pas responsable.

— Ah, oui ? C'est pourtant toi qui m'as balancée au capitaine.

— Peut-être, mais…

— Je vais t'apprendre un truc qui pourra te servir à l'avenir, Mac : les coéquipiers sont censés se serrer les coudes.

— Tu étais en train de merder. Tu fonçais tête baissée vers le rapport interne.

— Et tu as fait ça pour me protéger ? ironisa-t-elle. Par pur désintéressement ?

— A ton avis, combien de temps aurait mis le capitaine à apprendre tes liens avec le suspect ? Au mieux quelques jours ? Et que ce serait-il passé ensuite ? On se serait fait virer tous les deux de cette enquête à coups de pieds aux fesses.

— Tu aurais dû m'en parler avant, me donner une chance d'avertir moi-même le capitaine.

— Parce que tu l'aurais fait ?

— Evidemment.

— Menteuse.

Il se pencha vers elle.

— Comme ça au moins, je poursuis l'enquête et je peux te tenir au courant des derniers rebondissements.

— A d'autres ! Je croyais que pour toi, Ian était déjà arrêté, jugé et condamné.

— Je suis allé voir Danny Witt, cet après-midi.

— L'autre voiturier de l'hôtel Plaza ?

— Oui.

— Et tu y es allé sans moi ? Sympa.

— Tu n'étais pas libre. Le rendez-vous chez le docteur, les trucs de filles… tu as déjà oublié ?

— Tout ça, c'est des conneries, gronda-t-elle en s'efforçant de maîtriser sa colère. Je suis ta coéquipière, Mac, et jusqu'à tout récemment j'étais aussi la plus expérimentée de ce petit duo.

J'insiste sur le mot *duo*. Tu te prends pour qui ? Lucky Luke le cow-boy solitaire ? Clint Eastwood dans l'*Inspecteur Harry* ?

Elle leva une main pour l'empêcher de l'interrompre.

— Les flics ont de très bonnes raisons de travailler en équipe, tu sais. L'une d'entre elles, et pas des moindres, est de pouvoir être couvert par quelqu'un en cas de pépin.

— J'y suis allé avec Liberman.

De toute évidence, au moment même où sa sœur lui criait ses quatre vérités, elle recevait aussi un coup de couteau… dans le dos.

Mac n'eut aucun mal à deviner ses sentiments.

— Tu étais introuvable, Stacy. On peut en discuter, si tu veux.

— Si tu as une accusation à porter contre moi, ne te gêne surtout pas. En attendant, je demande à me faire adjoindre un nouveau coéquipier. Définitivement.

— Le capitaine refusera.

— C'est ce qu'on verra.

— Qui va se dévouer pour bosser avec toi, Stacy ? On ne peut pas dire que le poste attire les foules.

Il n'avait pas tort, elle le savait bien. Elle se contenta de soupirer sans argumenter.

— Pour répondre à ta question, continua Mac en baissant la voix, oui, j'ai l'intention de te tenir au courant. Mais je ne le ferai ni pour Westbrook, ni pour ta sœur, ni parce que j'ai le sentiment d'une quelconque injustice. Je le ferai pour toi, Stacy.

Son indignation s'évapora, et avec elle presque toute sa colère. Au fond, la décision du capitaine pouvait se comprendre — elle regrettait d'ailleurs de ne pas l'avoir prise elle-même.

— Tu aurais dû m'en parler d'abord.

— OK. Mais de ton côté, sois honnête avec moi à l'avenir, promis ?

Elle acquiesça.

— Witt avait quelque chose à dire ?

— Il a vu passer un roadster Audi TT rouge cerise ce soir-là.

Encore une preuve. De quoi enfoncer Ian un peu plus.

— C'est lui qui l'a garée ?

— Non. Il s'en grillait une près du parking — les employés de l'hôtel n'ont pas le droit de fumer devant les clients. Les pourboires étaient maigres depuis le début de la soirée et ça l'a énervé de voir un type se garer seul. C'est pour ça qu'il se souvient de l'Audi.

— Comment était le chauffeur ? Un mec balèze avec un blouson d'aviateur en cuir ?

— Witt n'a pas pu me dire. Il a dû repartir bosser avant que le type ne sorte de sa voiture.

— Il a vu l'Audi ressortir du parking ?

— Non.

— Et il a noté sa plaque d'immatriculation, par hasard ?

— Elle n'en avait pas. Pas même un numéro griffonné sur un papier. Intéressant, hein ?

Ruse classique. Pour ne pas se faire pincer, il suffisait de les retirer avant d'arriver sur place. Le risque d'être repéré par une patrouille de police en valait la peine.

— Combien de roadster Audi TT rouge cerise dans l'agglomération de Dallas ?

— On est en train de se renseigner. Et on s'intéresse aussi aux leasings et aux achats récents.

On. C'est-à-dire lui et Liberman. Sans elle.

Putain de merde.

— Vérifie les archives au cas où une Audi TT rouge aurait déjà été arrêtée pour défaut de plaques.

— On s'en occupe déjà. Si tu penses à quoi que ce soit d'autre, je serais ravi que tu m'en fasses part.

— Moi aussi, lança-t-elle avec une pointe de défi dans la voix.

— Pour info, le juge nous a autorisés à saisir l'historique des appels téléphoniques du toubib en provenance de son domicile, de son bureau et de son portable.

Un soupir résigné accueillit ces propos. Elle avait mal pour sa sœur. Pour Ian.

— Autre chose ?

— Ouais... Liberman vient de partir chercher un mandat de perquisition pour fouiller la clinique. Je suis désolé, Stacy. Vraiment désolé.

21.

Mercredi 22 octobre 2003,
19 h 30.

Lovée sur le canapé en compagnie de Duke, lequel avait posé sa tête sur sa cuisse, Jane tentait vainement de se réchauffer en serrant un gros plaid autour d'elle. Il lui semblait que jamais elle ne pourrait se défaire du froid qui l'avait saisie après le départ de sa sœur.

Les yeux clos, elle se rappela les mots qu'elle lui avait crachés à la figure. Des accusations injustes, dictées par la colère. Et par la peur aussi.

Stacy avait voulu l'aider. En lui rendant visite, n'avait-elle pas privilégié leur relation au détriment de son travail ? Si dur que cela soit à l'admettre, Stacy n'était pas responsable des ennuis de Ian. S'en prendre à elle avec une telle véhémence avait été aussi infantile que méchant. Comment pouvait-on traiter sa sœur ainsi ?

Stacy était sa seule famille, elle ne devait jamais l'oublier. Leur brouille ne changeait et ne changerait jamais rien au fait qu'elle l'aimait.

Sans y réfléchir à deux fois, Jane empoigna le sans-fil posé sur la table basse et composa le numéro de sa sœur. Le répondeur se déclencha à la troisième sonnerie.

Au terme de l'annonce, elle parla aussitôt de crainte de faire machine arrière :

— Stacy, c'est Jane. Je regrette ce que je t'ai dit. Je te demande pardon. J'étais bouleversée, complètement déboussolée, et… appelle-moi. J'ai vraiment besoin de… toi, conclut-elle bien que le bip de fin ait interrompu sa phrase. J'ai vraiment besoin de toi.

Elle raccrocha et pressa son visage contre le doux pelage de Duke.

— Pourquoi ça nous arrive à nous ? articula-t-elle à voix haute. Pourquoi s'acharnent-ils sur Ian ? C'est une grossière erreur, comment peuvent-ils ne pas s'en apercevoir ?

En écho à son désarroi, Duke émit un long gémissement. Elle frotta sa joue contre l'animal, puis se redressa.

La situation lui évoquait ces histoires cauchemardesques que connaissent de temps à autre les gens ordinaires. Ces successions de hasards malheureux qui conduisent les autorités à s'en prendre à des citoyens innocents. Jane frissonna en songeant aux conséquences de ces erreurs judiciaires : carrières détruites, vies sentimentales brisées, accusés au bord de la dépression…

Mais cela ne pouvait être leur cas. Un vrai suspect ne tarderait pas à apparaître et la police comprendrait son erreur.

Aurait-elle eu assez de recul, elle serait restée philosophe et aurait considéré toute cette affaire comme une épreuve destinée à lui forger le caractère.

Mais il s'agissait de *sa* vie. *De la vie de son mari.* Non seulement leur avenir était en jeu, mais aussi celui de leur enfant à naître.

Depuis le vestibule, elle perçut le bruit d'une clé tournée dans la serrure.

Ian était rentré.

Duke sauta du canapé pour l'accueillir. Jane éprouva un grand soulagement à entendre son mari s'adresser à lui d'un ton affectueux. A le savoir en sécurité chez eux.

Les choses se présentent mal pour Ian. Je te conseille de lui trouver un avocat.

Comment allait-elle le lui annoncer ?

— Jane ?

— Je suis là.

Il apparut enfin. Son regard exprimait un tel désespoir, une telle lassitude, qu'elle ne put réprimer un cri. Elle se précipita vers lui.

— Ian, que se passe-t-il ?

Il l'attira dans ses bras et enfouit son visage dans ses cheveux.

— Chhh… Ne dis rien. Attends, murmura-t-il en la serrant fort contre lui.

Les secondes s'égrenèrent, puis les minutes. Juste avant qu'il ne relâche son étreinte, elle crut sentir son corps trembler.

— Comment te sens-tu ? s'enquit-il.

— Ça va. Je…

Elle saisit ses mains et mêla ses doigts aux siens.

— La police est revenue à la clinique, n'est-ce pas ?

— Oui. Et avec un mandat de perquisition, cette fois.

— Un mandat de perquisition, répéta-t-elle, abasourdie. Mais qu'espéraient-ils trouver ?

— Ils ont embarqué les ordinateurs, mon carnet de rendez-vous, plusieurs dossiers. Ils ont fourré leur nez dans toutes mes affaires. J'ai peur, Jane.

— Mais tu n'as rien fait de mal !

— Je me demande si ça compte.

— Bien sûr que oui ! Combien de temps sont-ils restés ?

— Une bonne heure.

Sa voix se mit à trembler.

— C'est le type de l'autre jour qui m'a interrogé. Tu sais, le coéquipier de Stacy. Il voulait savoir à quelle heure j'étais arrivé à la clinique ce matin, la dernière fois que Marsha et moi avions parlé, et le sujet de notre conversation. Il m'a aussi questionné sur mes rapports avec Victoria et Marsha, et sur ceux que j'entretiens avec mes patients. Il m'a demandé…

Il peinait à respirer, comme si les mots l'étouffaient.

— Quoi ? le pressa-t-elle. Qu'a-t-il…

— Je t'aime, Jane. Plus que je ne croyais possible d'aimer quelqu'un. Tu me crois ?

— Oui, bien sûr que je te crois.

— Tu dois me promettre de ne jamais cesser de m'aimer.

— Arrête, tu me fais peur.

— Promets-le-moi, insista-t-il d'une voix blanche. Promets-moi que leurs médisances ne t'empêcheront jamais de m'aimer.

— Je te le promets, murmura-t-elle. Je te le promets, mon amour.

— Dieu soit loué.

Il appuya doucement son front contre celui de Jane, attentif à ne pas toucher sa blessure. Au bout d'un moment, il prit une profonde inspiration, comme pour se préparer à une tâche difficile, et plongea son regard dans celui de sa femme.

— Il m'a demandé si j'avais tué Victoria.

Les mots résonnèrent lourdement dans le silence du loft.

Ça dépassait l'entendement. Comment une chose pareille était-elle possible ?

— J'ai contacté mon avocat. Je ne voyais pas que faire d'autre.

Jane entoura de ses mains le visage de Ian et attira sa bouche contre la sienne. Elle l'embrassa, doucement d'abord, afin de le rassurer, de se rapprocher de lui. Pour lui prouver son indéfectible amour.

En un éclair, la tendresse fit place à la passion. Entre deux baisers, ils se dirigèrent tant bien que mal vers leur chambre, avant de s'effondrer enlacés sur le lit. Leur étreinte exprimait une urgence folle, et le sentiment presque que le temps viendrait bientôt à leur manquer.

— Serre-moi fort, Ian, le supplia-t-elle d'une voix fiévreuse, les jambes mêlées aux siennes. Ne me laisse pas partir.

— Jamais, mon cœur, jamais de la vie.

Ils s'unirent d'un amour intense et désespéré, comme si demain n'existait pas.

Comme s'ils ignoraient quand ils pourraient de nouveau faire l'amour.

Ils connurent le bonheur d'un plaisir partagé. Puis, reprenant ses esprits, Jane se rendit compte qu'elle pleurait. Elle déroba cependant ses larmes à la vue de son mari. Sa coupe à lui était déjà pleine. Inutile d'ajouter à son angoisse.

Les battements de son cœur se confondaient avec la course folle de ses pensées. La question qu'elle posait si souvent à ses modèles lui martelait le crâne à la manière d'une incantation :

De quoi as-tu peur, Jane ? Quand tu es seule dans le noir, dis-moi, quel monstre vient te hanter ?

— J'ignore la raison de ce cauchemar, dit Ian à voix basse. Mais j'ai l'impression de ne pas pouvoir m'en réveiller.

Elle ne le comprenait que trop bien. Elle-même ressentait la même chose…

— Stacy est passée tout à l'heure. Elle m'a posé beaucoup de questions, elle aussi.

Il semblait pétrifié.

— Quel genre de questions ?

— Des questions sur la nuit où Victoria Vanmeer a été assassinée. Et curieusement, elle voulait aussi savoir si tu étais un fan de l'équipe des Atlanta braves.

— L'équipe de base-ball ? Mais pourquoi ?

— Je n'en sais rien, Ian.

Elle baissa les yeux, puis trouva le courage de les relever pour le regarder en face.

— Elle m'a demandé si tu m'étais fidèle.

— Quoi ?! s'écria-t-il, visiblement choqué. Que lui as-tu répondu ?

— A ton avis ? Que tu ne m'avais jamais trompé, bien sûr. Je suis restée très ferme.

— Merci…

Son doigt longea le sourcil de Jane et poursuivit sa courbe affectueuse jusqu'au bas de sa joue.

— Je trouvais bizarre que Stacy ne fasse pas partie de la petite troupe qui m'a rendu visite à la clinique. Maintenant, je comprends.

— Elle m'a assurée être là en tant que sœur, l'informa Jane d'un ton amer. Pour nous aider.

— C'est peut-être la vérité.

— Ton indulgence me sidère. De mon point de vue, elle cherchait plutôt à « diviser pour mieux régner ».

Et dire qu'elle avait fini par la croire, qu'elle était allée jusqu'à l'appeler pour implorer son pardon, même. Quelle incurable naïve elle faisait.

— Elle voulait savoir autre chose ?

Tu es sûre et certaine qu'il était à la maison dimanche soir ? Toute la nuit ?

La fraîcheur imprégnant sa peau et ses vêtements.

— J'ai une question à te poser, Ian, lui avoua-t-elle. C'est important.

Il s'écarta d'elle insensiblement.

— Tu es ma femme. Tu peux me demander ce que tu veux.

— La nuit du meurtre de Victoria Vanmeer… celle où je me suis réveillée d'un cauchemar en criant… Tu es sorti. Pourquoi ?

Comme si elle venait de le gifler, il se redressa et appuya son front contre la paume de sa main.

— Déjà ? Ils ont déjà réussi à te faire douter de moi. A nous monter l'un contre l'autre…

— C'est faux ! Ian, je t'en prie…

Avec une touchante brusquerie, elle se colla contre lui.

— Il fallait que je sache.

— Je suis allé promener Duke, dit-il les yeux pleins de reproches. Comme tous les soirs avant d'aller au lit. Tu es soulagée ?

Et comment !… Soulagée, et reconnaissante aussi.

— Eh bien, Jane, à quoi dois-je m'attendre maintenant ? Tu vas me mettre sur la sellette pour m'être trompé d'heure ce soir-là ?

Son expression lui arracha un rire de dépit.

— Ma montre s'est arrêtée. La pile était morte.

Il hésita un instant, réticent à se justifier devant elle.

— J'ai acheté une pile neuve chez De Boulle le lendemain matin. Tu peux les appeler pour vérifier. J'ai payé avec ma carte de crédit.

De Boulle… L'horloger bijoutier de Highland Park chez qui Ian avait acheté sa bague de fiançailles. Les larmes aux yeux, elle réalisa à quel point il devait se sentir trahi.

Quel genre d'épouse était-elle ?

— S'il te plaît, pardonne-moi, murmura-t-elle. Je t'en prie, j'ai tellement peur…

Il l'attira dans ses bras.

— Non, Jane, c'est moi qui suis désolé. Tu avais tous les droits de me poser cette question. C'est juste que… moi aussi j'ai peur.

La sonnerie de la porte d'entrée les fit sursauter. Tandis que Duke se mettait à aboyer, Jane resta paralysée.

— Ne réponds pas.

— Je n'ai pas le choix, Jane.

Elle l'enlaça, comme pour l'en empêcher.

— N'ouvre pas, Ian.

La sonnerie ne cessait de retentir. Encore et encore.

Ian se libéra en douceur.

— Il faut que j'aille voir. Ils ne s'en iront pas, sinon.

Le cœur lourd, elle le regarda se diriger vers l'Interphone.

— Oui ?

C'était la police. Ils devaient impérativement parler à Ian.

— Je vais vous ouvrir. Donnez-moi juste une minute.

Il se tourna vers Jane, conscient qu'elle avait tout entendu.

— Il n'y a pas de raison de s'inquiéter, dit-il d'une voix douce. Je suis innocent.

Elle se leva à son tour et tous deux s'habillèrent en silence. Puis Ian alla accueillir les policiers pendant qu'elle mettait un peu d'ordre dans ses cheveux. L'image que lui renvoya son miroir était celle d'une femme apeurée — presque un animal pris au piège.

Elle se résigna enfin à rejoindre le vestibule et y parvint à temps pour voir le coéquipier de Stacy passer les menottes à Ian.

— Que faites-vous ?! hurla-t-elle.

Trois hommes se tenaient dans l'entrée : l'inspecteur McPherson, un autre qu'elle ne connaissait pas et un policier en uniforme.

McPherson lui jeta un regard navré et se tourna vers Ian.

— Docteur Westbrook, déclara-t-il, vous êtes en état d'arrestation pour les meurtres de Victoria Vanmeer et de Marsha Tanner. Vous avez le droit de rester silencieux et de faire appel à un avocat. Si vous n'en avez pas les moyens, un…

Hébétée, en proie à mille pensées contradictoires, Jane l'écouta lire ses droits à Ian. *Que devait-elle faire maintenant ? Qu'allait-il se passer ?*

— Allons-y, Westbrook, intervint le deuxième inspecteur en poussant Ian vers la porte. C'est l'heure de dire *bye-bye.*

Ce ton ironique, vaguement amusé, la tira d'un coup de son apathie.

— Attendez !

Jane courut vers son mari et se cramponna à lui. Elle avait l'impression qu'on lui arrachait une part d'elle-même.

— Je n'ai pas commis ces meurtres, Jane.

— Je sais.

Elle approcha son visage du sien.

— On va s'en sortir. Je trouverai qui…

Le policier en tenue la tira en arrière.

— On doit l'emmener maintenant, dit Mac. Je suis désolé.

Elle poussa un cri et tenta de retenir son mari, mais les policiers s'interposèrent entre eux.

— Appelle Whitney, lança Ian par-dessus son épaule avant de franchir la porte. Il saura quoi faire.

Jane se rua à leur suite jusque dans la rue, le visage inondé de larmes.

— Non ! implora-t-elle quand l'homme en uniforme obligea son mari à s'asseoir à l'arrière de la voiture de police.

Déjà, celle-ci s'éloignait. Jane cria le nom de Ian, qui tordit le cou afin de l'entrevoir une dernière fois à travers la lunette arrière.

Parti. Arraché à ses bras.

La chance l'avait abandonnée.

Une fois la voiture disparue, elle revint sur ses pas. Snake l'observait depuis le seuil de sa boutique. Au moment où elle croisa son regard, Jane fut secouée d'un violent frisson. L'ombre d'un sourire effleura les lèvres du tatoueur. Après un signe de tête, il disparut dans son atelier.

22.

Mercredi 22 octobre 2003,
20 h 50.

Jane eut un peu de mal à trouver le numéro personnel de Whitney Barnes, mais elle y parvint finalement grâce au PalmPilot de Ian, qu'elle dénicha dans la poche intérieure de sa veste. Une fois le numéro noté sur un papier, elle glissa l'agenda électronique dans son sac à main pour le cas où elle en aurait besoin plus tard. Whitney — Whit pour les intimes — était le conseiller juridique de Ian, ainsi qu'un ami de longue date.

Jane lui dressa un rapide tableau de la situation. Il l'enjoignit de ne pas bouger et l'assura qu'il serait chez elle dans le quart d'heure suivant. Il lui suggéra également de contacter un ami ou un membre de sa famille susceptible de la réconforter.

Son premier réflexe fut de composer le numéro de Stacy, mais elle se ravisa et décida d'appeler Dave.

Au son de sa voix, elle éclata en sanglots. Lui aussi promit d'arriver le plus vite possible.

Elle raccrocha et commença à arpenter la cuisine, revenant régulièrement jeter un œil sur la rue par la fenêtre. Elle fit ensuite du café, se souvint que cette boisson était déconseillée aux femmes enceintes, jeta le tout dans l'évier et mit de l'eau à bouillir pour préparer une tisane.

Sans cesser de se tordre les mains, elle parla à Duke, pria à haute voix, oscillant entre désespoir et incrédulité, colère et supplications. Persuadée d'avoir entendu quelqu'un arriver, elle se dépêcha d'aller ouvrir, pour découvrir qu'elle avait juste été victime de son imagination.

Enfin, on sonna à la porte. Avec un cri étranglé, elle courut jusqu'à l'Interphone. Ce n'était ni Dave ni Whit, mais Stacy.

— Je viens tout juste d'apprendre la nouvelle, lui expliqua sa sœur, hors d'haleine. Je suis venue aussi vite que j'ai pu.

Jane resta un instant muette de surprise.

— Tu viens tout juste de l'apprendre ? réagit-elle enfin. Tu plaisantes, non ? Tu es des leurs.

— Non, je ne le suis pas ! On m'a retiré le dossier cet après-midi. Pour conflits d'intérêts. Mon patron m'a passé un savon. J'ignorais ce qui se tramait, je te le promets.

Elle reprit sa respiration et baissa la voix.

— Nous sommes sœurs, Jane. Nous sommes de la même famille.

Voilà qu'elles étaient de la même famille, maintenant. La veille, c'était une autre chanson.

Jane s'affaissa contre le mur, accablée. Le monde s'écroulait.

— Je ne veux pas que tu restes seule.

— Ne t'inquiète pas pour moi, j'ai appelé Dave.

— Tu m'as dit de venir te voir quand je serais prête à faire la moitié du chemin, tu t'en souviens ? Eh bien, je suis là, Jane. Ouvre-moi, s'il te plaît.

— Pourquoi maintenant, Stacy ? Parce que je suis à terre ? Parce que j'ai perdu tout ce que j'avais ?

Les sanglots affluèrent à ses lèvres tremblantes. Elle se mit à crier :

— Ils ont emmené mon mari les menottes aux poignets !

— Je n'ai jamais souhaité une chose pareille. Je ne veux pas ton malheur.

Jane n'en croyait rien. Elle n'avait aucune raison de faire confiance à sa sœur et elle ne le lui cacha pas.

Stacy resta un long moment silencieuse. Quand finalement elle se décida à parler, sa voix était pleine de lassitude.

— Si tu as besoin de moi, tu sais où me trouver.

Pendant quelques minutes, Jane resta adossée au mur près de l'Interphone, immobile et désemparée. Puis, sans réfléchir, elle descendit les marches quatre à quatre et ouvrit vivement la porte.

— Stacy ! cria-t-elle. Attends !

Elle était partie.

— Jane !

Dave marchait vers elle à grandes enjambées. Elle courut se réfugier dans ses bras.

— Tu tiens le coup ? demanda-t-il.

— Non.

Les larmes brouillèrent sa vue.

— Ils ont arrêté Ian. Ils le croient coupable du meurtre de ces deux femmes !

— Je sais. C'est déjà aux infos.

— Quoi ?... Déjà ? Mais comment est-ce possible ?

— Je l'ignore. Je suis désolé.

Un homme grand, élancé et élégant s'avança vers eux d'un pas pressé. Whitney Barnes.

— J'ai fait aussi vite que possible. Vous savez combien il est difficile de circuler dans cette ville...

Jane fit les présentations. Dave et l'avocat échangèrent une poignée de main et ce dernier suggéra qu'ils rentrent dans la maison.

Elle les précéda jusqu'au salon, où elle se planta devant Whitney Barnes, les mains jointes.

— Il n'a pas commis ces meurtres, Whit. Il est innocent.

— Ian m'a passé un coup de fil tout à l'heure avant de quitter la clinique. Je connais donc le déroulement de l'affaire dans les grandes lignes jusqu'à cet instant. Raconte-moi ce qui s'est passé ce soir.

— Ils l'ont menotté et lui ont signifié son arrestation pour les deux meurtres.

— Lui ont-ils lu ses droits ?

— Oui.

— OK. Je vais être franc avec toi. Tu as peut-être intérêt à t'asseoir.

Elle ne se fit pas prier et s'installa sur le canapé. Dave demeura debout à ses côtés, une main protectrice posée sur son épaule.

— Tu es prête ?

Elle l'encouragea d'un signe de tête.

— S'ils ont arrêté Ian, c'est qu'ils pensent avoir suffisamment de charges contre lui. Mais ils peuvent le maintenir en garde à vue pendant quarante-huit heures avant de l'inculper, et le juge a ensuite deux jours pour lui lire l'acte d'accusation. Dans la mesure où le compte à rebours commence à ce moment-là, il faut s'attendre à ce qu'ils mettent à profit la moindre minute dont ils disposent.

— Que veux-tu dire par « le compte à rebours commence à ce moment-là » ?

— Ian a droit à un procès rapide, Jane. Cela lui est garanti par la constitution des Etats-Unis. L'Etat du Texas dispose de cent quatre-vingts jours pour traduire un suspect en justice à partir du moment où il a pris connaissance de son acte d'accusation.

— Cent quatre-vingts jours, répéta-t-elle d'une voix brisée.

C'est-à-dire six mois. Six mois d'emprisonnement… Ian pourrait-il seulement le supporter ? Et elle ?

— Ce n'est pas possible, Whit.

— Hélas, si. Il vaut mieux que tu saches à quoi t'attendre, ça t'aidera un peu.

Sans doute avait-il raison, mais elle n'imaginait rien qui puisse l'aider. Sauf de voir Ian franchir la porte de leur maison en homme libre.

— Lors de l'audience de mise en accusation, Ian devra indiquer s'il plaide coupable ou non coupable. Le juge fixera alors le montant de la caution.

Anticipant la réaction de Jane, il se hâta de poursuivre :

— Ne t'emballe pas. Au Texas, la caution n'est pas autorisée dans le cas d'un meurtre capital.

— Meurtre capital ?

Elle interrogea les deux hommes du regard.

— Qu'est-ce que ça veut dire ?

— Entre autres choses, le meurtre de plus d'une personne.

Elle étouffa un cri de sa main. Dave lui pressa l'épaule pour la rassurer.

— L'audience de mise en accusation aura lieu dans les locaux du Frank Crowley Building. J'y ferai un saut en sortant, bien que l'heure soit un peu tardive pour recueillir des informations. Demain matin, je passerai dans les locaux du ministère public pour voir si quelqu'un est disposé à me communiquer les charges à l'encontre de Ian. Certains procureurs préfèrent garder pour eux leurs éléments de preuve, d'autres jouent franc jeu et les mettent sur la table. Quand un dossier est faible, ils préfèrent le savoir et minorer les charges ou carrément renoncer à poursuivre. Ils s'épargnent ainsi du travail inutile et préservent les finances publiques.

— Dans quelle catégorie se range notre procureur général ?

— Terry Stockton est plutôt du genre ouvert, mais c'est aussi une girouette. Il sait se montrer coriace à l'occasion s'il pense que cela peut servir sa carrière.

Whit se leva à ces mots.

— Reste tranquillement chez toi. Une fois fixée la date d'audience de mise en accusation, Ian sera autorisé à recevoir la visite d'un avocat. Je vais aller lui parler, le rassurer sur ton compte et vérifier que ses droits ont été respectés. Il ne se passera rien d'important avant demain.

— Je veux venir avec toi.

— Tu ne seras pas autorisée à le voir, Jane. Tu ne peux pas te rendre utile pour le moment.

— C'est mon mari. Je veux y aller.

Whit chercha du renfort du côté de Dave, mais celui-ci haussa les épaules.

— Elle a pris sa décision, mon vieux. Et je sais d'expérience que lorsqu'elle a quelque chose en tête, il est inutile d'essayer de lui faire changer d'avis.

— Bon, très bien. Mais je préfère te prévenir, Jane : le Frank Crowley Building n'est pas précisément le centre de la civilisation. Et encore moins à une heure pareille.

— Je suis prête, s'obstina-t-elle en se levant du canapé. Je tiendrai le coup.

23.

Mercredi 22 octobre 2003,
23 h 25.

Elle avait eu tort. Tort de penser qu'elle tiendrait le coup, de présumer de ses forces. Bien qu'on fût en semaine, et à une heure tardive qui plus est, le Frank Crowley Building grouillait de monde. Prostituées, flics, voyous, ivrognes, couples qui se déchiraient, avocats, victimes en état de choc… Tout cela créait un pot-pourri étrange, et parfois effrayant, de la condition humaine.

Son courage l'abandonna définitivement quand un poivrot vomit sur ses chaussures. Mais contrairement à lui, elle préféra les toilettes pour rendre tripes et boyaux. Là, seule dans l'intimité des cabines, elle s'effondra en larmes.

Elle ne parvint ensuite à se redresser qu'en faisant appel à toute sa volonté. Il le fallait. Pour Ian. Parce qu'elle se devait d'être forte pour lui.

Et parce qu'elle *était* forte.

Comme prévu, Whit fut autorisé à le voir, mais pas elle. L'avocat trouva son mari un peu secoué, certes, mais plutôt en forme. Il s'inquiétait surtout pour elle en fait.

Whit promit de l'appeler dès le lendemain matin pour lui donner les dernières nouvelles et lui fournir une liste d'avocats pénalistes de premier ordre. Jusqu'alors, elle n'avait pas réalisé qu'il était spécialisé dans le droit des sociétés et qu'il lui faudrait par conséquent s'attacher les services d'un autre avocat dans les plus brefs délais.

Dave la ramena chez elle. Après s'être garé devant l'entrée du loft, il fit le tour de sa voiture pour lui ouvrir la porte.

— Je t'accompagne à l'intérieur.

Elle esquissa un sourire reconnaissant.

— Tu en as assez fait comme ça.

— Jane, monter quelques marches n'est pas…

— Nécessaire, termina-t-elle.

Elle prit sa main et la serra.

— Merci d'avoir été là pour moi.

— Je suis vraiment désolé que tu aies à subir tout ça, dit-il pressant sa main à son tour. J'aimerais tant pouvoir t'aider.

— Tu m'as déjà beaucoup aidée.

Elle fouilla dans son sac et en sortit un trousseau de clés.

— Tu veux bien me passer un coup de fil demain ? murmura-t-elle, la main sur la poignée de la porte d'entrée. Je risque d'avoir besoin d'une épaule sur laquelle pleurer…

— Tu peux compter sur moi… Jane ?

Il la regarda droit dans les yeux.

— Stacy est de notre côté. J'en suis convaincu.

Sentant les larmes se presser derrière ses paupières, elle gravit sans un mot les marches menant au vestibule et, une fois en haut, se retourna pour lui adresser un dernier signe d'au revoir.

Dave laissa la porte se refermer. Quelques secondes plus tard, elle entendit sa voiture s'éloigner.

D'un pas hésitant, elle pénétra dans le vestibule sombre et froid, et appuya sur l'interrupteur près de la porte. Rien. Elle essaya encore, perplexe. Ian venait pourtant de changer l'ampoule, non ?

Elle avait acheté les deux niveaux du bâtiment avec une partie de son héritage. Le loft occupait l'étage supérieur, et son atelier se situait en dessous. On accédait à l'un comme à l'autre par la porte principale. A sa droite, un escalier menait à l'appartement, tandis qu'un petit couloir droit devant elle conduisait à l'atelier.

Jane jeta un œil aux marches, puis au couloir. Le clair de lune se déversait par une fenêtre et venait mourir à ses pieds, conférant aux ombres une profondeur étrange.

Elle verrouilla la porte d'entrée et s'avança vers l'escalier. Le bruit d'un morceau de papier froissé sous sa chaussure la stoppa net. Baissant les yeux, elle aperçut une enveloppe par terre. Quelqu'un y avait griffonné son nom. Elle se penchait pour la ramasser quand le grincement de la porte de son atelier la paralysa de peur.

Le cœur battant à tout rompre, elle recula d'un pas.

— Qui est là ?

— Jane ? C'est Ted.

— Ted ? répéta-t-elle d'une voix atone, soulagée au-delà des mots. Que fais-tu là ?

Il ferma l'atelier à clé et traversa le vestibule pour la rejoindre.

— Je suis au courant de ce qui est arrivé à Ian. On en a parlé aux infos. Je suis venu m'assurer que vous n'aviez besoin de rien.

Il prit les mains de Jane entre les siennes et les frotta doucement.

— Vous avez l'air épuisé, Jane.

— Non seulement j'en ai l'air, mais je le suis.

— Venez, je vais vous faire un thé.

Elle ramassa l'enveloppe et la rangea dans sa veste avant de suivre Ted à l'étage supérieur.

— Asseyez-vous, dit-il une fois dans la cuisine. Je m'occupe de tout.

Elle se débarrassa de sa veste, la lança sur le comptoir et s'effondra sur l'un des tabourets. Submergée par la fatigue, elle songea qu'elle avait tout perdu, y compris la capacité de réfléchir.

Les mouvements de Ted lui parvenaient à travers un brouillard — les placards ouverts puis refermés, l'eau versée dans la bouilloire, la flamme du brûleur, le sifflement de la bouilloire…

— Et voilà, annonça-t-il en posant une tasse à côté d'elle.

La tête lourde, elle fit l'effort de grimacer un sourire et but lentement une gorgée du breuvage. Une infusion à la camomille… Un peu réconfortée par le goût familier et la gentillesse de Ted, elle trouva la force de l'interroger à propos des informations télévisées.

— Ils en ont vraiment parlé dans l'édition du soir ?

— Dans l'édition spéciale, corrigea-t-il. « Un chirurgien esthétique arrêté dans le cadre d'une affaire de double homicide volontaire. » Ils ont donné son nom et montré sa photo.

Bien qu'il lui eût rapporté ça avec le plus de tact possible, Jane eut envie de disparaître sous terre. Savoir son mari livré en pâture aux médias la rendait malade.

— Il n'y est pour rien, Ted. C'est une erreur judiciaire.

Combien de fois avait-elle répété ces mêmes mots au cours des dernières heures ? Et combien de fois aurait-elle encore à les répéter dans les heures, les jours et sans doute les semaines à venir ?

— Il n'aurait jamais pu commettre un acte aussi barbare, ajouta-t-elle.

Le besoin de défendre son mari la maintenait éveillée malgré son immense lassitude.

— Il en serait incapable.

— Vous n'avez pas besoin de me convaincre, répondit Ted.

Elle serra les dents et regarda ailleurs.

— Qu'est-ce que c'est ? demanda-t-il en désignant l'enveloppe qui dépassait d'une poche de sa veste.

— Je n'en sais rien. Quelqu'un a dû la glisser sous la porte. J'ai marché dessus en entrant.

— Vous allez l'ouvrir ?

— Vas-y, toi.

Elle tira l'enveloppe de sa veste et la fit glisser vers lui sur le comptoir.

— Je n'en ai pas la force.

La tête dans les mains, elle entendit l'enveloppe se déchirer, le papier bruisser.

Elle leva les yeux. Le teint habituellement pâle de son assistant était devenu cireux.

— Qu'est-ce qu'il y a ?

Il secoua nerveusement la tête et replaça la feuille dans l'enveloppe.

— Rien. Ce n'est rien. Juste de la pub.

— Je ne te crois pas.

Elle tendit une main fébrile.

— Donne-la-moi.

— Jane, je vous en prie, je ne crois pas que ce soit une bonne…

— Donne-la-moi, Ted.

Il s'exécuta à contrecœur.

L'enveloppe renfermait une coupure d'un journal daté du 13 mars 1987. L'article relatait son accident et contenait une photo d'elle.

En travers s'étalait un message en grosses lettres : *Je l'ai fait exprès. Pour t'entendre hurler.*

24.

Jeudi 23 octobre 2003,
00 h 05.

Le timbre du téléphone arracha Stacy à ses rêves. Elle s'empara sur-le-champ du combiné et répondit avant la fin de la seconde sonnerie.

— Killian à l'appareil.

— Stacy, c'est Ted Jackman, l'assistant de Jane.

Elle s'assit en laissant pendre ses jambes hors du lit.

— Jane va bien ?

Il hésita.

— Physiquement, oui, mais… Quelqu'un a glissé un message plutôt perturbant sous sa porte. Elle est dans tous ses états… Je crois que vous devriez venir.

Le combiné coincé entre son oreille et son épaule, elle se leva et prit un chandail dans sa commode. Elle referma le tiroir d'un coup de hanche, puis réitéra l'opération avec celui du dessous après en avoir sorti un jean.

— Le message a-t-il un lien avec Ian ou les meurtres pour lesquels il a été arrêté ?

— Non. Du moins, je ne crois pas. C'était une coupure de presse datant de 1987.

Stacy s'immobilisa.

— C'est tout ?

— Non. Il y a quelque chose d'écrit dessus. L'auteur du message dit qu'il l'a fait exprès. Pour l'entendre hurler.

— J'arrive.

Après avoir raccroché, Stacy appela Mac.

— Rejoins-moi chez ma sœur dès que possible, lui ordonna-t-elle dès qu'il eut décroché.

Moins d'un quart d'heure plus tard, ils arrivaient presque en même temps devant chez Jane.

— Que se passe-t-il ? demanda Mac en descendant de sa voiture.

— L'assistant de ma sœur m'a appelée. Quelqu'un a adressé à Jane une ancienne coupure de presse relatant son accident. Ce n'est pas tout : l'article était accompagné d'un message affirmant qu'il ou elle l'avait fait exprès.

Stacy rangea une mèche rebelle derrière son oreille.

— J'ai pensé qu'il valait mieux que tu sois là. On ne sait jamais.

La porte du bâtiment s'ouvrit sur Ted, qui les invita à entrer. Il avait appris l'arrestation de Ian à la télévision, leur expliqua-t-il, et s'était précipité chez Jane pour s'assurer qu'elle n'avait besoin de rien.

— L'enveloppe se trouvait par terre dans le vestibule. Elle l'a trouvée en marchant dessus.

Il prit soin de verrouiller la porte derrière eux et commença à grimper l'escalier.

— Faites attention où vous mettez les pieds, l'ampoule est grillée.

Ils trouvèrent Jane dans le salon, blottie en position fœtale sous une couverture. Elle ouvrit les yeux en entendant Stacy prononcer son prénom.

— Je l'ai toujours su, chuchota-t-elle. J'ai toujours su que ce n'était pas un accident.

Après avoir lancé un regard à son coéquipier, Stacy vint s'accroupir devant sa sœur.

— Où se trouve la coupure de presse, Jane ?

D'un mouvement de tête, celle-ci lui désigna la table basse derrière elle. Un signe discret de Mac encouragea Stacy à poursuivre. Afin de préserver d'éventuelles empreintes, elle protégea ses doigts d'un mouchoir en papier tiré d'une boîte posée près de Jane. Malheureusement, Ted et sa sœur n'avaient pas pris les mêmes précautions.

Elle lut deux fois l'article avant de le donner à Mac, qui en prit connaissance et le lui rendit sans faire de commentaire.

— C'est comme dans mes cauchemars, murmura Jane. Il revient terminer sa sale besogne.

Stacy sentit sa bouche s'assécher.

— C'est probablement l'œuvre d'un crétin qui trouve ça très drôle.

— Non. C'est lui. Je sais que c'est lui.

Agenouillée au bas du canapé, Stacy prit les mains de Jane dans les siennes. Elles étaient si glaciales qu'elle entreprit de les frictionner avec douceur dans l'espoir de les réchauffer.

— Si on y réfléchit, c'est vrai que ça arrive au pire moment, mais en même temps la probabilité que ce message ait été réellement rédigé par le pilote du bateau est proche du néant. Quelqu'un a dû entendre parler de toi dans les journaux. *Texas Monthly* est sorti en kiosques cette semaine. Tout Dallas est désormais au courant de ton passé. Je te le répète : c'est sans doute une blague douteuse, l'œuvre d'un dingue à l'humour malsain.

Jane serra les poings.

— Il m'a peut-être retrouvée à cause du magazine, mais je sais que c'est lui.

Stacy jeta un œil à la ronde. Son coéquipier semblait troublé ; Ted fixait Jane, l'air intense, presque farouche. Elle comprit à cet instant combien sa sœur comptait pour lui.

— Mac et moi, on se charge d'enquêter sur cette histoire. Je vais prendre l'enveloppe pour vérifier les empreintes digitales et toute autre trace qui pourrait nous éclairer. Vous l'avez manipulée tous les deux ?

— Oui, reconnut Ted. Désolé.

Stacy se releva.

— Je veux que tu me promettes de m'appeler si tu reçois un autre courrier de ce genre, d'accord ?

Jane acquiesça. Stacy se dirigeait vers la porte quand elle songea à lui proposer de rester pour la nuit.

Sa sœur voyait en elle une ennemie. Elle l'avait dit clairement la dernière fois qu'elle avait voulu l'aider.

Les yeux brillants de Jane la dévisageaient.

— Je suis la seule à avoir toujours pensé qu'il l'avait fait exprès, déclara-t-elle d'une petite voix. Mais j'étais aussi la seule dans l'eau ce matin-là, n'est-ce pas ?

Stacy inspira profondément. La douleur et la culpabilité l'étouffaient. Oui, sa sœur avait été seule dans l'eau ce jour-là. Et elle, au lieu de lui demander de regagner le rivage, comme l'aurait fait une grande sœur responsable, elle l'avait encouragée à aller plus loin.

— Si tu as besoin de quoi que ce soit, tu peux m'appeler. A n'importe quelle heure du jour ou de la nuit.

Ses mots ne trouvèrent nul écho. Jane les prenait pour des propos de circonstance, elle le sentait bien.

Elle quitta le loft en compagnie de Mac. Il la raccompagna jusqu'à sa voiture.

— Tu n'as pas envie de rester avec elle ?

Elle leva la tête vers les fenêtres de sa sœur.

— Je ne crois pas que ça lui ferait plaisir.

— Quelle idée… Tu es sa sœur, sa famille.

— Pas ce soir. Ce soir, pour elle, je représente la loi.

Une rafale de vent rabattit une mèche sur son visage. Mac l'écarta du bout des doigts et l'enroula derrière l'oreille de Stacy.

— Il faut qu'on parle.

La familiarité, l'intimité du geste la déstabilisa. Elle se rendit compte qu'il se tenait très près d'elle. Trop près pour un coéquipier.

L'étrangeté de la situation la poussa à reculer un peu.

— De quoi ?

— D'une histoire qui m'est venue aux oreilles quand j'étais à la brigade des mœurs.

— Réalité ou fiction ?

— A toi de voir. Je la tiens d'un petit indic bien glauque qu'on appelait Doobie.

Mac sembla un instant perdu dans ses souvenirs.

— Le genre de mec qui se lamentait en permanence sur son sort, tu vois ? Il lui arrivait un tas de galères, et bien entendu c'était toujours de la faute des autres.

— C'était qui, ce type ? Un maquereau ? Un bookmaker ?

— Les deux. Une sorte de voyou polyvalent. Un vrai loser, quoi… Bref, il prétendait qu'un incident survenu dans son adolescence était à l'origine de tous ses déboires.

Il marqua une pause avant de poursuivre.

— Avec un pote, ils avaient séché l'école et embarqué deux ou trois packs de bière sur le bateau du papa. Ils biberonnaient en faisant les idiots quand ils ont aperçu un nageur. Ou plus exactement une nageuse. Seule au milieu du lac.

Stacy se doutait de ce qui allait suivre. Elle s'y prépara mentalement.

— Tout a commencé comme une plaisanterie. En tout cas, c'est ce que Doobie croyait. Son copain a foncé sur la fille pour lui foutre la trouille. Histoire qu'elle se pisse dessus. Ça n'avait rien de bien méchant, il avait juste envie de se marrer… Sauf qu'il n'a pas dévié sa course. Doobie lui a crié d'arrêter, et il a même essayé d'attraper le volant, mais c'était trop tard… La fille a hurlé. Il y a eu un bruit atroce… et puis l'eau est devenue rouge.

Stacy se rendit compte qu'elle retenait son souffle. Elle s'efforça d'inspirer à fond et de desserrer ses doigts, si crispés qu'elle sentait sur sa paume la griffure de ses ongles.

— Doobie chialait. Il a supplié son copain de rejoindre la berge et d'aller chercher de l'aide. L'autre s'est foutu de lui. Il l'a traité de poule mouillée et l'a ensuite menacé de le tuer s'il s'amusait à en parler à qui que ce soit.

— Et il a pris sa menace au sérieux ?

— La famille du gamin était riche, et son influence à Dallas considérable.

Jane avait toujours été convaincue qu'il l'avait fait exprès. Elle avait eu raison.

Et maintenant, il revenait peut-être.

Nauséeuse, Stacy fit un effort pour faire taire ses émotions et analyser cette histoire avec assez de recul avant de prendre la moindre décision.

— Doobie affirmait que sa vie était devenue un enfer après ça. Il ne s'en est jamais remis. Les cris de la fille ne cessaient de le hanter… Comme l'image de ce corps mutilé au milieu du lac.

Un sentiment que Stacy connaissait bien…

— Comment s'appelait l'adolescent qui pilotait le bateau ? demanda-t-elle.

— Je n'en sais rien. Doobie n'a jamais voulu le dire.

— Il me faut ce nom.

— Je vais me renseigner, voir si je peux le situer. Mais il a peut-être disparu depuis belle lurette… Ces types-là n'ont pas une grande espérance de vie en général.

— Essayons quand même.

Il la jaugea du regard.

— Il est peu probable que le facteur de ce soir et le pilote du bateau ne fassent qu'une seule et même personne, tu ne crois pas ? Ce que tu as dit à Jane était juste. Pourquoi ce type referait-il surface après toutes ces années ?

Elle eut un rire dur.

— C'est vrai. Mais une chance infime suffit à me poser un problème. Il s'agit de ma sœur, Mac.

— Le message écrit sur la coupure de presse peut avoir été inspiré d'articles de l'époque… Va savoir si Jane ou quelqu'un d'autre n'a pas prononcé ces mots après l'accident. Ils ont peut-être été repris ensuite par un journal en quête de sensationnel.

Stacy n'eut aucun mal à s'imaginer le gros titre : *La victime est persuadée que le bateau a fait exprès de lui foncer dessus.*

— J'en doute, murmura-t-elle. Mais j'en aurai le cœur net… La vraie question pour le moment est de savoir s'il faut prendre ce message au sérieux. S'il s'agit d'une blague douteuse ou d'une menace réelle.

— Tu veux mon avis ?

— Bien entendu.

— Pour le moment, je penche pour une mauvaise blague. Mais si ça se renouvelait, je reconsidérerais mon point de vue.

Un œil sur les fenêtres de Jane, il ajouta :

— Tu le connais bien, ce Ted Jackman ?

— Ted ? Pas vraiment. Ça fait pourtant assez longtemps qu'il travaille pour ma sœur. Elle l'apprécie beaucoup. Pourquoi cette question ?

— Lui et l'enveloppe se trouvaient dans la maison au moment où Jane est rentrée. C'est peut-être une coïncidence.

— Ou peut-être pas, termina-t-elle.

Ils restèrent quelques secondes silencieux.

— Et si je fouillais son passé, au cas où ? proposa Stacy.

— Bonne idée. Je vais passer quelques coups de fil à mes potes des mœurs.

Il posa sur Stacy un regard qui la frappa de nouveau par son intensité. Et plus encore par les émotions qu'il faisait naître en elle.

— Navré d'être le premier à quitter la fête, dit-il après avoir consulté sa montre, mais j'ai une journée bien remplie devant moi.

— Vas-y. Je lève le camp moi aussi.

Elle ouvrait la porte de sa voiture quand elle l'entendit l'appeler.

— Ouais ?

— Doobie, la balance… Après toutes ces années, il avait encore peur de son copain d'enfance. C'est pour ça qu'il refusait de livrer son nom. Il disait que ce mec était l'enfoiré le plus dangereux qu'il ait jamais connu.

25.

Jeudi 23 octobre 2003,
01 h 15.

Longtemps après le départ de Mac, Stacy resta immobile derrière le volant de son 4x4, l'œil rivé sur le loft de Jane. Il faisait froid dans la voiture, et ses mains étaient ankylosées de ne pas bouger. Pourtant, elle n'esquissa pas le moindre geste pour démarrer le Bronco.

Ce mec était l'enfoiré le plus dangereux qu'il ait jamais connu.

Je l'ai fait exprès. Pour t'entendre hurler.

Tout comme l'indic de Mac, elle n'avait jamais pu oublier les cris de Jane.

Les yeux clos, elle se laissa aller contre l'appuie-tête. Une image s'imposait à elle. Pas celle de ce jour maudit au lac. Pas celle d'une des nombreuses victimes qu'elle avait croisées au cours de sa carrière. Non, c'était le visage de Mac qui occupait ses pensées. Son expression lorsqu'il avait enroulé sa mèche rebelle derrière son oreille. Son sourire. L'intensité de son regard.

Il l'avait regardée comme un homme regarde une femme qui lui plaît.

Stacy songea que la fatigue l'égarait sans doute. Mac n'éprouvait rien pour elle. Elle se redressa et enfonça la clé dans le démarreur. Elle ne commettrait pas l'erreur de s'amouracher de lui. Ils faisaient équipe, un point c'est tout. Prolonger leur relation au-delà du cadre professionnel serait suicidaire.

Pourquoi prendre le risque de détruire en un clin d'œil la réputation qu'elle avait mis des années à construire ? Une nuit avec votre coéquipier vous rangeait à tout jamais dans la catégorie des bimbos, voire des nymphos. Rien à faire, c'était comme ça. Et quant à garder le secret, mieux valait ne pas se faire d'illusions : ce genre d'information finissait toujours par circuler. La grande histoire d'amour, le mariage, on n'en parlait même pas. Parce que ça n'arriverait jamais.

Agacée par ces réflexions, et plus encore par le désir qui entamait sa détermination, elle se décida à démarrer. Au moment d'enclencher la marche avant cependant, elle jeta un dernier coup d'œil vers le loft.

Derrière une fenêtre se découpait la silhouette de Ted Jackman. Il l'observait.

Un frisson la parcourut.

Tu le connais bien, ce Ted Jackman ?

Pas assez pour lui faire confiance, songea-t-elle. Pas assez pour laisser sa sœur entre ses mains.

Grommelant un juron, elle ouvrit son portable et composa le numéro de Jane. Sa sœur répondit tout de suite.

— Jane, c'est Stacy. Je suis en bas.

Préférant ne pas lui laisser le temps de répondre, elle enchaîna :

— Ce serait mieux que tu ne restes pas seule, ce soir. Je pourrais dormir chez toi.

— Ça va aller, répondit froidement Jane. Ted est là. Il s'est déjà proposé de veiller sur moi.

— Je suis ta sœur. C'est mon devoir de te protéger.

— Mais tu es là en tant que flic, non ?

— La famille passe avant.

Cette fois, elle le pensait sincèrement. Qu'importe la police ; Jane était sa seule famille.

— Je ne suis en rien responsable des ennuis de Ian. Et je n'avais aucun moyen de m'opposer à son arrestation. Mon coéquipier, puis mon boss m'ont même reproché de m'être impliquée à titre personnel… C'est vrai, je suis inspecteur de police depuis des années, mais je suis ta sœur avant tout, et ce depuis bien plus longtemps encore. Tu as besoin de moi, Jane, même si tu refuses de l'admettre maintenant… Alors, tu vas m'ouvrir, oui ou non ?

A l'autre bout du fil, le silence se prolongea. Stacy s'apprêtait à traiter sa sœur de tête de mule quand Jane capitula.

— Donne-moi deux minutes.

Stacy verrouilla sa voiture et se dirigea vers la porte d'entrée. Elle l'atteignit au moment où le grésillement de l'Interphone l'invitait à entrer. Une fois la porte poussée, elle vit Ted descendre l'escalier vers elle. La silhouette de Jane se découpait à contre-jour en haut des marches.

Stacy s'écarta afin de laisser passer l'assistant.

— Il y a un problème ? le défia-t-elle en notant la lueur malveillante qui brillait dans ses yeux.

Il s'arrêta, une expression innocente sur le visage.

— Je n'ai rien dit.

Avait-elle imaginé le fiel dans son regard ? Ou avait-il aussitôt masqué son hostilité ?

— Merci d'avoir tenu compagnie à Jane.

Il la scruta un instant, la mine étonnée.

— J'aime beaucoup Jane. Il ne me serait même pas venu à l'idée de la laisser seule.

Le ton de sa voix résonna comme un acte d'accusation : *Vous êtes la sœur de Jane ; comment avez-vous pu l'abandonner si longtemps à son sort ?*

Stacy avait beau être rongée par la culpabilité, l'attitude de cet homme lui restait en travers de la gorge. La porte claqua derrière lui. Stacy prit soin de vérifier qu'elle était bien fermée, puis monta l'escalier.

— Il n'est pas banal, ce garçon…, commenta-t-elle en atteignant la dernière marche.

— Il est extrêmement loyal.

Sous-entendu, pas comme elle. Stacy se retint de répliquer.

— Comment l'as-tu déniché ?

— C'est plutôt lui qui m'a trouvée.

Ce détail alarma Stacy, qui se força toutefois à n'en rien montrer.

— Vraiment ? Comment ça s'est passé ?

— Il est venu me proposer ses services après avoir vu l'une de mes expositions. J'avais justement besoin d'un assistant, alors je l'ai engagé.

— Tu as vérifié ses antécédents, n'est-ce pas ?

— Arrête, Stacy.

— Quoi ?

— Je n'ai pas envie de vivre comme ça.

— Comme quoi ? Il n'y a pas de mal à être prudent.

— Je refuse de passer mon temps à soupçonner tout le monde. A m'attendre au pire plutôt qu'au meilleur.

Cette réflexion piqua Stacy au vif.

— Excellent programme, Jane. Mais n'oublie pas que tu as sur le dos un tordu qui prend son pied à glisser des mots doux sous ta porte.

Le sang monta au visage de Jane.

— Pourquoi es-tu venue ? Pour me réconforter ou pour m'enfoncer ?

— Tout ce que je dis, c'est que dans les circonstances actuelles, un minimum de prudence est nécessaire.

— J'ai peur, d'accord ? Je suis même terrifiée. Là, tu es contente ?

— Non, rétorqua gentiment Stacy. Je suis inquiète.

Les traits de Jane s'adoucirent.

— Le lit de la chambre d'amis est fait. Tu trouveras des draps de bain propres dans le placard.

La chambre d'amis était située à l'arrière du loft, à l'opposé de celle de Jane. Or Stacy ne comptait pas s'éloigner de sa sœur, ni de la porte d'entrée.

— Si ça ne t'ennuie pas, je préfère dormir sur le canapé.

Jane partit chercher de quoi lui permettre de dormir dans le salon.

— Je t'ai sorti une chemise de nuit, annonça-t-elle à son retour. Il y a une brosse à dents neuve et plein d'affaires de toilette dans le tiroir de la coiffeuse. N'hésite pas à te servir.

— Merci… Hé, Jane ?

Les deux sœurs se firent face.

— Tu as envie de parler ?

— J'ai juste envie d'aller me coucher.

Stacy opina. Elle comprenait.

— Alors, fais de beaux rêves… et à demain.

Et tandis que Jane gagnait sa chambre, elle la suivit des yeux, la gorge nouée. Pourquoi ce malaise permanent entre elles ? Les choses étaient-elles censées se passer ainsi entre sœurs ?

Elle détacha l'étui à revolver de son épaule et le posa sur la table basse avant de faire le lit. Elle glissa ensuite son Glock sous l'oreiller, alla se déshabiller dans la salle de bains. De retour dans le salon en chemise de nuit, elle vérifia que son arme était toujours là où elle l'avait laissée et se faufila sous les draps.

Stacy resta ensuite immobile, les sens en alerte, attentive à la noirceur et à la profondeur des ombres, au tic-tac de la vieille pendule, au bruit étouffé de la circulation, au ronronnement du radiateur qui se mettait en marche.

Soudain, des sanglots déchirèrent la nuit, en provenance de la chambre de Jane. Les sanglots d'une femme perdue, au désespoir.

Stacy ferma les yeux, pleine de tristesse pour sa sœur. Elle brûlait d'envie de la prendre dans ses bras, tout en sachant que c'était inutile. Ce soir, seul Ian aurait pu la consoler.

26.

Jeudi 23 octobre 2003,
08 h 45.

Au matin, Jane entra dans la cuisine à pas feutrés, mais Stacy avait déjà quitté le loft. Ses draps étaient soigneusement pliés près du canapé. Sur le comptoir de la cuisine, posés côte à côte, se trouvaient un message et un Thermos de café. Stacy l'informait qu'elle avait nourri et promené Duke. Elle appellerait en fin de matinée pour s'assurer que tout allait bien. Pas moins de quatre numéros de téléphone où la joindre en cas d'urgence accompagnaient ces mots.

Jane se versa une grande tasse de café. Main tremblante, elle la porta tant bien que mal à ses lèvres, se demandant vaguement s'il s'agissait de décaféiné... Tant pis. Même si ce n'était pas le cas, décida-t-elle, quelques gorgées ne pourraient faire de mal au bébé.

Son bébé.

Je l'ai fait exprès. Pour t'entendre hurler.

Elle reposa la tasse si brutalement qu'une partie du café se répandit sur le comptoir. Les mains jointes sur son ventre en un geste protecteur, elle songea à la vie qui s'épanouissait en elle. Pour la première fois, sa grossesse devint pour elle une réalité. Ce n'était plus seulement un état, mais un peu d'elle et de Ian. Elle portait un enfant. Un être qui un jour sourirait, marcherait et parlerait.

Un être qu'elle devait protéger à tout prix.

Je l'ai fait exprès. Pour t'entendre hurler.

Les avis de Stacy et de son coéquipier lui importaient peu. Ce message représentait pour elle une vraie menace.

Il l'avait retrouvée. Il venait terminer ce qu'il avait commencé seize ans plus tôt.

Mais à présent, elle n'était plus la seule concernée. Son enfant aussi courait un danger.

— Je ne le laisserai pas te faire de mal, murmura-t-elle d'une voix douce mais résolue. Je te le promets.

Elle jeta son café dans l'évier, remplit la bouilloire d'eau et ouvrit le placard pour en sortir un sachet de camomille et un *English muffin* qu'elle coupa en deux avant de le placer dans le grille-pain.

Ted avait bien essayé de lui faire manger quelque chose la veille au soir, mais sans succès. Il ne pourrait que se réjouir de constater qu'elle avait retrouvé l'appétit.

Elle se mit à songer à quel point il l'avait soutenue dans ces moments difficiles. Il s'était montré si compréhensif. Elle se sentait pleine de gratitude pour son amitié, pour sa présence la veille au soir. Comment aurait-elle réagi à cet horrible message si elle avait été seule ?

Son sourire s'estompa toutefois au souvenir de la défiance de Stacy à l'égard de son assistant.

Tu as vérifié ses antécédents, n'est-ce pas ?

Sa sœur voyait le mal partout. Jane, elle, ne jugeait pas utile de fouiller le passé de Ted. Elle lui accordait une entière confiance, et il s'en était toujours montré digne.

Le *muffin* bondit hors du grille-pain et la bouilloire siffla de concert. Elle porta le tout sur la table, l'esprit toujours occupé par Ted. Lui n'avait pas mis en doute sa conviction que le message griffonné sur la coupure de presse représentait une menace. Ni son intuition que cette enveloppe avait été envoyée par le même dingue qui l'avait heurtée avec son bateau, seize ans plus tôt.

Stacy et son coéquipier estimaient cette hypothèse tout juste envisageable, alors que lui la trouvait plausible.

De toute façon, si ce mot n'émanait pas du bourreau de sa jeunesse, de qui pouvait-il venir ? Jane mordit dans son *muffin* croustillant. D'un autre cinglé ? Combien pouvait-on en attirer dans une seule vie ?

Décidément non. Au plus profond d'elle-même, elle sentait que c'était lui, l'homme qui autrefois avait manqué la tuer.

Elle avala une autre bouchée. Curieusement, elle se sentait presque soulagée. La coupure de presse et son message confirmaient ce qu'elle avait toujours su : il l'avait fait exprès.

A présent, elle savait pourquoi.

Son petit déjeuner terminé, elle dut admettre se sentir mille fois mieux le ventre plein.

Elle n'avait pas le droit de se laisser aller. Elle devait penser à son bébé. Elle devait rester forte et aider son mari.

Jane débarrassait le comptoir des dernières miettes quand le téléphone se mit à sonner. *Faites que ce soit Whit.*

— Allo ?

— Jane, c'est Dave. Je voulais savoir comment tu allais avant d'être coincé avec mes patients. Tu as eu du nouveau ce matin ?

— Je n'ai pas encore de nouvelles de Whit. Je pensais que c'était lui qui appelait.

— Tu veux raccrocher ?

— Non, c'est bon. J'aurai un signal de double appel s'il essaie de me joindre.

— Comment ça va ? Est-ce qu'au moins tu as pu dormir un peu ?

— Un peu, oui. Stacy est restée à la maison. Ça m'a fait du bien.

— Stacy ?

Il paraissait abasourdi. Beaucoup de choses s'étaient passées depuis qu'il l'avait reconduite à sa porte. Elle se rendit compte qu'il n'était au courant de rien et lui parla de l'enveloppe.

Il laissa échapper un juron.

— Bon Dieu ! La dernière chose dont tu as besoin en ce moment, c'est d'un psychopathe décidé à te terroriser.

— Et pas n'importe quel psychopathe, Dave. *Lui.* Le pilote du bateau.

— Tu ne crois tout de même pas que le type qui t'a envoyé ça est le même salopard qui pilotait le hors-bord ?

— Si.

— Ma chérie, ça défie la logique.

— Ma vie actuelle défie aussi la logique.

Il resta muet quelques secondes, comme s'il soupesait et analysait ces paroles.

— Ce sentiment s'explique par tes cauchemars. Si tu arrivais à prendre un peu de recul, tu…

— Non. Je sais que c'est la vérité. Il est revenu. Il veut terminer ce qu'il a commencé.

— Tu te fais du mal, Jane.

— Ce n'est pas comme si j'avais le choix.

— Si, tu l'as.

Le ton de sa voix se fit plus pressant.

— N'accepte pas d'être une victime, Jane. Le fatalisme peut se révéler dangereux. Extrêmement…

La communication fut perturbée par le bip du double appel.

— C'est sûrement Whit, dit-elle. Je dois raccrocher.

— OK. Mais sois prudente. Je ne veux pas qu'il t'arrive quoi que ce soit.

Elle prit l'autre appel. Comme elle l'espérait, l'avocat était au bout du fil.

— Dieu merci, c'est toi. Quoi de neuf ?

— Je suis en train de me garer. Ouvre-moi.

Jane descendit l'accueillir à la porte d'entrée, le ventre noué.

— Je viens de voir le procureur général, annonça-t-il sans préambule. Il semble que le dossier soit solide.

— Solide ! Comment peuvent-ils…

— Pour te résumer la situation, Jane, la police soupçonne Ian d'avoir eu une aventure avec Victoria Vanmeer. Ils pensent qu'elle a menacé de te mettre au courant et qu'il l'a tuée pour la faire taire.

Jane en eut le souffle coupé.

— C'est ridicule…, réussit-elle à bredouiller au bout d'un moment. C'est un mensonge.

— Ils disent avoir des preuves corroborant l'accusation d'adultère.

Jane fixa l'avocat d'un air hébété, comme si elle s'était soudain retrouvée dans la peau d'une étrangère, accablée par une catastrophe qui ne la concernait pas.

— C'est impossible, se reprit-elle. Quelles sortes de preuves pourraient-ils détenir ?

Plutôt que de répondre directement, il préféra poursuivre son résumé de la version policière.

— Il aurait assassiné son assistante parce qu'elle s'apprêtait à faire des révélations aux autorités. La brigade financière a épluché ses comptes et il s'avère que Ian est endetté jusqu'au cou. La clinique aussi est dans le rouge vif, et il n'a pour ainsi dire aucun actif. Tu le savais ?

— Bien entendu. Il a dû rembourser ses parts à ses anciens associés et tout ce qui lui restait a été investi dans la nouvelle clinique.

— C'est-à-dire pas grand-chose. Au fond, tu as quasiment financé tout le projet ?

— Oui, mais l'idée venait de moi. Je l'ai poussé à se mettre à son compte et je souhaitais lui donner un coup de pouce.

L'homme de loi ne fit aucun commentaire à ce sujet. Au lieu de ça, il la regarda droit dans les yeux.

— Tu es absolument certaine qu'il ne te trompait pas ?

— Oui, dit-elle en serrant les poings. Tout à fait certaine.

— Tant mieux. Parce que l'accusation va le dépeindre en mari infidèle et prêt à tout pour continuer à mener grand train grâce à l'argent de sa femme. Ton soutien sera déterminant pour sa défense.

Elle dut se faire violence pour rester concentrée sur les propos de Whit. Il lui fallait maintenant cesser de se voiler la face et passer à l'action. Elle n'allait pas se réveiller et découvrir que tout ça n'était qu'un mauvais rêve. Cauchemar et réalité ne faisaient désormais plus qu'un.

La police voulait la guerre ? eh bien, ils allaient être servis. Elle n'avait pas frôlé la mort et enduré une douzaine d'opérations de chirurgie reconstructive dignes d'un séjour en enfer pour aujourd'hui se soumettre et les laisser la priver de son bonheur.

— Que faut-il que je fasse ? demanda-t-elle.

— J'ai établi une liste des plus grands avocats pénalistes du sud-est des Etats-Unis. Deux des meilleurs ont leur cabinet ici même, à Dallas. J'ai inscrit leurs noms en premier. Un conseil : commence par eux.

Il extirpa une enveloppe de la poche intérieure de sa veste et la lui tendit.

— Merci pour tout ce que tu as fait, Whit. Merci du fond du cœur.

— Je reste à ta disposition, Jane. Et à celle de Ian. A dire vrai, j'ai pris la liberté d'appeler le premier nom sur ma liste, Maître Elton Crane. Il serait d'accord pour te rencontrer cet après-midi si tu veux. Je peux t'accompagner aussi.

— Oh oui, accepta-t-elle avec gratitude. S'il te plaît.

A force de voir sur toutes les chaînes de télé des avocats de haut vol, élégants et biens de leur personne, Jane s'attendait à ce que le meilleur pénaliste de Dallas ait au moins un air de famille avec Richard Gere. Au lieu de ça, Elton Crane ressemblait à un étrange croisement entre le Père Noël et le Professeur Tournesol. Certes, ses vêtements de style classique étaient fort bien coupés, mais il arborait aussi une touffe hirsute d'épais cheveux blancs et un large visage poupin, semblable à ceux des chérubins dans les peintures de la Renaissance.

— Je suis heureux de vous rencontrer, madame Westbrook, dit-il en lui tendant la main. Navré que ce soit dans de si pénibles circonstances.

— Pas autant que moi, monsieur Crane. Je tiens cependant à ce que vous sachiez que mon mari est innocent.

— Appelez-moi Elton, la corrigea-t-il en l'invitant à prendre place sur le canapé en cuir caramel au fond de son bureau.

Derrière eux, une large fenêtre offrait une vue panoramique de Dallas.

— Vous permettez que je vous appelle Jane ?

— Je vous en prie.

Elle se dirigea vers le canapé et ne put s'empêcher de regarder par la fenêtre avant de s'asseoir. Le cabinet d'Elton Crane se situait au beau milieu de Fountain Place, l'une des adresses commerciales les plus en vue et les plus prestigieuses de Dallas. De là où elle se trouvait, Jane bénéficiait d'une vue dégagée sur les tours de la banque One Center.

La secrétaire de Crane apparut avec un plateau chargé de tasses et de biscuits au chocolat. Elle se pencha pour poser son fardeau sur la table basse.

— Je vous sers, monsieur ?

— Je m'en occuperai, Susan. Merci.

Elton s'assit face à Jane et lui proposa du café et des gâteaux. Elle refusa. Son angoisse l'empêchait d'avaler quoi que ce soit.

— J'ai connu votre grand-mère, lui apprit-il. Nous siégions côte à côte aux comités de plusieurs organismes de bienfaisance. Laurel Killian était une femme de caractère.

— Certains la disaient aussi intransigeante et irascible.

— Oui, sans doute, concéda-t-il en riant.

Trop nerveuse pour faire la conversation, Jane décida de revenir à l'objet du rendez-vous.

— Whitney vous a-t-il donné les détails de l'arrestation de mon mari ?

— Il m'en a informé, oui.

Son expression devint plus sérieuse.

— Comme vous le savez, votre époux est dans une situation très difficile.

Il jeta un œil à Whit, qui approuva d'un signe de tête.

— Il est accusé de meurtre capital, ce qui au Texas signifie entre autres choses meurtre avec préméditation de plus d'une personne. Une telle accusation empêche d'office toute libération sous caution et permet à l'Etat de requérir la mort.

Il fallut un moment à Jane pour s'imprégner de ces paroles. Lorsque les mots de l'avocat firent enfin sens dans son esprit, elle eut une sensation de vertige. Elle agrippa le bras du canapé.

— Vous ne... Vous ne voulez pas dire la... la peine de mort ?

— Si, dit-il d'une voix douce et compatissante. Je suis désolé.

Jane n'avait jamais vraiment songé à la peine capitale, jamais réfléchi d'un point de vue moral à la mise à mort d'un autre être humain. Au fond, elle ne s'était jamais demandé si elle était pour ou contre.

Maintenant, elle était contre.

— Au Texas... Comment...

Elle buta sur les mots, mais Elton avait compris où elle voulait en venir.

— Injection létale, dit-il.

Jane s'éclaircit la gorge et s'obligea à aller au bout de sa pensée.

— Est-ce que le procureur... Pensez-vous qu'il va demander la... qu'il va la demander ?

— C'est possible... J'ai bien peur que l'accusation ne mentionne ce qu'on appelle des circonstances aggravantes.

— Des circonstances aggravantes ? Expliquez-vous.

— Le processus judiciaire vous est-il familier ?

— Non, désolée.

— Il n'y a aucune raison que vous connaissiez ces choses-là, sourit-il. Quoique... J'ai croisé dans ma carrière beaucoup d'amateurs fascinés par les faits divers criminels... Si vous me le permettez, je vais vous faire un petit exposé des grandes étapes de la procédure qui nous intéresse dans le cas de votre mari.

Elle acquiesça, et il commença son explication :

— Ian a été arrêté, mais pas encore officiellement accusé. A compter du moment de son arrestation, la partie adverse dispose de quarante-huit heures pour présenter son dossier au grand jury, qui décide s'il y a motif à inculpation. Le dossier se présente sous la forme d'un acte d'accusation, un document officiel accusant quelqu'un — en l'occurrence, Ian — d'un crime. Si le grand jury considère qu'il y a motif à inculpation, et c'est ce qu'il fera certainement pour Ian, l'acte d'accusation est présenté à l'avocat de la défense. Ensuite, le ministère public est contraint d'attendre au moins deux jours pour lire l'acte à l'accusé. Celui-ci est alors officiellement inculpé et doit signifier au ministère public s'il plaide coupable ou non coupable.

» Les charges contenues dans l'acte d'accusation sont primordiales. L'Etat du Texas — que j'appelle aussi ministère public ou accusation, et qui est représenté par le procureur — n'a pas le droit de se raviser ultérieurement : ni dans le sens d'une minoration ni dans celui d'une aggravation des charges. Une personne ne peut être condamnée que pour le crime dont elle a été officiellement accusée. Avant de l'inculper, le ministère public étudie donc avec soin les éléments de preuve afin de déterminer les charges susceptibles d'aboutir à une condamnation. Un procureur minutieux inscrira toutes celles qu'il juge légitimes dans l'acte d'accusation. Par exemple, pour Ian, il inscrira les deux crimes à la fois comme homicides involontaires et comme meurtres avec préméditation.

» Pour requérir la peine de mort, l'accusation doit inclure ce qu'on appelle des circonstances aggravantes. En clair, les crimes doivent répondre à certains critères, qui varient d'un état à un autre, mais parmi lesquels figurent en général les crimes multiples, haineux ou motivés par l'appât du gain, le meurtre de policiers, de témoins, de procureurs et de juges, les assassinats particulièrement cruels ou odieux, et le meurtre d'un enfant de moins de six ans. »

Il observa une pause, comme pour donner à Jane le temps d'assimiler tous ces renseignements.

— Les crimes dont Ian est accusé en font partie, Jane.

Il lui tendit une boîte de Kleenex, et elle se rendit compte seulement alors qu'elle pleurait. Elle en prit quelques-uns pour se tamponner les yeux.

— L'accusation risque-t-elle de juger les deux crimes séparément ? intervint Whit.

— C'est en effet une possibilité, admit Crane. Le meurtre de Victoria Vanmeer peut être présenté comme un crime passionnel, donc involontaire. Celui de Marsha Tanner, d'un autre côté, était bien plus odieux et de toute évidence prémédité.

— Le crime passionnel n'est pas considéré comme un meurtre avec préméditation, expliqua Whit en s'adressant à Jane.

— Précisément, renchérit Elton. Regrouper les deux meurtres présente un certain risque pour le ministère public. Si la première accusation s'effondre, la seconde s'en trouvera considérablement affaiblie. Il sera alors impossible au procureur de la minorer pour obtenir quelque chose du jury. Mais j'ai l'intime conviction qu'ils vont l'inculper de meurtre capital et construire un dossier bien ficelé en liant les deux affaires… En attendant d'être fixé, mieux vaut donc envisager le pire scénario : meurtre capital assorti de circonstances aggravantes.

Jane luttait contre une envie profonde de nier la réalité. Si elle voulait aider Ian, elle devait comprendre comment fonctionnait la justice du Texas.

— La condamnation à la peine de mort n'est envisagée qu'après que l'accusé a été reconnu coupable, continua Elton. Au Texas, on demande alors aux jurés de répondre aux questions suivantes pour décider de son sort : l'accusé a-t-il commis le crime de façon intentionnelle et dans le but de tuer sa victime ? Risque-t-il de représenter une menace permanente pour la société ? Et enfin, son geste constituait-il une réaction déraisonnable à une provocation de la victime, si provocation il y a eu ? Si les jurés répondent oui à l'unanimité à chacune de ces trois questions, le juge d'instruction doit condamner l'accusé à la peine de mort.

— Mais il est innocent, balbutia Jane d'une voix inaudible. C'est une erreur…

Elton Crane se pencha vers elle.

— Passons aux bonnes nouvelles, Jane. Je n'ai pas à prouver l'innocence de votre époux. Il est considéré comme tel tant que l'accusation n'a pas réussi à démontrer sa culpabilité sans l'ombre d'un doute. A eux de présenter des preuves. Notre travail consistera à affaiblir les allégations du procureur. A créer le doute dans l'esprit des jurés.

— Comment s'y prend-on ? demanda-t-elle, avec pour la première fois depuis l'arrestation de Ian une lueur d'espoir dans les yeux.

— Il faut passer au crible les éléments de preuve, chercher les failles. Je me suis fait une spécialité de cet exercice, surtout quand l'accusation s'appuie sur des preuves indirectes. Et d'après ma connaissance actuelle du dossier, ils ne disposent de rien d'autre jusqu'à présent. Je vous l'accorde, plus d'un homme a été condamné grâce ou à cause de telles preuves, et parfois même à partir d'éléments plus faibles encore… Mais il existait une différence de taille entre votre mari et eux : je ne les représentais pas. En toute franchise, Jane, je suis le meilleur avocat que vous puissiez trouver.

— Je suis heureuse de vous l'entendre dire.

— Une petite mise en garde cependant : la situation change du tout au tout quand une preuve physique est versée au dossier. Les jurés adorent ça parce qu'ils peuvent alors asseoir leur verdict sur quelque chose de tangible. Traces d'ADN. Empreintes digitales. Témoins oculaires, poils ou fibres.

— Il n'y en aura pas, affirma-t-elle d'une voix ferme. Tout simplement parce que Ian n'a pas commis ces crimes.

— Très bien. Notre travail en sera grandement simplifié.

Il joignit les mains.

— Mais je mets peut-être la charrue avant les bœufs ? Souhaitez-vous vous attacher mes services afin que je représente votre mari ?

Malgré le sombre état des lieux qu'il venait de lui dresser, quelque chose en lui plaisait à Jane. Le personnage dégageait une impression de droiture et d'honnêteté. Comment ce petit lutin débonnaire pourrait-il mentir ? Cette qualité devait valoir de l'or face à un jury. D'instinct, elle sut qu'elle et Ian ne trouveraient pas de meilleur avocat.

— Absolument. Je vous confie la défense de Ian.

— Voulez-vous connaître le montant de mes honoraires ?

— Peu importe le prix qu'il me faudra mettre. Whit m'a dit que vous étiez le meilleur et je lui fais confiance. Je veux que mon mari rentre à la maison.

— Parfait, conclut-il en se levant. Alors à moi de jouer pour le faire revenir le plus vite possible.

27.

Jeudi 23 octobre 2003,
15 h 30.

La grande bâtisse qui abritait la prison Jesse Dawson, où Ian était enfermé, se caractérisait par ses fenêtres aussi étroites que des meurtrières et par son absence notable de toute verdure. Lugubre, et pour tout dire effrayante, elle offrait un contraste saisissant avec le Frank Crowley Building, dont l'architecture de brique et de verre rutilait de l'autre côté de la rue. C'était typiquement le genre de bâtiment devant lequel un parent pouvait dire à son enfant : « Tu vois cet endroit ? Si tu ne te conduis pas bien, tu finiras là. »

D'après Elton, l'intérieur valait l'extérieur, et le personnel peu amène pouvait s'y montrer brusque et peu aimable.

Jane se frotta les bras. Malgré le froid, elle avait préféré attendre l'avocat dehors tant cet endroit lui répugnait. Reste que l'atmosphère oppressante et sordide des lieux ne contribuait guère à apaiser sa colère.

Ian n'avait rien à faire ici. Peu importait le prix à payer, elle le sortirait de ce trou à rats.

Elton devait être avec lui à cet instant. L'avocat avait estimé la durée de leur entretien entre trente et quarante minutes. Lorsqu'il sortirait, ce serait à son tour. Elle aurait droit à une visite d'une demi-heure par semaine. On l'avait mise au courant qu'une paroi transparente les séparerait et que le dialogue se ferait par le biais d'un téléphone. Tout ça sous la surveillance d'un gardien.

Quelle torture de ne pouvoir le toucher… Mais au moins pourrait-elle constater par elle-même qu'il se portait bien.

Plus que quelques minutes.

Le ciel d'un bleu étincelant semblait la narguer. Sitôt après leur premier entretien, Elton Crane était parvenu à parler au procureur chargé du dossier, ainsi qu'à la police. Il avait appris que les accusations à l'encontre de son mari seraient présentées au grand jury dans l'après-midi. Le procureur lui avait en outre promis que l'acte d'accusation serait rédigé dans la journée. L'avocat n'avait pas ajouté grand-chose, hormis quelques mots rassurants sur l'issue du procès.

Jane frissonna, mais le froid n'y était pour rien. Des sentiments contradictoires s'affrontaient en elle — la peur, l'espoir, la colère, la résignation. Comment le procureur pouvait-il afficher une telle assurance alors que Ian était innocent ? Elle ne cessait de se répéter que Crane était le meilleur, qu'il réduirait à néant les accusations du ministère public, peut-être même avant le début des audiences. Parfois aussi, elle imaginait le véritable assassin sous les verrous et Ian aussitôt libéré.

Sauf que les policiers ne s'occupaient plus de poursuivre le meurtrier puisqu'ils pensaient l'avoir déjà attrapé…

Tout en faisant les cent pas, Jane passa mentalement en revue la conduite et les propos à tenir en présence de Ian. Elle devait donner le change, et surtout ne pas s'effondrer devant lui. Il avait besoin d'une femme forte. Une épouse sûre d'elle, de lui, et confiante en l'avenir. Pas un mot sur la coupure de presse et son message de mauvais augure. Ça ne ferait que l'inquiéter, renforcer son sentiment de frustration et d'impuissance.

Elle avait décidé d'annuler son exposition. Non seulement le moment ne s'y prêtait plus, mais elle préférait désormais consacrer toute son énergie à la défense de son mari. Et à leur bébé.

— Jane ?

Elton se tenait devant la porte principale. Il lui fit signe de le rejoindre.

— Comment va-t-il ? demanda-t-elle dès qu'il fut à portée de voix.

— Bien. Il est très impatient de vous voir.

— Vous lui avez tout dit ?

— Oui, dit-il en la prenant par le coude pour la guider vers le bureau des admissions.

Il indiqua à l'homme en faction le nom du prisonnier qu'elle venait voir. Jane signa un registre, puis franchit le détecteur de métaux avec Whit tandis que son sac à main passait aux rayons X.

L'avocat lui pressa doucement l'avant-bras.

— Je vais passer quelques coups de fils pendant que vous discutez avec Ian. L'acte d'accusation est peut-être prêt maintenant.

Elle suivit le surveillant jusqu'à un parloir constitué d'une rangée de boxes ouverts, semblables aux guichets d'une banque. Une paroi de Plexiglas séparait chacun d'eux en son milieu et le mobilier se résumait des deux côtés à une simple chaise de bois.

— Attendez ici, ordonna le surveillant en lui indiquant le box numéro six.

Elle s'assit. Les secondes s'égrenèrent lentement. Elle avait du mal à respirer tant elle se sentait oppressée. Tant son cœur battait fort.

Soudain, elle le vit approcher. Un cri lui échappa et elle bondit sur ses pieds. A quoi s'était-elle attendue ? Certainement pas au spectacle de cet homme abattu, aux traits tirés, et habillé d'une combinaison orange. Il paraissait avoir vieilli de cinq ans en l'espace de vingt-quatre heures.

Ils décrochèrent tous deux leur téléphone pendant que le gardien qui escortait Ian se postait derrière lui, une main sur son revolver.

Apparemment gêné par sa présence, Ian détourna légèrement la tête, comme pour éviter de l'avoir dans son champ de vision. Ce faisant, il présenta le côté droit de son visage à Jane. Un vilain bleu s'étendait le long de sa mâchoire.

— Mon Dieu, s'affola-t-elle. Que t'ont-ils fait ?

— Ce n'est pas ce que tu crois, Jane. Je suis tombé.

Il s'approcha aussi près que possible de la cloison.

— J'ai passé la nuit à penser à toi, murmura-t-il avec ferveur dans le combiné. J'étais mort d'inquiétude. Je me demandais comment tu allais, ce que tout ça t'inspirait. Je me faisais du souci pour le bébé aussi.

— Il va bien. Et moi aussi, rassure-toi.

Elle pressa le téléphone contre son oreille, comme pour se rapprocher de lui.

— Ne t'inquiète pas pour nous.

— Il le faut pourtant… Penser à vous est la seule chose qui m'empêche de devenir fou. Tu me manques tellement… Notre vie ensemble me manque.

Jane sentit le désespoir la submerger. Elle fit un effort pour se maîtriser.

— Tout va s'arranger, Ian. Elton Crane est censé être le meilleur avocat de la région. Whit me l'a assuré. Il va te sortir de là.

Les traits du prisonnier s'assombrirent.

— Il m'a expliqué ce qui m'était reproché. Je ne suis pour rien dans tout ça, Jane.

— Je le sais bien.

— Je n'aurais jamais pu commettre ces crimes, continua-t-il comme s'il n'avait pas entendu sa réponse. J'ai vu Marsha pour la dernière fois quand elle a quitté la clinique après son travail. Et j'étais à la maison la nuit où Victoria a été assassinée.

Jane mourait d'envie de le serrer dans ses bras, mais elle dut se contenter de poser les mains à plat sur le Plexiglas.

— Je le sais, répéta-t-elle.

Il appuya ses paumes en face des siennes. La cloison transparente avait beau les séparer, elle n'en fut pas moins réconfortée.

— Je ne te mérite pas, Jane.

— Comment peux-tu dire une chose pareille ?

— Je ne t'ai jamais trompée, jamais. Je t'aime. Tout comme j'aime notre enfant.

Sa voix se brisa.

— Tu me crois, n'est-ce pas ?

— Oui, souffla-t-elle dans un murmure étouffé. Bien sûr que je te crois.

— Sans toi, je n'arriverai pas à tenir le coup.

— On va s'en sortir, Ian. Je te le promets. Je prouverai ton innocence. J'ignore encore comment, mais j'y arriverai.

— Merci, dit-il en esquissant une forme de caresse sur le Plexiglas.

— J'ai décidé d'annuler l'exposition.

— J'en étais sûr. Mais il ne faut pas, Jane. Tu as trop travaillé pour abandonner maintenant.

— Tout ça n'a plus aucun sens sans toi. Et puis j'ai besoin de toutes mes forces pour te faire sortir d'ici. Ce n'est donc pas le moment que je me laisse distraire.

— Si tu annules l'expo à cause de moi, je ne me le pardonnerai jamais. Jure-moi que tu la maintiendras.

Elle voulut protester, mais il n'en démordit pas. Elle finit par céder à contrecœur. Comment réfléchir ou s'enthousiasmer pour quoi que ce soit dans de telles circonstances ? Comment pourrait-elle continuer à vivre comme si son existence ne s'écroulait pas sous ses yeux ?

Elton l'attendait dehors.

— Il y a du nouveau, annonça-t-il. L'acte d'accusation est arrivé.

Jane se prépara au pire.

— C'est mauvais, n'est-ce pas ?

— Je suis navré, Jane. Il est inculpé de meurtre capital assorti de circonstances particulières. Le ministère public a l'intention de requérir la peine de mort.

28.

Jeudi 23 octobre 2003,
23 h 05.

La sonnerie du téléphone s'immisça dans un monde parfait. Pour Jane, enceinte de son premier enfant, la vie s'avérait si douce. Son mari dormait paisiblement à ses côtés…

Elle ouvrit grand les yeux, et la réalité la frappa de plein fouet. Les meurtres. L'arrestation de Ian. La coupure de presse et son message en grosses lettres.

Je l'ai fait exprès. Pour t'entendre hurler.

La sonnerie retentit de nouveau. Elle attrapa le sans-fil posé sur la table de nuit.

— Oui ? parvint-elle à articuler d'une voix ensommeillée.

— Madame Westbrook ?

— Elle-même…

— Trish Daniels à l'appareil. Je suis journaliste au *Dallas Morning News*. Je me demandais si vous pourriez me faire une déclaration au sujet de l'arrestation de votre mari ?

La colère acheva de la réveiller.

— Vous trouvez que c'est une heure pour déranger les gens ?

— Je sais qu'il est un peu tard, madame Westbrook, mais…

— Non, coupa-t-elle. Si vous souhaitez une déclaration, adressez-vous à l'avocat de mon mari, Maître Elton Crane.

— D'après nos informations, le procureur Terry Stockton s'apprête à requérir la peine de mort. Une réaction de votre part pourrait...

Jane raccrocha au nez de la journaliste et, dans un accès de fureur, jeta le combiné à l'autre bout de la pièce. Il se fracassa contre la commode, et sa batterie s'en alla rouler contre le mur.

Elton l'avait pourtant mise en garde contre ce genre d'intrusion. Le double meurtre faisait la une des journaux. Leur couple constituait du pain béni pour la presse : le séduisant chirurgien et sa femme, une enfant de Dallas au parcours admirable, à la fois tragique et romanesque. La version des faits présentée par la police comportait tous les éléments dont raffolaient les journaux et leurs lecteurs : sexe, trahison, cupidité et meurtres.

Jane en était malade rien que d'y penser. Au moins ignoraient-ils sa grossesse. Enfin, pour le moment. Mais ils finiraient bien par découvrir son état et par exploiter l'information pour vendre du papier.

Assise sur son lit, elle repoussa ses cheveux en arrière. La presse n'étant en général guère sujette aux scrupules, Elton Crane lui avait conseillé de s'attendre à voir des journalistes faire le siège de sa maison et l'appeler à n'importe quelle heure.

L'avocat lui avait aussi recommandé de ne faire aucun commentaire et de renvoyer les curieux vers son cabinet. Il avait particulièrement insisté sur ce point. Ce n'était pas le moment de parler aux médias. Il fallait leur donner le moins de grain à moudre possible. Le moment venu, il se chargerait en personne de faire circuler les informations susceptibles de gagner l'opinion publique à leur cause.

Elle s'était persuadée qu'il exagérait, qu'il lui serait facile de prendre ses distances. Elle avait eu faux sur toute la ligne. Plus tôt dans l'après-midi, des journalistes l'attendaient déjà devant sa porte. Le téléphone n'avait cessé de sonner jusque tard dans la soirée, jusqu'à ce dernier appel. A chaque nouveau : « Aucun commentaire, merci », l'envie de donner son sentiment sur l'affaire, de défendre son mari, devenait plus pressante.

Elle avait pourtant résisté. Pas question de prononcer des mots dont ils risquaient de dénaturer le sens pour les retourner contre Ian.

De l'avis d'Elton, les médias relâcheraient leur pression après l'audience de mise en accusation, dans la matinée de lundi. Ian cesserait alors d'être dans l'œil du cyclone et les journalistes chercheraient un autre sujet à se mettre sous la dent.

Elle sortit du lit, enjamba Duke et se traîna jusqu'à la salle de bains. Elle avait les jambes raides, le cœur au bord des lèvres. Etait-ce normal à ce stade de la grossesse ? Elle s'était récemment acheté un livre traitant des symptômes mois par mois, mais ne l'avait jamais ouvert. L'excitation enfantine ressentie dans la librairie ce jour-là lui semblait appartenir à un autre temps.

Et pourtant, cela remontait à moins d'une semaine.

Jane se dirigea vers le lavabo afin de se verser un verre d'eau. Le miroir lui renvoya l'image d'une femme pâle aux joues creusées. D'inquiétants cernes noirâtres soulignaient ses yeux. Elle paraissait au bout du rouleau.

Elle avait besoin de repos, pour elle et le bébé. Comment pourrait-elle aider Ian si elle venait à tomber de fatigue ? Ou pire, si elle se retrouvait clouée sur un lit d'hôpital ?

Et d'ailleurs, lui était-elle d'un quelconque secours à ce moment même ?

Après avoir bu une gorgée, elle vida son verre dans le lavabo et repartit se coucher. En chemin, elle songea au soir où Ian avait été arrêté. Il lui avait raconté l'arrivée des policiers à la clinique, munis de leur mandat de perquisition. Ils avaient emporté ses ordinateurs, son carnet de rendez-vous, quelques dossiers médicaux — dont sans aucun doute celui de Victoria Vanmeer.

Mais que cherchaient-ils au juste ?

La police était persuadée que Ian avait une aventure avec Victoria. Ils imaginaient son mari aux abois, au bord de la faillite, tuant sa maîtresse pour l'empêcher de révéler leur liaison. Toujours selon eux, perdre Jane lui importait peu : c'est à ses millions qu'il tenait. Quant à Marsha, elle en savait trop et son meurtre visait à la faire taire à tout jamais.

Jane se frotta les yeux en s'efforçant de conserver un minimum d'objectivité. Rester obsédée par les accusations de la police ne la mènerait nulle part — hormis peut-être à la folie. Elle devait donc à tout prix réfléchir.

Pour monter son dossier d'inculpation, la police avait passé au crible toutes les opérations bancaires de Ian, ainsi que ses appels et ses rendez-vous dans l'espoir d'y débusquer un élément à charge.

Mais si quelque chose leur avait échappé ? Un détail susceptible de disculper Ian, par exemple... Cette hypothèse n'avait rien d'incongrue, après tout : comment auraient-ils pu trouver un élément qu'ils ne recherchaient pas ?

Seulement, lequel ? Et où regarder ? Jane tenta de se concentrer. Les ordinateurs, qui étaient pour ainsi dire la mémoire de la clinique, avaient tous été confisqués.

Les sauvegardes, songea-t-elle soudain.

Lors du déménagement dans leurs nouveaux locaux, Marsha avait sauvegardé la totalité des fichiers sur CD, au cas où les disques durs seraient endommagés par le transport.

Et Jane était prête à parier que ces CD se trouvaient toujours à la clinique...

Elle enfila aussitôt un jean et un pull-over. Après avoir observé son manège d'un œil circonspect, Duke se décida à se lever et à la suivre dans la cuisine, où elle ramassa son sac et ses clés.

— Pas ce soir, bonhomme. Excuse-moi.

Il répondit d'un aboiement léger, comme pour faire valoir son point de vue sur la question. Jane fronça les sourcils et se tourna vers la fenêtre, derrière laquelle un ciel sans étoile pesait lourdement sur la ville.

Je l'ai fait exprès. Pour t'entendre hurler.

Il pouvait être là, quelque part. A attendre. A observer.

Aiguillonnée par la peur, elle s'empara d'une torche électrique et d'une laisse qu'elle passa autour du cou de Duke.

— Ton argument tient la route finalement. Tu me serviras de garde du corps.

Quelques instants plus tard, le chien trottinait à ses côtés dans la rue animée. Un festival de musique battait son plein non loin de là et des adolescents fumaient au coin de la rue sous la lumière crue de l'atelier de tatouage.

Il n'y avait presque pas de circulation à cette heure de la nuit, de sorte que Jane ne mit pas longtemps à atteindre la clinique. Elle se gara derrière, sur une place cachée par des containers à ordures, et entrouvrit la fenêtre de la voiture pour Duke tout en lui ordonnant de rester calme.

Elle entra dans le bâtiment par une porte de service, non sans s'inquiéter de voir que l'alarme n'était pas branchée. Qui avait quitté cet endroit en dernier ? Elle se reprocha en tout cas de ne pas avoir veillé à ce que la clinique soit bien protégée en l'absence de Ian.

Seul le bourdonnement d'un photocopieur encore allumé troublait le silence à l'intérieur. Le néon indiquant la sortie jetait sur le couloir éteint un halo rouge rassurant. Elle préféra se passer de la lumière du plafonnier et alluma sa lampe électrique. Elle se sentait vaguement ridicule à jouer ainsi les Fantomette. Après tout, cette clinique lui appartenait pour moitié et elle avait parfaitement le droit de s'y promener, même au cœur de la nuit. Mais mieux valait faire profil bas, et laisser la police croire qu'elle n'était qu'une pauvre épouse sans défense.

Sans compter qu'elle réservait ses éventuelles découvertes à Elton, pas à la brigade criminelle.

Le cabinet de Ian étant encore modeste, Marsha y faisait à la fois office d'assistante et de réceptionniste. Son bureau s'ouvrait sur la zone d'accueil pour lui permettre d'accueillir les patients au fur et à mesure de leur arrivée.

Comme Jane s'y attendait, l'ordinateur avait été saisi, de même que les agendas. Elle passa dans le bureau de son mari et constata que son ordinateur portable avait lui aussi disparu. Heureusement, grâce à la conscience professionnelle de Marsha, elle n'en avait pas besoin. Avec un sourire satisfait, Jane décida de trouver les CD en premier, puis de fouiner un peu partout dans l'espoir de débusquer d'autres éléments négligés par la police. Son instinct lui soufflait qu'ils étaient passés à côté de quelque chose d'important, et qu'avec un peu plus de perspicacité qu'eux, elle parviendrait à trouver de quoi innocenter Ian.

Hélas, son instinct n'allait pas jusqu'à lui fournir un indice sur la nature de cet élément crucial…

Elle balaya des yeux l'armoire, le classeur à dossiers suspendus, les tiroirs du bureau et la porte fermée du placard à fournitures.

D'abord l'armoire. Jane s'accroupit devant et commença à en examiner le contenu à la lueur de sa lampe : il y avait là des rames de feuilles destinées au photocopieur et à la télécopie, du papier à lettre, des enveloppes… et un carton rempli de CD rangés dans leurs boîtes.

Elle fureta fébrilement parmi les disques. Comme elle s'y attendait, Marsha les avait catalogués : « Logiciels médicaux NextGen. Quicken 12.0. FileMaker Pro6. »

Bingo. En plein dans le mille.

Elle porta le carton sur le bureau de Marsha, au milieu duquel trônaient toujours ses photos de famille — ses nièces, ses neveux, et bien sûr son chien Suky. La tristesse le disputa à la colère en elle. Ian n'avait pas commis ce crime. Et elle ne laisserait pas le monstre coupable du meurtre de Marsha s'en tirer comme ça.

Elle ouvrit ensuite les tiroirs du bureau. Trombones, élastiques, agrafes… Elle ne put réprimer un soupir de frustration. La police avait même confisqué le bloc-notes sur lequel Marsha inscrivait les messages téléphoniques.

Ils cherchaient des traces des appels de Victoria Vanmeer.

L'idée aurait pu lui être odieuse, mais elle avait dépassé ce stade. Elle avait cessé de s'appesantir sur les trouvailles des policiers pour se concentrer sur leurs oublis.

Vint ensuite la rangée de classeurs à dossiers suspendus. Jane tira le tiroir correspondant aux patients dont le nom commençait par la lettre V. Sans surprise, le dossier de Victoria Vanmeer n'y était plus. Elle fut alors saisie d'une envie soudaine de passer tous les autres en revue, de V à Z, puis à partir de la première lettre de l'alphabet. Il y en avait plus qu'elle ne s'y attendait, la liste s'étant peu à peu étoffée grâce à d'anciens patients fidèles que Ian avait traités au Centre de chirurgie esthétique de Dallas.

Les noms défilaient, anonymes, quand l'un d'eux attira soudain son attention. Une femme très en vue dans le monde de l'art. Une autre dont le visage apparaissait souvent dans les pages mondaines. Les B terminés, elle passa aux patronymes en C. Le nom de Gretchen Cole lui sauta aux yeux.

Un de ses modèles.

La surprise était totale. Quand donc Gretchen avait-elle consulté Ian ?

Après avoir posé pour elle. Logique, puisque c'était elle qui les avait présentés. Jane s'efforça de se souvenir des détails de cette rencontre. Elle terminait une séance avec la jeune femme. Ted et elle venaient de convenir d'une date pour les moulages quand Ian était arrivé à l'improviste pour lui proposer de déjeuner. C'est alors qu'elle avait fait les présentations.

Pas de quoi en faire toute une histoire. Ce n'était pas la première fois que…

Sharon Smith. Lisette Gregory. Et d'autres encore… enfin, au moins quelques-unes. Jane se creusa la tête pour se rappeler lesquelles, mais sans succès. Elle retira le dossier de Gretchen du tiroir et l'ouvrit pour s'assurer que sa mémoire ne lui jouait pas des tours. Les dates confirmaient ses souvenirs. Elle alla vérifier dans les G et tomba sur ce qu'elle cherchait.

Lisette Gregory.

A en juger par la date du premier rendez-vous, Lisette était devenue la patiente de Ian, comme Gretchen, après avoir travaillé pour elle. Et comme Gretchen, elle s'était fait poser des implants mammaires.

Ça ne voulait sans doute rien dire, pensa-t-elle, sans pourtant pouvoir s'empêcher de consulter les dossiers en S.

Elle était bien là : Sharon Smith.

Jane ne pouvait détacher son regard du nom imprimé sur la page cartonnée. Elle ressentait comme un vertige. La douleur de la trahison. Pourquoi Ian avait-il omis de lui signaler qu'il avait opéré plusieurs de ses modèles ? Des femmes rencontrées par son intermédiaire, qui plus est. Une, à la rigueur,… mais trois ? Qu'est-ce que ça signifiait ?

Les affaires ne marchent pas fort, si j'allais faire un tour à l'atelier de Jane. C'est un nid de pauvres névrosées qui manquent de confiance en elles. Des proies faciles.

Non. Ian était un praticien de premier ordre, et il se trouvait que la plupart de ses modèles ne juraient justement que par la chirurgie esthétique. Obsédées par la jeunesse, la beauté, ces femmes étaient sans cesse à l'affût de nouvelles techniques susceptibles de les embellir — et donc d'un chirurgien qui saurait les maîtriser.

Elles pouvaient être plus nombreuses encore à avoir parcouru le chemin de l'atelier à la clinique. Pour en avoir le cœur net, il lui faudrait consulter les dossiers de A à Z. Elle s'apprêtait à refermer le tiroir lorsqu'un bruit au fond des locaux la cloua sur place. Avait-elle oublié de verrouiller la porte ?

Jane éteignit sa lampe torche. Des pas feutrés lui parvinrent, puis une respiration étouffée. Tendant le cou, elle entraperçut un faisceau de lumière ricocher contre le mur du couloir.

Prise de panique, elle se mit en quête d'une cachette. Le placard à fournitures s'imposa comme la seule solution possible.

Elle s'y précipita en s'efforçant de rester silencieuse. Une fois dedans, elle referma presque entièrement la porte sur elle. Il lui resta juste assez d'espace pour voir apparaître à l'entrée du bureau une silhouette vêtue de noir de la tête aux pieds. A en juger par sa taille et ses formes, il s'agissait d'une femme. Jane l'observa se diriger vers le classeur à dossiers suspendus et ouvrir un tiroir, puis un autre. Une minilampe torche coincée entre les dents, l'inconnue se mit à examiner les dossiers.

Dès qu'elle eut déniché ce qu'elle cherchait, elle se redressa et, ce faisant, braqua sa lampe sur la cachette de Jane.

Certaine d'avoir été repérée, celle-ci plaqua une main sur sa bouche en réprimant un cri.

Pendant une fraction de seconde, la silhouette parut s'intéresser au placard. Jane retenait son souffle, persuadée que son sort était scellé. L'instant d'après, l'étrange visiteuse avait disparu.

Jane demeura pétrifiée plusieurs minutes durant, s'attachant à calmer les palpitations de son cœur. A réguler sa respiration erratique. Qui était cette femme ? Que faisait-elle dans le bureau de Ian ? De toute évidence, elle était venue dérober un dossier. Le sien ? Celui d'une autre patiente ?

Une chose était sûre : elle souhaitait soustraire une information à la police. Mais quoi ?

Jane entrebâilla enfin la porte du placard et tendit l'oreille. Un chien aboyait à l'extérieur. Duke, songea-t-elle. Duke avait repéré la voleuse.

Elle s'extirpa du placard, empoigna le carton de CD et se hâta vers la sortie.

Le silence retomba soudain. Terrifiée, elle dut résister à l'envie de se ruer vers le parking et se força à entrouvrir prudemment la porte avant de jeter un œil au-dehors. Les environs étaient déserts. Seul le coffre de son 4x4 dépassait derrière le container à ordures.

Elle enclencha l'alarme et ferma à double tour derrière elle. Puis, le carton de CD solidement calé sous son bras, elle marcha vers sa voiture. Elle l'avait presque atteinte lorsqu'elle entendit un pas traînant racler le bitume derrière elle.

Je l'ai fait exprès. Pour t'entendre hurler.

De nouveau ce bruit de pas. Suivi d'un autre son. Un souffle ? Un rire étouffé ?

Une peur panique s'empara d'elle. Il avait pu la suivre. L'attendre sur le parking. Avec un cri, elle se mit à courir. Une fois dans sa voiture, elle actionna la fermeture automatique des portes, passa la marche arrière et accéléra avec une violence telle que les pneus hurlèrent.

Elle prit alors le temps de regarder autour d'elle.

Le parking était vide.

Elle scruta les ombres, les hauts buissons alignés sur le côté du bâtiment. Un chat contourna la masse obscure des containers ; le vent fit onduler les branches des arbres.

Un rire nerveux monta à ses lèvres. Elle perdait la tête. Son imagination avait pris le pas sur sa raison. Elle appuya le front contre le volant. Ce salaud voulait l'effrayer. Il voulait la terroriser.

Eh bien, il avait réussi. Elle vivait désormais la peur au ventre.

29.

Vendredi 24 octobre 2003,
5 h 05.

Stacy rangea sa voiture derrière celle de Mac. Sur sa gauche, la grande roue de Fair Park se découpait dans le ciel pastel, imposante silhouette noire dressée vers le jour naissant.

Un sordide ruban de plastique jaune fermait la ruelle où avait eu lieu le crime. Elle s'y dirigea d'un pas décidé, son souffle saupoudrant l'air froid de petits nuages transparents. Elle se frotta les mains l'une contre l'autre, rêvant d'une paire de gants en cuir doublés de fourrure.

Certains matins, les gants en latex ne faisaient tout simplement pas l'affaire.

Mac l'attendait devant l'entrée de la ruelle.

— Sâââlut les gars, fit-il en imitant Big Tex, le cow-boy géant qui accueillait les visiteurs de la grande foire du Texas depuis 1952.

— Mets-la en sourdine, Tex, grommela-t-elle en se glissant sous le ruban jaune.

Mac lui tendit son gobelet rempli de café brûlant.

— Tiens. J'ai l'impression que tu en as plus besoin que moi.

— Merci.

Elle avala tout de suite une gorgée. Mac aimait son café noir et bien sucré. Trop sucré même. Elle continua pourtant à le boire.

— Qu'est-ce qu'on a ?

— Pas grand-chose pour le moment. Une femme. Une sans-abri l'a découverte en faisant les poubelles pour son petit déjeuner.

— Dans le container à ordures ?

— Ouaip.

— C'est notre jour de chance. C'était une professionnelle ?

— Possible. Ce n'est pas ça qui manque dans le voisinage.

Les rues bordant les cent quinze hectares du parc avaient acquis la réputation peu enviable d'être les plus dangereuses de Dallas. Le secteur abritait des bandes organisées, des trafiquants de drogue, des prostituées et toutes sortes d'individus de la même engeance.

Les deux inspecteurs s'approchèrent du container à ordures. Une odeur pestilentielle s'en dégageait que le froid glacial ne parvenait à atténuer. Stacy salua le policier livide en faction devant la poubelle.

— C'est vous qui avez répondu à l'appel radio ? lui demanda-t-elle.

— Ouais. On était dans le quartier, mon coéquipier et moi. On s'est rendus sur place et on a sécurisé les lieux.

Elle fit un signe en direction de l'autre policier en uniforme qui se tenait à l'entrée de la ruelle.

— C'est lui ?

— Ouais. Il a ramassé la SDF. Elle a appelé la centrale de son portable. Tu parles d'un truc de dingue. Même les clodos ont des portables maintenant.

Stacy ne sembla pas goûter la réflexion.

— Vous avez touché à quelque chose ?

— Non. On a juste constaté qu'il y avait un cadavre et on vous a prévenus. Voilà.

Elle se tourna vers Mac.

— A qui l'honneur ?

— Les femmes d'abord.

Elle lui rendit son gobelet et enfila les gants en caoutchouc. Un escabeau improvisé avait été confectionné à l'aide d'un bidon de peinture. Sans doute l'œuvre de la clocharde.

— Torche ? demanda-t-elle à la ronde.

— Tenez, dit le policier en uniforme.

Après l'avoir remercié, elle grimpa sur le pot de peinture et alluma la lampe.

Le faisceau lumineux éclaira l'intérieur au trois quarts plein du container. Le meurtrier avait enroulé sa victime dans une bâche en plastique sombre. La sans-abri en avait déchiré un morceau, assez pour découvrir un bout du visage de la morte.

Stacy dessina une rapide esquisse sur son calepin avant d'agrandir le trou. L'odeur lui piqua les yeux et elle dut réprimer un haut-le-cœur.

— Je me demande si le virus de la gastro ne voudrait pas enfin de moi, commenta Mac. Et toi, que dirais-tu d'un petit arrêt maladie ?

— Je ne raffole pas des thermomètres et des bouillottes.

— Tu préfères te geler les miches en pêchant le macchabée dans une poubelle puante que d'en écraser dans les bras de Morphée, bien au chaud à la maison ?

— C'est à peu près ça, oui, répondit-elle avec impatience. Ça te pose un problème ?

— On s'amuse comme on peut.

La victime était sans doute décédée depuis plusieurs jours, mais le temps froid avait légèrement retardé le processus de décomposition. La position anormale de la tête laissait supposer qu'on lui avait brisé les vertèbres cervicales. Nue à partir de la taille, elle avait une poitrine opulente. Il reviendrait au médecin légiste de déterminer plus tard qui de la nature ou de la chirurgie l'avait ainsi gâtée.

Avec précaution, Stacy écarta le plastique vers le bas. Un pyjama de coton blanc avec un entre-deux de dentelle l'habillait jusqu'à la taille. Féminin sans être provocant.

Elle éclaira le visage et les membres supérieurs. Ni bague ni montre. Pas de boucles d'oreilles non plus.

Une prostituée en aurait porté. Autant faire un autre métier si on ne souhaitait pas se faire remarquer.

Stacy s'intéressa ensuite au contenu de la poubelle. La lumière de sa torche lui révéla des emballages alimentaires, des os de poulet, des restes de côtelettes, des gobelets en plastique, des cannettes de bière, des journaux. Rien d'extraordinaire. Ni sac à main, ni portefeuille. L'assassin les avait peut-être jetés en premier et on les retrouverait après avoir enlevé le corps.

— Quand ce container a-t-il été vidé pour la dernière fois ?

— J'ai dans l'idée que ça fait un bail, dit Mac.

Il rentra la tête dans les épaules et s'emmitoufla davantage dans son manteau.

— Cette adresse est le trou du cul du monde, si tu veux mon avis.

— Il faut vérifier le dernier passage du camion poubelle, continua Stacy sans se laisser démonter. Ça nous donnera une idée de quand on l'a balancée là-dedans.

Elle examina la ruelle. On y trouvait quelques magasins et, à en juger par le contenu de la poubelle, au moins un restaurant. Elle se renseigna auprès du policier en uniforme.

— Bubba's Backyard Barbecue, répondit-il. Ils ont mis la clé sous la porte. Idem pour le salon de manucure juste à côté.

— Et plus loin, après le salon de manucure ?

— C'est la boutique d'un prêteur sur gages. Elle ouvre à 9 heures.

Stacy redescendit et reprit son gobelet à Mac, qui grimpa à son tour sur le bidon.

— En effet, lança-t-il. Elle est morte.

— C'est fou comme tu es drôle.

Elle observa son coéquipier répéter la procédure qu'elle venait d'exécuter. Sa mine écœurée lui fit songer que, décidément, la criminelle n'était pas son truc. Qu'est-ce qui avait bien pu le pousser à quitter la brigade des mœurs ? La perspective d'affaires valorisantes pour sa carrière ? L'espoir de gravir plus vite les échelons ? Peut-être se voyait-il même à terme prendre la place du capitaine…

En tout cas, ce n'était certainement pas par goût pour la procédure criminelle.

Des claquements de portières attirèrent leur attention. La police technique et scientifique venait d'arriver, ainsi que le médecin légiste.

— Pete n'a pas l'air ravi, s'amusa Mac.

C'était le moins qu'on puisse dire, constata Stacy.

— Mais je ne rêve pas, lança-t-elle d'un ton cordial dès que Pete fut à portée de voix. C'est bien mon médecin légiste préféré !

— Je vois que nous sommes nés tous les deux sous une mauvaise étoile, Killian.

— Oui, on dirait… La morte est à ta disposition.

— Trop aimable, grogna-t-il. Quand je pense que j'ai failli choisir la pédiatrie. Mais j'avais peur que soigner des nez congestionnés et des otites ne soit pas assez excitant.

— Pour ce qui est de l'excitation, tu es servi maintenant.

— Tu l'as dit, répliqua-t-il en enfilant ses gants. Quelque chose à signaler ?

— Elle semble morte depuis un bout de temps. J'ai l'impression qu'on lui a brisé le cou. Tuée ailleurs, naturellement.

— Une péripatéticienne ?

— Pas à mon avis.

— Tu veux bien me tenir cette lampe, McPherson ?

Winston grimpa sur le bidon de peinture. Stacy avisa alors la sans-abri recroquevillée à côté de son chariot de supermarché, au bout de la ruelle. D'une tape sur le bras, elle fit comprendre à Mac qu'elle partait l'interroger.

A mesure qu'elle s'approchait de la SDF, Stacy capta des bribes d'un soliloque sans queue ni tête. Il lui évoquait le langage codé qu'elle avait inventé avec ses amis de l'école primaire pour échanger des secrets.

Elle s'accroupit face à elle.

— Bonjour.

La femme refusant de croiser son regard, Stacy lui offrit sa tasse de café et farfouilla ses poches à la recherche d'un Mars qu'elle avait emporté ce matin-là.

— Ça vous tente ? Il n'est plus très chaud, mais bien sucré par contre.

La femme agrippa la tasse à deux mains — des mains étonnamment propres, nota Stacy — et la vida en deux gorgées bruyantes. Elle s'empara ensuite avidement de la barre chocolatée qui lui était offerte.

— Ça n'a pas dû être drôle de découvrir ce corps…, commença Stacy. En tout cas, merci de nous avoir appelés.

Pour toute réponse, la femme émit un grognement et enfourna le Mars presque entièrement dans sa bouche.

— Vous venez souvent dans cette ruelle ?

Pas de réponse.

— De temps à autre, peut-être ? insista Stacy.

Sans cesser de mastiquer la bouche ouverte, la femme acquiesça d'un signe de tête.

— Avant cette nuit, quand êtes-vous venue dans le coin pour la dernière fois ?

Elle marmonna une phrase incompréhensible.

— Ecoutez, dit Stacy, vous avez donné l'alerte par téléphone, donc vous êtes capable de vous exprimer clairement. Il faut vous emmener dans les locaux de la police pour vous délier la langue ?

— Quelques jours. P't-êt' une semaine, répondit l'autre d'une voix légèrement gutturale et teintée d'un drôle d'accent, mi-sudiste mi-campagnard.

— La dernière fois remonte à une semaine ?

Elle opina.

— Avez-vous remarqué quelque chose de bizarre par ici ? Quelqu'un qui ne traîne pas dans le coin d'habitude, par exemple ?

— Non.

— Et cette nuit ? Rien d'anormal ?

La femme indiqua le container à ordures.

— D'accord, mais à part le cadavre ? Vous n'avez rien vu, rien trouvé d'anormal ?

Comme par réflexe, la clocharde entoura d'une main un objet enfoui sous ses loques.

— Le policier là-bas m'a dit que vous aviez appelé d'un portable. C'est vrai ?

Elle secoua la tête en regardant Stacy par en dessous. Etait-ce de la défiance ou de la peur qui brillait dans ses yeux ?

Malgré la crasse qui recouvrait son visage, on devinait qu'elle avait été jolie. Stacy peinait à lui donner un âge. Tout au plus la trouvait-elle encore jeune — trop pour être à la rue. Elle se demanda comment cette fille en était arrivée à devoir faire les poubelles pour se nourrir.

— Voilà ce que je vous propose, poursuivit-elle sur le même ton conciliant. Nous savons que vous avez appelé d'un téléphone portable. Que quelqu'un l'ait jeté dans la ruelle ou que vous l'ayez ramassé dans le container où se trouve le cadavre, ça ne change rien pour nous. C'est une pièce à conviction et à ce titre nous sommes en droit de vous le confisquer. Je suis désolée, mais il me faut ce téléphone… Et si on faisait un troc ? demanda-t-elle soudain d'une voix enjouée. Contre quoi voudriez-vous l'échanger ?

Sans hésiter, la femme désigna du doigt le crucifix de Stacy. A son cou pendait une mince chaîne en or ornée d'une croix nacrée aux reflets turquoise. Un cadeau de Jane pour fêter son admission dans la police. Il te protégera, avait dit Jane. Stacy ne l'avait jamais quitté depuis, et l'idée de s'en séparer l'emplissait d'un sentiment proche de la panique.

Rien ne l'empêchait de refuser, d'inviter la clocharde à choisir autre chose. Après tout, elle était en position de force. Elle ôta pourtant la chaîne et la tendit à la jeune femme. Qui plus que cette malheureuse avait besoin d'être protégée ?

Un sourire de victoire éclaira le visage crasseux de celle-ci, qui tendit la main pour s'en saisir.

— Le téléphone d'abord.

La femme obtempéra et extirpa de ses haillons un portable à clapet de marque LG qui, une fois ouvert, affichait un large écran couleur. Technologie dernier cri. Ça ne devait pas être donné. Stacy le retourna une dernière fois dans ses mains gantées puis le déposa dans un petit sac transparent.

— Où l'avez-vous trouvé ?

L'autre fit un geste vers le container à ordures.

— Dans la poubelle ? Avec le corps ?

Elle acquiesça du bout des lèvres.

— Sur le corps. Donnez-moi le collier maintenant, réclama-t-elle en avançant de nouveau la main.

Stacy respecta sa promesse et regarda avec un peu de tristesse la SDF accrocher le bijou à son cou.

— Restez ici, lui ordonna-t-elle en se relevant. On aura peut-être d'autres questions à vous poser.

Sur ce, elle alla rejoindre Mac près du container.

— Tu as pu en tirer quelque chose ?

— Plus ou moins, fit-elle en montrant le portable. Elle l'a trouvé sur le corps de la victime.

— Un vrai petit miracle.

Stacy songea à son crucifix. *Va savoir…*

Pete descendait tout juste du bidon de peinture.

— La victime a dans les vingt-cinq ans. On lui a brisé le cou. Il ne reste plus qu'à attendre l'autopsie pour les détails.

— Quand ?

— Franchement, avec cette épidémie de gastroentérite, je ne peux plus donner de date. Disons aussi vite que possible.

30.

Vendredi 24 octobre 2004,
9 h 25.

La peau de Jane rôtissait sous le soleil incandescent. Debout sur la plage, elle enfonçait avec délice ses doigts de pieds dans le sable chaud, une main sur le large rebord de son chapeau de paille. Ian s'amusait au bord de l'eau en compagnie d'un bel enfant aux boucles dorées.

Ils riaient aux éclats.

Soudain, une mouette étendit ses ailes sur cette scène idyllique, dérobant le soleil. Son cri moqueur brisa la perfection de l'instant.

— Non !

Mais l'oiseau continua à la narguer. Elle agita le bras pour le chasser… jusqu'à ce que sa main entre en contact avec un objet lourd et froid, qui s'écrasa avec fracas.

Jane se réveilla en sursaut. Hébétée, elle essaya de comprendre où elle se trouvait. Elle était assise dans le bureau de Ian, face à l'ordinateur allumé qui affichait des plages paradisiaques en fond d'écran. Le soleil matinal filtrait à travers les stores, inondant la pièce de lumière.

La plage de son rêve. Le soleil.

Une douloureuse nostalgie l'envahit. Elle avait la sensation d'avoir été expulsée du jardin d'Eden et n'aspirait qu'à retourner dans son rêve pour y retrouver Ian et leur avenir radieux.

Elle contempla d'un air morne les morceaux de sa tasse éparpillés sur le sol, et la petite mare formée par le reste de tisane sur le parquet luisant. Les événements de la veille au soir lui revenaient peu à peu en mémoire. L'appel de la journaliste, son expédition à la clinique pour s'emparer des CD, la femme venue dérober un dossier.

Qui pouvait-elle être ? Et quel dossier avait-elle emporté ? Le sien, sans doute. Mais ce n'était pas sûr. Il devait en tout cas être bien compromettant pour qu'elle ait pris de tels risques…

Parcourue d'un frisson, elle remua la souris de l'ordinateur pour poursuivre la lecture des informations financières devant lesquelles elle s'était endormie. Après le grésillement habituel, l'écran quitta son mode veille.

Les données consultées jusque-là ne lui avaient réservé aucune surprise. Rien qui soit en mesure de disculper Ian. Il lui restait quelques CD à examiner, mais une douche et un petit déjeuner s'imposaient d'abord.

Avant qu'elle ait pu esquisser un geste cependant, la sonnerie de la porte d'entrée retentit, déclenchant les aboiements furieux de Duke.

— Oui ? demanda-t-elle par l'Interphone.

— Madame Westbrook ? Police.

— Police…, répéta-t-elle.

Affolée, son regard se porta sur le carton de CD. Se pouvait-il qu'ils aient eu vent de son expédition nocturne à la clinique ? Mais comment ?

— Le moment est mal choisi, messieurs.

— Nous devons vous parler. Tout de suite, madame.

Le ton ferme et grave du policier l'inquiéta.

— Est-ce que Ian… Est-il arrivé quelque chose à mon mari ?

— Pas à notre connaissance, madame.

Elle parvint alors à mettre un visage sur cette voix. C'était McPherson, le coéquipier de Stacy. Ecartée du dossier, sa sœur ne l'accompagnait pas bien sûr.

— Je viens à peine de me lever. Donnez-moi deux minutes.

Après un rapide passage dans la salle de bains, elle remit ses vêtements de la veille, puis descendit jusqu'à la porte et jeta un œil à travers le judas. Comme elle s'y attendait, McPherson et son nouveau coéquipier faisaient le pied de grue devant l'entrée. Elle fut en revanche intriguée par la présence de deux policiers en uniforme.

Pourquoi deux flics de plus pour l'interroger ? Venaient-ils lui passer les menottes ?

Mac l'entendit bouger derrière la porte et frappa énergiquement. Elle eut du mal à leur ouvrir tant ses mains tremblaient. Aussitôt en sa présence, l'autre inspecteur lui brandit sous le nez un papier plié en deux.

— Nous avons un mandat de perquisition pour fouiller les lieux, madame Westbrook.

Abasourdie, elle saisit la feuille sans même la déplier.

— Un mandat de perquisition ?

— Nous allons commencer par le bas.

Le policier l'écarta et entra comme s'il était chez lui. Bien que désorientée, elle s'opposa à cette intrusion.

— Un moment, s'il vous plaît. Je ne sais même pas si ce que vous faites est légal.

— Nous agissons en toute légalité, madame Westbrook, l'assura l'inspecteur McPherson.

Elle déplia le papier et le lut en diagonale. Le mandat semblait en bonne et due forme, signé par le juge Kirby et daté du jour même. Elle le rendit à Mac.

— Attendez ici, je vais contacter mon avocat.

— C'est votre droit, chère madame, rétorqua le coéquipier de Mac, mais le nôtre est de fouiller votre maison et c'est que nous allons faire de ce pas.

Au même moment, la porte de l'atelier s'ouvrit sur Ted. Il lança un regard noir aux forces de l'ordre.

— Que se passe-t-il, Jane ?

— Ted, dit-elle en s'efforçant de contenir le tremblement dans sa voix, pourrais-tu avoir la gentillesse de tenir compagnie à ces messieurs le temps que je passe un coup de fil ?

Mac, agacé, consulta ostensiblement sa montre.

— Vous avez deux minutes.

Elle se hâta vers l'atelier pendant que Ted s'avançait vers les policiers. Sitôt en ligne avec Elton Crane, elle essaya de maîtriser son émotion pour lui expliquer la situation :

— La police vient de débarquer chez moi avec un mandat de perquisition.

— Vous l'ont-ils montré ?

— Oui. Le document semble légal pour autant que je puisse en juger. Il est signé par le juge Kirby.

— Est-il daté ?

— Oui, d'aujourd'hui.

— Je me demandais quand ils se décideraient. C'est presque un peu tard.

— Que cherchent-ils ?

— Je ne saurais vous le dire précisément. Mais d'une manière générale, tout ce qui pourrait établir un lien entre votre époux et les meurtres dont il est accusé.

Jane se souvint des CD. A tous les coups, ils allaient les saisir. Son excursion nocturne n'aurait servi à rien… Elle s'en voulait de s'être endormie et de n'avoir pas eu le temps de consulter toutes les données. Maintenant elle pouvait faire une croix dessus.

— Ecoutez, Jane, demandez à relire une nouvelle fois le mandat. La loi ne les autorise qu'à fouiller les endroits précisés sur cette feuille. Si par exemple la résidence principale est inscrite, mais pas le garage, ils ne peuvent pas avoir accès à ce dernier. De même, il serait illégal qu'ils inspectent votre voiture ou celle de votre mari si ces véhicules ne sont pas dûment mentionnés sur le mandat. Vous me suivez ? Bien… Votre atelier est-il un logement séparé du loft, avec une adresse et une entrée spécifiques ?

Elle répondit par l'affirmative et il poursuivit :

— Alors ils ne doivent pas y mettre les pieds, sauf s'il figure sur la liste des lieux à fouiller. Sachez aussi que le juge ne leur donne le droit de chercher et de saisir qu'un certain nombre d'objets précis. Les termes employés présentent parfois un caractère général, comme les archives bancaires ou la correspondance, mais en tout état de cause, la perquisition ne se fait pas au petit bonheur la chance. Ils doivent s'appuyer sur des indices graves et concordants pour l'effectuer.

» Faites attention, ajouta-t-il. Ils vont essayer de vous forcer la main pour obtenir ce qu'ils veulent. Restez ferme, Jane. La loi texane stipule que vous devez être présente lors de la fouille de votre propriété. Je vous rejoins dès que possible. »

Elle retourna dans le vestibule où la tension était montée d'un cran. Ted semblait sur les nerfs et les inspecteurs s'impatientaient.

— Puis-je revoir le mandat, je vous prie ? demanda Jane.

— Certainement, dit Mac en lui passant le papier. Tout a été fait dans les règles.

Elle le relut de haut en bas.

— Cette liste mentionne notre résidence située au 415, Commerce Street, le garage et les deux voitures.

Elle leva les yeux vers les deux inspecteurs.

— Vous êtes bien conscients que mon atelier n'est pas inclus dans ce mandat…

— Je vous demande pardon ?

— Mon atelier est situé au 413, Commerce Street. Ce mandat ne vous donne pas le droit d'y accéder.

Le visage du deuxième inspecteur s'enflamma et Jane l'entendit marmonner un juron. Les deux policiers en uniformes s'approchèrent.

— Il nous suffit d'un appel au juge et nous serons de retour avec un autre mandat, objecta Mac. Soyez raisonnable, Jane…

— Madame Westbrook, corrigea-t-elle. Je suis navrée, mais vous ne pouvez pas perquisitionner mon atelier.

— Nous serons de retour dans la journée, s'énerva-t-il. Pourquoi ne pas nous épargner, à vous comme à nous, le dérangement…

— Ça ne me dérange pas, inspecteur. Je ne bouge pas d'ici.

31.

Vendredi 24 octobre 2003,
10 h 20.

Surveillée par un policier en uniforme, Jane attendait dans le vestibule la fin de la perquisition. Elton Crane avait vu juste, les inspecteurs savaient ce qu'ils cherchaient. En plus des vêtements, documents, photographies, reçus et autres objets personnels du même ordre, le mandat mentionnait en effet deux choses bien précises : un blouson d'aviateur en cuir et une casquette de baseball des Atlanta Braves.

Ian ne possédait ni l'un ni l'autre.

Comme elle le craignait, tous les CD furent saisis, de même que le portable de Ian, son agenda professionnel, ses relevés bancaires et ses chèques annulés.

Jane vivait cette situation comme un viol de son intimité. Pourrait-elle jamais se sentir tout à fait chez elle désormais ?

Duke manifestait sa colère par des grognements sourds continus. Elle avait préféré lui passer la laisse au cas où, mais éprouvait un certain réconfort à le savoir près d'elle, sur le qui-vive, protecteur.

Elton arriva enfin et, sans tarder, examina le mandat. Tout était en ordre. Jane ayant manifesté le désir d'attendre le départ des inspecteurs dans son atelier, il prit la relève et se chargea de contrôler leur travail à sa place.

Sous prétexte de sortir le chien, Jane s'accorda une rapide promenade avant de se réfugier dans son atelier.

— Où en est-on ? demanda Ted.

— Je pense qu'ils s'amusent comme des petits fous à fouiller dans mes placards et mes tiroirs.

Elle se laissa tomber sur le canapé en osier blanc installé à l'entrée de l'atelier.

— A l'heure qu'il est, mes soutiens-gorge et mes culottes n'ont sans doute plus de secrets pour eux.

Ted rougit jusqu'aux oreilles.

— Ça m'énerve. C'est dégueulasse de faire ça, dit-il.

Elle imagina ces hommes poser leurs sales pattes sur ses affaires les plus intimes. Les reluquer. Les mettre sens dessus dessous. Si au moins elle avait pu trouver la force de se mettre en colère…

Elle s'en ouvrit à Ted.

— Ça vous ferait du bien, approuva-t-il.

— Tu crois ?

— J'en suis persuadé.

Des gargouillements sonores s'élevèrent à cet instant.

— Vous voyez ? plaisanta-t-il. Même votre estomac se rebelle.

— Oui, mais lui, c'est parce qu'il n'a pas été nourri. Tu n'aurais pas quelque chose à grignoter, par hasard ?

— Que diriez-vous d'un sandwich au beurre de cacahouète et d'une pomme ?

Comme Ted non plus n'avait pas eu le temps de prendre son petit déjeuner, ils se partagèrent son en-cas.

— Du pain fait maison ? s'étonna Jane en mordant à belles dents dans le sandwich. Tu es un véritable homme d'intérieur, Ted.

Il parut au comble de l'embarras.

— C'est meilleur pour la santé. Je ne mange que du pain complet préparé à partir d'ingrédients bios. Jamais de sucre.

— Je suis impressionnée… Tu broies aussi des cacahouètes bios pour faire ton propre beurre ?

Elle avait voulu le taquiner, mais eut peur d'avoir commis un impair lorsqu'il se rembrunit.

— Vous me connaissez si mal, Jane.

— Je sais tout ce que j'ai besoin de savoir sur toi. Je te fais entièrement confiance parce que tu es quelqu'un d'honnête et de loyal. Quelqu'un sur qui on peut compter.

— Le portrait craché de Duke, en somme…

Elle s'approcha de lui et prit sa main dans la sienne.

— Oui, et *j'adore* Duke.

Il rougit de nouveau, manifestement ravi.

Ragaillardie par ce festin improvisé et l'amitié que lui témoignait Ted, elle lui lança un sourire effronté.

— Je crois que je vais revoir mon programme. Au lieu d'essayer de me mettre en colère, je vais prétendre que rien de tout ça n'est réel. Ian travaille à la clinique et personne ne s'amuse à fouiner dans mes sous-vêtements.

Ted lui rendit son sourire.

— L'idée me paraît bonne. Et puisque c'est vous qui menez le jeu, indiquez-moi la prochaine étape.

— *Anne* est la prochaine étape. Je suis d'humeur à jouer avec le métal en fusion.

Jane se jeta alors à corps perdu dans le travail et, grâce à lui, parvint à occulter momentanément ses récents malheurs.

Son art la libérait, l'emplissait d'une énergie telle qu'elle se sentait presque fraîche et dispose quand, une heure plus tard, Elton entra dans l'atelier.

— Ils sont partis, annonça-t-il.

Il tenait un exemplaire du mandat au dos duquel figurait la liste des effets saisis comme pièces à conviction.

— A voir leurs têtes, ironisa-t-il avec un sourire satisfait, je pense qu'ils ont fait chou blanc.

Jane examina le document, mais ne nota que peu d'ajouts par rapports aux objets confisqués avant l'arrivée de l'avocat.

— Ils m'ont averti qu'ils reviendraient avec un nouveau mandat pour perquisitionner votre atelier. Mais je ne pense pas qu'ils arriveront à convaincre le juge de le signer. Comme je vous l'ai expliqué au téléphone, ils doivent justifier d'indices graves et concordants pour l'obtenir. A mon sens, chercher un lien entre votre mari, le crime dont on l'accuse et votre lieu de travail est un peu tiré par les cheveux.

— Ils sont sans doute persuadés que j'ai dissimulé des indices compromettants pour Ian, grinça-t-elle. Que j'essaie de protéger mon meurtrier de mari.

— N'y voyez rien de personnel, Jane. Ils font ce qu'ils ont à faire, c'est tout.

Elle avait beau en avoir conscience, elle refusait de l'accepter.

— Comment saurons-nous s'ils sont repartis avec ce qu'ils voulaient ?

— On n'en saura peut-être jamais rien. Ils sont dans l'autre camp. Ils ne vont pas nous dévoiler toutes leurs cartes.

— Ça me dégoûte…

— Je vous comprends, la réconforta Crane en lui touchant l'épaule. Prévenez-moi si d'aventure le juge Kirby leur donnait le feu vert. Je vous répondrai toutes affaires cessantes.

Après avoir remercié l'avocat, elle s'adressa à Ted :

— Je vais faire un brin de toilette. Je reviens tout de suite.

— Prenez votre temps, Jane. J'ai les choses en main.

Duke à ses côtés, elle raccompagna Elton Crane.

— Le mandat reste valide trois jours, l'informa-t-il sur le pas de la porte. Cela n'arrive pas souvent, mais ils peuvent recommencer la perquisition s'ils considèrent être passés à côté de quelque chose d'important. Dans le cas présent, ça m'étonnerait. Ils m'ont l'air d'avoir tout passé au crible.

Jane lui renouvela ses remerciements et se décida à aller constater les dégâts dans le loft.

Il y régnait un désordre épouvantable. Dans la chambre, les tiroirs béants vomissaient leurs contenus, tandis que les placards offraient un spectacle de désolation avec leurs étagères vidées sans ménagement. Des chaussures avaient été jetées en vrac, des vêtements gisaient en tas sur le sol…

La cuisine n'avait pas meilleure apparence. L'intérieur des tiroirs encore ouverts était sans dessus dessous. Le buffet, les placards et le réfrigérateur avaient été fouillés de fond en comble.

Jane inspira profondément. D'abord hésitante, elle commença par remettre de l'ordre dans le buffet. Puis, mue par une sorte de frénésie rageuse, elle entreprit de tout ranger.

Elle alla d'une pièce à l'autre, sans prendre le temps de souffler. C'était sa maison. Ses affaires et celles de son mari. Chaque bibelot, chaque vêtement remis à sa place lui permettait d'effacer peu à peu toute trace du passage des policiers. Elle reprenait possession de sa vie.

Elle garda le bureau de Ian pour la fin. Les policiers avaient soigneusement contourné la tasse brisée et la tisane renversée sur le parquet. A l'aide de mouchoirs en papier, elle épongea la flaque, puis ramassa les débris de la tasse.

Son regard s'arrêta alors sur son sac à main. Il était resté enfoui sous le bureau, à l'endroit même où elle l'avait laissé la veille au soir. Manifestement, la police n'y avait pas touché. Peut-être ne l'avaient-ils pas vu, ou alors le mandat ne leur en donnait pas le droit.

Elle resta immobile. Quelque chose lui revenait en mémoire, quelque chose…

Le PalmPilot de Ian. Le soir de son arrestation, c'était là qu'elle avait trouvé le numéro de Whit. Elle l'avait ensuite glissé dans son sac au cas où il pourrait encore lui servir.

Le cœur battant, elle s'en empara d'une main tremblante.

Ian adorait son Palm. Elle se souvenait du jour où il était rentré à la maison après l'avoir acheté, chantant les louanges de ce qu'il appelait « une petite merveille technologique ». Marsha, qui pouvait y transférer directement tous ses rendez-vous, mettait son planning à jour le matin, à midi, et une dernière fois avant de quitter la clinique. Son emploi du temps des six mois précédents tenait dans ce minuscule appareil.

Jane l'alluma et fit apparaître l'agenda.

En l'étudiant de plus près, elle admira les qualités d'organisation de Marsha. A l'heure et au lieu du rendez-vous s'ajoutait une mention précisant son caractère personnel ou professionnel, ainsi qu'un numéro où contacter la personne concernée.

Seul point curieux : deux fois par mois, l'assistante de Ian avait bloqué une plage de deux heures pour un déjeuner, sans plus d'information. Pas même un nom.

Surprise et vaguement inquiète, Jane continua à faire défiler la page. Les déjeuners avaient presque toujours lieu les mercredi et vendredi. Et si exceptionnellement les jours variaient, jamais ils n'avaient été annulés.

Que pouvait donc faire Ian pendant ces deux heures ? Et qui rencontrait-il ?

La honte et la tristesse l'envahirent soudain. Elle s'en voulut de douter de Ian. Son mari lui avait été fidèle. Ce n'était ni un menteur ni un coureur de jupons.

Et encore moins un assassin.

Il aurait certainement une explication valable à apporter à ces déjeuners.

Seulement, il faudrait attendre six longs jours pour lui poser la question.

Elle reposa l'appareil sur le bureau et enfouit son visage dans ses mains. Où était son mari pendant ces deux heures ? Et avec qui ?

Jette un œil sur son carnet d'adresses, Jane.

Le PalmPilot semblait presque l'appeler. Mais si elle commençait à douter de son mari, leur couple y survivrait-il ? Ian pourrait-il lui pardonner ? Et sans confiance, que restait-il à partager ?

De quoi as-tu peur, Jane ?

De tomber sur le nom de Victoria Vanmeer dans son carnet d'adresses ? Sur celui de Gretchen, de Sharon et de Lisette ?

Elle se raidit. Non, elle n'avait pas peur. Son mari ne l'avait pas trompée. Il l'aimait.

Sur le bureau de Ian, le PalmPilot la narguait toujours. Son instinct le plus profond l'enjoignait à ne plus y toucher. A envoyer sa question à Ian au moyen d'une note transmise par Elton. Ou à avoir la patience d'attendre sa visite de la semaine prochaine.

Mais elle n'y tenait plus. Elle devait en avoir le cœur net, tout de suite.

Elle s'empara vivement de l'appareil et appuya sur l'icône représentant le carnet d'adresses.

Un seul nom figurait à la lettre V. Victoria Vanmeer.

Le Palm lui échappa des mains et elle vacilla, comme assommée. Pourquoi Ian avait-il inscrit cette femme dans son carnet d'adresses personnel ? Les médecins ne conservaient pas en permanence les coordonnées de leurs patients, non ?

Fébrile, Jane s'efforça de trouver une explication logique. Peut-être avait-il eu une aventure avec elle avant leur mariage ?

Ça ne collait pas. Ian avait acheté le Palm plusieurs mois *après* leur mariage.

Peut-être avaient-ils été amis, alors ? Peut-être Marsha avait-elle transféré dans l'appareil toutes les informations de son ancien agenda ? Oui, c'était plausible…

Sauf que cela faisait de Ian un menteur. Il avait affirmé à la police n'avoir jamais entretenu avec Victoria Vanmeer de relations autres que professionnelles.

Jane porta la main à son ventre. Les inspecteurs étaient forcément au courant de ce mensonge. Ils avaient en leur possession un historique des appels téléphoniques de Ian, et son agenda avec ses mystérieux rendez-vous répétitifs.

Rien d'étonnant à ce qu'ils le croient coupable. Un rire hystérique la secoua. Rien d'étonnant non plus à ce qu'ils la considèrent comme une pauvre femme naïve et aveuglée par l'amour.

Elle se pencha, ramassa le Palm avec un air de bravade et fit de nouveau défiler les lettres de l'alphabet, cette fois-ci en commençant par la première.

Beaucoup de noms de femmes s'y trouvaient, mais aucun ne lui était familier. Ni Gretchen Cole ni Lisette Gregory n'y figurait.

Deux en moins, plus qu'une à vérifier.

Son soulagement fut de courte durée. A la lettre L, un numéro clamait haut et fort la culpabilité de son mari. Un numéro qu'il n'avait aucune raison de posséder dans son agenda.

Le Plaza.

32.

Vendredi 24 octobre 2003,
15 h 20.

Un peu après 15 heures cet après-midi-là, Mac appuya ses pieds sur le bureau de Stacy. Elle raccrocha le téléphone et se tourna vers son coéquipier.

— Tu es à ton aise, j'espère ? C'était Pete. L'autopsie est déjà prête.

— Alors ?

— Cou brisé. Aucun signe d'activité sexuelle juste avant le décès. Aucune blessure non plus indiquant que la fille a tenté de se défendre. Elle ne semble pas en avoir eu la possibilité. Les ongles étaient propres.

— Elle se droguait ?

— Non.

— La mort remonte à quand ?

— A plus ou moins trois jours.

Mac se passa la main dans les cheveux.

— Pour le moment, on se retrouve avec une belle victime anonyme. Pas de papiers d'identité. Pas de signes particuliers. Pas d'alliance ni d'effets personnels dans le container à ordures.

— Aucune disparue dont la description correspondrait à la sienne ?

— Pas encore. J'ai rentré ses empreintes digitales dans l'ordinateur, mais la banque de données n'a rien sorti.

Cela ne surprenait pas Stacy. Ils n'avaient pas affaire à une prostituée.

— Elle portait un pyjama, commença-t-elle, mais pas de bijoux ni de chaussures. Et elle a eu le cou brisé. De toute évidence, elle connaissait son assaillant. Pour moi, c'est son petit ami ou son mari qui a fait le coup. La fille se retourne, il lui porte un coup fatal. Le geste est précis. Le type est costaud et il sait ce qu'il fait. La mort est presque instantanée. Ça s'est sans doute passé chez elle.

— Une fois sa petite chérie emballée dans une bâche en plastique, poursuivit Mac, il la charge dans la berline familiale puis la balance dans une poubelle isolée. L'enquête de voisinage a donné des résultats ?

— Que dalle. Personne n'a rien vu, comme d'habitude.

Stacy consulta les informations déjà recueillies sur la victime.

— Bubba's Backyard Barbecue a mis la clé sous la porte la semaine dernière. Les ordures n'ont pas été ramassées depuis.

— On a des infos sur la bâche en plastique ?

— C'est le genre de bâche qui sert de protection contre les mauvaises herbes. Elle a été conçue pour les paysagistes, mais n'importe qui peut s'en procurer une dans une jardinerie ou à la quincaillerie du coin.

— Des empreintes, des traces quelconques ?

Elle consulta de nouveau le dossier.

— Quelques cheveux… On attend l'analyse pour savoir si ce sont les siens… Des fibres de moquette. De l'herbe des Bermudes.

— Ça se fume ?

— Ça se tond. C'est du gazon, rat des villes, se moqua-t-elle en tournant une page du dossier. Et aussi de la terre.

— De la terre ? répéta-t-il.

— Ça ne se fume pas non plus et elle est en cours d'analyse.

— Très drôle… Sans l'identité de cette femme, on va vite faire du surplace… Et le portable ?

— J'attends le rapport.

— C'est quoi, le problème ?

— L'opérateur téléphonique. Ils nous ont sorti leur couplet sur le respect de la confidentialité. On a fait remonter notre demande jusqu'au siège social… Ils m'ont assurée qu'on aurait les infos, ajouta-t-elle avant que Mac puisse exprimer son agacement. Il y a juste un problème avec un directeur régional qui ne veut pas se mouiller.

— Sans le nom de la victime, tu as bien conscience qu'on n'aboutira à rien, n'est-ce pas ?

Mac n'attendait pas de réponse et n'en reçut pas. Il rompit en premier le silence qui s'installait entre eux.

— Tu as parlé à ta sœur récemment ?

— Pas aujourd'hui, pourquoi ? répondit-elle, aussitôt sur la défensive.

Il jeta un coup d'œil par-dessus son épaule pour s'assurer de l'absence d'oreilles indiscrètes.

— On a perquisitionné son loft ce matin.

Stacy savait ce qu'ils avaient espéré trouver. Le blouson en cuir et la casquette de base-ball.

— Les recherches ont été fructueuses ?

Il répondit par la négative d'un signe presque imperceptible de la tête.

— Tu as commencé à t'intéresser aux articles publiés sur elle en 1987 ?

— Oui, mais je n'ai pas fini. Aucune mention des cris jusqu'à présent. Dès le départ, Jane était persuadée qu'il l'avait fait exprès.

— Le dingue s'est encore manifesté ?

— Pas que je sache, non.

— Tu devrais peut-être l'appeler. Elle avait l'air passablement ébranlée ce matin.

Comme par un fait exprès, le téléphone se mit à sonner à cet instant précis.

— C'est moi qui ai organisé cette petite mise en scène, plaisanta Mac en souriant. Pour que tu me prêtes des dons psychiques.

— Tu veux dire des troubles psychiques ? répondit-elle en décrochant le combiné. Inspecteur Killian à l'appareil.

— Bonjour Inspecteur Killian, ici Bob Thompson de la société Verizon Wireless. Désolé de vous avoir fait attendre aussi longtemps.

— Ça n'est pas grave, dit-elle en se redressant légèrement et en indiquant à Mac que c'était l'appel tant attendu. Vous avez un nom à me donner ?

Lorsqu'il le lui eut communiqué, elle raccrocha, tournant et retournant dans sa tête la réponse de l'opérateur téléphonique. Elle finit par saisir le dossier de la victime anonyme et le tendit à son coéquipier.

— Quoi ? demanda-t-il sans comprendre.

— Je ne m'occupe plus de cette affaire.

Mac paraissait perdu.

— Je ne…

— Je ne m'occupe plus de cette affaire, répéta-t-elle. Le téléphone portable appartenait à Victoria Vanmeer.

33.

Lundi 27 octobre 2003,
9 h 30.

Le lundi matin arriva enfin. L'audience de mise en accusation de Ian était prévue à 10 h 30 dans la salle numéro deux du tribunal. Jane avait promis à Elton de le retrouver un quart d'heure avant.

Elle s'habilla avec soin, désireuse de paraître à son avantage. Elle souhaitait donner une impression de calme et de confiance. Etant donné la nature des accusations, son comportement allait se révéler déterminant. D'après Elton, cela pouvait faire pencher le jury et l'opinion publique d'un côté comme de l'autre.

Aucun problème, se dit-elle avec un soupir étouffé. Il suffisait de créer une illusion complète, un parfait mensonge.

Les révélations du PalmPilot la tourmentaient encore. Elle avait eu un sommeil agité cette nuit-là, et seule sa volonté de préserver la santé de son bébé l'avait poussée à avaler quelque chose au réveil.

Désespérée, elle ne trouvait de véritable refuge que dans son art. Les sculptures réalisées à partir d'Anne étaient terminées. Et elles s'avéraient magnifiques. Jane les considérait même comme les plus abouties, le plus évocatrices de la série des *Corps de Poupées.*

Sa dette envers son modèle était de celles dont on ne peut jamais tout à fait s'acquitter. Grâce à cette possibilité de s'immerger dans son travail, de créer de la beauté quand son âme souffrait le martyre, elle avait réussi à ne pas perdre pied. Sans cette œuvre, ce week-end aurait pu lui être fatal.

L'envie de raconter à Stacy, Dave ou Elton ce qu'elle avait trouvé dans le Palm de Ian l'avait tenaillée sans relâche durant ces deux jours. Tout comme le besoin d'être rassurée.

Mais elle aurait trahi son mariage et son mari alors. Enoncer ses soupçons à haute voix leur aurait donné une consistance, une insupportable réalité.

Elle était donc restée seule, en tête à tête avec ses doutes. Avec ses peurs et ses angoisses qui dévoraient son existence.

Elle avait prié, travaillé, et prié encore.

Au bout du compte, elle était parvenue à cette conclusion : elle croyait Ian innocent de ces crimes. Il n'était pas un assassin.

Et elle l'aimait.

Ses craintes au sujet de la fidélité de son mari n'avaient pas disparues, mais elle avait choisi de les étouffer pour le moment. Elle attendrait sa visite suivante pour lui demander des précisions sur les déjeuners bimensuels et les numéros de téléphone. Il n'aurait certainement aucun mal à se justifier et elle se sentirait ridicule d'avoir douté de lui.

Jusqu'à ce jour, son cœur ne l'avait jamais induite en erreur. Ce serait le cas cette fois encore.

La sonnerie de la porte d'entrée retentit. Dave, probablement. Il avait insisté pour l'accompagner à l'audience de mise en accusation.

Elle le retrouva à l'extérieur.

— Prête ? demanda-t-il.

Elle espérait…

Un silence gêné régna entre eux durant tout le trajet.

Après plusieurs kilomètres, Jane sentit le chagrin l'envahir. Cette mascarade allait-elle affecter tous les aspects de sa vie ? Toutes ses amitiés, y compris les plus solides ?

Dave parut deviner ses pensées et sortit de son mutisme.

— Du nouveau pendant le week-end ?

— Pas à ma connaissance.

Elle se rendit compte que ses paumes étaient moites.

— Stacy t'a appelée ?
— Oui… Elle semblait ailleurs.
— Elle vient à l'audience ?
— Je ne sais pas.

Il ne fit aucune remarque, mais Jane ressentit sa muette réprobation. Elle aurait dû téléphoner à sa sœur, lui dire combien sa présence l'aurait rassurée.

Ce qui aurait d'ailleurs été la vérité.

L'état de leurs relations la rendait malade. Elle ne savait plus si elle était incapable de se rapprocher de Stacy ou si elle manquait tout simplement d'énergie pour ça. Les accusations qu'elle lui avait jetées à la figure avaient encore élargi le fossé entre elles. Elle aurait tant voulu n'avoir jamais prononcé ces mots.

Lorsqu'ils arrivèrent au tribunal, Jane repéra Elton Crane qui attendait comme convenu au pied des marches menant à l'entrée principale du bâtiment.

Ensemble, ils rejoignirent l'avocat. Jane fit les présentations. Après une solide poignée de main à Dave, Elton se tourna vers elle.

— Vous sentez-vous prête ?
— Calme et confiante, dit-elle avec un sourire forcé.
— Bravo. Voilà ce que je voulais entendre.

Tout en les guidant vers la salle d'audience, il brossa un rapide tableau de la situation :

— Ian est tombé sur le juge Phister. C'est un homme rigide qui ne tolère pas les embrouilles, qu'elles viennent des avocats, des accusés ou de la presse.

Ils passèrent au travers du détecteur de métaux.

— Dans la mesure où je joue franc jeu, poursuivit Crane, ça ne posera pas de problème.

Ils montèrent tous les trois dans un ascenseur.

— Aujourd'hui, le juge va donner lecture des charges pesant contre Ian et lui demander s'il plaide coupable ou non coupable. Comme vous le savez, Ian plaidera non coupable, mais parce qu'il est accusé de meurtre capital, il n'y aura pas de libération sous caution. Ensuite, c'en sera terminé jusqu'aux audiences préliminaires.

Attentif aux réactions de Jane, Dave la réconforta d'une caresse sur le bras.

L'ascenseur s'arrêta au septième étage. Sans perdre de temps, Elton les mena vers la salle où aurait lieu la mise en accusation de Ian. Stacy se tenait devant la porte, l'air grave et fatigué.

Les deux sœurs se firent face. Une bouffée de tendresse poussa Jane dans les bras de Stacy.

— Merci d'être venue, murmura-t-elle en la serrant fort.

— C'est la moindre des choses. Tu es ma sœur.

Stacy embrassa Dave puis se présenta à l'avocat. L'espace d'un instant, Jane eut le sentiment qu'Elton était troublé. Elle s'interrogeait encore à ce sujet quand il les invita à pénétrer dans la salle d'audience.

A peine assis, l'huissier annonça l'ouverture des débats. Jane assista la gorge nouée à l'entrée de son mari. Menottes aux poignets, entouré de deux gardes en uniforme, il la fixa sans la voir. Elle voulut lui sourire, mais les larmes lui brouillèrent aussitôt la vue. Le juge donna alors lecture des charges, Ian plaida non coupable, et l'audience s'acheva aussi vite qu'elle avait commencé.

Lorsque l'un des gardes attrapa Ian par le bras pour l'emmener, Jane se leva d'un bond.

— Ian !

Il se retourna lentement. Enfin leurs yeux purent se parler. Jane sentit son cœur prêt à exploser. Remuant les lèvres en silence, il lui dit qu'il l'aimait.

Elle sut alors, sans l'ombre d'un doute, qu'il était innocent. Et qu'il lui avait été fidèle.

L'instant d'après, il n'était plus là.

Stacy lui toucha doucement le bras.

— C'est fini Jane, il faut partir.

Elle fit face à sa sœur.

— Il n'est pas coupable. Il n'a rien fait de tout ça.

— Je sais, Jane. Il va s'en tirer.

— J'ai demandé à Dave d'aller chercher sa voiture, dit Elton. La presse est massée dehors, ça va être un mauvais moment à passer.

Et en effet, une foule de reporters se pressait derrière les portes vitrées du rez-de-chaussée.

— Respirez un bon coup et laissez-moi faire. Surtout ne répondez pas à la provocation, Jane.

Flanquée de Stacy et d'Elton, elle s'avança vers les journalistes, qui se ruèrent à sa rencontre.

L'un d'eux lui colla un micro sous le nez.

— Vous avez quelque chose à nous déclarer, madame Westbrook ?

— Est-ce lui qui a tué ces deux femmes ? cria un autre.

— Madame Westbrook n'a rien à déclarer, coupa Elton en se frayant tant bien que mal un passage au milieu de la cohue. Revenez donc nous voir après l'acquittement.

Dave rangea sa voiture le long du trottoir et klaxonna pour attirer leur attention. Ils descendirent les dernières marches en courant et se précipitèrent vers les portières déjà ouvertes.

— Pouvez-vous nous confirmer les rumeurs, madame Westbrook ? lança un journaliste au moment où Jane s'apprêtait à monter dans la voiture. Votre mari était-il infidèle ?

Jane s'arrêta net. Elle fit volte-face, ignorant la main d'Elton crispée sur son bras.

— Votre mari était-il infidèle ? demanda de nouveau le journaliste.

— Non, répondit-elle, surprise par l'autorité de sa voix et la calme détermination qu'elle sous-tendait. Il m'a été fidèle et il est innocent. Je compte bien le prouver.

Un remous agita le groupe de reporters.

— Comment allez-vous vous y prendre ? cria un journaliste caché par les micros.

— C'est tout pour aujourd'hui, messieurs, intervint Elton en la poussant dans la voiture.

Dave démarra en trombe. Par la vitre de sa portière, Jane observa la masse des journalistes se réduire peu à peu à un tas informe.

L'intervention d'Elton avait été la bienvenue, songea-t-elle. Parce qu'elle n'avait pas la moindre idée de la manière dont elle pourrait prouver l'innocence de son mari.

Avec une réponse pareille, la presse l'aurait clouée au pilori.

34.

Lundi 27 octobre 2003,
14 h 45.

La promesse qu'elle avait jetée en pâture à la presse devint au fil des heures un véritable projet. Jane avait pris la décision de poursuivre les investigations commencées la nuit où elle s'était rendue à la clinique. Pour commencer, elle comptait joindre Gretchen Cole, Sharon Smith et Lisette Gregory. Elle leur demanderait des précisions sur les relations qu'elles entretenaient avec son mari, et sur la manière dont elles étaient devenues ses patientes.

Jane espérait qu'elles se porteraient garantes du professionnalisme de Ian.

Elle voulait aussi découvrir l'identité de la silhouette féminine entraperçue dans la clinique cette nuit-là, même si elle ignorait encore comment percer ce mystère. Une visite à l'ex-femme de Ian s'imposait également. A en croire les commentaires de ce dernier à son égard, elle devait se préparer à affronter une véritable harpie. Enfin, elle envisageait d'appeler Le Plaza, les anciens associés de Ian, et le responsable administratif du Centre de chirurgie esthétique de Dallas afin de trouver une réponse aux questions soulevées par le PalmPilot.

Aucun de ses projets n'innocenterait Ian au regard de la loi, mais au moins auraient-ils le mérite de la rassurer. Sans compter que, une fois en possession d'Elton, le résultat de son enquête pourrait aussi servir à faire naître le doute dans l'esprit des jurés.

Jane pénétra dans l'atelier et y trouva Ted, en admiration devant la sculpture baptisée *Anne.*

— Elle est magnifique, dit-il sans cesser de la contempler.

— N'est-ce pas ? répondit Jane en se postant à ses côtés. J'y ai passé tout le week-end.

— J'avais peur que vous ne puissiez pas travailler… A cause de ce qui arrive à Ian.

— Au contraire, le travail m'a sauvée. Je crois que sans ça, je serais devenue folle.

Il interrompit sa contemplation pour se tourner vers Jane.

— Si vous avez besoin de quoi que ce soit, je suis là, Jane.

Elle lui pressa les mains en signe de gratitude.

— J'ai besoin des numéros de téléphone de Gretchen Cole, Lisette Gregory et Sharon Smith.

— Pas de problème, dit-il en se dirigeant vers l'ordinateur.

Il recopia les trois numéros sur un Post-it qu'il lui tendit ensuite.

— Ne vous inquiétez pas, je me suis assuré que tous vos modèles avaient reçu une invitation.

— Je ne m'inquiète pas, Ted. Je sais que tu t'occupes de tout.

Elle lut une interrogation dans ses yeux, mais préféra l'ignorer.

— Je suis en haut si tu as besoin de moi.

Après s'être versé un verre de jus d'orange dans la cuisine, elle se lova sur le canapé au pied duquel somnolait Duke.

Elle appela Gretchen en premier.

— Bonjour Gretchen, c'est Jane à l'appareil. Comment allez-vous ?

— Jane ! Mon Dieu… C'est à vous qu'il faut demander ça. Quand je pense aux horreurs que j'ai entendu sur Ian…

— C'est un tissu de mensonges, dit-elle posément. Une erreur judiciaire.

— J'en suis convaincue… Est-il toujours en prison ? demanda Gretchen en baissant la voix.

— Oui.

Jane se racla la gorge et changea de sujet.

— Dites-moi, Gretchen, avez-vous bien reçu votre invitation pour le vernissage de mon exposition ?

— Oui, merci. Mais je me demandais si vous alliez annuler.

— Ian m'a arraché la promesse de n'en rien faire.

— Ça, c'est tout lui.

Elle se tut brusquement, comme si elle s'était soudain rendue compte de la teneur de ses propos.

— Alors, on se voit au vernissage…

— Juste une dernière chose, Gretchen, lâcha Jane sur un ton qui se voulait détaché. Ian a mentionné devant moi que vous étiez devenue sa patiente. L'idée qu'il ait pu… comment dire, se servir de notre relation pour vous persuader d'avoir recours à ses services m'a un peu contrariée.

— Oh, Jane, c'est tellement embarrassant. Vous savez à quel point l'apparence compte pour moi. En fait, j'ai parlé de Ian à une amie. Elle ne tarissait pas d'éloges sur son travail. C'est ce qui m'a convaincue.

— Ce n'est donc pas lui qui est venu vers vous.

— Non, en aucun cas.

Jane dissimula un soupir de soulagement derrière un rire affecté.

— Ian est un excellent chirurgien, ce n'est pas moi qui dirai le contraire. Et si vous voulez connaître mon opinion peut-être un rien partiale, j'ajouterai qu'il a du talent.

— C'est aussi mon avis ! Par égard pour vous, il a essayé de me diriger vers l'un de ses collègues, mais j'avoue avoir refusé tout net.

Premier obstacle franchi. Jane inspira profondément. *Et maintenant, le plus difficile.*

— Vous permettez que je vous pose une question, Gretchen ? Soyez franche, c'est très important.

— Bien entendu, Jane, allez-y.

— Ian a-t-il… S'est-il comporté d'une manière déplacée avec vous ?

— D'une manière déplacée ?

— Vous voyez ce que je veux dire. Vous a-t-il fait des avances ?

— Jamais de la vie !

La spontanéité de sa réponse et son ton catégorique l'incita tout de suite à la croire.

— Ian s'est montré parfaitement professionnel, ajouta Gretchen.

Jane sourit, presque amusée de constater à quel point elle respirait mieux à présent.

— Je ne sais pas ce qu'on vous raconte sur lui, Jane, mais vous ne devez pas écouter ces ragots. Ian vous aime, ça se voit comme le nez au milieu de la figure.

Elles échangèrent encore quelques mots avant de raccrocher. Jane composa ensuite le numéro de Lisette, tomba sur son répondeur et laissa un message. Puis ce fut au tour de Sharon.

Leur conversation se révéla une copie quasi conforme de celle qu'elle venait d'avoir avec Gretchen. Ian ne l'avait pas sollicitée et s'était toujours comporté avec le plus grand professionnalisme. Revigorée par les propos de ses deux modèles, Jane décida qu'il était temps d'affronter l'ex de son mari.

Ancienne Miss Texas, Mona Fields était une femme bien apparentée, riche et habituée au succès. Jane se souvenait l'avoir croisée par hasard lors d'un vernissage au Musée d'Art de Dallas. Elle s'y était montrée aimable, et le seul désagrément de cette rencontre fortuite avait été son propre manque d'assurance.

Mona possédait le genre de physique qui complexait Jane. Une blonde aux yeux bleus, aux traits réguliers et au corps de rêve. Le visage d'un ange et le cœur d'un démon, lui avait dit Ian ce soir-là. Leur mariage n'avait pas duré deux ans.

Sac à main sur l'épaule et veste sur le bras, elle descendit l'escalier du loft, faisant juste une halte dans l'atelier avant de sortir.

— Rien de spécial, Ted ?

— Le critique d'art du *Times* a répondu à notre RSVP.

— Le *New York Times* ou le *Los Angeles Times* ?

— *Los Angeles*. Génial, non ?

— Génial, opina-t-elle, consciente d'apprendre une bonne nouvelle sans toutefois en éprouver de plaisir.

— Vous sortez ?

— Oui. Je vais rendre une petite visite à la première femme de Ian.

— Son ex ? fit Ted, l'air inquiet. Pourquoi ça ?

— J'ai besoin de lui parler en tête à tête.

— C'est à cause de la police, de tout ce qu'ils insinuent ? Ils sont en train de vous faire douter, n'est-ce pas ?

— Je refuse de rester les bras croisés pendant que d'autres décident du sort de Ian, s'enflamma Jane.

— Alors vous menez votre propre enquête ? Vous ne pensez pas que c'est le boulot de votre avocat ?

— Elton se moque de savoir si Ian est coupable ou non. Pour lui, tout ce qui compte, c'est de le faire acquitter. Moi, je *sais* qu'il est innocent.

— Innocent des meurtres ou des infidélités dont on l'accuse ?

La question de Ted la mit au supplice.

— Et si tu te mêlais de tes affaires ? répondit-elle, blessée et furieuse.

Les traits de son assistant se durcirent.

— Je suis votre ami, et les amis sont censés dire la vérité. Laissez donc la police et les avocats faire leur travail.

— Impossible.

Voyant qu'il n'allait pas s'en tenir là, elle changea de sujet :

— Pourrais-tu me trouver l'adresse de Lisette Gregory ?

— Lisette ? s'étonna-t-il. Maintenant ?

— Oui, merci.

— Si vous souhaitez que je lui fasse parvenir une autre invitation…, commença-t-il, penché sur l'ordinateur.

— Ce n'est pas pour ça, Ted. Lisette était aussi une patiente de Ian. Je veux lui parler avant que la police ne l'interroge.

Il lui refit face, la mine soucieuse.

— Vous n'êtes pas prudente, Jane. Ça pourrait se retourner contre vous.

— Je ne changerai pas d'avis. L'adresse, s'il te plaît.

— Vous allez contacter toutes ses patientes ? Ça vous mènera à quoi ? Et si l'une d'elles…

Il ravala ses mots.

— Oh, et puis vous avez raison, après tout. Ce ne sont pas mes affaires.

De nouveau penché sur l'ordinateur, il nota sur un Post-it l'adresse de Lisette Gregory et la lui donna.

— Que voulais-tu dire ? insista-t-elle.

— Et si l'une d'elles vous affirmait quelque chose que vous ne souhaitez pas entendre ?

Ces mots la déstabilisèrent. Elle n'avait pas vraiment envisagé cette possibilité. Comment réagirait-elle en pareil cas ?

— Ne présumez pas de vos forces, Jane. Je sais que vous n'êtes pas si forte que ça, dit-il en effleurant sa joue du doigt.

Elle s'écarta vivement de lui dans un mouvement de colère.

— Tu te trompes. Tu ignores tout de moi.

— Alors allez-y. Je vous souhaite bien du plaisir.

Elle poussa un soupir où se mêlaient frustration et regrets.

— Pardonne-moi, Ted. Je n'aurai pas dû dire ça… Mais je dois aller au bout de mes décisions, ajouta-t-elle après un moment.

— Comme vous voulez.

— Tu seras là à mon retour ?

Ses yeux brillèrent de ressentiment.

— Vous n'avez décidément aucune idée de qui je suis, n'est-ce pas ?

Sur le point de s'excuser, elle se ravisa in extremis et quitta l'atelier sans un mot.

*
* *

C'était une belle journée, froide et ensoleillée. Elle enfila sa veste et remonta la rue jusqu'à l'endroit où était garée sa voiture. L'ex-femme de Ian habitait encore la maison où tous deux avaient vécu. Elle était située au cœur de University Park, le quartier de la prestigieuse université Southern Methodist.

Jane gara sa voiture dans Bryn Mawr Street, face à la maison de style méditerranéen.

Un luxuriant jardin planté d'azalées du Japon, de crocus d'automne et de cyprès au feuillage pourpre accueillait le visiteur. Toutes les plantes étaient en fleurs, offrant aux regards un festin de couleurs.

Passant outre son appréhension, Jane sonna à la porte.

Une femme d'âge mûr vêtue d'un uniforme noir impeccable lui ouvrit et l'invita avec un fort accent espagnol à bien vouloir patienter dans le vestibule.

Mona fit son apparition quelques minutes plus tard. Elle portait un pantalon blanc moulant et un chandail noir au col en V. A ses oreilles et à son cou scintillaient des diamants.

Jane avait oublié combien cette femme était belle.

— Bonjour, Mona, la salua-t-elle.

Elle reçut en retour un sourire froid et préfabriqué.

— Mince alors, la nouvelle Mme Westbrook ! Qu'est-ce que je peux faire pour vous ?

— Pas pour moi. Pour Ian.

— Le pauvre chou est dans un sacré pétrin, non ?

Elle indiqua un petit salon à droite du vestibule.

— Entrez donc.

Jane la suivit dans une pièce à la décoration très féminine, mais sans outrance. Dès qu'elles se furent assises, la femme en uniforme réapparut.

— Que puis-je vous servir, madame ?

— Rien du tout, Connie, jeta Mona en la congédiant sans un merci.

Son attention se porta de nouveau sur Jane.

— Comment puis-je aider Ian ?

— Il n'a pas tué ces femmes. Je sais que ce n'est pas lui. Je suis venue en espérant que vous partageriez cette opinion.

— Et après ? Vous voudriez que je témoigne en sa faveur lors du procès ?

— Avec l'accord de votre avocat, oui.

— La police m'en a parlé avant vous, ma belle.

Jane sentit tous ses muscles se crisper.

— Ils sont venus vous voir ?

— Avant-hier, pour être précise.

— Que vous ont-ils demandé ?

Mona Fields esquissa un sourire et croisa les jambes. Des jambes fines, tout en longueur, nota Jane. Des jambes à remporter n'importe quel concours de beauté.

— Si Ian m'avait trompée.

La gorge sèche, Jane se remémora la question de Ted : *Et si l'une d'elles vous affirmait quelque chose que vous ne souhaitez pas entendre ?*

Mona se pencha vers elle.

— Vous savez, j'ai toujours pensé que sa queue finirait par le perdre. J'ai bien peur d'avoir vu juste.

Jane ne put retenir un cri d'exclamation indigné, ce qui n'empêcha pas Mona de poursuivre, imperturbable, d'une voix douce comme le miel :

— Au mieux, c'est un homme à femmes. Au pire, un obsédé sexuel. Il m'a trompé comme il a trompé toutes les femmes avec qui il a vécu. Mais vous le saviez en épousant…

Sur son joli visage se lut la pitié la plus hypocrite qui soit.

— Oh, je vois. Vous n'étiez pas au courant. Vous pensiez qu'il vous serait fidèle. Qu'il vous *était* fidèle.

Mona secoua la tête avec grâce.

— L'homme que vous avez épousé ne connaît pas la signification du mot « fidélité ». Il ne pense qu'avec son sexe.

— Vous mentez.

— Ça ne veut pas dire qu'il ne vous aime pas, mon chou. Il a simplement des besoins que vous ne pouvez pas satisfaire.

— Ce n'est pas vrai, protesta Jane en se levant.

Elle recula d'un pas, humiliée par le tremblement révélateur de sa voix.

— Vous n'êtes qu'une menteuse.

Mona se redressa à son tour et lui tendit une main parfaitement manucurée.

— Je suis navrée. Je sais comme c'est désagréable, croyez-moi. Moi aussi, il m'a trompée.

Jane sentit d'irrépressibles sanglots monter en elle. Elle fit demi-tour, cherchant la porte à travers ses larmes. Mona la retint par le bras :

— Ian m'a appelée le soir où nous nous sommes rencontrés au musée. Il voulait tirer un coup — en hommage au bon vieux temps, vous comprenez. Je lui ai dit d'aller au diable. Il semblerait qu'il ait suivi mes conseils.

Elle eut alors un petit rire atroce qui laissa entrevoir à Jane le monstre décrit par Ian.

— Désolée que vous l'appreniez de cette façon, continua Mona, je sais combien c'est douloureux. Moi aussi, il m'a épousée pour mon argent. Quoique d'après ce qu'on m'a raconté, vous en ayez beaucoup plus que moi.

Jane dégagea son bras. Lorsqu'elle ouvrit la porte, la lumière éclatante de l'après-midi la fit vaciller. Elle dévala néanmoins les marches du perron et, aveuglée par ses larmes, courut vers sa voiture.

— Au cas où ça vous intéresserait, cria Mona dans son dos, je ne pense pas qu'il ait assassiné ces femmes. C'est aussi ce que j'ai déclaré à la police.

Jane parvint à contenir son désarroi jusqu'à chez elle. Une fois en sécurité dans sa maison, la porte fermée à double tour, elle s'effondra en larmes.

Ted la découvrit ainsi et se précipita vers elle.

— Jane ? Mon Dieu, que s'est-il passé ? Vous allez bien ?

— Non, parvint-elle à articuler. Je ne vais pas bien du tout… Je n'irai peut-être… plus jamais…

Incapable de prononcer un mot de plus, elle voulut s'écarter de lui, mais il l'attira fermement dans ses bras. Elle résista quelques secondes, avant de céder et de nicher son visage au creux de son épaule pour pleurer tout son soûl.

Parce qu'il se garda de la serrer trop fort, Ted donna à Jane le loisir d'épancher son chagrin en toute confiance, sans avoir le sentiment d'être emprisonnée. Il passa la main dans ses cheveux, dans son dos, tout en lui murmurant des paroles de réconfort.

— Tu avais raison, reconnut-elle enfin en séchant ses larmes, je n'aurais pas dû y aller. L'ex de Ian… elle m'a dit… elle m'a dit des horreurs sur lui.

— Je suis navré. J'aurais tant aimé me tromper.

— Elle a prétendu qu'il m'avait épousée pour mon argent et qu'il avait toujours été un coureur invétéré. Qu'il m'avait trompée, comme il a trompé toutes les femmes qu'il a connues avant moi.

Il pressa la main de Jane. Le sentant trembler, elle leva les yeux vers lui. La férocité de son expression la déconcerta.

— S'il ne vous a pas été fidèle, c'est qu'il est incapable de l'être. Et s'il vous a trompée, il n'aura que ce qu'il mérite.

— Ted, que…

— Je déteste vous voir souffrir. Je ne voulais pas que tout ça arrive.

— Bien sûr que tu ne le voulais pas. Mais mes malheurs n'ont rien à voir avec toi.

— Je dois partir. J'ai un rendez-vous.

Il la libéra, manifestement contrarié.

— Ted ? lança-t-elle quand il fut sur le point de franchir la porte. Qu'est-ce qui ne va pas ?

Il la regarda par-dessus son épaule avec un air de grande tristesse.

— Tout a un sens dans l'univers. Une raison d'être. Trouvez-la, Jane, et conservez-la précieusement.

Il disparut sur ces mots.

Jane resta un long moment à contempler la porte close. La dernière remarque de son assistant résonnait encore à ses oreilles, et elle se remémora son regard brûlant.

Son assistant lui cachait quelque chose… Mais quoi ?

35.

Vendredi 31 octobre 2003,
20 h 10.

Stacy arriva en retard à la galerie du Musée d'Art de Dallas. Décidée à terminer ses recherches sur les articles de presse relatifs à l'accident de Jane, elle avait travaillé le plus longtemps possible, sans toutefois trouver le moindre élément probant.

Presque tous les articles reprenaient les déclarations de Jane, en particulier celles exprimant sa conviction qu'il s'agissait d'une agression délibérée. La seule allusion à ses cris provenait d'une interview que Stacy avait accordée à un reporter et dans laquelle elle déclarait : « *Jane hurlait et hurlait…* »

C'était tout. Stacy aurait été rassurée de tomber quelque part sur les mots exacts figurant dans le message reçu par sa sœur. Elle aurait alors pu supposer que ce détraqué ne connaissait Jane qu'au travers d'articles de presse, anciens ou récents.

Ce qui était toujours préférable à l'hypothèse d'un fantôme surgi du passé à laquelle s'accrochait Jane…

Le vernissage battait son plein, et Stacy constata que sa sœur avait attiré une foule imposante, mélange d'amateurs fortunés et de personnages très en vue dans le milieu artistique. Le style ostensiblement sobre des uns le disputait à la flamboyance miséreuse des autres. Quelques-uns s'étaient grimés pour célébrer Halloween — mais certains, soupçonnait-elle, avaient seulement *l'air* déguisés.

Elle-même ne se sentait pas à sa place dans cet endroit avec sa robe de soirée achetée en solde chez Foley.

Un peu gênée, elle chercha Jane des yeux et finit par la repérer à l'autre bout de la galerie, où elle entretenait une discussion animée avec un homme distingué. La compagne de celui-ci — une femme assez jeune pour être sa petite-fille — semblait quant à elle s'ennuyer fermement.

Jane avait opté pour une robe fourreau rouge sang, et son œil factice était couvert d'un bandeau noir. Stacy admira son look de pirate, certainement choisi pour adresser un pied de nez à tous ceux qui s'attendaient à lui voir une mine éplorée.

Jane était une battante. Elle l'avait toujours été.

Comme si elle avait senti le regard de sa sœur sur elle, Jane tourna soudain la tête. Elle effleura alors le bras de son interlocuteur pour s'excuser et fendit la foule vers Stacy.

— Merci d'être venue, dit-elle.

— Contrairement à ce que tu pourrais croire, je n'aurais raté ça pour rien au monde, répondit Stacy en l'embrassant. Félicitations, Jane.

— Stacy ! s'exclama Dave, qui arrivait derrière elle. Tu es superbe.

Titubant légèrement, il se pencha pour l'embrasser sur la joue.

— Champagne ?

— Et si je buvais le tien ? Tu as peut-être assez bu pour ce soir.

— Pas question, répliqua-t-il en écartant le bras pour l'empêcher de saisir sa flûte. Ne t'inquiète pas, je ne conduis pas.

Il se tourna vers Jane.

— Et toi, que dirais-tu d'une coupe ?

— Pas d'alcool pour moi, merci. Je dois penser à la santé d'une petite créature.

Dave s'éloigna vers le bar, laissant seules les deux sœurs.

— Tu n'es pas en service ? demanda Jane.

— Mon flingue n'allait pas bien avec ma robe.

— Oh, ça se discute. Ton pistolet, mon bandeau… On aurait fait une sacrée paire.

— C'est vrai qu'on ne serait pas passées inaperçues… Tu tiens le coup ? ajouta Stacy à voix basse.

— Je m'en sors.

Jane baissa les yeux.

— Je n'arrête pas de penser à Ian. Il me manque tellement.

— Ne t'inquiète pas. Il sera présent au prochain vernissage.

Elle cligna des yeux pour retenir ses larmes.

— Merci, murmura-t-elle.

Une femme s'interposa entre elles, mettant fin à leur conversation. Après s'être présentée à Stacy comme la conservatrice du musée, elle emmena Jane manu militari vers d'autres horizons.

— Je vois que notre star vient d'être kidnappée, commenta Dave, de retour avec une coupe de champagne qu'il tendit à Stacy.

Lui-même était passé au club soda.

— Ç'a été comme ça toute la soirée, précisa-t-il.

— Je trouve qu'elle ne manque pas d'air, celle-là.

— Tu l'as dit…

Stacy but une gorgée de champagne, mais fronça les sourcils lorsqu'elle aperçut Ted Jackman, à moitié caché derrière un palmier.

— Que penses-tu de l'assistant de Jane ?

— Ted ?

Il haussa les épaules.

— J'en sais rien, il n'a pas l'air bien méchant. Un peu décalé, mais ils le sont presque tous dans ce milieu. Pourquoi ?

— Je suis simplement prudente.

— Jane lui fait confiance, dit Dave.

— Peut-être un peu trop.

— Stacy, que…

— Allons plutôt faire un tour.

Ils se frayèrent un chemin au milieu de la foule, qui commençait à se clairsemer à présent. Les œuvres de Jane étaient présentées sous les noms de ses modèles. *Anne. Gretchen. Julie.* Les sculptures étaient splendides. A la fois âpres et organiques, solides et délicates. Erotiques sans être ostensiblement sexuelles.

Mais ce furent surtout les vidéos qui émurent Stacy. Certaines provoquèrent sa colère, d'autres lui firent tout simplement mal. Quelques-unes, plus rares, l'amusèrent. Mais aucune ne la laissa indifférente. Comment aurait-il pu en être autrement ? Elle était une femme. Elle aussi se sentait jugée sur son apparence. Elle aussi avait parfois l'impression de ne pas être à la hauteur. Ce désir de transformation, cette envie de changer de peau pour devenir une autre, lui étaient familiers.

Et elle ne comprenait que trop bien ce qui avait poussé sa sœur à créer ces œuvres. Sa source d'inspiration était aussi limpide que douloureuse.

Tout en errant ça et là dans la galerie, Stacy ne quittait pas Jane des yeux. Elle prêta attention à ses interlocuteurs, au temps qu'elle leur consacrait, et à quiconque s'attardait à proximité d'elle. Par ailleurs, elle surveilla et consigna mentalement les moindres faits et gestes de Ted Jackman.

Elle avait assuré à Jane ne pas être en service ce soir-là. Ce n'était qu'à moitié vrai. Elle était venue la soutenir, certes, mais aussi la protéger.

Je l'ai fait exprès. Pour t'entendre hurler.

Il était là, Stacy l'aurait juré. Comment aurait-il pu résister au plaisir pervers de regarder Jane, de la frôler dans la foule, de tendre l'oreille pour écouter ses conversations ?

Mais qui était-il ? Le pilote du bateau, surgi tout à coup du passé ? L'homme dont avait si peur Doobie, l'indic de Mac ? Ou bien un déséquilibré obsédé par Jane depuis qu'elle faisait la une des journaux ?

— Regarde celle-là, murmura Dave. C'est l'une de mes préférées.

Stacy resta tétanisée devant le moniteur vidéo. Sur le film, la femme parlait de ses seins. Elle venait tout juste de s'interrompre avec un petit rire gêné. Reprenant sa confession, elle repoussa les cheveux bruns qui lui barraient le visage.

Le cœur serré comme dans un étau, Stacy réprima un violent frisson.

La victime anonyme ne l'était plus. Elle avait désormais un nom.

— *Lisette* te plaît ?

Stacy sursauta. Une partie du champagne s'échappa de sa flûte. Séchant ses mains à l'aide d'une petite serviette en papier, elle se tourna vers sa sœur.

— Je te demande pardon ?

— Lisette, répéta Jane. Tu l'écoutais bouche bée.

Stacy ne savait que répondre. « Quand as-tu vu cette femme vivante pour la dernière fois ? » ne lui semblait pas une formule des plus délicates.

Son regard se porta de nouveau sur l'écran. Au lieu de la jolie jeune femme qui pouffait à l'écran, elle voyait un cadavre étalé sur un lit d'ordures. Elle s'efforça de dissimuler ses lugubres pensées et se lança dans un rapide calcul. Lisette était morte depuis à peu près trois jours lorsque son corps avait été découvert.

Elle avait donc été assassinée avant l'arrestation de Ian.

Le téléphone portable de Victoria Vanmeer avait été trouvé avec elle, dans le container à ordures.

L'inquiétude assombrit le visage de Jane.

— Qu'est-ce qui te préoccupe ?

— Rien, rien, répondit-elle en s'éclaircissant la voix. J'ai remarqué que plusieurs de tes modèles étaient présentes ce soir. Lisette est venue, elle aussi ?

Jane réfléchit un moment.

— Tiens, c'est vrai que je ne l'ai pas vue.

— Elle est mariée ?

— Non. Pourquoi cette question ?

— Elle a de la famille à Dallas ? Un petit ami ?

Jane la dévisagea d'un air intrigué et vaguement inquiet.

— Tu me caches quelque chose, Stacy.

— Mais non, c'est juste que j'ai l'impression de l'avoir déjà vue. Quel est son nom de famille ?

— Gregory. Mais ça m'étonnerait que tu la connaisses. Elle vient tout juste d'emménager à Mexia, une petite ville au sud de Dallas. Elle a été mannequin.

— Ça ne m'étonne pas. C'était vraiment une jolie fille.

— C'était ?

— C'est une jolie fille, corrigea Stacy. Elle a dû subir quelques opérations de chirurgie esthétique, non ?

— Comme beaucoup de mes modèles. Si tu écoutes leurs interviews, tu t'apercevras que la plupart d'entre elles ne s'en cachent pas.

Stacy se planta de nouveau face à l'écran. Lisette continuait à se confier d'une voix timide. *Impossible d'annoncer ça à Jane maintenant. Pas ici. Pas ce soir.*

Et pas avant d'en avoir la certitude.

— Lisette a été opérée par Ian.

Le sang battant à ses tempes, Stacy se retourna lentement vers sa sœur.

— Que viens-tu de dire ?

— Rien d'important. Elle a été la patiente de Ian, voilà tout. Comme quelques-unes des filles qui ont travaillé avec moi.

— Combien…

— Jane !

La conservatrice du musée se jeta sur Jane, le visage radieux. L'assemblée se réduisait désormais comme une peau de chagrin. Ne restaient principalement que des amis et quelques employés des lieux. Stacy consulta sa montre. Selon les horaires indiqués sur l'invitation, le vernissage était maintenant terminé.

— L'exposition est une grande réussite. Tous les critiques présents m'ont assuré avoir adoré votre travail. L'un vous a qualifié de « nouveau maître du nu », un autre de « réaliste sans concession ».

Elle prit le visage de Jane dans ses mains et l'embrassa comme du bon pain.

— Toutes mes félicitations. Vous êtes officiellement une étoile montante de l'art contemporain.

Du coin de l'œil, Stacy vit Ted s'approcher. Il se tenait depuis un moment près de la porte principale, sans doute pour remercier les invités sur le départ. Un énorme bouquet emballé dans du papier vert lui encombrait les bras. Des roses à longues tiges d'un blanc immaculé.

Les fleurs préférées de Jane.

Celles que Ian lui offrait toujours.

Jane remarqua Ted en même temps que sa sœur. Sa poitrine se gonfla légèrement, et Stacy comprit qu'elle partageait ses pensées : Ian avait trouvé un moyen, sans doute par l'intermédiaire de son avocat, de lui envoyer cette preuve d'amour depuis sa prison.

— On vient tout juste de les apporter, l'informa Ted avec un grand sourire.

Jane prit le bouquet et plongea aussitôt le nez dans les pétales neigeux. Le papier du fleuriste émit un agréable froissement.

— Elles sont splendides. Est-ce qu'il y a une carte ?

— Juste là, dit Ted en montrant une petite enveloppe épinglée sur le papier.

Elle la déchira avidement. Presque aussitôt, un cri d'horreur résonna dans la galerie désertée. Le bouquet lui échappa des mains, et elle tourna vers sa sœur un visage aussi pâle que les roses.

Stacy s'empara de la carte. Elle en lut les deux phrases inscrites à l'encre noire avec une impression de déjà-vu.

J'aurais bientôt une nouvelle occasion de t'entendre hurler.

Je suis plus proche que tu ne le penses.

36.

Vendredi 31 octobre 2003,
23 h 20.

Stacy raccompagna Jane chez elle. Sa sœur ne soufflait mot. Désarmée face à ce mutisme, Stacy chercha désespérément les mots pour la réconforter. Elle sentait sa peur et son désespoir, et savait combien elle devait être épuisée.

Elle-même n'en pouvait plus. Elle avait soumis Ted à un interrogatoire serré à propos du jeune homme qui avait livré le bouquet. Il l'avait décrit comme un adolescent habillé d'un T-shirt et d'un short, tous deux longs et amples, et d'une casquette de base-ball portée à l'envers… Autant dire le portrait craché de tous les adolescents américains. Celui-là était grand et maigre avec une peau et des yeux clairs.

Plusieurs visiteurs avaient confirmé cette description.

Pourtant, l'affaire semblait louche. Trop mise en scène. Les fleurs livrées à une heure aussi tardive. La présence de Ted, comme par hasard, à l'entrée de la galerie. La couleur des roses.

Ce choix n'avait rien de fortuit. L'expéditeur connaissait assez bien Jane pour anticiper sa réaction à la vue du bouquet.

Il venait de faire monter l'épouvante d'un cran.

J'aurais bientôt une nouvelle occasion de t'entendre hurler.

Je suis plus proche que tu ne le penses.

Il y avait de quoi vous rendre nerveuse, songea Stacy. Franchement nerveuse.

Elle fit l'inventaire des personnes encore présentes au moment de la livraison. Le directeur de la galerie et son assistant. Le personnel du traiteur, occupé à ranger. Dave et elle. Ted Jackman. Quelques autres invités, dont certains déguisés. Parmi ceux-là, deux ou trois masqués. Elle avait relevé tous les noms, bien que rien ne les empêchât d'avoir menti.

Le bourreau de Jane pouvait-il être l'un d'entre eux, dissimulé sous une fausse identité ? Avait-il tenté d'observer ses réactions de près ? Voir sa victime toute proche, sentir sa peur — voilà qui devait lui procurer une bonne dose d'adrénaline. A supposer évidemment qu'il ait considéré l'endroit assez sûr pour y rôder…

Tout cela faisait beaucoup de « peut-être » et de « si ».

Stacy passa une nouvelle fois en revue la liste des invités présents à l'heure où les fleurs avaient été livrées. Elle s'arrêta sur Ted Jackman. La confiance que lui témoignait Jane résisterait-elle à un petit examen de la police de Dallas ? Et si elle essayait d'entrer son nom dans le Fichier criminel national pour voir un peu ce qui en sortait ? Ce fichier informatique contenait la liste exhaustive des criminels connus des forces de l'ordre. On pouvait accéder à ses données en tapant le nom d'un suspect, un numéro de sécurité sociale, une date de naissance, la description d'un tatouage ou tout autre signe distinctif.

— Merci de me ramener à la maison, murmura Jane, rompant enfin le silence.

— Je suis contente d'avoir été là ce soir.

— Je croyais que Ian m'avait envoyé ces fleurs.

— Je sais. Ce salaud savait ce qu'il faisait.

— Il s'agit d'une personne proche de moi, n'est-ce pas ?

Stacy scruta sa sœur, étonnée par sa clairvoyance.

— Il te connaît assez pour avoir deviné comment tu réagirais en recevant ces roses.

— Tu as un nom en tête ?

— Rien qui vaille la peine d'en parler. En tout cas pour le moment.

Jane fixa longuement ses mains posées à plat sur ses cuisses, puis releva les yeux vers Stacy.

— Dois-je vraiment avoir peur ? Réponds-moi franchement.

— Oui, tu peux, répondit Stacy d'une voix posée. Et crois-moi, je préfère qu'il en soit ainsi. Tu seras plus prudente si tu es effrayée.

— Merci … Je me sens plus tranquille, maintenant.

— Je trouverai qui est ce dingue, je te le promets.

Jane renversa la tête en arrière, apparemment rassurée. Elle resta ainsi, silencieuse et les yeux clos, pendant tout le restant du trajet.

Arrivée à destination, Stacy prit la peine de sortir pour lui ouvrir sa portière.

Un peu plus loin, des fêtards costumés surgirent de l'atelier de tatouage et s'éparpillèrent dans la rue. Des notes de musique étouffées s'élevaient depuis Elm Street. Une sirène d'ambulance hurla dans la nuit.

Jane descendit de voiture.

— Je ne me sens pas très bien, avoua-t-elle en vacillant sur ses jambes. J'ai des vertiges et…

Elle buta sur les mots, soudain défigurée par l'angoisse.

— Quelque chose n'est pas normal. Je le sens.

— Tu es exténuée, répondit Stacy en se dominant pour paraître calme. Tu as juste besoin d'un peu de repos.

Elle la soutint jusqu'au loft. Alerté par les bruits de pas, Duke se mit à gémir et à gratter le plancher de sa niche. Jane se dirigea tout de suite vers sa chambre, où l'attendait son grand lit. Son grand lit vide, songea Stacy. Sa sœur devait s'y sentir bien seule.

Jane alla s'enfermer dans la salle de bains et en ressortit peu après vêtue d'un large T-shirt qui la faisait paraître encore plus menue et fragile que d'habitude.

Lorsque Stacy se baissa pour la border, elle lui attrapa la main :

— Je voudrais m'excuser pour ce que je t'ai dit après l'arrestation de Ian. Je n'en pense pas un mot.

— Ne t'inquiète pas pour…

— Non, laisse-moi parler. Tu avais raison. Je suis une hypocrite. Je t'ai accusée d'ériger un mur entre nous, et au premier ennui je t'ai considérée comme mon ennemie.

Stacy se pencha un peu plus vers elle.

— Dieu sait que je n'en suis pas fière, mais c'est vrai que j'étais jalouse. A cause de Ian, de ton mariage... Mais jamais de la vie je n'ai souhaité qu'il t'arrive malheur.

— Je sais, je...

La voix de Jane se brisa. Elle ouvrit la bouche comme si elle peinait à respirer.

— Que se passe-t-il ? Tu as une crampe ?

Jane acquiesça, l'air paniqué, et serra la main de sa sœur à lui faire mal.

— Où as-tu mal ? s'alarma Stacy.

Elle avait été amenée à assister à plusieurs fausses couches au cours de sa vie professionnelle. Elle en connaissait les symptômes.

— C'est une douleur aiguë ?

— Non, ça ressemble aux crampes qu'on a parfois pendant les règles.

— Quand tu es allée aux toilettes, tu n'as pas vu de sang, n'est-ce pas ?

Jane grimaça de peur.

— Je ne veux pas perdre mon bébé.

— Tu ne vas pas le perdre, Jane. Tu viens seulement de passer une soirée très éprouvante. Tu as subi un choc. Il te faut du repos.

Elle lui caressa doucement les cheveux.

— Je vais quand même appeler ton médecin, pour être plus tranquille. Où peut-on le joindre ?

Jane avait laissé son répertoire dans la cuisine. Stacy alla le chercher et composa aussitôt le numéro du praticien. Etant donné l'heure tardive, un message la dirigea vers les urgences. Là, elle épela le nom de Jane pour la réceptionniste et lui expliqua la nature de son problème. Quelques minutes plus tard, le médecin de garde la rappela en demandant des précisions.

— Quel genre de douleurs éprouve-t-elle ?

— Des crampes semblables à celles des règles, mais pas trop brutales. Elle est un peu retournée… Elle vient de passer une soirée particulièrement pénible et elle est restée debout plusieurs heures d'affilée.

— Du sang ?

— Non.

— Elle est allongée ?

— Oui.

— Bien. Les douleurs abdominales ne sont pas rares pendant les premiers mois de la grossesse. Surtout après une longue station debout ou en période de grand stress. Dites-lui de ne pas bouger de son lit pendant les douze prochaines heures, sauf pour aller aux toilettes. Si la douleur s'accentue ou si votre sœur commence à saigner, rappelez-moi sans tarder. Et je lui conseille de consulter son gynécologue dès demain.

Aussitôt après avoir raccroché, Stacy rapporta à sa sœur les propos du médecin. Soulagée, Jane se laissa aller sur ses oreillers.

Stacy posa une chaise tout près du lit.

— Tu te souviens des histoires que j'inventais pour toi avant qu'on aille se coucher ?

— Elles faisaient drôlement peur, tes histoires. Et maman qui se demandait pourquoi je refusais de m'endormir avec la lumière éteinte…

Stacy songea à Mac et à son indic. Cette histoire-là ne l'aiderait pas à dormir, elle non plus. Il faudrait bien qu'elle lui en parle un jour ou l'autre, mais le moment était définitivement mal choisi.

— Appelle-moi si tu as besoin de quoi que ce soit. Je vais dormir sur le canapé.

— Tu n'es pas obligée de rester.

— Mais je le veux, trancha-t-elle en déposant un baiser sur son front.

Au moment où elle se redressait pour quitter la chambre, Jane lui effleura la main.

— Pourquoi m'as-tu posé toutes ces questions au sujet de Lisette tout à l'heure ?

Jane n'était pas en état de supporter un autre choc. Pas question de lui apprendre ce soir la mort de son modèle.

— Ça t'ennuie si on poursuit cette conversation demain matin ? Je tombe de sommeil.

Jane la sonda du regard.

— D'accord, acquiesça-t-elle enfin. Tu seras là demain matin ?

— Promis.

Au moment de tirer la porte de la chambre derrière elle, elle se retourna une dernière fois. Jane avait déjà fermé les yeux.

Hantée par les images morbides de Victoria Vanmeer, Marsha Tanner et Lisette Gregory, Stacy contempla sa sœur, pâle et frêle sous le couvre-lit bicolore.

Son mari était-il un homme au cœur d'or ? Ou un monstre prêt à tuer pour de l'argent ?

37.

Samedi 1er novembre 2003,
00 h 50.

Stacy fit son lit tout en sachant qu'elle ne trouverait pas le sommeil cette nuit-là. Pas tout de suite, en tout cas. Elle devait d'abord faire le tri des événements de la soirée, assembler les faits et s'interroger sur la manière dont elle les appréhendait.

Le message reçu par Jane lui revint à l'esprit. *Je suis plus proche que tu ne le penses.* Stacy ne prenait pas ces mots à la légère. De son point de vue, il s'agissait d'un avertissement autant que d'une menace. Semblable à la plupart des psychopathes, l'auteur de ces propos voulait effrayer Jane. Il prenait son pied à jouer au chat et à la souris avec elle. Il jouissait de la terreur de sa proie.

S'arrêterait-il en si bon chemin ? Ou était-ce là sa version malsaine des préliminaires ?

Stacy alla observer la rue depuis la fenêtre. Elle en balaya chaque recoin du regard, à la recherche de quelque chose — ou de quelqu'un — de suspect.

Quelle blague. Halloween était la fête de tous les marginaux et autres cas sociaux. La fête des suspects, en somme. D'ailleurs, la rue en était pleine.

Elle s'écarta de la fenêtre. Lisette Gregory avait été opérée par Ian et son meurtre avait eu lieu avant l'arrestation de ce dernier. Le portable de Victoria Vanmeer avait été retrouvé sur le lieu du crime.

Encore un lien avec Ian. De quoi l'enfoncer un peu plus.

Au fond cependant, elle devait reconnaître que le sort de son beau-frère lui était égal. S'il avait réellement commis ces crimes, il méritait la peine maximum.

C'était de Jane dont elle se souciait. De sa souffrance au cas où Ian serait condamné.

Un coup d'œil à sa montre lui apprit que la nuit était déjà bien entamée. Elle devait pourtant appeler Mac. Elle aurait dû le faire plus tôt, mais la santé de Jane avait prévalu sur tout le reste.

Duke fit une entrée discrète dans le salon. Il cligna des yeux en apercevant Stacy, comme s'il venait à peine de les ouvrir et se demandait ce qu'elle pouvait bien faire debout à une heure pareille. Elle l'appela, et il vint se poster devant le canapé.

— Ça c'est un bon chien…, chuchota-t-elle en se penchant pour lui gratter la poitrine.

Son air à demi pâmé lorsqu'il se frotta contre sa jambe lui arracha un sourire. Quel gentil chien, doux et loyal… Une bonne pâte qui n'hésiterait cependant pas à attaquer quiconque menacerait Jane. Stacy n'en doutait pas une seconde.

Elle devait prévenir sa sœur de ne pas attacher Duke dans sa niche tant que le psychopathe serait en liberté.

J'aurais bientôt une nouvelle occasion de t'entendre hurler.

A en croire Jane, ce message avait été écrit par le pilote du bateau qui lui était passé dessus. Elle en était persuadée. Etait-ce seulement possible, après toutes ces années ? L'idée semblait tout de même très improbable. Oui, mais voilà… La conviction de Jane ne pouvait être ignorée.

Elle devait à présent pousser Mac à mettre la main au plus vite sur le fameux Doobie. D'une manière ou d'une autre, elle parviendrait à forcer l'indic à lâcher un nom.

Stacy alla vérifier que Jane dormait bien, puis retourna dans le salon. Portable en main, elle composa le numéro de son coéquipier. Il répondit d'une voix lourde de sommeil.

— Salut Mac, c'est Stacy.

— Stacy, dit-il d'un ton presque joyeux, où es-tu donc ?

— Chez ma sœur… Ta victime anonyme ne l'est plus. Elle s'appelle Lisette Gregory.

Après un moment de silence, il s'exclama de sa voix encore pâteuse :

— D'où tu tiens ce rens…

— Elle servait de modèle à ma sœur, coupa Stacy. Et elle consultait son mari.

— Merde… Quand et comment es-tu tombée sur cette info croustillante ?

— Ce soir, au vernissage de l'exposition de Jane. Je me suis retrouvée nez à nez avec la victime qui pouffait sur un écran vidéo.

— Tu es certaine qu'il s'agit de la même fille ?

L'image de la jolie jeune femme évoquant ses seins d'un air gêné lui revint en mémoire.

— Ouais, répondit-elle d'un ton morose. Absolument certaine.

Mac resta silencieux, le temps sans doute d'ajouter cette nouvelle pièce au puzzle, de prendre un peu de recul, et de contempler l'image naissante.

— Ça se présente mal pour ton beau-frère.

— Sans blague. Je préférerais en parler moi-même à Jane, si ça ne te dérange pas.

Après un instant de réflexion, il lui donna son accord.

— Mais il faut d'urgence que je lui pose quelques questions.

— Ça peut quand même attendre demain, non ?

Il accepta et lui demanda de rester en ligne. Elle perçut un bruit de draps froissés, puis un coup suivi d'un juron étouffé.

— Me voilà, reprit-il.

— Toujours aussi délicat, McPherson, ironisa-t-elle. Qu'est-ce qui t'est arrivé ? Tu t'es cogné le gros orteil ?

— Un truc dans ce genre, répliqua-t-il, bougon. Je peux savoir pourquoi tu ne m'as pas appelé plus tôt ?

— Une urgence familiale. Et puis j'ai préféré attendre que tu dormes à poings fermés.

— Tu es trop bonne, Stacy.

— Ça me fait plaisir de te l'entendre dire. J'ai un service à te demander.

— Un service de nuit ? C'est plutôt prometteur…

— Garde ça pour tes rêves. Il me faut cet indic dont tu m'as parlé. Et il me le faut tout de suite.

— Ta sœur a reçu un nouveau message ?

— Ouaip. Livré dans la soirée à la galerie où avait lieu son vernissage.

Elle lui donna tous les détails.

— Je n'aime pas ça, Mac. Ce type en sait beaucoup trop sur Jane.

— Je suis d'accord avec toi. J'ai bu un coup avec mes potes des mœurs ce soir. Ça fait un bail qu'ils n'ont pas eu de nouvelles de Doobie.

A son tour, elle ne put retenir un juron.

— On n'a pas une adresse ? Un numéro de téléphone ?

— Les coordonnées inscrites dans son dossier ne sont plus valides.

— Alors qu'est-ce qu'on fait ?

— Ils vont se renseigner pour moi. Vérifier d'autres sources… Mais je ne suis pas convaincu que le messager soit celui qui l'a laissée pour morte il y a presque vingt ans, poursuivit-il après un silence. Ça me semble un peu tiré par les cheveux.

— Je suis bien d'accord, mais ça serait idiot de ne pas vérifier. Juste au cas où… Et puis Jane est certaine que c'est lui.

— Oui, mais Jane est obsédée par son accident. Elle en a des cauchemars encore aujourd'hui. Ce n'est pas ce que tu m'as dit ?

Stacy se raidit au bout du fil.

— Oui, et alors ?

— Et alors son état psychologique la prédispose à croire que c'est lui. Comme si le retour de son bourreau était écrit ou que son destin s'accomplissait. Enfin un truc du genre.

Il avait vu juste.

— Je vais me renseigner sur Ted Jackman, le prévint-elle. Ce mec n'est pas net. Il est toujours là quand quelque chose se produit.

— Bonne idée.

— A demain matin, McPherson.

— Stacy ?

— Ouais ?

— Tu cours un risque en t'impliquant personnellement dans cette histoire. Il n'y a rien de tel pour biaiser le jugement d'un bon flic.

— Tu enfonces une porte ouverte… Mais c'est quand même gentil de me mettre en garde.

L'avertissement de son coéquipier continua de résonner dans sa tête après qu'elle eut raccroché. Au fond, elle lui donnait raison. Mais elle n'y pouvait rien changer. Absolument rien.

38.

Samedi 1er novembre 2003,
3 h 00.

Jane se réveilla en sursaut, le cœur battant. Elle comprenait à présent. Tout s'éclairait.

Elle rejeta les couvertures et descendit du lit. Une fois debout, elle marqua une pause. Pas de crampes. Les jambes semblaient solides. Elle porta la main sur son ventre et le caressa doucement. Le bébé était sain et sauf.

Parcourue de frissons, elle attrapa son peignoir posé au bout du lit et marcha pieds nus jusqu'au salon. Duke s'était assoupi dans le couloir qui séparait les deux pièces. Il remua légèrement à son passage, puis poursuivit sa nuit.

La lueur apaisante du clair de lune inondait le canapé. A en juger par son souffle lourd et cadencé, Stacy dormait profondément.

A peine Jane se fut-elle agenouillée à côté d'elle que sa sœur ouvrit grands les yeux, aussitôt sur le qui-vive. Jane se demanda si c'était là une disposition naturelle ou une conséquence de son métier.

— Jane ? Tout va bien ?

— Oui, dit-elle. J'ai compris, Stacy. Je connais le coupable.

Stacy cligna des yeux et se redressa tant bien que mal.

— De quoi tu parles ?

— Je sais qui a tué Victoria Vanmeer et Marsha.

Jane reprit sa respiration.

— Ce n'est pas Ian, Stacy.

— Qui, Jane ? Qui est le coupable ?

— Le pilote du bateau. Celui qui a voulu me tuer. Celui qui m'envoie des messages.

Stacy enregistra l'affirmation, et la rejeta aussitôt.

— Je conçois que tu puisses penser ça, Jane, mais…

— Ecoute-moi, je t'en prie. C'est comme dans mon cauchemar. Il revient finir son travail.

— Jane, ça n'a aucun sens. Pourquoi irait-il tuer ces femmes ? Pourquoi ne pas s'en prendre à toi directement ? Vraiment, ça ne tient pas debout.

— Mais si. C'est pourtant évident : il veut m'isoler et me terrifier. Comme ce matin-là dans le lac.

Elle se tut un moment, les yeux clos.

— Mais cette fois, il veut me voir mourir.

39.

Samedi 1er novembre 2003,
10 h 15.

A son réveil, Jane trouva sa sœur attablée dans la cuisine, le nez dans le journal, une immense tasse de café Starbucks à portée de main. Duke était sagement allongé à ses pieds.

Stacy leva les yeux en l'entendant entrer dans la cuisine.

— Salut, marmotte… Comment te sens-tu ?

A dire vrai, elle se sentait soulagée d'un poids immense. Ian n'avait pas tué ces femmes. Elle connaissait désormais le coupable et le motif de ses crimes. Il ne restait plus à la police qu'à découvrir son nom et à l'arrêter.

— Je me sens bien.

— Plus de crampes ?

— Non, dit-elle en posant la main sur son ventre. Le bébé se repose bien au chaud là-dedans.

Stacy jeta un œil à sa montre.

— Ça ne fait pas tout à fait douze heures. Tu devrais retourner te coucher.

Ignorant sa remarque, Jane vint s'asseoir à la table.

— J'ai l'impression que c'est un garçon.

— Tiens donc… Et qu'est-ce qui te fait dire ça ?

— L'instinct maternel.

— Ça ne me paraît pas très scientifique, tout ça. Je croyais qu'il y avait une sorte de test pour déterminer le sexe du bébé.

— L'échographie. J'en aurai une quand j'en serai à trois mois de grossesse. Mais on ne peut pas toujours connaître le sexe à ce stade. Ça dépend de la position du bébé. De toute façon, Ian et moi on préfère avoir la surprise.

Stacy haussa un sourcil.

— Alors tu vas essayer de deviner au lieu de demander à ton gynéco ?

— Oui, c'est plus amusant.

Jane désigna du menton le café et le journal.

— Tu es déjà sortie ?

— Duke et moi, on a décidé de faire une petite balade. Si ça te tente, je t'ai ramené un *latte* décaféiné.

— Si ça me tente ? Et comment ! Tu es vraiment adorable.

— Il doit être froid, maintenant. Tu veux que je le passe au micro-ondes ?

Jane refusa d'un signe de tête.

— Merci, je vais le boire tel quel.

Stacy posa le gobelet sur la table avec un sac contenant deux *scones* aux myrtilles et un *muffin* au son.

— Tiens, sers-toi, l'invita-elle en lui tendant une serviette en papier.

— C'est tellement gentil…

— Ça t'étonne ?

— Franchement ? J'en reste baba. C'est en quel honneur ?

Stacy haussa les épaules et mordit dans l'une des pâtisseries.

— Il faut bien que quelqu'un prenne soin de toi. Alors pourquoi pas moi ?

Touchée, Jane ne sut comment réagir à cette marque d'affection. Elle saisit un *scone* et but une gorgée de café en laissant échapper un murmure de plaisir.

— Dès que j'aurai eu mon bébé, je compte ingurgiter des litres de café aussi serré que possible.

— Les sacrifices que les femmes doivent consentir…

La bouche pleine, Jane acquiesça d'un sourire complice. Sitôt sa dernière bouchée avalée, elle contempla le *muffin* d'un air avide.

— Il est pour toi, dit Stacy. Quand on est enceinte, on est censée manger pour deux, non ?

— C'est vrai, opina Jane en tendant la main vers la pâtisserie. Quand je pense que j'ai failli oublier…

Elle ne s'était pas assez nourrie depuis l'arrestation de Ian, elles en étaient conscientes l'une comme l'autre.

— Tu en veux la moitié ?

Stacy préféra tout lui laisser, même si Jane ne put s'empêcher d'en donner un petit bout à Duke.

— Tu as réfléchi à ce que je t'ai dit cette nuit ? demanda-t-elle après avoir picoré les miettes restées au fond du sac.

— Un peu. J'ai décidé d'en toucher un mot à Mac tout à l'heure.

Jane se pencha vers sa sœur, poussée par le désir de la convaincre.

— Je sais que j'ai raison. J'en suis certaine.

— Jane, je…

Stacy chercha ses mots, l'air soudain grave.

— J'ai quelque chose à t'apprendre.

— Je n'aime pas la manière dont tu dis ça.

— Et ce que j'ai à t'annoncer va encore moins te plaire.

Légèrement oppressée, Jane posa son gobelet sur la table.

— Bien joué… Me faire manger *avant* les mauvaises nouvelles.

— Je l'ai fait pour le petit.

Stacy se racla la gorge.

— Hier soir, je… Il y a quelque chose dont je ne t'ai pas parlé.

— Crache le morceau, Stacy. Tu m'inquiètes trop.

— D'accord. Mac m'a raconté une histoire entendue à l'époque où il travaillait à la brigade des mœurs. Il était parfois en contact avec un indicateur connu sous le nom de Doobie. D'après lui, c'est une belle petite crapule, mais c'est aussi ce qui faisait de lui une bonne balance. Un jour où il se lamentait sur son sort, il a prétendu que sa vie aurait été bien différente s'il n'avait pas été impliqué dans un accident lorsqu'il avait une vingtaine d'années... Ses amis et lui seraient partis faire les imbéciles à bord d'un bateau... Et le copain qui pilotait est passé exprès sur une fille qui nageait là.

Pendant quelques secondes, Jane demeura muette. Elle fixa sa sœur tout en s'imprégnant de ses propos et de leur signification.

Toutes ces années durant, elle avait eu raison.

Je l'ai fait exprès. Pour t'entendre hurler.

Je suis plus proche que tu ne le penses.

— Un nom..., articula-t-elle, prise de vertiges. A-t-il donné un...

— Pas encore. L'indicateur avait tellement peur de son copain qu'il a refusé de livrer son identité. Selon lui, il appartient à une famille influente et fortunée de Dallas.

— Tout se tient, commenta Jane d'une voix hachée. Il s'en est tiré grâce à sa famille. Des gens prêts à tout pour protéger un des leurs. Tous ceux qui étaient au courant ont dû être réduits au silence par l'intimidation, ou à coups de dollars...

En proie à une soudaine excitation, Jane sentit l'espoir renaître en elle pour la première fois depuis longtemps.

— Nous devons absolument interroger ce Doobie, poursuivit-elle. Il nous faut ce nom. On aura enfin la preuve que l'assassin est...

— *Nous* n'allons rien faire, Jane. *Je* m'en occupe. Je suis le flic et toi la citoyenne, un point c'est tout.

— Mais...

— Désolée, petite sœur, coupa-t-elle doucement. Je vais retrouver ce type. Où qu'il soit. Et je l'empêcherai de nuire.

— Et Ian ? demanda Jane.

La mine sombre de Stacy l'emplit d'appréhension.

— Tu ne me crois pas, n'est-ce pas ? J'ai beau t'affirmer que Ian est innocent, que le pilote du bateau est le coupable, tu...

— Il y a une nouvelle victime, Jane. Lisette Gregory.

Jane parut ne pas comprendre. Elle resta un moment bouche bée, indécise.

— Lisette ? Qu'entends-tu par… une nouvelle victime ?

Stacy se rapprocha d'elle et enserra ses mains dans les siennes.

— Lisette a été retrouvée morte. Assassinée.

— Non !

— Je suis désolée.

— Non ! cria-t-elle en se dégageant avec une telle violence que le café se répandit sur la table et commença à goutter sur le sol. Non !

— Une pièce à conviction désigne Ian…

— Ce n'est pas vrai ! C'est un mensonge !

Les bras croisés sur son ventre et les yeux fermés, Jane tremblait comme une feuille. Elle revoyait encore Lisette avec sa candeur, sa drôlerie et son manque d'assurance. Tous ses modèles méritaient le titre d'amies. Partager ses peurs les plus intimes avec quelqu'un vous rapproche au-delà de ce que peuvent connaître certaines sœurs.

Lisette. Morte. Assassinée.

C'était impossible.

Jane se posta devant la fenêtre de la cuisine. Le soleil qui brillait au dehors s'apparentait pour elle à une provocation. Comment pouvait-il faire si beau quand le mal régnait en toute impunité ? Quand la vie d'une adorable jeune femme pouvait être si brutalement interrompue ?

— Je n'ai pas pu t'en parler hier soir, poursuivit Stacy. Je voulais attendre la fin du vernissage, mais après… tu ne te sentais pas bien.

— Hier soir… Voilà pourquoi tu me posais toutes ces questions sur Lisette.

— Oui. Je l'ai reconnue sur une vidéo. Jusque-là, on ignorait le nom de la victime.

Jane essaya de retrouver un peu de cette tranquillité d'esprit qu'elle avait éprouvée quelques minutes plus tôt et qui déjà lui paraissait si lointaine. C'en était presque risible, si l'on songeait à…

— Impossible, s'exclama-t-elle soudain. Ian ne peut pas être le meurtrier de Lisette puisqu'il est en prison. Ça prouve son innocence !

Stacy la rejoignit près de la fenêtre.

— On a trouvé Lisette après son arrestation, c'est vrai. Mais l'autopsie a révélé qu'elle avait été assassinée le même jour que Marsha.

Jane lutta pour ne pas nier la situation. Lisette avait été assassinée le même jour que Marsha. Ian était le suspect principal. Elle se le répétait encore et encore pour essayer d'y croire.

— Pourquoi penses-tu qu'il soit impliqué dans ce crime ? Pourquoi, Stacy ?

— Je ne peux pas divulguer cette information.

— C'est de mon mari qu'il s'agit. Et de mon amie. Je pense être en droit de savoir.

— Je ne m'occupe plus de cette affaire. A cause de mon lien de parenté avec Ian.

— Mais tu as toujours accès au dossier, n'est-ce pas ? Je t'en prie, réponds-moi.

Stacy plongea les deux mains dans ses poches.

— Lisette était une patiente de Ian. La méthode de l'assassin rappelle celle des autres meurtres.

— Mais ça ne prouve rien !

Partagée entre son désir d'affronter la réalité et sa crainte de nouvelles révélations choquantes, elle poursuivit d'une voix hésitante :

— Comment est-elle morte ?

— On lui a brisé le cou. Elle connaissait le meurtrier et tout porte à croire qu'elle lui faisait confiance. Il n'y a aucune trace de lutte. On l'a retrouvée du côté de Fair Park, dans un container à ordures.

Lisette, dans une poubelle. La jolie Lisette, si intelligente et vulnérable.

C'était intolérable.

Jane se sentit mal. Elle s'écroula sur une chaise, pliée en deux, une main sur son ventre.

Ian n'aurait jamais pu commettre un crime aussi horrible. A ses yeux, la vie était sacrée. Le soupçonner d'avoir tué quelqu'un et de l'avoir balancé au milieu des déchets tenait du délire.

Elle releva la tête pour faire part de ses pensées à sa sœur.

Stacy resta longtemps muette. Lorsque enfin elle se décida à parler, elle avait perdu son assurance coutumière.

— Le portable de Victoria Vanmeer a été récupéré sur le lieu du crime. Il établit un lien entre les meurtres, Jane.

Et Ian était accusé d'avoir tué Victoria.

Preuve accablante. Preuve physique. Mon Dieu, faites que s'arrête ce cauchemar.

Partant de ce qu'elle savait de Victoria Vanmeer, Jane chercha à trouver un lien autre que Ian entre les deux femmes. Lisette et Victoria auraient pu se connaître d'une manière ou d'une autre… Etre amies, avoir collaboré à un projet professionnel…

Peu probable. Et même carrément impensable.

— J'aurais préféré ne pas t'en parler, avoua Stacy. Mais je… Je ne voulais pas que tu l'apprennes par quelqu'un d'autre.

— Je suppose que je devrais te remercier, grinça-t-elle d'un ton amer.

— Ne t'en prends pas au messager, Jane. S'il te plaît.

— Tu as prévenu ton coéquipier ?

— Oui, hier soir… Je n'avais pas le choix, ajouta-t-elle après un silence.

Jane enfouit son visage dans ses mains. *Qu'allait-elle pouvoir faire pour endiguer cette déferlante de preuves contre Ian ?*

— La police va venir te poser quelques questions à propos de Lisette. Quel type de rapports vous entreteniez, depuis quand tu la connaissais, ce genre de choses. Ils vont aussi t'interroger sur ses relations avec Ian.

— C'était son chirurgien esthétique ! répliqua-t-elle en levant les bras au ciel. Elle était sa patiente, rien de plus !

Stacy posa sa main sur l'épaule de sa sœur.

— Je peux rester avec toi si tu le souhaites. A priori, ils ne devraient pas y voir d'inconvénient, quoique… Tu pourrais aussi appeler l'avocat de Ian. Même si tu n'es pas considérée comme suspecte, il souhaitera peut-être être présent.

— Il est en pleine plaidoirie à l'heure qu'il est. De toute façon, je n'ai rien à cacher. Rien de ce que je pourrais déclarer à la police ne fera de tort à Ian.

Stacy s'apprêtait à émettre un doute, mais ses arguments furent censurés par la sonnette de la porte d'entrée.

Jane interrogea sa sœur du regard.

— Ce sont eux, oui, lui confirma-t-elle.

Trois minutes plus tard, Jane ouvrait la porte aux inspecteurs.

— Bonjour, madame Westbrook. Salut, Stacy.

— Salut Mac. Bonjour Liberman… Vous permettez que je reste auprès de ma sœur ?

Mac se tourna vers l'autre inspecteur, qui répondit d'un haussement d'épaules.

— OK. Mais souviens-toi que tu es là en tant que membre de la famille et non pas…

— En tant que flic. Je connais la musique.

Comme l'avait prévu Stacy, ils commencèrent par lui demander quand et comment elle avait rencontré Lisette, puis ils l'interrogèrent sur la vie privée de cette dernière — du moins ce qu'elle en savait.

— Elle voyait quelqu'un en particulier ? s'enquit Mac.

— Pas quand nous avons travaillé ensemble, en tout cas.

— Elle rencontrait beaucoup d'hommes ?

— Non, pas tant que ça.

— C'est bizarre. Elle était plutôt jolie fille.

— Oui, mais très timide. Et elle ne se trouvait pas belle.

— Pas belle ? Un canon comme elle ? Pourquoi ?

— Ce n'est pas compliqué à comprendre. L'identité des filles est liée à leur apparence dès leur plus jeune âge. Quelques remarques désobligeantes venant d'une personne dont l'opinion compte beaucoup à leurs yeux peuvent endommager durablement l'image qu'elles ont d'elles-mêmes. Ajoutez à ça l'incroyable pression qu'elles subissent pour ressembler aux stéréotypes promus par les médias, et vous obtenez une femme qui a d'elle une vision déformée.

— Et cette vision déformée peut être source de problèmes ?

— En effet.

— Quelles sortes de problèmes ?

Jane sentait qu'il connaissait déjà la réponse à sa question, mais voulait néanmoins l'entendre de sa bouche.

— Anorexie, boulimie. Nymphomanie.

— Ou une forme de dépendance à la chirurgie esthétique ?

Elle se raidit.

— Ça peut arriver.

— Lisette Gregory souffrait-elle de l'une de ces pathologies ?

— Oui, mais elle consultait un thérapeute et faisait de constants progrès.

— Le nom de son psy ?

Jane réfléchit un moment et secoua la tête.

— Je ne lui ai jamais demandé.

— Dans le cas présent, qui était l'auteur des remarques désobligeantes ?

— Son père. Enfant, elle était plutôt enrobée et il aurait fait preuve de cruauté à son égard.

— J'aimerais que vous soyez plus précise.

— Vous devriez peut-être vous rendre à mon exposition. Lisette se fera un plaisir de vous renseigner à ce sujet.

Elle croisa son regard. Quelque chose dans ses yeux lui fit froid dans le dos. *S'imaginait-il qu'elle était impliquée dans la mort de Lisette ?*

— Je n'y manquerai pas, répliqua-t-il. Etait-elle toujours proche de son père ?

— Son père est mort.

Il prit le temps d'inscrire le renseignement sur son calepin.

— Vous avez conservé les coordonnées de Lisette ?

— Bien entendu. Dans l'ordinateur de mon atelier.

— Est-il facile de consulter le fichier où sont consignées les adresses de vos modèles ?

— Oui, enfin… il n'est pas sécurisé par un mot de passe, si c'est ce que vous voulez dire. Mais je ne vois pas qui…

Elle laissa la fin de sa phrase en suspens, la réponse lui apparaissant soudain évidente : qui d'autre que le meurtrier aurait pu vouloir se procurer les adresses de ces femmes ?

— Mlle Gregory était l'une des patientes de votre mari ?

— Oui, admit-elle après un court moment.

— Je vous sens hésiter. L'était-elle, oui ou non ?

Le rouge lui monta aux joues.

— Oui. Elle était sa patiente.

— Mais vous l'avez rencontrée par un autre biais…

— En effet.

— Ça arrive souvent ?

— Qu'entendez-vous par là ?

— Ça arrive souvent que vos modèles soient aussi des patientes de votre mari ?

Elle s'efforça de cacher son malaise.

— Non, c'est assez rare.

— Pourquoi avez-vous appelé Lisette Gregory lundi dernier ?

Jane jeta un regard affolé à Mac.

— Je vous demande pardon ?

— Vous avez laissé un message en lui demandant de vous rappeler. Vous avez même précisé que c'était important. Au ton de votre voix, on aurait pu croire que vous étiez bouleversée.

Elle avait oublié. Un sentiment de culpabilité accéléra les battements de son cœur.

— Je voulais m'assurer qu'elle avait bien reçu un carton pour mon vernissage.

— Pourquoi étiez-vous bouleversée ?

— Je n'ai pas dit que je l'étais.

Il la fixa un moment, l'air soupçonneux.

— Vous avez un assistant censé s'occuper de ce genre de tâches, n'est-ce pas ? Pourquoi ne pas lui avoir demandé d'appeler Lisette Gregory ?

— Je suis — j'étais — très attachée à Lisette. Je lui dois certaines des meilleures œuvres de mon exposition. Bien entendu, il ne s'agit là que de ma modeste opinion.

— Avez-vous appelé d'autres personnes pour vous assurer personnellement qu'elles avaient reçu une invitation ?

Impossible de lui cacher la vérité. Il finirait par la découvrir. Il lui suffirait de consulter les dossiers des patientes de Ian, de les comparer au fichier d'invitation de *Corps de Poupées*, puis de décortiquer les appels téléphoniques de celles dont les noms ressortiraient.

Et Mac le ferait, elle n'en doutait pas une seconde.

— Oui. Sharon Smith et Gretchen Cole.

— Egalement des patientes de votre mari ?

— Où veux-tu en venir, Mac ? intervint Stacy.

— Veuillez répondre à ma question, dit-il, ignorant l'intervention de sa coéquipière.

— Oui ! s'exclama Jane. Et si ça peut vous rassurer, toutes les deux sont bien vivantes. Elles sont venues à mon vernissage.

Le regard de Mac glissa vers Stacy, qui crut y déceler une forme d'excuse ou de regret.

Elle n'eut pas à attendre longtemps pour comprendre de quoi il s'excusait.

— Permettez-moi de vous soumettre un autre scénario, madame Westbrook. Vous avez appelé Lisette Gregory parce que vous étiez inquiète à son sujet. Vous vouliez vous assurer qu'elle était toujours en vie.

— C'est parfaitement grotesque !

— Parce qu'après avoir appris que votre mari avait une aventure avec Victoria Vanmeer, vous le soupçonniez de coucher aussi avec Lisette Gregory.

— Je ne vous permets pas !

— Vous avez eu peur qu'il ne la tue, elle aussi…

— Ça suffit, Mac, s'interposa Stacy. Tu passes les bornes.

— Quelles bornes, Stacy ? Les tiennes ?

— Celles de la décence.

Après une hésitation, il fit machine arrière.

— J'aimerais m'entretenir avec votre assistant. Il s'appelle bien Ted, c'est ça ?

— Ted Jackman, répondit Jane en jetant un rapide coup d'œil à sa sœur. Il est peut-être là aujourd'hui, mais comme nous sommes samedi…

— Vous permettez qu'on aille vérifier ?

Elle conduisit les inspecteurs jusqu'à son atelier. Ted se trouvait bien là, assis face à l'écran de l'ordinateur.

Il se leva d'un bond en apercevant Jane.

— Comment allez-vous ? J'étais si inquiet…

Soudain conscient de la présence des policiers, il serra les dents sans prendre la peine de terminer sa phrase.

— Ted Jackman ? fit Mac.

Il obtint un vague signe de tête en guise de réponse.

— Je prends ça pour un oui… Nous avons quelques questions à vous poser.

Ted le toisa avec défiance.

— C'est à propos de hier soir ?

— Hier soir ?

— Vous voulez m'interroger sur les fleurs… le bouquet livré à l'attention de…

— Nous ne sommes pas là pour ça. J'aimerais vous parler d'un des modèles de madame Westbrook, Lisette Gregory.

— Lisette ?

— Elle a été assassinée, lui annonça Jane d'une voix tremblante.

Ted blêmit.

— Quoi ? Mais quand est-ce arrivé ?

— Il y a presque une semaine, l'informa Mac. On lui a brisé le cou.

— C'est pas possible… Qui…

— Quels étaient vos rapports avec Mlle Gregory ?

— Moi ? dit Ted, un peu désorienté. Je n'entretenais pour ainsi dire aucun rapport avec elle. J'aide Jane à enregistrer ses interviews, je planifie les rendez-vous pour les séances de moulage, je m'occupe d'organiser un peu tout…

— A-t-elle évoqué l'existence d'un petit ami en votre présence ? S'est-elle plainte de tensions avec des proches ou des collègues de travail ? A-t-elle mentionné un quelconque problème dans sa vie ?

— Non. C'est à peine si elle m'adressait la parole.

— Ah bon ? Et pourquoi ça ?

Après avoir fixé tour à tour Jane et les deux inspecteurs, il se passa la main sur la nuque.

— Je crois qu'elle ne m'aimait pas trop. D'ailleurs, je n'ai pas la cote avec les modèles de Jane.

— Et comment expliquez-vous ça ?

— Faudrait leur demander.

— Lisette va avoir du mal à me répondre, d'accord ? Pourquoi ne vous appréciait-elle pas ?

Ted retroussa les manches de son pull et présenta ses deux avant-bras constellés de tatouages.

— Voilà. Et maintenant, je vous laisse deviner.

— J'ai passé l'âge des devinettes, monsieur Jackman.

— Disons que je ne rentre peut-être pas assez dans la norme pour le genre de femmes que Jane interviewe.

— Le genre de femmes que Jane interviewe… Qu'entendez-vous par là ?

— Des femmes qui ne s'intéressent qu'aux apparences. Et à l'argent aussi.

— Il y en a beaucoup, non ? demanda Mac comme s'il énonçait une évidence. Ce n'est pas votre avis ?

— Jane est différente, elle, répliqua Ted en s'agitant, mal à l'aise. Elle considère les gens pour ce qu'ils sont vraiment. Pour leur richesse intérieure. Elle ne se permet pas de juger quelqu'un en fonction de ce qu'il possède ou ne possède pas.

— Il ne lui manque plus que l'auréole au-dessus de la tête, lâcha Liberman.

Jane posa la main sur le bras de Ted dans l'espoir de le calmer. Elle sentit ses muscles tendus au maximum sous ses doigts. Pourquoi les inspecteurs le provoquaient-ils ainsi ? Et qu'attendait Stacy pour intervenir ?

— Ted est peu en contact avec mes modèles, murmura-t-elle. Je crois qu'il vous l'a clairement expliqué. Si vous n'avez pas d'autres questions, je vous saurais gré de bien vouloir nous laisser à présent. J'ai besoin de repos.

Stacy s'approcha du groupe formé par Ted, Jane et les deux inspecteurs, un œil rivé sur sa montre.

— Si la fête est finie, je vais mettre les voiles. On y va, Mac ?

Il referma brusquement son calepin, l'air agacé.

— Je crois qu'on aura l'occasion de se revoir, lança-t-il à Jane.

Stacy s'approcha de sa sœur.

— Ça va aller ?

— Je crois. Tu m'appelles ce soir ?

Stacy eut un sourire explicite et emmena les deux inspecteurs dans son sillage. Après s'être assurée qu'ils étaient bien partis, Jane retourna auprès de Ted. Il semblait furieux.

— Je suis navrée que tu aies dû subir ça.

Il tressaillit légèrement quand Jane voulut poser la main sur son bras.

— Vous n'avez pas à vous excuser. Ces imbéciles… Ils feraient mieux de s'occuper du taré qui vous persécute. Ils sont incapables de voir que vous êtes en danger.

— Je ne pense pas être la seule à courir un danger. Je m'inquiète pour mes modèles.

Elle lui raconta l'histoire de Doobie, puis sa propre théorie selon laquelle le pilote du bateau, l'auteur des menaces et l'assassin de Lisette n'étaient qu'une seule et même personne.

Ted se laissa lourdement tomber sur le canapé.

— Stacy m'a promis d'attraper ce salaud, continua Jane. Dès qu'elle y parviendra, je suis persuadée que Ian sera blanchi… En attendant, je vais moi aussi essayer de mettre un terme à ce jeu pervers. Je ne peux pas accepter qu'un autre de mes modèles soit…

— Arrêtez ça tout de suite, dit-il sèchement. Ce n'est pas un jeu. On a affaire à un meurtrier.

— Je sais, mais…

— Non, Jane. Pensez à votre bébé.

Il se releva pour s'approcher d'elle. Elle se rendit compte qu'il tremblait.

— Un jour, vous terroriser ne lui suffira plus. Que fera-t-il alors pour satisfaire sa folie ?

Tous deux connaissaient la réponse à cette question. Ni l'un ni l'autre n'osa la formuler, mais elle demeura présente dans le silence lourd et oppressant de l'atelier.

Il la tuerait.

40.

Jeudi 6 novembre 2003,
9 h 30.

Sa visite hebdomadaire à Ian était prévue pour ce matin-là. Enfin !... Jane attendait ce moment depuis sept longues journées.

Elle avait passé une nuit agitée. Elle s'était posé mille questions, et à présent encore, alors que l'heure approchait, elle ignorait que dire à son mari. Fallait-il le mettre au courant des récentes menaces dont elle avait été l'objet ? Devait-elle lui demander une explication au sujet des adresses découvertes dans son Palm ?

Elton avait appris à Ian la mort de Lisette. Selon toute vraisemblance, ce meurtre s'ajouterait aux charges qui pesaient contre lui. Les jeux étaient faits, au point que le ministère public ne semblait même pas pressé de l'inculper de nouveau. A quoi bon se précipiter de toute façon ? L'homme présumé coupable se trouvait déjà derrière les barreaux, sous le coup d'une précédente inculpation pour meurtre capital.

Au petit matin, Jane avait décidé de s'en remettre à son bon sens et à son amour pour Ian. Les mots justes lui viendraient naturellement en sa présence.

Pour autant, le sommeil avait continué à la fuir.

Dans son esprit se bousculaient des images de Lisette gisant parmi les ordures, du pilote du bateau tapi dans l'ombre, et de Ian injustement incarcéré.

L'éventuelle culpabilité de son mari la tourmentait aussi. Pas en ce qui concernait les meurtres de Marsha, Lisette et Victoria, bien sûr. Pour elle, l'assassin ne pouvait qu'être le pilote du bateau qui l'avait laissée pour morte seize ans plus tôt. Elle n'avait pas l'ombre d'un doute à ce sujet. Son bourreau était parvenu à trafiquer les preuves pour faire arrêter Ian afin de l'isoler, elle, et de lui ôter toute chance de s'en tirer vivante cette fois.

Comme le prédateur isole sa proie avant de fondre sur elle.

Non, c'était la fidélité de Ian qui était sujette à caution. Ses aventures extraconjugales avaient peut-être créé une brèche dans laquelle le psychopathe s'était glissé.

Cette incertitude la rongeait. Comment pouvait-elle aimer son mari tout en le soupçonnant d'être infidèle ?

Moi aussi, il m'a épousée pour mon argent.

Ça ne veut pas dire qu'il ne vous aime pas. Il a simplement des besoins que vous ne pouvez pas satisfaire.

L'amour de Ian lui avait toujours semblé trop beau pour être vrai. Pourquoi ? Parce que c'était le cas, tout simplement ?

Non. Mon Dieu faites qu'il n'en soit rien. Jane se massa les tempes, en proie à un début de migraine. Elle se souvint alors de sa conversation de la semaine précédente avec Ted.

Un jour, vous terroriser ne lui suffira plus. Que fera-t-il alors ?

Ted avait raison, songea-t-elle en posant ses mains sur son ventre. Protéger le bébé devait être sa priorité.

Mais tant que ce monstre se promènerait en liberté, personne ne serait à l'abri. Et cela valait aussi pour les femmes qu'elle avait interviewées pour son exposition. Comme tous les membres de son entourage, elles étaient devenues des cibles potentielles. Le meurtre de Lisette n'était peut-être qu'un épisode sanglant dans la campagne de terreur que livrait le psychopathe.

Elle avait donc consacré tout son après-midi de la veille à contacter ses modèles. Elle leur avait annoncé le meurtre de Lisette et recommandé la plus grande prudence. Mal lui en avait pris. Les filles s'étaient montrées tour à tour effrayées et horrifiées. Certaines s'étaient mises en colère et n'avaient pas hésité à lui poser des questions sur Ian. D'autres l'avaient pressée de fournir des détails sur la mort de Lisette et sur les raisons qui la poussaient à imaginer que le meurtrier pourrait s'en prendre à elles.

Parce qu'elle avait dû se montrer évasive, elle était passée pour une hystérique qui voyait le mal partout, une femme au bord de la crise de nerfs. Elle espérait néanmoins que ses avertissements porteraient leurs fruits et que, dans le doute, toutes feraient preuve de vigilance.

Avant même d'entendre la sonnette de la porte d'entrée, Duke se mit à aboyer. Jane se hâta vers l'Interphone. Dave lui avait proposé de l'accompagner à la prison et même si elle se sentait capable d'y aller seule, sa présence la réconfortait énormément.

Elle le pria de patienter une minute, donna une gâterie à Duke, s'assura que la porte était verrouillée et sortit le rejoindre dans la rue.

Après une tendre accolade, il la fit monter dans son cabriolet BMW gris métallisé.

— Prête ?

— Ça fait une semaine que je le suis.

Ils roulèrent en silence jusqu'à la voie rapide I-30 en direction de l'ouest et de la prison.

— Tu lui as parlé des menaces ? lui demanda-t-il alors.

— Non.

— Mais tu vas le faire ?

— Je ne sais pas encore. Je ne voudrais pas qu'il s'inquiète.

— Jane…, commença-t-il.

Mais il n'alla pas au bout de sa pensée.

— Tu crois que je devrais lui dire, c'est ça ?

— Oui. Si tu cherches à le protéger maintenant, il risque de te le reprocher plus tard.

— Je ne suis pas ton raisonnement, Dave.

— C'est simple : jusqu'à présent, votre mariage a reposé sur le partage et la confiance. Il t'en voudra d'avoir éprouvé le besoin de le protéger, comme si tu cherchais à le déviriliser. A cela s'ajoutera sa culpabilité à l'idée que tu aies dû affronter seule cette épreuve. Pour finir, il interprétera ton silence comme un manque de confiance. Il s'estimera trahi.

Trahi par son manque de confiance. Par ses doutes sur sa fidélité.

— Mais… si je lui en parle, ne risque-t-il pas de se sentir impuissant ?

— Il se sent déjà impuissant. Partager avec lui ce qui t'arrive, compter sur lui pour te soulager : voilà ce qui l'aidera en fait. C'est vrai qu'il ne peut pas faire grand-chose depuis sa prison, mais il sera au moins en mesure de te soutenir moralement. Et puis, les épreuves partagées soudent une relation. Si tu commences à lui taire tes problèmes, ça restera un sujet de malentendu dans votre couple.

— Merci, Dave, dit-elle. Je ne sais pas ce que je ferais sans toi.

— Ne t'inquiète pas, je n'ai pas l'intention de me priver de ta compagnie.

Il lui lança un rapide sourire.

— Sauf pour une virée express à Las Vegas, à la rigueur. Mais pas plus loin.

— Gare à vous, mesdames les stripteaseuses, s'amusa-t-elle.

— Tu savais qu'on trouve là-bas les plus longues jambes des Etats-Unis ? Tant de belles gambettes réunies dans un seul et même endroit… Il faut que j'arrête d'y penser, c'est mauvais pour mon cœur.

Arrivés à la prison, Dave l'accompagna jusqu'au détecteur de métaux. Là, elle se retourna une dernière fois et le vit lever le pouce en signe d'encouragement.

Elle fit de même, requinquée par son amitié et ses conseils. Et par la perspective de revoir son mari après une semaine de séparation.

On la conduisit devant la rangée de cabines individuelles. Dieu merci, l'attente fut de courte durée, et Ian fit son apparition escorté d'un gardien. Jane se rua sur le téléphone aussitôt qu'elle le vit.

Au moment de lui parler cependant, d'épancher le trop-plein de son cœur, elle se trouva dépourvue de mots. Elle se contenta de le fixer éperdument, les yeux pleins de larmes, comme si l'amour étouffait toute parole en elle. L'amour, mais aussi le désespoir.

Quelques secondes s'écoulèrent ainsi, dans un silence où seuls s'exprimaient les regards. Une larme roula enfin sur sa joue.

— Ne pleure pas, murmura-t-il. On va s'en sortir.

— Tu crois ? Et Lisette qui vient d'être assassinée… Je…

Elle se ravisa.

— Je t'aime, dit-elle.

— Je t'aime aussi, répondit-il, avant de s'éclaircir la voix. Comment te sens-tu ? Est-ce que notre bébé…

— Tout va bien de ce côté-là. J'ai eu une petite alerte l'autre soir, mais je me sens beaucoup mieux maintenant.

— Une alerte ?

L'inquiétude crispa son visage amaigri.

— Que s'est-il passé ?

— Rien de grave, se hâta-t-elle d'affirmer. J'avais des crampes et une petite sensation d'étourdissement. Le médecin m'a préconisé du repos. Pas de quoi s'alarmer.

Il n'eut pas l'air convaincu.

— Qu'a-t-il dit exactement ?

— Que ça peut arriver aux femmes particulièrement stressées. Ou debout depuis trop longtemps. Ça s'est passé juste après mon vernissage.

— J'ai beaucoup pensé à toi ce soir-là. J'aurais tellement voulu être à tes côtés. Ça m'a fait mal de ne pas être là pour pouvoir te soutenir et te féliciter.

— Je sais, Ian, je…

Sa gorge se noua, mais elle parvint à poursuivre d'une voix étranglée :

— Puisqu'on évoque le vernissage, il faut que je t'apprenne quelque chose.

Jugeant préférable d'aller droit au but, elle lui parla sans plus attendre du message et de la coupure de presse laissés chez eux après son arrestation, puis du bouquet de roses livré avec une carte le soir du vernissage.

Malgré des efforts évidents, il ne parvint pas à cacher son émotion ni à se donner une contenance.

— Pourquoi ne me l'as-tu pas dit tout de suite ? demanda-t-il enfin avec amertume.

— Je ne voulais pas t'inquiéter.

— Bon sang, Jane, je suis ton mari !

— Excuse-moi.

Elle jeta un œil au gardien.

— Je t'en prie, ne te fâche pas.

— Je ne suis pas fâché, c'est juste que… il faut que je sorte d'ici. Comment puis-je te protéger en restant enfermé ? Oh, Seigneur…

— Tu vas sortir d'ici, Ian. Tu es innocent.

— Je croyais que ça signifiait quelque chose au début. Maintenant, je n'en suis plus si sûr.

Son ton trahissait un tel découragement… Une aigreur si étrangère à l'homme qu'elle connaissait et qu'elle aimait.

— Je t'interdis de me faire ça, Ian Westbrook, s'écria-t-elle d'une voix d'autant plus forte qu'elle sentait son cœur se briser. Ne t'avise pas de me laisser tomber. Je ne suis pas assez forte pour m'en sortir sans toi.

Il fit l'effort de se ressaisir.

— Tu ne peux pas t'imaginer à quel point je m'inquiète pour toi et le bébé.

— On tiendra bon, lui et moi, dit-elle en touchant son ventre. Stacy a dormi à la maison le soir où j'ai eu ces crampes. Elle m'a promis de mettre la main sur ce type.

— Stacy est flic, rétorqua-t-il. Et les flics sont tous persuadés que le coupable est déjà sous les verrous. Que l'affaire est résolue.

— Elle va poursuivre l'enquête. Elle me l'a juré et je lui fais confiance.

Les traits de son visage se modifièrent légèrement.

— Je vois que beaucoup de choses ont changé depuis mon incarcération.

Quelque chose dans son regard donna à Jane le sentiment d'être agressée.

— La vie continue, Ian. Avec son lot de bonnes et de mauvaises nouvelles.

— De *bonnes* nouvelles ?

— Tu vois très bien ce que je veux dire.

Elle lâcha un soupir de frustration avant d'ajouter :

— Dave m'avait prédit que tu réagirais de cette façon.

A peine eut-elle prononcé ces mots qu'elle prit conscience de sa maladresse.

— De quoi se mêle-t-il, celui-là ?

— Dave est mon ami, Ian. Et je lui suis reconnaissante d'être là pour moi.

— Parce que moi, je ne suis pas là pour toi ?

Une bouffée de colère l'envahit.

— Comment pourrais-tu l'être ? Une demi-heure de réconfort par semaine, ça ne fait pas vraiment l'affaire en ce moment.

— Tu penses peut-être que je suis ici par plaisir ? Imagines-tu seulement ce que je peux ressentir à l'idée de te savoir seule… et réconfortée par un autre que moi ? Je parie qu'il t'a conduite jusqu'ici aujourd'hui.

La mine de Jane lui confirma qu'il avait visé juste. Son visage s'enflamma.

— Ce bon vieux Dave. Toujours là quand il faut. Un vrai chevalier servant.

— Tu ne crois pas qu'on a mieux à faire que se disputer ? Il ne nous reste que quelques minutes, ajouta-t-elle en posant la main sur la paroi en Plexiglas. Ne les gâchons pas…

— Si tu veux savoir pourquoi on se dispute, coupa-t-il sans prêter attention à ses arguments, demande donc des explications à Dave. C'est sa spécialité.

Elle rabaissa sa main, à la fois blessée et trahie. Presque aussitôt, la colère la submergea.

— Tu as raison, Ian. J'ai besoin d'explications. Que fait le numéro de téléphone de Victoria Vanmeer dans ton PalmPilot ?

Il parut abasourdi.

— Quoi ?

— Tu as très bien entendu. Son numéro se trouve dans ton Palm. Comme celui de l'hôtel Plaza, d'ailleurs. Tu veux me dire pourquoi ?

Plusieurs émotions successives transparurent sur le visage de son mari.

— Tu m'avais pourtant promis qu'ils ne parviendraient pas à te faire douter de moi. Combien de temps a tenu cette promesse ? Une semaine ? Moins que ça ?

— Ça n'a rien à voir avec eux. Il s'agit de ce dont j'ai besoin. Et j'ai besoin d'une réponse, Ian.

— Tu ne devrais pas en avoir besoin. Je suis ton mari, Jane. Et l'enfant que tu portes est aussi le mien. Cela ne signifie donc plus rien pour toi ?

— Ne frappe pas en dessous de la ceinture, Ian.

— Et comment qualifierais-tu l'accusation que tu viens de porter contre moi ? De noble, peut-être ?

— Je ne t'accuse de rien. Je t'ai simplement posé une question. Mais je suppose que l'attaque est la meilleure défense quand on se sent coupable.

— Ça doit être ça, grinça-t-il en indiquant sa combinaison orange. Regarde ce que je porte ; c'est bien l'habit des criminels, non ?

— Et les déjeuners interminables ? répliqua-t-elle vivement, alors même que les larmes lui montaient de nouveau aux yeux. Les deux heures sans rendez-vous précis bloquées sur ton agenda ?

Il resta longtemps silencieux, le récepteur du téléphone toujours collé à l'oreille. Lorsqu'il retrouva sa voix, elle exprimait une insondable tristesse.

— Je vais devoir m'habituer à me défendre contre tout le monde, maintenant. Y compris contre ma femme.

— J'ai parlé avec Mona, Ian. Elle m'a dit que tu m'avais épousée pour mon argent. Que tu n'avais jamais été capable d'être fidèle.

Il se leva, les traits déformés par le chagrin.

— Il va falloir que tu décides qui croire. Moi et notre amour, ou ce que prétendent tous les autres.

— On te posera les mêmes questions au procès.

— Et j'y répondrai. Au revoir, Jane.

Il raccrocha le combiné et fit signe au gardien que la visite était terminée. Elle l'appela, mais il tourna les talons et quitta le parloir sans un mot.

— Ian ! Ne pars pas comme ça ! cria-t-elle en frappant la paroi. Ian !

Un gardien lui saisit le bras avant qu'elle ne puisse de nouveau cogner le Plexiglas.

— Ça suffit, madame. Eloignez-vous de la cloison.

Jane s'exécuta, la vue brouillée par les larmes, et lui emboîta le pas jusqu'à la sortie. Dave referma son portable dès qu'il la vit arriver.

— Comment ça s'est passé ?

Elle secoua la tête et évita son regard pour ne pas s'effondrer en pleurs.

Ils sortirent en silence et se dirigèrent vers le parking. Dave attendit qu'ils soient tous deux montés dans sa voiture pour se tourner vers elle.

— Je ne démarrerai pas tant que tu ne m'auras pas parlé. Tu en es bien consciente, au moins ?

Elle voulut rire, mais seul un sanglot étranglé parvint à franchir ses lèvres.

— On s'est disputés.

— Je suis désolé, Jane.

— Moi aussi.

Elle s'efforça de se ressaisir.

— Tout a pourtant bien commencé. Mais quand je lui ai raconté ce qui m'était arrivé, il est devenu nerveux. Il s'en voulait de ne pas pouvoir me venir en aide. Et puis j'ai parlé de toi et… il s'est montré ignoble, Dave.

— Sans doute jaloux de mon ineffable beauté.

Elle lui accorda un petit sourire forcé.

— Jaloux, tout simplement. De notre amitié et des progrès de ma relation avec Stacy. Jaloux de votre soutien à tous les deux.

— Essaie de le comprendre. Il traverse un moment particulièrement pénible.

— Et moi non ?

— C'est lui qui est derrière les barreaux.

— Arrête d'être aussi gentil avec lui. Il ne le mérite pas.

— Je pourrais peut-être le rouer de coups pour t'être agréable ?

— Comme tu l'avais fait pour Billy Black ?

Billy Black était un insupportable crétin dont la mission sur terre quelques années plus tôt semblait avoir été d'humilier Jane. Au bout d'un moment, Dave en avait eu assez. Il lui avait fait mordre la poussière d'un seul coup de poing, le couvrant de honte devant tous les étudiants de la fac.

— C'était un direct du droit extrêmement chanceux… J'étais sûr qu'il allait me faire avaler mon bulletin de naissance.

Elle rit, de bon cœur cette fois. Ils restèrent ensuite un moment immobiles, comme perdus dans leurs souvenirs.

Tout à coup, Dave se tourna vers elle.

— Le fait est, Jane, que l'amour et la haine sont des sentiments d'égale intensité. Ils engendrent la création comme la destruction. Ils nous forcent à réagir. Dans votre cas, à vous disputer. Ou à faire preuve de jalousie.

Elle tendit le bras pour lui toucher la main.

— Tu trouves toujours les mots justes.

— Fameux génie.

— Fumeux génie, corrigea-t-elle.

Ils observèrent de nouveau un long silence, les yeux rivés l'un à l'autre.

— J'ai toujours cru que nous finirions ensemble, Jane, déclara enfin Dave. Aussi loin que remontent mes souvenirs, tu as toujours fait partie de ma vie.

Il observa une pause, comme si le poids de sa confession nécessitait qu'il reprenne son souffle.

— Peut-être est-ce simplement parce qu'elle n'a vraiment commencé que le jour où je t'ai rencontrée.

Gênée, Jane détourna la tête. Cet aveu la rendait non seulement muette, mais aussi perplexe. Elle ne savait que penser du mélange de nostalgie et de regrets qu'il éveillait en elle.

— Je suis navré, murmura-t-il. J'aurais mieux fait de me taire.

Elle se décida à affronter son regard.

— Non… Ne t'excuse pas. Je… En toute sincérité, j'ai toujours pensé que nous finirions ensemble moi aussi.

Elle mêla ses doigts aux siens.

— Nous avons essayé de sortir ensemble, Dave. Pourquoi est-ce que ça n'a pas fonctionné ?

Ses lèvres se retroussèrent en un étrange sourire.

— Je l'ignore, ma douce. Ce n'était pas le bon moment. Nous n'étions pas prêts… Et puis Ian est arrivé, conclut-il.

Elle n'était pas prête d'oublier cette rencontre, qui avait eu lieu peu de temps après la mort de sa grand-mère. Ian avait représenté l'expérience la plus grisante de sa vie. En sa présence, elle ne touchait plus terre. Même dans ses rêves les plus fous, jamais elle n'aurait imaginé qu'un homme comme Ian Westbrook puisse tomber amoureux d'elle. Leur liaison, aussi passionnée que romantique, les avait très vite menés au mariage.

Peu de temps après la mort de sa grand-mère. Quand elle avait été désignée comme héritière principale.

Cette prise de conscience lui coupa le souffle.

Ils s'étaient mariés avant même que la fortune de sa grand-mère ne lui soit officiellement attribuée.

— A quoi tu penses ?

— A rien.

Respectant son besoin de solitude, il choisit de ne pas insister.

Plus tard, les yeux fermés sous le jet puissant de la douche, elle se rendit compte d'une chose plus grave encore : elle connaissait mal son mari. Elle le connaissait même très mal.

L'eau brûlante n'y changea rien : Jane se sentit glacée jusqu'aux os.

41.

Vendredi 7 novembre 2003,
00 h 01.

Le sang bouillonnait autour d'elle en un tourbillon rougeâtre. Elle avait beau battre des jambes pour se maintenir à la surface, chaque mouvement l'entraînait un peu plus vers le fond, comme si ses pieds avaient été lestés. Lentement, sa tête s'enfonça sous l'eau. L'odeur du sang occulta toutes ses pensées. Puis vint le goût. Un goût terreux. Métallique.

Elle étouffait.

Puis le grondement assourdissant du hors-bord lui déchira les tympans.

Il faisait demi-tour. Il revenait l'achever.

Finir sa sale besogne.

Jane s'éveilla, le souffle court. Désorientée, elle profita du clair de lune pour se repérer. Elle avait tellement bougé dans son sommeil que les couvertures s'étaient enroulées autour de ses pieds.

Elle les libéra pour essayer de s'asseoir, mais une douleur aiguë comme la pointe d'un couteau lui transperça le ventre. D'un mouvement sec, elle envoya balader les couvertures au sol.

Un cri d'horreur lui échappa. Sa chemise de nuit était trempée. Elle baignait dans le sang.

Elle s'y noyait.

Hébétée, en proie à un léger vertige, elle resta un moment à fixer son bas-ventre ensanglanté.

Un nouveau spasme de douleur la ramena brutalement à la réalité. *Le bébé. Elle était en train de perdre son bébé.*

Non !…

Elle rampa sur le large lit, le corps secoué de violents spasmes, et parvint à composer le numéro des urgences sur son téléphone.

Bafouillant et sanglotant à la fois, elle essaya d'expliquer son problème à l'opératrice. Des points lumineux dansaient devant ses yeux. De petits picotements gagnaient le bout de ses doigts.

Puis ses oreilles bourdonnèrent, et elle sombra dans un monde sans lumière.

42.

Vendredi 7 novembre 2003,
00 h 35.

Stacy pila devant le Baylor Medical Center et se précipita dans le bâtiment.

Elle connaissait l'un des urgentistes contactés par le central après l'appel de Jane. Il l'avait prévenue depuis son ambulance, bien qu'il ignorât encore à ce moment-là ce dont souffrait sa sœur.

Elle se rua vers le bureau d'accueil.

— Je viens de recevoir un appel m'informant que Jane Westbrook venait d'être admise ici. Comment va-t-elle ?

L'infirmière la dévisagea derrière ses lunettes à triple foyer.

— Westbrook… Et vous êtes ?

— Sa sœur. Inspecteur Stacy Killian, dit-elle en lui brandissant son insigne sous le nez.

L'infirmière opina, peu impressionnée.

— Asseyez-vous donc, inspecteur. Elle est entre les mains du Dr Yung pour le moment. Ça ne va pas être long.

Incapable de s'asseoir, Stacy se mit à faire les cent pas dans la salle à moitié pleine. Au-dessus d'une banquette, un signe prohibait l'utilisation des portables, aussi sortit-elle pour prévenir le commissariat de son absence. Elle expliqua brièvement la situation, puis retourna dans la salle d'attente des urgences.

Un jeune médecin d'origine asiatique appelait justement son nom.

Elle se dirigea vers lui, main tendue.

— Docteur Yung, je suis Stacy Killian, la sœur de madame Westbrook. Comme se porte-t-elle ?

Sa voix vibrait sous le coup de l'émotion et elle comprit combien elle craignait de perdre Jane. Sa sœur et sa seule famille.

Cette prise de conscience la fit vaciller. Qu'adviendrait-il si elle la perdait ?

— Son état est stable. Elle se repose.

— Stable ? répéta-t-elle, déconcertée par le terme choisi par le médecin. Et le bébé ?

— Elle a fait une fausse couche, je suis navré.

Les mots du jeune homme lui firent l'effet d'un coup de poing. Pauvre Jane... Elle avait tellement désiré cet enfant. Dieu sait comment elle allait surmonter ce nouveau drame.

— Il ne s'agit pas d'une fausse couche ordinaire, inspecteur. Le placenta s'est décollé de la paroi utérine. Elle souffrait d'une hémorragie interne... Elle aurait pu se vider de son sang, vous savez.

— Mon Dieu...

— Heureusement qu'une ambulance est arrivée sur place quelques minutes après son appel. Les urgentistes l'ont tout de suite mise sous perfusion. Honnêtement, ils lui ont sauvé la vie.

Il faudrait penser à remercier son copain Frank. Elle lui devait une fière chandelle.

— Le spécialiste qui la suivra pendant sa prochaine grossesse devra se montrer particulièrement attentif. Cela étant, la plupart des femmes ayant été victimes d'un décollement placentaire connaissent par la suite des grossesses parfaitement normales.

Stacy se frotta les bras pour combattre le froid qui la gagnait.

— Vous m'avez dit que son état était stable. Qu'entendez-vous au juste par là ?

— Qu'elle est hors de danger. On a dû lui faire une transfusion sanguine et nous devons la garder ici au moins jusqu'à demain matin. Il faut la surveiller au cas où la transfusion aurait des effets indésirables. Il existe aussi un petit risque d'infection. Au bout du compte, c'est son gynécologue qui décidera combien de temps elle doit rester en observation et s'il faut lui faire un curetage. A mon avis, étant donné les circonstances de la fausse couche, il en préconisera un.

— Je peux la voir ?

— Bien sûr. Mais sachez que je lui ai administré des anti-douleurs et qu'elle est peut-être endormie. On la transférera dès qu'une chambre plus confortable sera disponible.

Il indiqua à Stacy une pièce dont elle poussa doucement la porte avant d'y pénétrer sur la pointe des pieds. Jane était couchée sur le côté en position fœtale, toute menue et vulnérable au milieu des appareils et des tubes qui l'entouraient.

De petites plaintes étouffées ponctuaient son sommeil.

Stacy chuchota son prénom. Jane se retourna et ouvrit des yeux si emplis de tristesse qu'elle en fut accablée.

— Je suis désolée, Jane. Tellement désolée.

Elle le pensait sincèrement. Elle était désolée pour la perte du bébé, l'arrestation de Ian, les lettres de menaces. Et pour sa part de responsabilité dans la dégradation de leur relation. Pour sa jalousie.

Stacy se colla contre le montant métallique du lit et prit comme elle le put sa sœur dans ses bras.

— Je veux mon bébé, articula Jane d'une voix étranglée.

— Je sais, ma chérie, je sais.

Jane commença à pleurer, le corps ballotté au rythme de ses sanglots.

— Il ne me reste plus rien, balbutia-t-elle.

— Si, dit Stacy, tandis que des larmes roulaient sur ses joues. Tu m'as, moi. Et tu as ta vie, ta carrière. Ian sera innocenté et vous aurez un autre enfant. Le médecin m'a expliqué que ça ne poserait pas de problème.

— Et que vais-je faire si Ian est condamné ?

La détresse contenue dans sa question lui brisa le cœur. Stacy s'écarta un peu pour plonger son regard dans le sien.

— Tout va s'arranger. J'y veillerai.

De nouvelles larmes jaillirent des yeux de Jane.

— Je t'aime, Stacy.

— Je t'aime aussi, répondit-elle doucement, la voix chargée d'émotion.

Un aide-soignant poussant un lit à roulettes frappa à la porte.

— Nous allons vous déménager, madame Westbrook. Je vais faire en sorte que votre petit voyage se passe au mieux.

Quelques minutes plus tard, Jane se trouvait installée dans une autre chambre. Une infirmière vint prendre son pouls et sa tension, concluant chaque examen d'un petit claquement de langue satisfait.

Lorsqu'elle quitta la pièce, Jane dormait déjà. Stacy en profita pour aller garer sa voiture et écouter son répondeur téléphonique.

En sortant, elle tomba sur Mac qui l'attendait à l'accueil. Elle vint à sa rencontre, heureuse qu'il ait fait le déplacement.

— Comment va-t-elle ? demanda-t-il tout de suite.

— Elle a perdu le bébé.

— J'en suis désolé, dit-il en lui prenant la main.

Elle contempla leurs mains jointes. La sienne tremblait un peu et elle la retira lentement, consciente de son envie de s'accrocher à lui, de s'effondrer en pleurant dans ses bras.

— Merci, murmura-t-elle. Avec tout ce qui lui arrive en ce moment… Elle vit ça très mal.

— Et une bonne nouvelle, pour changer un peu, ça te dirait ?

— Ce n'est pas de refus.

— J'ai trouvé Doobie. J'ai pensé qu'on pourrait se faire une petite virée ensemble. J'ai n'ai pas réussi à te joindre sur ton portable, mais le central m'a prévenu que tu étais ici.

— Allons-y, décida Stacy, le sourire aux lèvres pour la première fois de la soirée.

Les anciens collègues de Mac lui avaient indiqué un bar, le Big Dick's, situé dans le secteur de Fair Park où Doobie avait ses habitudes. Les types comme lui ne sortant pas de leur tanière avant minuit, mieux valait s'y rendre tard.

Stacy déplaça sa voiture puis rejoignit Mac dans la sienne. Une fois sur la I-30, il rompit le silence.

— Tu as vérifié les antécédents de Jackman ?

— Ouais. Et rien n'est sorti de la bécane. Pas d'arrestation, ni même de mandat d'arrêt.

— Tu as interrogé le Fichier criminel national ?

— Ouaip.

— Tu as essayé avec Theodore Jackman ?

— Et aussi avec Teddy. Résultat : que dalle... Mais je continue à penser qu'il n'est pas net.

— Peut-être qu'il n'a encore jamais été coincé, avança Mac. Ou qu'il utilise un pseudo.

— C'est ce que je me suis dit. En revanche, s'il a déjà été coffré, ses empreintes digitales figurent forcément dans le fichier.

— Et se les procurer ne doit pas être sorcier, enchaîna Mac en quittant la voie rapide. Il me semble l'avoir vu boire un Coca, l'autre jour, dans l'atelier de Jane.

Stacy s'en souvenait aussi. Maintenant qu'elle y songeait, elle revoyait les cannettes rouges et blanches, disséminées ça et là dans l'atelier. Puisque Jane ne buvait pas de boissons gazeuses, elles devaient toutes appartenir à Ted.

— Un jour, tu feras peut-être un bon flic, commenta-t-elle en souriant.

— Trop aimable.

Ils roulèrent jusqu'à destination sans ajouter un mot. Ils repérèrent assez facilement le bar, mais trouver une place dans son parking bondé fut une autre affaire. Toutes les Harley de la région semblaient s'être donné rendez-vous là, au milieu de pick-ups dont les lunettes arrière s'ornaient invariablement de range-fusils.

A l'intérieur du bar enfumé, des haut-parleurs déversaient à tue-tête une musique country au goût du jour. Au fond, sur une petite scène, une femme en string tournoyait autour d'une barre métallique avec l'air de s'ennuyer ferme.

— Je vois le genre, grommela Stacy.

— Un peu de trafic, un peu de strip… La grande vie, quoi.

Ils se frayèrent un chemin jusqu'au bar et se juchèrent sur de hauts tabourets. Un barman au regard éteint leur demanda ce qu'ils souhaitaient boire.

Mac posa un billet de vingt dollars devant lui et se pencha par-dessus le comptoir.

— On cherche Doobie. Tu l'as vu dans les parages ?

On pouvait presque compter sur le visage de cet homme le nombre de bagarres générales auxquelles il avait dû participer en plus de cinquante ans… Il fixa le billet de banque avec une moue dubitative.

— Connais personne de ce nom-là.

Mac sortit un second billet.

— Cherche bien… Une petite ordure… Je suis sûr que tu l'as déjà vu.

Stacy repéra l'instant où une petite alarme se déclencha dans le cerveau ramolli du barman : *les flics.* Le type ramassa les billets et les fourra dans sa poche.

— Il est déjà venu, chuchota-t-il. Mais il a disparu depuis un moment. Je me disais qu'il avait dû se faire choper…

— Si jamais il repasse ici, demande-lui d'appeler Mac. Tu crois que t'en souviendras ?

— Ouais, ouais. En attendant, vous devriez peut-être aller faire un tour chez Louie's et au Hideway. Il paraît qu'il s'y plaît.

— Merci. On y va de ce pas.

Le Louie's et le Hideway s'avérèrent des coupe-gorge du même acabit. Ils y interrogèrent de nouveau les barmen, sans résultat.

Epuisée et frustrée, Stacy enfonça les mains dans les poches de son blouson.

— Ne t'en fais pas, on aura de ses nouvelles, dit Mac.

— Bientôt, j'espère.

Ils reprirent la direction de l'hôpital. De temps à autre, Stacy sentit sur elle le regard interrogateur de son coéquipier. Comme s'il avait eu quelque chose sur le cœur qu'il hésitait à l'exprimer.

Ce silence finit par lui peser, et elle poussa un soupir agacé.

— C'est bon, Mac. Accouche.

— De quoi ?

— Tu as un truc à me dire depuis qu'on est remonté dans ta caisse.

Il crispa les mains sur le volant.

— Je me fais du souci pour toi, voilà tout.

— Je vais bien, merci.

— Les balles ricochent sur ta carapace, c'est ça ?

— C'est à peu près ça, oui.

Il secoua la tête de frustration.

— Ce n'est pas être faible que d'avoir besoin des autres.

Elle ignora sa remarque.

— Laisse-moi devant la porte. Je vais aller voir ma sœur avant de rentrer à la maison.

— Oui, chef.

Le sarcasme ne la laissa pas indifférente. Elle se protégeait depuis si longtemps… Elle ne se souvenait même plus de la dernière fois où elle s'était autorisée à s'ouvrir aux autres. Où elle avait accepté la chaleur d'un autre être humain.

La chaleur d'un homme.

Mac se gara devant l'entrée de l'hôpital et coupa le moteur. Sans un mot, il garda les yeux rivés droit devant lui.

— Merci, Mac. Merci pour tout, dit-elle, la main sur la poignée de la portière.

— Stacy ?

Elle se retourna et croisa son regard. Ce qu'elle y lut lui fit battre le cœur.

— Oui ? s'enquit-elle avec trop d'empressement.

Elle s'en voulut aussitôt. Impossible de revenir en arrière à présent. Elle se sentait vulnérable. Mise à nu.

Un silence plein de sous-entendus les enveloppa. Pendant une fraction de seconde, un instant de folie, elle s'imagina qu'il allait l'embrasser.

Mais il baissa les yeux.

— Rien, dit-il. Je me demandais juste si tu viendrais au bureau demain.

— Je ne pense pas. Mais je passerai un coup de fil dans la matinée.

— Parfait. Alors à lundi. Ou avant si j'ai des nouvelles de Doobie.

Elle eut beau essayer de se convaincre que c'était mieux comme ça, qu'une histoire entre coéquipiers ne pouvait qu'être vouée à l'échec, elle éprouva une amère déception.

— A lundi, répondit-elle en masquant tant bien que mal ses sentiments.

Elle quitta précipitamment la voiture et se dirigea d'un pas décidé vers l'entrée de l'hôpital. Au moment de pousser la porte, elle se retourna une dernière fois. Il n'avait pas bougé. Elle inspira profondément, agita la main pour un ultime au revoir, et entra dans le bâtiment.

Les couloirs étaient déserts à cette heure de la nuit. Derrière le bureau d'accueil, une femme à l'air fatigué lisait un roman d'amour en édition de poche.

Stacy lui fit signe avant de monter au troisième étage. Un silence de cathédrale y régnait. Dans une petite pièce à la porte entrouverte, deux infirmières de garde discutaient à voix basse.

Elles se souvinrent d'elle et lui adressèrent un sourire de connivence. Stacy arrivait bien en dehors des heures de visites, mais elle était après tout la sœur de Jane et sa qualité d'inspectrice de police lui accordait certains passe-droits. Par correction, elle préféra tout de même aller les voir.

— Je vais juste jeter un œil, les avertit-elle en passant la tête par la porte. J'aimerais m'assurer qu'elle va bien.

— Elle dort, murmura l'une des infirmières. Le Dr Nash est avec elle.

Dave était là ? Stacy se demanda qui l'avait mis au courant.

Elle longea le couloir assoupi. Des ronflements et des petits gémissements ensommeillés lui parvenaient çà et là derrière les portes fermées. Celle de Jane était demeurée entrebâillée. Elle l'ouvrit un peu plus, et la douce lueur nocturne lui révéla le visage endormi de sa sœur.

Et la silhouette de Dave, à son chevet.

Assis sur une chaise placée derrière le lit, il se tenait courbé vers l'avant, la tête entre les mains. Elle s'apprêtait à l'appeler tout doucement quand la vérité lui sauta aux yeux.

Dave était fou amoureux de Jane.

Elle l'avait souvent supposé, mais à présent elle en était certaine. Dans le même temps, elle dut reconnaître que jamais il n'avait laissé cet amour gâcher leur amitié. Jane avait toujours pu compter sur lui et bénéficier de ses conseils et de sa bonne humeur communicative. Le jour de son mariage, c'était même à son bras qu'elle avait remonté l'allée centrale de l'église jusqu'à l'autel. Dépourvue de père, de grand-père ou d'oncle, elle s'était naturellement adressée à son ami de toujours pour assumer ce rôle.

Comme il avait dû souffrir ce jour-là… Comment avait-il pu si bien dissimuler ses sentiments ?

Mal à l'aise, Stacy préféra se retirer sans un mot.

43.

Vendredi 7 novembre 2003,
4 h 00.

Depuis combien de temps l'aimait-il ? Pourquoi n'avait-il jamais exprimé ses sentiments ? Avait-il craint d'être rejeté ? De perdre l'amitié et la confiance de Jane ? Stacy venait à peine de quitter l'hôpital, et déjà mille questions se bousculaient dans sa tête.

Elle traversa le parking pour rejoindre son 4x4 Bronco.

Soudain, ses pas se firent moins assurés. Son cœur s'emballa.

Mac se tenait adossé à sa voiture. Il l'attendait.

Il leva les yeux et leurs regards se croisèrent. La scène baignait dans une atmosphère étrange, presque irréelle.

Elle se rapprocha de lui, profitant des derniers mètres qui les séparaient pour se ressaisir.

— Tu as oublié quelque chose ? parvint-elle à articuler.

— Oui, ça.

Il l'attira contre lui et plaqua ses lèvres sur les siennes.

Stacy se raidit sous le coup de la surprise. Presque aussitôt cependant, l'étonnement fit place au désir et la passion balaya toutes ses velléités de résistance.

Mac passa une main sous sa nuque pour l'amener plus près de lui encore. L'autre glissa au bas de son dos. Grisée, Stacy effleura le tissu soyeux de sa chemise, sentant les battements sauvages de son cœur sous ses doigts.

Son angoisse, ses incertitudes et sa douleur s'envolèrent devant la volupté de son baiser. Devant les mouvements de sa langue, qui jouait avec la sienne. Devant ses caresses le long de sa colonne vertébrale.

Il relâcha son étreinte, le souffle court.

— Ça faisait des lustres que j'en avais envie...

Ravie, elle prit son visage entre ses mains.

— Alors pourquoi attendre si longtemps avant de recommencer ?

Et ce fut elle qui l'embrassa cette fois, jusqu'à ce qu'une voiture qui sortait du parking projette sur eux la lumière violente de ses phares.

— On va chez moi ? haleta Mac.

— Où...

— Pas loin d'ici.

— D'accord, chez toi. Je prends ma voi...

— Non, dit-il en la bâillonnant d'un nouveau baiser. Tu pourrais changer d'avis.

— Impossible. Plus maintenant...

— Promis ?

Elle le rassura, fouilla son sac à la recherche de ses clés de voiture, puis déverrouilla les portières d'une main fébrile.

Mais à peine eut-elle démarré que le doute s'empara d'elle. Qu'est-ce qui lui prenait ? Elle savait pourtant que le moindre faux pas la ferait basculer du statut de super inspectrice à celui de bimbo. En moins de temps qu'il n'en fallait pour dire ouf.

Arrête de réfléchir, Stacy. Fonce pour une fois.

Il la désirait. Elle le désirait.

Et surtout, elle ne voulait pas être seule.

Stacy suivit Mac jusque chez lui. Ils roulèrent comme des fous, zigzagant entre les rares véhicules, accélérant aux feux orange.

Quelques instants plus tard, ils grimpaient quatre à quatre les marches de sa maison.

Ils s'embrassèrent avidement sitôt passée la porte d'entrée et se déshabillèrent l'un l'autre avec impatience. Enfin, leurs armes de services et leurs étuis tombèrent à terre, et un soupir leur échappa à tous deux quand leurs corps nus se rencontrèrent.

Ils s'effondrèrent sur le lit, où ils s'unirent dans une sorte de rage mêlée de désespoir. Guidée par son instinct, Stacy s'abandonna corps et âme à cette âpre frénésie comme s'il s'était agi d'une question de vie ou de mort.

Les regrets ne surgirent qu'ensuite… Elle avait fait une grave entorse à l'une de ses règles d'or : ne jamais coucher avec son coéquipier. Dorénavant, elle ne serait plus à l'abri des moqueries, rumeurs et autres malveillances.

Et merde. Elle s'écarta de lui et se mit à fixer le plafond.

— Arrête, Stacy, murmura-t-il. Les remords n'ont pas leur place ici.

— Facile à dire pour toi. Contrairement à moi, tu n'as rien à perdre à t'envoyer en l'air avec ta coéquipière. Ce serait même plutôt l'inverse.

— Ce n'est pas comme ça que je vois les choses, dit-il en tendant le bras vers elle au-dessus des draps froissés. On se plaît et on a eu envie l'un de l'autre. Où est le problème ?

— Tu fais semblant de ne pas comprendre. On est *collègues*, Mac. Dans ce métier, une femme perd toute crédibilité si elle couche avec son coéquipier, tu le sais parfaitement.

— Tu es persuadée que je vais aller le crier sur les toits. Je trouve ça insultant.

Il caressa son bras du revers de la main.

— Je ne suis pas comme ça, Stacy.

Il s'était exprimé d'un ton si convaincant qu'elle se tourna vers lui, soulagée. Elle se rendit compte qu'elle lui faisait confiance. Il saurait tenir sa langue.

En tout cas, jusqu'à ce que leur liaison se termine et que son ego ait besoin d'un petit remontant. Elle avait si souvent observé le phénomène. A ses yeux, les femmes empêtrées dans cette situation n'étaient que des idiotes sans aucune volonté. Elle s'était jurée de ne jamais tomber dans ce piège.

Et voilà le résultat.

— Stacy, insista-t-il en la forçant à lui faire face avec la plus grande délicatesse, ce qui vient de se passer restera entre nous. Ce n'est l'affaire de personne d'autre. Crois-moi, je n'ai aucune intention d'amuser la galerie avec ma vie privée.

Elle avait tellement envie de le croire. Plus qu'elle n'avait jamais eu envie d'autre chose, peut-être.

Le pouce de Mac lui caressa tendrement la joue, puis descendit jusqu'à sa bouche. Des frissons la parcoururent, presque des tremblements, lui donnant la mesure de son désir.

— Et si je disais que je regrette, tu te sentirais mieux ?

Elle ne trouva rien à répondre. A la vérité, l'idée qu'il puisse éprouver des regrets lui déplaisait plus que tout. Elle souhaitait entendre le contraire ; qu'ils venaient de vivre un moment privilégié, un moment important. Que son besoin d'en partager d'autres avec elle passait bien avant leur travail.

A sa grande surprise, elle fut exaucée.

— Ne compte pas sur moi pour mentir, Stacy, poursuivit-il en esquissant un sourire. Je ne regrette rien. En fait, je suis drôlement content. Voilà. Il va falloir faire avec.

— C'est peut-être moi qui vais aller m'en vanter, alors.

— Tu penses que tu y gagnerais en popularité au sein de la brigade ?

— A tous les coups. Je vois ça d'ici : encore une conquête au tableau de chasse de Killian. Quelle tireuse d'élite.

Il rit doucement et se colla contre elle.

— C'est vrai que tu es au sommet de ton art, j'en témoignerai devant n'importe quel jury.

Elle glissa une main entre leurs corps, trouva son membre et l'enserra.

— Tu veux encore une petite démonstration ?

— Ce ne sera pas nécessaire.

Il se libéra d'un mouvement rapide et la plaqua sur le dos en lui maintenant les bras levés au-dessus de la tête.

— A mon tour de te montrer ce que je sais faire.

44.

Vendredi 7 novembre 2003,
7 h 10.

La respiration profonde et rythmée de Mac tira Stacy du sommeil. Le réveil indiquait à peine 7 heures. Avec d'infinies précautions, pour ne pas le réveiller, elle sortit du lit et marcha vers la salle de bains. En chemin, elle attrapa un T-shirt sur un tas de vêtements pliés. Elle fit ensuite un brin de toilette et, faute de brosse à dents, étala pour finir un peu de pâte dentifrice sur son doigt.

Un coup d'œil au miroir, un sourire… Pas mal pour une si courte nuit. Elle se sentait presque… régénérée.

Orgasmes : remède naturel au stress et au manque de sommeil.

Elle retourna dans la chambre sur la pointe des pieds et ramassa ses vêtements éparpillés aux quatre coins de la pièce. Après les avoir pliés, elle se dirigea vers la cuisine. La faim commençait à la tenailler, et elle était en manque de café.

Elle prit le temps au passage de découvrir l'intérieur de Mac. La nuit précédente, elle n'avait remarqué ni le désordre ni son goût pour les beaux objets, et encore moins sa collection de vieilles affiches de cinéma… Voilà qui l'étonnait.

Elle s'arrêta devant un poster encadré de *La Fureur de Vivre*. Il défiait *Sur les Quais* et *Le Parrain*, accrochés sur le mur d'en face.

Un carrelage à damier noir et blanc et d'anciens placards aux vitres dépolies donnaient à la cuisine un petit air des années cinquante. Dieu merci, Mac aussi aimait le café. Elle trouva des filtres et une boîte en métal remplie de grains bien en évidence près de l'évier. Quelques instants plus tard, la cafetière faisait entendre son ronronnement rassurant, tandis qu'une agréable odeur épicée se répandait dans la cuisine.

Ça allait être une autre paire de manches pour se nourrir, songea Stacy en refermant le réfrigérateur presque vide.

— Salut, beauté.

Adossé à la porte, Mac l'observait d'un air endormi, mais très content de lui. Il était nu comme un ver, à l'exception du holster de Stacy et de son arme de service, un Glock 40 semi-automatique à quinze coups, édition spéciale police.

— Tu as oublié ton flingue.

Elle prit l'arme en riant.

— Mon Walter et Johnson.

— Hein ?

— C'est Jane qui l'appelle comme ça. A la place de Smith et Wesson.

— Je ne comprends pas, tu as un Glock.

— Pour elle, tous les pistolets sont des Smith et Wesson, sauf qu'elle se plante chaque fois en le disant. Au fait, j'adore ton pyjama.

— Merci, répliqua-t-il avec un large sourire. Au fait, tu portes mon T-shirt préféré.

— Je peux te l'emprunter ?

— Tu l'enlèveras si je refuse ?

— Pas avant la première gorgée de café, désolée. Une fille comme il faut doit savoir fixer certaines limites.

— Exigeante *et* autoritaire.

Elle ouvrit le Frigidaire et le prit à témoin de son maigre contenu.

— Regarde-moi ça : rien, sauf de la bière et des restes de pizza. C'est typiquement masculin, comme bouffe.

Il se posta derrière elle et l'entoura de ses bras.

— De quoi d'autre peut-on avoir besoin ?

— Je ne sais pas, moi… De jus d'orange, d'œufs, de pain…

— La pizza est le plat idéal. Elle réunit tout ce qui est nécessaire à une bonne alimentation : de la viande, des fibres, des produits laitiers, des légumes…

— Et des calories, ajouta-t-elle en soulevant le carton graisseux. Je ne vois rien qui ressemble à un légume là-dedans.

Il prit une mine étonnée.

— Et ça ? objecta-t-il en pointant du doigt une sauce d'un rouge douteux. C'est de la sauce tomate, faite avec des tomates, d'où la présence de légumes dans ce plat équilibré.

— Les tomates ont des pépins, Mac. Ce sont des fruits.

Il plongea le nez dans son cou.

— C'est marrant, je me doutais que tu allais me répondre ça.

— Et pourquoi donc ?

— Pour les mêmes raisons qui font que mon frigo ne contient que de la bière et une pizza.

Elle fit volte-face et l'enlaça.

— Parce que tu es une outre à bière doublée d'un homme de Cro-Magnon.

— C'est à peu près ça. Tu es championne pour mettre les points sur les i.

Il frotta lascivement son ventre contre le sien. Impossible de se méprendre ; il avait encore envie d'elle. Tant pis pour le café.

— Je vois que tu as apporté ton arme de service, murmura-t-elle, bouche contre bouche. Mais es-tu prêt à en faire usage ?

Avec un rire rauque, il la souleva de terre et la déposa sur la table de la cuisine. Là, elle eut une réponse éloquente à sa question.

Après une douche commune, Stacy se résolut à manger un morceau de pizza. Mac eut beau soutenir que les vrais amateurs la préféraient froide, elle la réchauffa au micro-ondes avant de l'avaler avec une grande tasse de café. Force lui fut alors de reconnaître que le mélange passait plutôt bien.

Pour preuve, elle se servit une seconde part avant d'évoquer le sujet qui la préoccupait.

— Jane a une théorie sur le type qui lui envoie des menaces anonymes.

Un bout de pizza à demi enfourné dans sa bouche, Mac l'encouragea à poursuivre d'un signe de tête.

— Elle est persuadée que c'est l'assassin de Vanmeer, Tanner et Gregory.

— Un peu tiré par les cheveux, non ?

— Je sais. Mais si elle avait raison ?

Pendant plusieurs secondes, il se contenta de la fixer du regard en mâchant sa pizza.

— Tu plaisantes, j'espère ? Tu ne peux pas sérieusement imaginer que le pilote de ce bateau soit de retour seize ans après les faits, et qu'en plus il ait orchestré toute une machination dont l'un des pans n'est rien moins qu'un triple meurtre ?

Devant son silence, il eut une mimique incrédule.

— Eclaire-moi un peu, Stacy. Pourquoi aurait-il fait ça ? Pour la terrifier ? Tu ne crois pas qu'il aurait pu y parvenir sans éliminer ces trois femmes ? Allons donc… Ce qui me paraît beaucoup plus probable, c'est que Ian Westbrook ait un complice, une de ses maîtresses sans doute, qui envoie les messages. Il savait parfaitement comment Jane allait réagir et il espérait ainsi brouiller les pistes.

Merde. Il avait raison. Elle avait voulu croire à cette théorie fumeuse pour faire plaisir à Jane. Parce qu'elle en avait un tel besoin.

Les yeux baissés sur les restes de sa pizza, elle réfléchit à sa réponse. Elle désirait se montrer franche avec Mac, mais se demandait encore jusqu'où elle pouvait pousser l'honnêteté. Puis elle décida de lui faire confiance.

— J'étais jalouse d'elle. Envieuse de sa vie où tout semblait harmonieux. Son mari, sa carrière, le bébé à venir… Je me suis sans doute dit : pourquoi elle et pas moi ? Et maintenant, elle est…

Elle soupira et le regarda bien en face.

— J'ai eu tort, je m'en rends compte à présent. J'étais haineuse. Mesquine et égoïste.

— Ça me paraît normal, lâcha-t-il en s'essuyant la bouche avec une serviette en papier. C'est humain de réagir ainsi. Nul n'est parfait.

— Humain ou pas, j'ai été injuste. Je lui en ai voulu d'être heureuse. Elle avait besoin de sa sœur et moi, je n'ai rien trouvé de mieux à faire que de m'éloigner d'elle.

Il jeta la serviette roulée en boule dans la boîte en carton.

— Tu as quelque chose à me demander, Stacy. De quoi s'agit-il ?

— Je n'ai rien à te demander. Mais j'ai une dette envers Jane. Puisqu'elle est convaincue de sa théorie, je vais la vérifier. Avec ou sans ton aide.

— Le capitaine va nous rentrer dans le lard s'il apprend ce qu'on manigance.

— Pas de problème, je suis bien rembourrée, fit-elle en souriant.

Il eut un petit rire, mais le cœur n'y était pas.

— Très bien, Stacy. Je suis ton coéquipier et je marche avec toi.

45.

Vendredi 7 novembre 2003,
9 h 30.

Après avoir quitté Mac, Stacy se dépêcha de rentrer chez elle se changer avant de partir pour l'hôpital.

Jane était réveillée, assise dans son lit face à un petit déjeuner intact. Une cicatrice se détachait le long de sa joue droite, zébrant sa peau pâle d'un sillon mauve.

— Salut, petite sœur, lança affectueusement Stacy avec un sourire forcé.

— Salut.

— Dave est parti ?

Jane la regarda, étonnée.

— Il est venu ?

— Hier soir, tard dans la nuit.

— Je ne m'en souviens pas. J'étais dans les vaps.

Stacy repoussa le plateau du petit déjeuner et s'assit avec précaution au bord du lit.

— J'aimerais trouver les mots pour te consoler. Ça me fait si mal de te voir comme ça… Tu ne mérites pas tout ce qui t'arrive.

Elle se racla la gorge.

— J'ignore si ça te sera d'une aide quelconque, mais sache que si tu as besoin de moi, je serai toujours là.

— Merci, Stacy. C'est gentil.

— Le médecin est passé te voir ?

— Oui. Il me libère aujourd'hui, dans l'après-midi.
— Je te ramènerai chez toi.
— Mais tu dois travailler…
— Je vais prendre un jour de congé pour raisons personnelles. Après tout, j'en ai le droit, alors autant en profiter, non ?
Elles restèrent silencieuses un moment, attentives aux bruits de l'hôpital : les bonjours matinaux des infirmières aux patients, un chariot trimbalé le long du couloir, les intonations contrastées d'une famille en visite dans la pièce d'à côté.
— Stacy ?
Dans des moments pareils, les yeux de Jane étaient comme deux mondes distincts : l'un brillait d'une émotion contenue et l'autre… l'autre n'exprimait rien.
— Ian… Je voudrais que tu lui dises. Pour le bébé. Je ne m'en sens pas capable et je ne veux pas qu'il l'apprenne de la bouche de son avocat. Ni au téléphone. Tu veux bien faire ça pour moi ? S'il te plaît…

Stacy n'avait pu refuser. Elle se trouvait donc là, à attendre qu'un gardien accompagne Ian jusqu'au parloir, rêvant d'un improbable coup de théâtre qui la libérerait de sa triste mission.
Comment lui annoncer la mauvaise nouvelle ? Elle s'efforça d'inspirer calmement pour maîtriser sa nervosité. Comment le regarder dans les yeux et lui expliquer que son enfant ne naîtrait pas ? Que la femme qu'il aimait avait besoin de lui comme jamais alors qu'il ne pouvait pas même la serrer dans ses bras ?
A supposer qu'il l'aime vraiment, bien sûr. Ce qui représentait tout de même un gros point d'interrogation.
Stacy oublia un moment l'épreuve qui l'attendait pour se perdre dans le souvenir de sa soirée avec Mac. Un sourire inconscient éclaira son visage. Elle se sentait comme une enfant à qui l'on vient d'offrir un merveilleux cadeau. Un rayon de soleil au cœur de la tempête.

Quelle surprise… Mac McPherson !… Elle n'en revenait pas. Serait-ce lui, l'homme dont elle avait rêvé ? L'homme drôle, gentil et droit ? Celui qui s'estimerait chanceux de l'avoir rencontrée ?

On se calme, Killian. Tout doux. Respire un bon coup et ne brûle pas les étapes.

A bien y réfléchir, elle faisait équipe avec Mac depuis peu et ignorait encore beaucoup de choses à son sujet. Beaucoup trop en tout cas pour tirer des plans sur la comète.

A trop spéculer sur leur avenir, elle risquait de tomber de haut. De très haut, même.

Et pourtant… Tout avait semblé si naturel avec lui. Simple et agréable.

Le gardien arriva avec Ian. Celui-ci se jeta sur le téléphone en l'apercevant. Stacy l'imita.

— Est-ce que Jane va bien ? demanda-t-il sans préambule, un accent de panique dans la voix.

Elle hésita, indécise quant à la meilleure manière de présenter les choses. Au fond, comprit-elle, aucune précaution oratoire n'atténuerait la douleur de Ian. La manière directe en valait bien une autre ; il fallait en finir.

— Jane a perdu le bébé, dit-elle. La nuit dernière.

Le regard de Ian se perdit dans le vide à travers la paroi de Plexiglas, comme si elle avait parlé une langue étrangère. Puis elle sentit que les mots faisaient enfin sens dans son esprit. Son visage se décomposa, et sa main serra le combiné au point de se décolorer.

— Comment… Je ne… Elle se portait pourtant bien… Je l'ai vue jeudi et… elle allait bien.

— Elle a eu un grave accident, Ian. Une hémorragie interne après un décollement du placenta. Elle est sortie d'affaire, maintenant, mais… elle aurait pu mourir. Se vider de son sang.

— Mon Dieu…, murmura-t-il en s'effondrant sur sa chaise avec une expression étrangement neutre.

— Elle est… Le médecin pense la renvoyer à la maison aujourd'hui. Physiquement, elle va bien, maintenant. Mais moralement… elle est plutôt dans un sale état, Ian.

Il inclina la tête en avant et se couvrit le visage de sa main libre. Il tremblait.

Stacy le laissa en paix un long moment. Il lui fallait se mesurer à sa peine, commencer le deuil de son bébé, de l'espoir qu'il représentait… Son chagrin devait être immense.

Sauf s'il était le monstre décrit par l'accusation. Un meurtrier au cœur de pierre n'aimant rien ni personne en dehors de lui-même et de l'argent.

Lorsque enfin il releva la tête, ses yeux rouges et mouillés de larmes reflétaient une terrible angoisse.

— Elle est venue jeudi… Je me suis disputé avec elle. Je me suis montré jaloux. De Dave, de toi… De tout le monde. Parce qu'elle avait besoin de mon aide et que je ne pouvais rien faire pour la protéger. Parce qu'elle cherchait du réconfort auprès d'autres que moi. Et maintenant… notre bébé. Nous l'avons perdu… Oh, mon Dieu, c'est ma faute…

Ils s'étaient disputés ? Jane ne lui avait pourtant rien dit.

Stacy se sentait déchirée entre son cœur, qui lui soufflait de croire cet homme, et les preuves qui désignaient ce dernier comme un menteur infidèle.

Un meurtrier calculateur.

— Dis-lui, je t'en supplie, Stacy… Dis-lui que je suis désolé. Que je l'aime tant… Que je ne l'ai pas trahie, et que je lui serai toujours fidèle.

Un homme à ce point éperdu d'amour et de tendresse pour sa femme et le bébé qu'il venait de perdre pouvait-il être capable des crimes dont on l'accusait ? Ou Ian Westbrook était-il un comédien hors pair, un prétendant légitime à l'oscar du meilleur acteur ?

— Dis-lui que ces déjeuners n'étaient rien du tout, ajouta-t-il soudain d'un ton impérieux. Promets-le-moi, Stacy. J'étais en colère, sur la défensive… J'ai ressenti ses questions comme une trahison, un manque de confiance en mon amour. J'ai eu tort. Elle avait tous les droits de…

Incapable de poursuivre, il regarda ailleurs, cherchant désespérément à se ressaisir.

Lorsqu'il refit face à Stacy, quelque chose en lui semblait s'être modifié. Il affichait un air plus serein, plus déterminé.

— Marsha avait bloqué deux heures bimensuelles pour tout le travail administratif. Elle a entré tous mes numéros de téléphone dans mon PalmPilot. C'est elle qui a fait tout ça pour moi. Elle…

Sa voix s'éleva, plus aiguë, puis se brisa comme du verre.

— Je suis innocent, Stacy. De tout ce dont on m'accuse. Dis-lui, je t'en prie.

Stacy s'efforçait de digérer les paroles de Ian et les informations qu'elles contenaient. Manifestement, Jane était tombée sur quelque chose de compromettant en consultant le Palm de son mari. Elle lui avait demandé des explications et une dispute s'en était suivie.

Elle n'avait pourtant pas le souvenir d'un PalmPilot dans la liste des objets saisis à la clinique et au loft.

L'appareil avait échappé à ses collègues. Parce que Jane le détenait.

— Dis-moi précisément ce que Jane a trouvé dans ton ordinateur de poche, Ian.

Son expression se fit méfiante, comme s'il se rendait soudain compte qu'il se confiait à la police et non à sa belle-sœur.

— Répète-lui simplement ce que je t'ai dit, Stacy. Elle comprendra.

— Ian, je peux t'aider s'il y a quelque chose…

— Contente-toi de lui rapporter toutes mes paroles, s'il te plaît. Promets-le, Stacy, c'est primordial… Elle est tout pour moi, ajouta-t-il d'une voix pleine d'émotion.

Qu'avait donc fait Jane ? Avait-elle réellement soustrait une pièce à conviction à la police ? Et quoi d'autre ? Comment pouvait-elle défendre un homme qu'elle soupçonnait elle-même ? Si Ian avait commis ces crimes, Stacy préférait mettre le plus de distance possible entre lui et sa sœur.

Oui, mais… S'il était innocent ? Si le vrai meurtrier riait dans l'ombre en tirant les ficelles ?

Elle se leva et fit signe au gardien que l'entretien était terminé.

— Je vais y réfléchir, Ian. Je ne peux rien te promettre.

— Stacy, je t'en prie ! s'écria-t-il en bondissant de sa chaise.

— Désolée, c'est le mieux que je puisse faire.

Qui croire ? se demanda-t-elle en laissant derrière elle les cloisons transparentes du parloir. Et une fois cette question résolue, que faire ?

46.

Vendredi 7 novembre 2003,
15 h 30.

Jane lui avait affirmé qu'elle pouvait s'en sortir seule, mais Stacy avait insisté pour la soutenir dans l'escalier menant au loft.

Avant de quitter l'hôpital, elle avait dû promettre au médecin de rester alitée vingt-quatre heures et de réduire ses activités au strict minimum durant les quarante-huit heures suivantes. L'homme l'avait enjointe à écouter son corps : celui-ci saurait lui faire comprendre si elle en faisait trop. En cas de saignements, elle devait l'appeler sans délai.

Elle se sentait encore faible. Fébrile et le corps endolori.

Mais la vraie douleur venait d'ailleurs. Elle avait porté un enfant. Son bébé et celui de Ian.

C'en était fini. Cette perte avait laissé en elle un trou béant. Un vide que seul les bras de son mari pouvaient espérer combler.

Stacy lui avait transmis le message d'Ian. Son amour, son désespoir. Son inquiétude aussi.

Sans pouvoir se l'expliquer, Jane avait espéré plus.

Stacy marqua une pause en haut des marches.

— Ça va ?

Une fois rassurée, elle ouvrit la porte du loft. Duke se manifesta depuis sa niche.

— Oh, non… Pauvre Duke, s'exclama Jane, j'ai complètement oublié de…

— Je m'en suis occupée, la rassura Stacy. Je suis passée un peu plus tôt. Je vais t'aider à te mettre au lit et je le sortirai après.

— Je peux me débrouiller seule.

— Tu es faible, Jane.

— Et toi tu me couves comme une maman poule.

— Que veux-tu, c'est plus fort que moi. Tu fais ressortir mon côté protecteur. Tu vas voir que tout à l'heure je vais me mettre à tapoter tes oreillers.

— Un savant cocktail de douceur et de brutalité.

— Tu m'as percée à jour. D'abord je distribue des coups, et ensuite des caresses pour réparer les dégâts.

Jane jeta un regard plein d'appréhension vers la chambre.

Stacy le surprit et lui toucha doucement le bras.

— Tout est rangé. Le matelas a été lavé et retourné, et j'ai mis des draps propres.

Des larmes de reconnaissance montèrent aux yeux de Jane. Que ferait-elle sans elle ?

— Ne sois pas bête, voyons, dit Stacy. C'est la moindre des choses entre sœurs… Ecoute, voilà ce que je te propose : tu te mets au lit comme une grande. Pendant ce temps, je vais écouter ton répondeur et promener Duke. Mais, ajouta-t-elle en agitant l'index sous son nez, tu as intérêt à être couchée quand je rentrerai. Le médecin a été clair…

— Je dois rester allongée, je sais, je sais.

Avec un petit signe de la main, Jane avança d'un pas hésitant dans le loft. Elle fit un détour par la salle de bains, ôta ses chaussures, et gagna enfin sa chambre. Non seulement Stacy avait changé les draps, mais elle avait aussi rabattu le couvre-lit. Il ne lui restait plus qu'à se glisser sous les couvertures.

Sur l'oreiller trônait un paquet emballé avec soin. De la taille d'une boîte à chaussures, il était entouré d'un papier cadeau à motifs pastels et orné d'un ruban jaune. Une attention de Stacy ? Ou de Ted, peut-être ?

En s'approchant, elle distingua mieux les motifs du papier : de petits canards abrités sous des parapluies. Le genre d'emballage utilisé pour fêter une naissance.

C'était cruel, étant donné les circonstances.

Et cela ne venait ni de Ted ni de sa sœur, comprit-elle. Mais de *lui.*

Elle se retourna, prête à appeler Stacy, mais le claquement de la porte d'entrée l'arrêta. Sa sœur était sortie dans la rue avec Duke.

Le cœur battant, elle reporta son attention sur le paquet. Elle tendit le bras dans sa direction, hésita, puis finit par s'en saisir avec précaution. Elle le secoua près de son oreille… Un objet heurta les bords à l'intérieur.

L'ouvrir tout de suite ? Ou attendre Stacy ?

Ignorant la solution la plus sage, elle déchira le papier cadeau et souleva le couvercle.

Un poupon éborgné reposait sur un lit de roses blanches fanées. Son corps de plastique blanc était broyé, déformé, comme si on l'avait jeté dans une benne à ordures. Son cou ne tenait presque plus à rien et son œil unique fixait sur elle un regard de poisson mort.

Etait-il censé la représenter ? Ou le bébé qu'elle venait de perdre ?

La gorge sèche, Jane contempla le jouet macabre. Il savait. Pour son séjour à l'hôpital. Pour sa fausse couche.

Peut-être l'observait-il en ce moment même ? Si tel était le cas, trouvait-il du plaisir à la voir souffrir ? Riait-il du succès de sa farce morbide ? Ou espérait-il l'entendre hurler ?

Un accès de rage aussi soudain que violent lui coupa le souffle. Ce salopard prenait son pied à la terrifier.

Jamais elle ne lui donnerait satisfaction. S'il comptait sur sa peur pour nourrir sa folie, il allait vite déchanter.

— Jane ? Tout va bien ?

Stacy se tenait dans l'embrasure de la porte, la laisse du chien encore dans la main. Jane lui tendit la boîte sans un mot.

— Qu'est-ce que c'est ?

— Un cadeau pour le bébé. De la part de mon ami le dingue. Où est Duke ?

— Avec Ted. Je pensais que tu pourrais te reposer plus tranquillement si…

Comme si elle comprenait d'un coup que ces détails importaient peu, elle changea de ton.

— Pose ce colis sur ton lit. Et recule s'il te plaît.

Elle dégaina son arme. Walton et Johnson à la rescousse, songea Jane, un rire hystérique au bord des lèvres.

— Où l'as-tu trouvé ? l'interrogea Stacy.

— Sur l'oreiller.

Pistolet au poing, sa sœur ouvrit grand la porte du placard, puis renouvela l'opération dans la salle de bains avant de se baisser sous le lit.

— Reste ici. Je vais aller inspecter le reste du loft.

Elle revint quelques minutes plus tard.

— A part toi et moi, il n'y a personne ici. Aucun signe d'effraction. La porte de derrière et la porte principale sont verrouillées.

— Et la porte de l'atelier ? demanda Jane.

— Ouverte.

Après avoir rengainé son arme, Stacy saisit la boîte à l'aide d'un Kleenex afin de ne pas effacer d'éventuelles empreintes.

Elle l'examina soigneusement, ainsi que le jouet. Sous le corps estropié de la poupée était glissée une petite carte protégée par une enveloppe.

— Salaud…, murmura Jane en regardant sa sœur déchirer l'enveloppe.

Stacy lui présenta la carte enserrée dans le mouchoir en papier.

Elle y lut ces simples mots : *« Désolé pour la perte de ton bébé. »*

Elle s'accrocha fermement à l'armature du lit pour ne pas tomber, et plus encore à sa colère. *Elle ne laisserait pas ce salopard la mettre à terre.*

— Il n'était pas ici il y a une heure et demie, dit Stacy.

Quelqu'un s'était introduit dans le loft après son passage. Après qu'elle ait changé les draps et remis Duke dans sa niche.

Le chien avait dû devenir fou, enfermé en présence d'un étranger. Sans un mot, Jane alla dans la cuisine. Stacy la suivit. Comme elle semblait s'y attendre, l'intérieur de la niche était en désordre et ses cloisons en plastique vert foncé portaient des marques récentes de griffures.

— Ted a peut-être entendu quelque chose, suggéra Jane.

Stacy considéra sa sœur d'un air vaguement inquiet.

— Je ne suis pas sûre que tu sois dans ton état normal.

— Je suis simplement folle de rage, répondit-elle en se dirigeant vers le vestibule et la porte de l'atelier. Je crois qu'on devrait aller interroger Ted.

— Je m'en charge, décréta Stacy. Toi, tu files au lit.

— Pas question.

Jane enchaîna aussitôt afin de prévenir toute protestation :

— C'est ma maison qui a été visitée par un étranger. Et c'est ma vie qu'il menace. Si je sens que c'est nécessaire, je m'allongerai sur le canapé.

Stacy acquiesça sans enthousiasme.

A peine étaient-elles entrées dans l'atelier que Ted se précipita vers Jane et la serra dans ses bras.

— Stacy m'a mis au courant pour le bébé. Je suis si triste pour vous, Jane.

Elle le remercia, émue par sa compassion.

— Comment vous sentez-vous ? demanda-t-il avant de toiser Stacy d'un air accusateur. Je croyais qu'elle devait garder le lit.

— Il vient de se passer quelque chose. Nous voulons en discuter avec toi.

Il regarda les deux sœurs, soudain sur ses gardes.

Stacy prit le relais et lui parla du paquet déposé sur le lit de Jane.

— Il ne s'y trouvait pas quand j'ai quitté le loft cet après-midi. Notre homme a donc disposé d'environ une heure et demie. En gros, de 14 heures à 15 h 30.

— La seule porte ouverte était celle reliant l'atelier au loft, ajouta Jane.

— Etes-vous monté dans le loft aujourd'hui, Ted ? demanda Stacy.

— Non.

— Avez-vous entendu Duke dans l'heure et demie qui vient de s'écouler ? Des aboiements violents, comme s'il était très énervé ?

Il secoua la tête après un moment de réflexion.

— Je ne l'ai pas du tout entendu après votre départ. Il faut dire que je suis sorti en vitesse acheter un sandwich et un Coca.

Il indiqua la poubelle sous le bureau, dans laquelle on distinguait en effet un sac en papier froissé et une canette.

— Je suis toujours très prudent, poursuivit-il. Je verrouille systématiquement derrière moi quand je m'en vais. Idem pour la mise en route de l'alarme.

— Aucune exception ?

Il hésita une seconde.

— Il m'est arrivé une fois ou deux de simplement claquer la porte, parce que je m'absentais moins de cinq minutes. Mais aujourd'hui, j'avais des petites courses à faire. Je me souviens très bien avoir enclenché l'alarme.

— Quel genre de petites courses ?

— Acheter le journal, aller chercher de l'Advil à la pharmacie.

— Combien de temps ça vous a pris ?

Il tapota nerveusement ses doigts contre sa cuisse pour compter.

— Je ne sais pas… Trente, peut-être quarante minutes.

— Avez-vous jamais donné la clé de la porte ou le code de l'alarme à quelqu'un ? insista Stacy.

— Non ! Bien sûr que non.

— Avez-vous jamais amené quelqu'un dans l'atelier après les heures de travail ?

La question le rendit nerveux.

— Qu'entendez-vous par là ?

— Je n'ai pas l'impression que la question soit ambiguë, Ted. Avez-vous déjà invité quelqu'un dans l'atelier sans que Jane soit au courant ?

Jane remarqua la sueur qui perlait sur son front. Il semblait sur la défensive.

— Ce n'est pas un interrogatoire, Ted, intervint-elle.

— Non ? répondit-il en lançant un regard noir à Stacy. Ça m'en a pourtant tout l'air.

— On essaie simplement de comprendre qui était chez moi aujourd'hui. Et comment il a réussi à pénétrer dans la maison.

— Alors, répéta Stacy, imperturbable, avez-vous déjà invité quelqu'un dans cet atelier sans prévenir Jane, oui ou non ?

— C'est arrivé une fois. Une fille que j'avais rencontrée au Spider Babies, le bar situé du côté de Elm Street.

Stacy l'encouragea à continuer d'un hochement de tête. Elle connaissait l'endroit.

— Elle étudiait les beaux-arts à l'université du Texas. Ça la rendait folle de savoir que j'étais l'assistant de Cameo.

Il pâlit, visiblement mortifié par cet aveu.

— J'ai voulu l'impressionner, vous comprenez. Alors je lui ai proposé de visiter l'atelier.

— Oh, Ted…, fit Jane, déçue et atterrée.

— Je ne pensais pas que ça poserait un problème… Je lui ai juste fait faire un petit tour. Pour elle, c'était un véritable aphrodisiaque. Elle m'a carrément sauté dessus.

La confession de Ted mit Jane au comble de l'embarras. Pire encore, l'idée d'une présence étrangère parmi ses œuvres s'apparentait pour elle à un viol de son intimité.

— Vous avez fait l'amour ici ? demanda Stacy.

Le visage cramoisi, il regarda ses pieds.

— Oui.

— Et ensuite ?

— J'ai dû m'endormir. Le lendemain matin, elle n'était plus là.

— Tu ne savais rien d'elle, lui reprocha Jane. Elle aurait pu dérober l'une de mes œuvres, entrer chez moi… Dieu sait ce qui aurait pu se passer.

— A mon réveil, poursuivit-il sans parvenir à relever la tête, je me suis rendu compte de ma bêtise. J'avais trahi votre confiance et j'en étais malade. J'ai vérifié l'atelier de fond en comble pour m'assurer que rien n'avait disparu.

— Et le code de l'alarme ? insista Stacy.

— Il se peut qu'elle l'ait noté au moment où je l'ai composé. J'avais un peu trop bu.

Jane remarqua l'expression furibarde de sa sœur.

— Et les clés ?

— Je les ai retrouvées le lendemain matin dans la serrure de la porte d'entrée.

Il regarda Jane avec une mine de chien battu.

— Ça n'aurait pas dû arriver. Vous savez ce que vous représentez pour moi, Jane. Jamais je n'ai voulu vous causer le moindre tort.

— Vous avez laissé les clés sur la porte, répéta Stacy d'une voix blanche de colère. Je veux que les serrures soient remplacées et le code de l'alarme modifié aujourd'hui même !

Prise de vertige, Jane agrippa son bras.

Ted se précipita vers elle. Aidé de Stacy, il la soutint jusqu'au canapé, où elle s'effondra. Elle se força à inspirer à fond et, peu à peu, son vertige s'estompa, la laissant étourdie et fébrile.

— Ça va aller ? demanda Stacy.

Elle s'accroupit face au canapé et lui saisit les mains.

— Tu es glacée, dit-elle en les frottant.

— Je me sens ridicule.

— Non, tu t'es juste un peu surestimée. Ce que tu viens de traverser aurait mis n'importe qui sur le flanc.

— Je peux vous apporter quelque chose ? offrit Ted. Un Coca, ou de l'eau minéra…

— Vous ne trouvez pas que vous en avez assez fait comme ça ? l'interrompit Stacy.

Le sang lui monta au visage. Jane s'apprêtait à le défendre quand une violente crampe à l'abdomen eut raison de sa volonté.

— J'ai besoin de m'allonger, articula-t-elle, les larmes aux yeux. Et il me faut mes anti-douleurs.

— Je vais vous aider à remonter dans votre chambre, murmura Ted en se penchant vers elle.

En le voyant prendre le bras de sa sœur pour l'aider à se lever, Stacy parut sur le point de s'interposer. Elle n'en fit rien cependant.

— Allez-y. Moi, je vais vérifier les portes et fenêtres de l'atelier. Voir si rien n'a été forcé.

Ted aida Jane à gravir l'escalier et la conduisit jusqu'à son lit. Après qu'il eut tapoté les oreillers, Jane se glissa entre les draps et s'étira en frissonnant. La douleur le disputait encore à un début de rémission. Elle en avait trop fait, et comme l'avait prédit le médecin, son corps tirait le signal d'alarme.

Stacy les rejoignit dans la chambre. A son tour, elle s'inclina vers le lit et borda Jane.

— Je vais aller te chercher tes médicaments.

Elle jeta un regard froid à Ted qui s'attardait au pied du lit.

— Ça sera tout, monsieur Jackman. Veuillez rester à disposition.

— *Moi*, inspecteur, je ne m'en vais pas, riposta-t-il d'un ton lourd de sarcasmes et de reproches.

— Me voilà rassurée, dit Stacy sans desserrer les dents. Je vous raccompagne à la porte.

Jane assista sans plaisir à cet échange. Sa sœur se comportait avec Ted comme s'il était coupable de quelque chose. Comme si elle s'adressait à un suspect.

Elle connaissait suffisamment son assistant pour savoir que son comportement irresponsable ne trahissait aucune intention de nuire, et elle s'en ouvrit à sa sœur quand celle-ci revint avec un analgésique et un verre d'eau.

— Au mieux, sa façon d'agir t'a mise en danger, Jane. Au pire, c'est lui qui t'a envoyé les messages, les roses et maintenant la poupée. Tu as déjà songé à cette éventualité ?

— Pourquoi y aurais-je songé ? Ted est un ami.

— Tu en es certaine ? Il en a pourtant eu l'occasion, Jane. Chaque fois que tu as été victime d'une menace, il se trouvait à proximité. Tu le connais vraiment bien, ce Ted Jackman ?

— Assez en tout cas pour savoir qu'il ne me ferait jamais de mal. Il a commis une erreur, c'est vrai, mais c'est tout ce dont il est coupable.

— Et si ta vie en dépendait, si la liberté de Ian en dépendait, jurerais-tu encore que tu le connais assez pour le mettre hors de cause ?

Jane s'apprêtait à répondre par l'affirmative, mais une ultime hésitation lui arracha un juron.

— Merde, Stacy. Ne me fais pas un coup pareil.

— Parce que c'est te faire un sale coup que d'essayer de te protéger ? Réfléchis un peu. Ted possède les clés de ta maison. Il connaît le code de l'alarme, tes horaires, tes préoccupations. Il a accès à presque toutes les facettes de ta vie. Avant de confier les clés de sa maison à quelqu'un, tu ne crois pas qu'il faudrait le connaître un peu mieux que tu ne connais cet homme ?

— J'ai confiance en lui.

— Malgré ce qu'il vient d'avouer ?

— Oui.

Une crampe particulièrement sévère la fit grimacer de douleur. Une main posée sur l'abdomen, elle espéra que les médicaments ne tarderaient pas à agir.

— Il faut parfois savoir faire confiance, dit-elle encore.

— Sans vouloir t'offenser, tu n'as pas mon expérience en matière criminelle. Ce monde n'a rien de tendre. Et je peux t'assurer que bon nombre de ceux qui finissent dans des housses mortuaires n'étaient pas avares de leur confiance.

A ces mots, Jane se rendit compte pour la première fois que sa sœur avait payé son choix de carrière au prix fort. Elle en eut mal au cœur pour elle.

Stacy secoua la tête comme pour chasser ses lugubres pensées.

— Il faut que tu dormes, maintenant. Je vais mettre la poupée dans un sac en plastique et l'apporter au labo. De toute façon, je voulais faire un saut au bureau. Ensuite, je passerai en vitesse à la maison prendre des affaires pour la nuit.

— Des affaires pour la nuit ?

— A moins que tu ne préfères déménager chez moi ? Parce que si tu t'imagines que je vais te laisser seule après ce qui vient de se produire, je vais commencer à m'inquiéter des effets secondaires de tes médicaments.

— Il ne m'effraiera pas au point de me chasser hors de ma maison.

— Je me doutais un peu que tu me répondrais ça.

Elle déposa le tube d'analgésiques sur la table de nuit.

— Je reviens tout à l'heure. En cas de besoin, appelle sur mon portable.

Avant de partir, elle remplit un verre d'eau et approcha le sans-fil du lit pour que Jane puisse l'atteindre sans effort.

— Stacy ?

— Oui ?

— Je voulais te… te remercier. Pour tout. Ça compte énormément pour moi.

— C'est la moindre des choses, sourit Stacy. Les grandes sœurs sont faites pour ça.

47.

Vendredi 7 novembre 2003,
18 h 10.

Le vendredi soir, la circulation sur la voie rapide principale était infernale, et ce soir-là ne dérogeait pas à la règle. Stacy roulait au pas quand une Mercedes lui fit une queue de poisson. Surprise, elle klaxonna un bon coup tandis que le chauffard freinait brutalement pour éviter la collision avec la voiture devant lui.

Elle décida de rester zen et se contenta de passer sur la file de droite afin de se porter à hauteur du fautif. Deux adolescents frimeurs lui lancèrent un regard de défi. L'un d'eux avait dû emprunter la grosse cylindrée à papa. Elle leur répondit en plaquant son insigne contre sa vitre.

A en juger par leur expression de panique, non seulement la leçon avait été comprise, mais un arrêt-pipi d'urgence allait s'avérer nécessaire.

Elle rangea son badge et leur fit un doigt d'honneur. Sans broncher, le jeune homme attendit sagement qu'elle le double. Le métier a tout de même ses avantages, se dit-elle en riant sous cape.

Mais sa bonne humeur ne résista pas au souvenir des événements de la journée : la poupée mutilée, l'aveu de Ted Jackman et la confiance que sa sœur lui portait malgré tout.

Elle avait laissé l'assistant de Jane l'accompagner dans sa chambre afin de récupérer sa canette de Coca dans la poubelle de l'atelier. Après l'avoir confiée au labo avec le poupon en plastique, elle était allée faire un tour dans les bureaux de la brigade. Là, la mine de papier mâché du capitaine l'avait incitée à garder ses distances pendant son rapport sur les affaires en cours. De toute évidence, l'épidémie de gastroentérite n'avait pas fini de réduire les effectifs. Le patron l'avait écoutée avec bienveillance et même encouragée à poursuivre ses investigations. Mais son air un peu distrait n'avait pas trompé Stacy : il avait d'autres chats à fouetter.

Quant à Mac, il était introuvable. Elle avait écouté ses messages, déçue de n'avoir aucune nouvelle de lui. Puis elle était partie apporter sa contribution aux bouchons du vendredi soir.

Le flot d'automobiles avança de quelques mètres et s'immobilisa de nouveau. Soucieuse, elle repensa à Ted Jackman. Ce type n'était pas clair. Plus elle se remémorait ses déclarations de l'après-midi, plus elle était convaincue d'avoir affaire à un menteur. Ou au moins à un dissimulateur. Mais qu'avait-il donc à cacher ?

Elle comptait sur ses empreintes digitales pour lui fournir une réponse. Le technicien du labo lui avait promis un résultat dans les vingt-quatre heures.

Son portable sonna.

— Killian à l'appareil.

— Salut, ma belle, dit Mac. Où es-tu ?

— Coincée dans les embouteillages. Je rentre chez moi.

— Chez toi ? Pas génial pour un vendredi soir.

— Tu as mieux à me proposer ?

— Ouais. Le Smiley's. C'est un pub. Tu sais où c'est ?

Quel flic digne de ce nom ne connaissait pas le Smiley's ?

— Evidemment.

— Parfait. On se retrouve là-bas.

Tout sourires, elle prit la première sortie pour faire demi-tour. La route dans ce sens-là offrait un horizon dégagé. Radieuse, elle écrasa l'accélérateur.

*
* *

Mac finissait sa bière quand elle entra dans le pub.

Elle se glissa sur la banquette face à lui. Leurs collègues ne verraient rien d'anormal à ce qu'ils se détendent autour d'un verre en fin de semaine.

Elle commanda une bière elle aussi et attendit le départ de la serveuse pour se tourner vers lui. Il la dévisageait.

— J'ai eu du mal à me concentrer aujourd'hui, déclara-t-il d'une voix cajoleuse.

Elle ne put réprimer un sourire.

— Idem.

— Impossible de penser à autre chose qu'à notre délicieux petit déjeuner de ce matin.

Il ne faisait pas référence à la pizza réchauffée, elle en avait bien conscience. Une douce chaleur l'envahit.

— Qu'as-tu fait aujourd'hui ? demanda-t-elle, les bras croisés.

— Une pute. Tabassée à mort. Un vrai carnage.

— Ta charge de travail s'alourdit à la vitesse grand V ces derniers temps.

— Cette saloperie de gastro affecte la moitié de la planète. J'y suis allé avec Liberman. Heureusement, c'est son affaire. Je n'ai fait que l'assister.

— Tu paries sur qui ? Son jules ou son julot ?

— Le julot. Apparemment, c'est un adepte de la manière forte avec ses filles.

— Génial, comme boulot.

— Pour se marrer, il n'y a pas mieux.

— Tu as déjà envisagé de changer de casquette ? De joindre le rang des civils ?

— Pas sans un max de blé. Et puis, faut bien travailler, et c'est tout ce que je sais faire. Et toi ?

— Ouais. Parfois, je…

Elle se retint in extremis de lui confier ses doutes. Parfois en effet, la peur la gagnait d'avoir été changée par ce métier. Pouvait-on conserver des relations saines avec le reste du monde tout en baignant nuit et jour dans une atmosphère de violence et de mort ? Ou bien les gens normaux se gardaient-ils bien de partager la vie d'un flic ?

Mais à quoi bon parler de ça maintenant. Elle avait trouvé Mac.

— Laisse tomber, dit-elle en souriant. Je crois que m'ennuierais si je n'avais plus de méchants à poursuivre.

— Je te comprends… Au fait, comment va Jane ? demanda-t-il comme s'il estimait avoir fait le tour de la question précédente.

— Son pote le psychopathe lui a envoyé un petit cadeau. Un nourrisson en plastique complètement démantibulé avec ce message : « Désolé pour la perte de ton bébé. »

Il but une gorgée de bière, le front plissé.

— C'est arrivé quand ?

La serveuse s'avança avec la bière de Stacy et un petit panier rempli de bretzels.

— Le paquet l'attendait chez elle à son retour de l'hôpital, répondit-elle en piochant un biscuit. Posé sur son lit.

— On ne peut guère se rapprocher davantage de quelqu'un. Atteindre son lit, c'est presque comme la toucher.

A ces mots, le bretzel prit un goût de cendre. Elle n'avait pas envisagé la situation sous cet angle. Mais Mac avait parfaitement raison.

— A quoi doit-on s'attendre, alors ? Va-t-il s'en prendre à elle physiquement la prochaine fois ? Pour l'entendre hurler ?

— Peut-être s'arrêtera-t-il là.

— Désolée, mais je ne vais pas rester les bras croisés en espérant qu'il se lasse de persécuter ma sœur.

Elle poussa un soupir de frustration.

— Et Doobie ? Rien de nouveau ?

Il répondit par la négative avec une moue désabusée et fit signe à la serveuse de lui apporter une autre bière.

— Je veux bien qu'on retourne au Big Dick's, mais ça ne fait même pas vingt-quatre heures qu'on y est passé.

C'était vrai. Une nouvelle visite serait absurde et inutile. Après tout, la patience faisait partie intégrante de leur travail. Ils attendaient en permanence — qu'on leur communique les résultats du laboratoire, qu'un témoin se manifeste ou qu'une autre victime soit à déplorer. Un nouveau meurtre signifiait de nouvelles pièces à conviction, de nouveaux témoins et l'espoir de voir le coupable faire un faux pas. A la crim', on appelait ça du sang frais.

Mais elle voulait mettre la main sur cet enfoiré avant d'en arriver là.

— Le labo s'occupe de la poupée, de la boîte dans laquelle elle est arrivée, et du mot doux. Ils examinent aussi une canette de Coca constellée d'empreintes digitales... Celles d'un certain Ted Jackman.

— Bien joué, Stacy.

Elle briefa Mac sur les soi-disant exploits amoureux de Ted dans l'atelier de Jane.

— Pour moi, c'est un menteur, conclut-elle.

— Tu crois que ta sœur se fait harceler par son assistant ?

— Il peut accéder au loft sans problème. Il connaît certains éléments de la vie privée de Jane et de Ian. Leurs allées et venues n'ont plus de secret pour lui. Chaque fois qu'un message de menace est arrivé, il se trouvait sur place ou à proximité immédiate. La nuit où Ian a été arrêté, il traînait dans l'atelier — où il n'avait d'ailleurs rien à faire. Le soir du vernissage, c'est à lui que le livreur a remis le bouquet de fleurs. Aujourd'hui, il savait que Jane était à l'hôpital et à quelle heure elle serait de retour au loft. Je l'avais prévenu moi-même.

— Et c'est lui aussi qui nous a décrit le livreur de roses.

— J'allais le dire.

Elle se remémora l'assistant de Jane, l'expression de son visage quand elle l'avait interrogé, sa façon d'éviter son regard.

— Il a une manière étrange de la fixer, ajouta-t-elle en se souvenant de paroles que Ted avait prononcées à un moment donné :

Vous savez ce que vous représentez pour moi, Jane. Une manière que je trouve déplacée, même.

— Et si les empreintes ne donnent rien ?

— On avisera à ce moment-là… Je ne peux pas m'empêcher de penser qu'il existe que quelque chose nous échappe dans l'affaire Vanmeer, reprit-elle après une pause. Je le sais. Je le sens. Ça me titille sans cesse.

— Le meurtrier est en prison, Stacy. Tant que rien ne vient prouver le contraire, on n'a aucune raison d'en douter.

— Je sais.

Il poussa sa bière et attrapa sa main.

— Etre flic, c'est passer son temps à faire des suppositions. On se pose une question et on vérifie si les éléments en notre possession correspondent à l'hypothèse de départ. Pour le moment, c'est le cas.

Elle libéra sa main, inquiète à l'idée d'être repérée par un collègue.

— Il faut que j'y aille.

— Ne pars pas déjà.

Il prit une voix de conspirateur et se pencha vers elle en jetant des coups d'œil furtifs autour d'eux.

— Tu as dit un truc qui m'a intrigué tout à l'heure…

— Ah bon ?

— Oui, oui. Tu as évoqué quelque chose qui te titillait sans cesse. Il se trouve que les titillements sont une de mes spécialités. Je sais les soulager, mais aussi les provoquer…

— Tiens donc.

— Je suis une pharmacie ambulante. On pourrait évaluer mes compétences le temps d'un bon dîner, et ensuite aller chez moi pour les travaux pratiques.

— Je ne peux pas, refusa-t-elle, sans chercher à dissimuler combien il lui en coûtait.

Il porta la main à sa poitrine, comme si son cœur le lâchait.

— Tu rejettes ma proposition ? Je te rappelle qu'il s'agit d'un service quatre étoiles ; la promesse d'un moment d'exception.

Elle rit, charmée par son enthousiasme enfantin.

— Une autre fois, d'accord ?

— Mauvaise réponse. Mais tu as droit à une deuxième chance.

— Désolée, Mac. Je vais m'installer chez Jane jusqu'à ce qu'on mette la main sur ce type. A vrai dire, j'étais déjà en chemin pour prendre quelques affaires chez moi quand tu m'as appelée.

La déception se lut sur son visage, au point que c'en était presque comique. On aurait dit un chiot banni de la chambre à coucher.

Ce type était tout simplement adorable. A cet instant, Stacy n'imaginait aucun endroit plus accueillant que le lit de Mac.

Elle lui fit part de son sentiment.

— Dans ce cas, je m'incline. Mais je préfère vous prévenir, inspecteur Killian, la prochaine je ne tolérerai aucune excuse.

48.

Vendredi 7 novembre 2003,
18 h 45.

Jane prit peu à peu conscience de la rumeur de la circulation, du tic-tac de l'horloge posée sur la cheminée, des grognements endormis de Duke au bas du lit. Elle entrouvrit un œil. La lumière éclatante de l'après-midi avait cédé le pas à la lueur indécise du soir tombant.

Tournant la tête, elle aperçut Ted debout sur le pas de la porte.

Elle se redressa précipitamment, se couvrant jusqu'aux épaules avec les couvertures.

— Qu'est-ce que tu fais là, Ted ?

— Je vous ai apporté des fleurs.

Il montra du doigt un bouquet disposé dans un vase sur la table de nuit.

Il était resté dans sa chambre pendant son sommeil. Debout devant son lit, à la regarder dormir.

Elle en eut la chair de poule. Une semaine plus tôt, sa présence ne l'aurait pas perturbée de la sorte. Mais elle n'avait pas encore reçu de menaces alors. Son mari se trouvait à la maison, lisant ses revues médicales et cuisinant de bons petits plats, et leur avenir s'annonçait radieux.

Le doute semé en elle par Stacy commençait à prendre racine.

— Les serrures ont été changées. Le serrurier vient tout juste de partir.

Pendant qu'elle dormait ? Du coin de l'œil, elle observa le tube d'analgésiques prescrit par le médecin. Du Percodan. Elle n'en avait pourtant avalé qu'un. Un seul, vraiment ?

— J'ai fermé votre porte afin que vous ne soyez pas dérangée, expliqua-t-il. Vous trouverez les instructions pour changer le code de l'alarme sur le comptoir de la cuisine. Je me suis dit que vous préféreriez vous en charger.

La mise en garde de sa sœur lui revint en mémoire.

Tu le connais vraiment bien, ce Ted Jackman ? Et si ta vie en dépendait, si la liberté de Ian en dépendait, jurerais-tu encore que tu le connais assez pour le mettre hors de cause ?

— Jane ?

Elle s'efforça de dissimuler son malaise.

— Oui ?

— J'ai encore franchi la ligne jaune, n'est-ce pas ?

— Ce n'est pas grave, Ted.

— Si, c'est grave... Je ne voulais pas vous importuner, je voulais juste me faire pardonner pour... Vous savez. Et aussi parce que j'ai de la peine pour votre bébé.

Les larmes lui vinrent aux yeux. Pourquoi le soupçonner ? Il s'agissait de Ted, son ami, son confident. Et non d'un étranger aux intentions cachées.

Elle lui fit signe d'entrer dans la chambre.

— Prends une chaise, il faut qu'on parle.

Il souleva le fauteuil victorien et le posa à côté du lit, tout près de Duke dont la queue remua en signe de bienvenue. Avant de s'asseoir, il prit le temps de caresser le chien.

— Jamais plus, Ted. Tu ne dois jamais plus inviter une inconnue dans mon atelier ni nous faire prendre de risque, à moi ou à ma famille.

— Ça ne se reproduira plus, je vous le promets.

— Quelqu'un s'est introduit chez moi aujourd'hui. Quelqu'un qui me veut du mal. Sans ton comportement irresponsable, peut-être n'aurait-il jamais pu pénétrer dans ma maison. Tu te rends compte à quel point c'est effrayant pour moi ? A quel point je me sens vulnérable par ta faute ?

— Je vous en prie, Jane, accordez-moi une autre chance. J'adore mon travail, plaida-t-il de l'air le plus sincère qui fût. Si je le perdais... ou si je vous perdais, ajouta-t-il, le regard empli de dévotion, Dieu sait ce que je deviendrais.

— Mes reproches concernent notre collaboration professionnelle, Ted. Pas notre amitié.

— Je m'en veux tellement... Je n'ai jamais voulu vous faire du tort.

— Je te crois.

Malgré les avertissements de sa sœur, elle le pensait vraiment.

— J'aimerais que tu m'en dises plus sur cette femme. De quoi elle avait l'air...

L'expédition nocturne à la clinique. La mystérieuse inconnue venue dérober un dossier.

— Oh, mon Dieu, gémit-elle.

— Qu'y a-t-il ?

Comment n'avait-elle pas établi plus tôt un lien entre ces deux femmes ? La douleur avait dû lui brouiller le cerveau.

Mais à présent, elle voyait clair.

Il fallait absolument qu'elle prévienne Stacy. Et si c'était là le coup de pouce du destin susceptible de conduire au véritable assassin et d'innocenter Ian ?

— Cette femme avec qui tu as passé la nuit dans l'atelier... Je crois qu'elle s'est introduite dans la clinique de Ian au lendemain de son arrestation.

— J'avoue ne pas comprendre, dit-il un peu déconcerté.

— Je vais te raconter quelque chose dont je n'ai parlé à personne. Cette nuit-là, je me suis rendue à la clinique. J'espérais y découvrir un élément négligé par la police, une preuve de son innocence. Il était tard et je suis entrée par la porte de derrière pour ne pas me faire remarquer. Pour la même raison, je n'ai allumé aucune lumière et je me suis dirigée avec une lampe électrique. Quelqu'un est entré après moi. Une femme, j'en suis presque certaine. Je me suis cachée dans le placard à fournitures.

— Jane, vous n'êtes pas sérieuse ?

Ignorant sa remarque, elle poursuivit son récit :

— Comme moi, elle est passée par la porte de derrière. Elle s'éclairait avec une minitorche et était habillée en noir de la tête aux pieds. Elle a foncé droit sur le classeur à dossiers suspendus, s'est emparée de quelque chose et s'en est allée comme elle était venue.

— Vous ne savez pas ce qu'elle a pris ?

— Sans être affirmative, il me semble que c'était le dossier d'une patiente. Le sien, sans doute.

— Pour que la police ne sache jamais qu'elle consultait votre mari.

— C'est ce que j'ai supposé aussi. Quelle autre raison pourrait pousser quelqu'un à voler un dossier ? Elle a cherché à effacer tout lien entre elle et la clinique.

— Comment a-t-elle pu entrer ? Elle avait forcément une clé.

— Possible. Mais je ne suis pas certaine d'avoir verrouillé la porte derrière moi. Et l'alarme n'était pas enclenchée, puisque je circulais dans le bâtiment. Je n'ai d'ailleurs pas eu à la désactiver à mon arrivée ; elle l'était déjà.

Il resta un moment silencieux, le temps d'assimiler les propos de Jane.

— Admettons que vous n'ayez pas verrouillé la porte derrière vous. Déjà, ce n'aurait pas été très malin — et étant le roi des imbéciles en matière d'imprudence, je sais de quoi je parle. Mais elle, comment s'imaginait-elle pouvoir entrer ? Soit elle avait l'intention de la forcer, soit elle en possédait la clé.

— Ian et moi avons chacun une clé, ainsi que...

Marsha. Evidemment.

Les policiers avaient-ils vérifié si son double avait disparu ?

Bien sûr que non. Pourquoi se seraient-ils donné cette peine ? Ils s'acharnaient à prouver la culpabilité de Ian, pas son innocence.

A l'expression de son visage, elle sut que Ted venait de parvenir à la même conclusion.

— Celui ou celle qui a tué Marsha a pu voler sa clé. Et la forcer à révéler le code de l'alarme pour ensuite venir à la clinique retirer un dossier compromettant.

Jane s'appuya sur son oreiller, soudain consciente de son état d'extrême fatigue.

— Franchement, je ne crois pas que l'alarme lui posait un problème. Elle avait prévu une visite éclair et même si la sirène s'était mise à hurler, elle aurait eu mille fois le temps de s'enfuir avant l'arrivée de la police.

— Comment puis-je vous aider ? demanda-t-il.

— De quoi avait-elle l'air, Ted ?

— Cheveux brun foncé coupés court. Un style élégant et étudié. Une de ces femmes typées qui ne laissent pas indifférent, vous voyez ce que je veux dire ?

Elle secoua la tête : elle ne voyait pas trop, non.

— Si… jolie, mais pas d'une manière douce. Elle avait un côté sombre, intense, mais sexy.

— Et si tu me donnais sa taille ? Son poids ?

— Taille moyenne, je dirais un peu au-dessus d'un mètre soixante-cinq. Elle était mince.

D'après ce que Jane avait pu apercevoir cette nuit-là dans l'obscurité de la clinique, la description de Ted correspondait à la rôdeuse. Ses cheveux aussi étaient sombres ; soit coupés court, soit tirés en arrière.

— Tu te souviens de son nom ?

— Bonnie.

— Bonnie ? C'est tout ? Juste un prénom ?

Il opina.

— Tu ne lui as pas demandé son numéro de téléphone ?

— Quand ça m'est venu à l'esprit, elle était déjà loin.

— Tu l'as revue depuis ?

— Jamais.

— Et avant la nuit dans l'atelier ?

— Non.

— Elle a prétendu étudier à l'université du Texas, mais elle a pu te raconter un bobard. Et mon intuition me dit qu'elle t'a fait marcher.

— Elle vivait bien à Dallas, par contre. On a parlé de restos, de bars et de musées et je peux vous assurer qu'elle connaissait la ville.

Jane fouilla sa mémoire. Il arrivait parfois à Ian de mentionner une patiente par son seul prénom. Mais aucun souvenir d'une Bonnie... De toute manière, la fille avait sans doute donné un faux nom à Ted. Elle demanderait tout de même à Elton de vérifier auprès de Ian, au cas où.

— Je peux écumer les bars pour essayer de la retrouver.

— Par où commencerais-tu ?

— Elle avait quelques tatouages, exclusivement des araignées. Je me souviens qu'elle avait évoqué un bar du côté de Fair Park qui s'appelle La Toile. Et un autre à Greenville — La Veuve Noire, je crois. Je pourrais commencer ma tournée par là.

— J'hésite à t'encourager, Ted. Si c'est bien la personne qui nous intéresse, il s'agit d'une femme dangereuse. Et si elle s'aperçoit que tu es sur ses traces...

— Elle ne se rendra compte de rien. Ne vous faites pas de souci pour moi. Le pire qui pourrait m'arriver serait de prendre une cuite magistrale, sourit-il en se levant. Etymologiquement, « écumer » signifie « baver, se couvrir d'écume ». C'est pour ça qu'on parle d'*écumer* les bars...

Mais la plaisanterie ne parvint pas à détendre Jane.

— Et si j'en touchais un mot à Stacy ? Avec son coéquipier, ils pourraient te suivre discrètement et venir à la rescousse si jamais tu la repères.

Il grimaça.

— On ne peut pas dire que j'aie des atomes crochus avec votre sœur... Quant à ce type, Mac, je le trouve plutôt inquiétant.

— Mac ? Inquiétant ? Je t'accorde qu'il est un peu froid et inamical, mais de là à le qualifier d'inquiétant…

— Attendons que je l'aie retrouvée. Quand ce sera fait, on pourra envisager d'alerter la cavalerie.

— D'accord. Mais promets-moi d'être prudent.

— Aucun problème. Souvenez-vous que j'ai servi dans la marine.

Arrivé à la porte, il se retourna.

— Quand je vous ai dit que vous représentiez beaucoup pour moi, ce n'était pas des paroles en l'air. Je vous aime beaucoup, Jane. Je ne vous ferais jamais de mal.

49.

Samedi 8 novembre 2003,
1 h 45.

La sonnerie du téléphone tira Jane du sommeil. A tâtons, elle parvint à trouver le combiné.

— … lô ?

— Jane, c'est Ted à l'appareil.

— Ted ? dit-elle en se concentrant pour l'entendre malgré le vacarme derrière lui.

— Je l'ai retrouvée, cria-t-il. Un bar… Fair Park… Le… rou…

— Le quoi ? Le Trou ?

— Je… ais la… uivre.

— Non ! hurla-t-elle en se redressant dans son lit. C'est de la folie, Ted. Stacy est à la maison. Je vais lui demander de…

— Pas… soin. Je maîtrise la… tion. Je dois… artir… Elle…

Jane perçut des propos inaudibles, puis un bruit sourd.

— Ted, que se passe-t-il ?

— … appelle quand j'ai du nouveau.

— Ted, s'il te plaît !…

Trop tard. La ligne était coupée. Le cœur battant, Jane resta un moment figée, le combiné collé à l'oreille, avant de se laisser retomber sur ses oreillers. Fallait-il réveiller Stacy ? Elle jeta un œil à son réveil. Ted semblait sûr de lui. De toute façon, elle n'était pas même certaine d'avoir saisi le nom du bar d'où il appelait. Sans compter qu'il semblait sur le point de suivre Bonnie vers une autre destination.

Tout allait bien se passer. Demain, il lui raconterait sa petite aventure et Stacy prendrait le relais si nécessaire.

Jane referma les yeux. Ses chances de se rendormir étaient minces, elle le savait, et un soupir lui échappa à la perspective des longues heures d'inquiétude qui l'attendaient avant le lever du soleil.

La solitude de son lit à moitié vide rendait ces moments plus pénibles encore. Ian lui manquait tant… Comme l'enfant qui ne viendrait jamais au monde.

Le bonheur était-il perdu à jamais ?

50.

Samedi 8 novembre 2003,
9 h 10.

Stacy se gara devant chez Mac et l'appela sur son portable.

Mac répondit d'une voix endormie.

— Secoue-toi les puces, McPherson. Je suis devant chez toi.

Il raccrocha sans répondre et Stacy sortit de son 4x4. D'un coup d'épaule, elle redressa la bandoulière de son sac à main. Les résultats de sa nouvelle recherche sur le Fichier criminel national s'y trouvaient, pliés dans une large enveloppe.

Au moment même où elle arrivait à la porte, celle-ci s'ouvrit sur un Mac en caleçon. Elle ne put s'empêcher d'admirer son torse nu et ses abdominaux.

Ses yeux rouges, par contre, manquaient singulièrement d'attrait ce matin-là.

— Tu as fait la fête ?

— J'ai la tête comme une citrouille. Je suis allé boire un coup avec des potes de la brigade des mœurs hier soir. Plusieurs coups, en fait. Je me suis couché au petit matin et j'ai l'impression d'être passé sous un rouleau compresseur.

— Arrête, tu me donnes envie de pleurer.

— Et ça, ça te donne envie de quoi ? riposta-t-il en la tirant par la main à l'intérieur.

Il referma la porte du pied tandis que Stacy venait atterrir sur son torse, puis s'empara avec autorité de la bouche de la jeune femme.

Elle se laissa aller à un moment de pur plaisir avant de tenter de se dégager.

— Désolée, McPherson. On a du boulot.

— Quoi ? Je te rappelle qu'on est samedi. Samedi *matin* pour être précis.

— Parce que tu crois que les méchants font relâche le week-end ? Non, dit-elle en lui donnant une petite tape sur les fesses. Alors lâche-moi.

Mais il la serra plus fort dans ses bras. Les paumes à plat contre sa poitrine, elle essaya sans conviction de le repousser.

— Mac…

— Mmm ?

Sa main lui enveloppa le postérieur, et il l'attira encore un peu plus fort contre lui. Sentant son érection, elle s'imagina un instant faire l'amour là, contre la porte. Elle se représenta les mouvements de Mac en elle et la réponse de son propre corps, ainsi que ses soupirs.

— Il s'agit de ma sœur, parvint-elle à articuler. C'est important…

— Ce n'est pas à ta sœur que je pense maintenant. Mais à toi, Stacy Killian. Et à toi seulement.

Son esprit s'imprégna de ces mots, s'enivra de la promesse de sa voix rocailleuse. Toutes ses préoccupations, y compris les plus urgentes, disparurent devant l'intensité du désir qu'elle éprouvait.

Elle s'abandonnait à l'instant présent, vaincue et heureuse, lorsqu'il desserra son étreinte.

— Désolée, Killian, lâcha-t-il avec un sourire en coin. On a du boulot.

— Quoi ? dit-elle, un peu désorientée.

— Les méchants, tu te souviens ? Ceux qui ne font pas relâche le week-end et qu'il faut attraper…

— Je commence à me poser des questions à ton sujet, lui lança-t-elle, outrée. Et je n'aime guère les réponses qui s'imposent.

— C'est ça, fit-il en riant, on en reparlera plus tard.

Stacy prépara du café pendant que Mac se douchait et s'habillait. Agréablement surprise de trouver un pain de campagne sur la table, elle en découpa quelques tranches et les glissa dans le grille-pain.

Elle terminait tout juste de les tartiner avec du beurre de cacahouète lorsqu'il la rejoignit dans la cuisine.

— Tu es un ange, dit-il en s'emparant du toast et de la tasse qu'elle lui proposait.

— Et toi un démon. Je me demande pourquoi je me montre si serviable après ce que je viens de subir.

— Je saurai me faire pardonner.

— Ça ne coûte rien de rêver, répliqua-t-elle en léchant les traces de beurre de cacahouète sur ses doigts. Le laboratoire a appelé ce matin. Les empreintes sur la canette de Coca ont parlé. Tu avais raison : Jackman est un pseudo.

— Son vrai nom ?

— Jack Théodore Mann.

— Des antécédents ?

— C'est le moins qu'on puisse dire.

Elle se dressa sur la pointe des pieds pour lui planter un baiser sur les lèvres.

— Je vais rendre une visite surprise à monsieur Jackman. Si ça te tente d'être de la fête, je pourrais tout te raconter en chemin.

— Je suis partant si tu conduis. J'ai vraiment mal aux cheveux.

Une fois dans son Bronco, Stacy sortit de son sac les informations sur Ted et les tendit à son coéquipier avant de démarrer.

— Monsieur Mann a eu une vie bien remplie, l'informa-t-elle. Détention de drogue, renvoyé de la Marine pour conduite déshonorante, coups et blessures… Je parie qu'il n'a jamais mentionné tous ses exploits sur son CV.

— Sans blague. N'empêche qu'aucun de ces délits n'en fait un assassin.

— Qu'est-ce que ça fait de lui, alors ?

Ted vivait au-dessus de *Tiny Tim's,* un atelier de tatouage mal famé situé dans Elm Street. Stacy se demanda si le nom du studio faisait allusion au personnage d'*Un chant de Noël* de Charles Dickens ou plutôt à ce musicien des années 1970 qui jouait du ukulélé et chantait une chanson bucolique à propos d'une balade à travers un champ de tulipes…

Elle pencha pour le musicien à cause des murs recouverts de fleurs psychédéliques.

— Ted, c'est Stacy Killian, cria-t-elle en frappant à la porte de l'appartement.

Pas de réponse.

— Ted ! C'est au sujet de Jane.

— Vous cherchez Teddy ?

Teddy ? Stacy fit volte-face pour se trouver nez à nez avec un jeune homme aux cheveux longs. Son air hagard et l'étui à guitare qu'il portait nonchalamment trahissaient le musicien de retour d'une virée nocturne. Stacy lui donna dans les vingt ans, peut-être moins. Un peu de shampoing et un coup de peigne ne seraient pas superflus pour dompter cette tignasse, jugea-t-elle.

— On le cherche, en effet. Vous savez où il est ?

— Naann. Je l'ai pas vu depuis hier.

— Et vous êtes… ?

— Je suis son colocataire. Je m'appelle Flick.

— Eh bien, bonjour, Flick. Ecoutez, on a vraiment besoin de parler à Ted. Vous pourriez entrer pour voir s'il est là ?

Le jeune homme se rembrunit d'un coup, comme s'il flairait la maréchaussée.

— Vous êtes qui au juste ?

— Stacy, se présenta-t-elle en lui tendant la main. Je suis la sœur de Cameo.

— L'artiste pour laquelle il bosse ? s'écria-t-il. Elle est géniale.

Il fouilla la poche de son pantalon noir moulant et en retira un trousseau de clés.

— Il parle tout le temps d'elle. Je suis musicien, vous savez. Vous connaissez peut-être mon groupe ? On s'appelle Néon.

— Non… Je ne crois pas… Désolée.

— Oh, ça ne fait rien. En fait, on vient tout juste de débuter.

Mac et Stacy se poussèrent pour le laisser ouvrir la porte.

— Moi, je trouve ça cool que Cameo ait pu percer dans le monde artistique. Le show-biz, c'est une vraie jungle si vous voulez mon avis.

On entendit le cliquetis de la serrure. Flick poussa la porte.

— Faut se réveiller mon Teddy, tu as de la visite.

L'intérieur de l'appartement, spartiate, se composait de meubles hétéroclites, manifestement récupérés dans la rue. Une caisse de bois faisait office de table basse, un vieux tapis de paille pendait devant la fenêtre en guise de rideau.

La pièce était en revanche bien rangée et sentait le propre — ce qui n'était pas gagné d'avance si l'on en jugeait par l'apparence de ses occupants.

Flick leur adressa un grand sourire.

— Teddy est une vraie femme d'intérieur. Ça me pose pas de problème, sauf quand il se met à me faire des reproches. Ted ! appela-t-il de nouveau. Il y a du monde pour toi.

Stacy indiqua les deux portes closes.

— Les chambres ?

— Y en a qu'une. Celle de Teddy. Il paie la plus grosse part, c'est normal qu'il soit avantagé. Moi j'utilise le canapé. Ça craint quand je ne suis pas seul, mais sinon c'est cool.

— Tu penses qu'il dort ?

Flick haussa les épaules.

— Ça m'étonnerait. Ce mec a le sommeil léger. D'après lui, ça viendrait de son séjour dans la Marine.

Plutôt de son séjour en prison, songea Stacy.

Le jeune homme alla entrebâiller l'une des deux portes.

— Personne. On dirait que ce bon vieux Teddy a découché.

— Tu en es sûr ?

Il ouvrit la porte en grand. La pièce présentait le même aspect spartiate et propre. Le lit était fait.

Depuis quand n'avait-il pas dormi dedans ? se demanda Stacy. Il s'était peut-être douté de quelque chose après leur entretien de la veille. Il avait très bien pu remarquer la disparition de la canette de Coca et décider de se faire la malle.

— Je peux utiliser les toilettes ? s'enquit Mac.

Flick sursauta. Il semblait avoir complètement oublié sa présence.

— Faites comme chez vous.

Stacy réprima un sourire. Pendant qu'elle examinerait la chambre, Mac inspecterait la salle de bains. La version policière du fameux « diviser pour mieux régner ».

— Ted a l'habitude de découcher ?

— Non, dit Flick en se grattant le sommet du crâne. Mais ça lui arrive de partir travailler tôt le matin, même le week-end. Vous êtes allée voir là-bas ?

Le téléphone sonna dans la pièce principale, donnant à Stacy une excuse pour ne pas répondre.

— C'est peut-être lui ? suggéra-t-elle.

Flick ne se décidait pas à aller décrocher. La sonnerie retentit de nouveau.

— Allez-y, fit-elle. Je vous attends ici.

Dès qu'il fut parti, Stacy entreprit de fouiller la chambre. Elle s'allongea pour regarder sous le lit. Rien. Elle ouvrit un petit placard et passa rapidement en revue les documents qu'il renfermait. Toujours rien.

Le jackpot l'attendait dans la table de nuit. Plusieurs lettres réunies par un élastique. Les enveloppes, froissées comme si on les avait souvent manipulées, étaient toutes adressées à Jane. Leurs timbres ne portaient pas le cachet de la poste. Manifestement, il n'avait pas eu le cran de les envoyer.

Elle retira l'élastique, saisit l'enveloppe en haut de la pile et prit connaissance de son contenu.

Une lettre d'amour pour Jane. De la part de Ted.

Les mots brûlants décrivaient son amour infini, son adoration. Ils insistaient sur sa passion, si intense qu'il en perdait le sommeil. Des nuits entières à se consumer, à fantasmer à l'idée de passer sa vie auprès de sa déesse.

Elle choisit au hasard une autre lettre, qu'elle lut en diagonale, puis encore une autre. Ted évoquait son désespoir de la savoir mariée, sa haine vis-à-vis de l'homme qui, en la séduisant, avait détruit tous ses espoirs. Jane représentait tout pour lui. Aujourd'hui et à jamais.

Mon Dieu, elle avait visé juste. Ted était l'homme qu'ils recherchaient.

Mac revint de la salle de bains.

— Rien trouvé.

— Regarde-moi ça, dit-elle en lui tendant une lettre.

Pendant qu'il la lisait, elle parcourut les autres.

— Elles sont toutes du même tonneau ?

— Ouaip.

Stacy lui donna la pile entière et fouina au fond du tiroir. Derrière un numéro du magazine *Art in America* vieux de six mois, elle débusqua un petit album photo rempli exclusivement des clichés de Jane et Ted. Le jeune homme y apparaissait tout sourires en compagnie de sa sœur, lors d'événements auxquels il n'avait pas assisté ou de vacances jamais partagées avec Jane. Des photos montées disparates, réunies en un faux journal intime.

Cette découverte laissa un goût amer à Stacy. L'assistant de Jane avait certainement mis un temps fou à créer ces images, sans parler de l'argent que ça avait dû lui coûter. Mais sans doute s'était-il servi du matériel disponible dans l'atelier…

Pour nourrir d'images truquées sa vie imaginaire.

Quels étaient les autres fantasmes de Ted Jackman ?

— Ça fait froid dans le dos, commenta Mac, penché par-dessus son épaule.

— C'est dingue, non ?

— Je crois qu'on tient notre homme.

— J'en ai bien l'impression.

— Hé ! Mais qu'est-ce qui vous prend de fouiller dans les affaires de Teddy ?

Stacy montra son insigne au jeune homme.

— Police, mon garçon. Nous allons devoir te poser quelques questions au sujet de ton colocataire.

51.

Samedi 8 novembre 2003,
11 h 00.

A son réveil, Jane trouva un message de Stacy posé contre la machine à café.

Partie travailler. Portable chargé si tu souhaites me joindre. Duke nourri et promené.

N'abuse pas de ma gentillesse ou il t'en cuira !

Le ton gentiment directif et au second degré de ces mots fit sourire Jane. Depuis combien de temps Stacy ne s'était-elle pas souciée d'elle au point de se montrer autoritaire ? L'idée d'avoir enfin retrouvé sa sœur la comblait de joie.

La veille au soir, elles n'avaient guère eu l'occasion de discuter. Elle-même dormait déjà à l'heure où Stacy était rentrée, puis ç'avait été au tour de cette dernière d'être assoupie quand, au milieu de la nuit, elle avait traversé le salon sur la pointe des pieds. Le coup de fil de Ted l'avait mise dans tous ses états, mais elle n'avait pas eu le courage de réveiller Stacy pour lui faire part de ses angoisses.

Au lieu de ça, elle avait contemplé en silence sa sœur endormie, submergée d'affection, de gratitude et de fierté.

Stacy lui avait tant manqué. La savoir de nouveau proche d'elle lui faisait un bien fou. C'était la seule chose à laquelle elle pouvait se raccrocher en ce moment.

Elle avait donc regagné son lit sans l'avoir réveillée. Elles auraient bien le temps de parler au petit déjeuner, s'était-elle dit avant de sombrer dans un sommeil inespéré.

Après avoir caressé Duke, elle se versa une tasse de café et appela Ted. Occupé. Elle décida de tenter sa chance sur le portable, mais n'obtint que sa messagerie.

— Ted, déclara-t-elle, Jane à l'appareil. Que s'est-il passé hier soir ? Appelle-moi.

Une fois douchée et habillée, elle reprogramma le système de sécurité et nota le nouveau code de crainte de l'oublier. Pour la première fois, il lui fallait modifier les chiffres que Stacy et elle utilisaient depuis des années : 130387.

Le 13 mars 1987. Le jour où leurs vies avaient basculé.

Elle essaya encore de joindre Ted et tomba cette fois-ci sur le répondeur de son appartement. De plus en plus inquiète, elle laissa un second message.

Ce n'était pas normal. Il avait dit qu'il l'appellerait.

Duke, le museau écrasé contre la porte menant à l'atelier, semblait partager cette opinion.

— Qu'est-ce qui t'arrive, mon bonhomme ?

Il poussa un grognement sourd. Jane se tourna vers le téléphone posé sur le comptoir de la cuisine. Et si elle appelait Stacy ?...

Oui, mais pour lui dire quoi ? Que Duke avait une attitude étrange ?

Malgré sa conscience d'être parfaitement ridicule, elle colla l'oreille à la porte. Un morceau de musique s'élevait derrière. Un air de jazz, le préféré de Ted.

Evidemment. Il se rendait souvent à l'atelier le week-end. Parfois pour terminer un travail, ou encore pour se servir de l'ordinateur. Et dire qu'elle avait essayé en vain de le joindre, alors qu'il se trouvait à quelques mètres d'elle ...

A peine la porte déverrouillée, Duke bondit en avant et dévala les marches, manquant la renverser dans sa précipitation.

— Duke ! Il n'y a pas le feu !... Ted ? appela-t-elle en emboîtant le pas à l'animal. J'ai hâte d'entendre le récit de ta soirée !

Pas de réponse. La musique devint plus forte, et Duke se mit à aboyer furieusement.

Un frisson d'angoisse la parcourut.

Le plus sage aurait été de revenir sur ses pas et de téléphoner à Stacy, mais quelque chose la poussait à avancer. Le cœur battant, les mains moites, elle cria de nouveau le prénom de son ami.

Toujours aucune réponse.

— Duke ? lança-t-elle cette fois en s'immobilisant au bas de l'escalier en colimaçon.

Un gémissement aigu, anxieux, monta de l'atelier. Son chien réapparut presque aussitôt. Sans cesser de gémir, il trottina vers elle, laissant derrière lui de curieuses traces sombres. Lorsqu'il fut à ses pieds, Jane baissa les yeux.

Ses pattes étaient mouillées. Mouillées de rouge.

Sauve-toi, Jane. Prends tes jambes à ton cou.

Pourtant, comme poussée par une force extérieure, elle pénétra dans l'atelier. Ted y était allongé face contre terre dans une mare de sang. Une plante gisait renversée à ses côtés, ainsi qu'un journal aux pages poisseuses. Tout autour du cadavre, les pattes de Duke avaient imprimé des empreintes obscènes sur le carrelage clair.

Elle voulut hurler, laisser exploser sa souffrance en un cri d'horreur, mais seul un son misérable franchit ses lèvres, couvert par l'air de jazz. L'air préféré de Ted.

Elle recula d'un pas, puis d'un autre. Elle se mit à tourner en tous sens, comme désorientée, puis soudain aperçut le téléphone et courut vers son bureau.

— Stacy Killia...

— Elle l'a tué ! balbutia-t-elle dans l'appareil. Il a voulu la suivre et... Elle l'a tué ! Elle...

— Jane ? Calme-toi ! Je ne comprends rien à ce que tu racontes. Qui...

— La femme… Celle de l'autre nuit… Ici même. Celle avec qui il… Mon Dieu, mon Dieu… Elle l'a tué !

— Qui, Jane ? Qui a-t-elle tué ?

— Ted, dit-elle entre deux sanglots. Elle a tué Ted !

— Enferme-toi dans le loft, Jane. Tout de suite ! Et garde Duke avec toi. J'arrive le plus vite possible !

52.

Samedi 8 novembre 2003,
Midi.

Dans les minutes qui suivirent l'appel de Jane, une voiture de patrouille arriva en trombe en bas de chez elle, sirène hurlante. Mac et Stacy la précédaient de peu. Jane se précipita à la fenêtre, puis courut à la rencontre de sa sœur. Celle-ci n'eut pas même le temps d'appuyer sur la sonnette : la porte s'ouvrit et Jane s'effondra en larmes dans ses bras.

— Tout est ma faute ! Il l'a fait pour moi. Je n'aurais jamais dû le laisser… J'aurais dû t'appeler… te réveiller, mais…

— Calme-toi, Jane. Prenons les choses dans l'ordre : tout d'abord, où se trouve-t-il ?

— Dans l'atelier. Au milieu… de… l'entrée.

— Je m'en occupe, dit Mac, faisant signe à l'un des policiers en uniforme de le suivre.

— La porte d'entrée était fermée à clé ?

— Je n'en sais rien, je descendais du loft.

Anéantie, elle revit le corps de Ted tel qu'il lui était apparu, baignant dans son sang. Elle aurait donné n'importe quoi pour effacer cette vision et revenir trois semaines en arrière, quand la vie s'écoulait, douce et paisible.

— Prenons les choses dans l'ordre, répéta Stacy avec douceur. Tout d'abord, est-ce que ça va ?

Un rire hystérique monta en Jane.

— Tu plaisantes ou quoi ? Non, ça ne va pas du tout !

— J'ai besoin que tu me dises précisément ce qui s'est passé... Comment as-tu découvert le corps de Ted ?... Attends, pourquoi ne pas t'asseoir un moment ?

Jane secoua la tête en signe de refus.

— Comme tu voudras. Procédons par étapes, d'accord ? J'aimerais que tu me montres le chemin que tu as suivi dans la maison avant de découvrir Ted.

Jane inspira profondément.

— Très bien.

Elles atteignirent le vestibule au moment où Mac ressortait de l'atelier. L'inspecteur fit un signe de tête à Stacy.

La confirmation du décès, songea Jane.

— Appelle Pete, dit Stacy.

— C'est déjà fait. Les techniciens sont en route.

— Alors allons-y, Jane. Dis-nous ce qui s'est passé.

Jane commença par leur décrire l'attitude de Duke, la manière dont il l'avait bousculée en se précipitant dans les escaliers, puis l'air de jazz qu'elle avait entendu derrière la porte de l'atelier.

Elle descendit les marches dans le même temps, suivie des deux inspecteurs.

— J'ai appelé Ted... mais il n'a pas répondu. Duke aboyait comme un fou... Ce n'était pas normal, je m'en rendais bien compte et... J'ai commencé à avoir peur... J'ai sifflé Duke et quand il est arrivé... ses pattes, elles... sur le sol, j'ai remarqué des traces...

Un frisson la secoua tandis qu'elle leur désignait les empreintes rouges sur le carrelage.

— C'est alors que je l'ai vu.

— Tu as touché au corps ? demanda Stacy.

— Non.

— Et à quelque chose d'autre ?

— Non, mais Duke a pataugé dans... dans le sang.

— Attends-nous ici, s'il te plaît.

Trop heureuse de ne pas avoir à affronter de nouveau cette vision de cauchemar, elle laissa Stacy disparaître dans la pièce avec Mac et ferma les yeux dans l'espoir de faire ainsi barrage à sa souffrance. Peine perdue, les échos de leur conversation la ramenèrent à la réalité.

— Combien de temps, à ton avis ? demanda la voix de Stacy.

— Au moins quelques heures. La rigidité cadavérique est bien avancée.

— On dirait qu'il a été victime d'une attaque surprise par-derrière.

— Il a été égorgé. L'assaillant connaissait son affaire.

Jane pressa la main contre sa bouche. *Quelle horreur.*

— Vérifie les issues.

Elle entendit la porte s'ouvrir du côté de la rue. Sur le tableau de commandes du système de sécurité situé au bas des marches, la lumière clignotante attira son attention : elle était rouge et non verte.

Ted n'avait pas réinitialisé l'alarme.

— Porte ouverte. Le périmètre de sécurité est en place ?

Sa sœur avait certainement adressé la question aux policiers en faction dehors. Leur réponse avait dû être affirmative parce qu'elle ordonna à l'un de commencer à interroger le voisinage et à l'autre de la prévenir aussitôt le médecin légiste arrivé.

Stacy la rejoignit ensuite.

— Jane, un agent va te raccompagner à l'étage.

— Non merci.

— Sois raisonnable. Tu ne peux plus rien faire pour lui maintenant. A quoi bon te fatiguer ainsi ? Ça ne fera pas avancer les choses, tu sais.

— Ted était mon ami. Tout est de ma faute… Tu ne comprends donc pas ?

— J'ai peut-être besoin que tu m'expliques un peu plus, répondit-elle gentiment. Viens, je t'emmène là-haut. On va discuter.

Elle échangea un rapide coup d'œil avec son coéquipier.

— Viens me chercher dès que Pete sera là.

Mac acquiesça et retourna dans l'atelier pendant que Stacy entraînait Jane vers le salon. Là, elle l'installa sur le canapé avant d'aller se chercher une chaise.

Jane respira un bon coup et se lança la première.

— Hier soir, Ted est parti à la recherche de cette femme qu'il avait amenée dans l'atelier.

— Pourquoi ?

— On pensait que c'était elle.

— L'auteur des messages ?

— Oui. Et peut-être aussi la meurtrière de Marsha, Lisette et…

— Victoria Vanmeer.

— C'est ça. Ou si ce n'était pas elle, peut-être qu'au moins elle connaissait l'assassin. Ted m'a passé un coup de fil, très tard dans la soirée. Il pensait l'avoir retrouvée.

Sa voix se mit à trembler.

— Il s'apprêtait à la suivre. Je l'ai supplié de n'en rien faire… Je voulais t'appeler. Tu aurais pu le rejoindre, mais il…

— Jane, ça m'a tout l'air d'un cambriolage qui a mal tourné.

— Un cambriolage ?… Je ne te suis pas.

— Tout porte à croire que Ted est passé à l'atelier tard dans la nuit. Il avait apporté une jolie plante et le dernier numéro du *Dallas Morning News.* Le journal contenait un article élogieux sur ton exposition. Il est tombé sur des cambrioleurs qui l'ont tué.

Jane eut le sentiment que tout s'embrouillait. Un article sur son exposition ? Son atelier sur le point d'être dévalisé ?

— Il s'inquiétait pour toi, enchaîna Stacy. Il voulait sans doute te remonter le moral avec la plante et l'article. Il prévoyait de les mettre en évidence pour que tu les découvres en arrivant à l'atelier.

— Non, la femme…

— Oublie cette femme, Jane. Ted s'est seulement trouvé au mauvais endroit au mauvais moment.

— Non, répéta-t-elle, plus fort cette fois. Il y a un élément que tu ignores. Quelque chose que je ne t'ai pas dit.

Stacy attendit en silence, le front légèrement plissé.

Jane lui raconta alors sa visite nocturne à la clinique et le vol d'un dossier par la mystérieuse intruse.

— En y réfléchissant, je me suis dit que la conquête de Ted et cette rôdeuse n'étaient qu'une seule et même femme.

Stacy accusa le coup.

— Tu t'es rendue seule à la clinique en pleine nuit ? Comment as-tu pu agir de façon si légère ?

— Je voulais aider Ian. J'étais persuadée qu'en cherchant bien, je trouverais un élément à décharge oublié par la police.

— Un élément oublié par la police ? répéta Stacy, incrédule. Jane, c'est notre métier de tout passer au peigne fin. Crois-moi, on…

— La police recherchait des preuves de sa culpabilité, pas de son innocence.

Stacy parut sur le point d'argumenter, mais se ravisa. Elle semblait pour le moins déstabilisée par ces aveux.

— Tu n'as parlé de ça à personne ?

— A Ted seulement.

— Pourquoi ne m'as-tu rien dit ?

— Parce que je me doutais de ta réaction. Et parce que… parce que j'ai fait chou blanc.

— Franchement, je ne sais trop que faire de cette information.

— Tu as vérifié les clés de Marsha ? Celle de la clinique était toujours sur son porte-clés ?

— Pardon ?

— Sa clé de la clinique ? La femme a dérobé le dossier d'une patiente afin de le soustraire à la police. Comment crois-tu qu'elle comptait entrer dans le bâtiment, sinon avec une clé ?

Le portable de Stacy se mit à sonner. Elle leva le doigt pour interrompre Jane.

— OK. J'arrive tout de suite. Envoie un agent à l'étage.

Elle se leva.

— Je dois retourner à l'atelier, Jane. Je reviens dès que possible, mais ça risque de durer un moment. Ça va aller ?

Jane la rassura du bout des lèvres, en proie à une grande lassitude. Elle se demandait si elle pourrait un jour répondre à cette question par l'affirmative sans mentir un peu.

— Et si tu appelais Dave ? Il pourrait te tenir compagnie.

— C'est une idée.

— On résoudra cette affaire, Jane, lui promit-elle avant de partir. Fais-moi confiance.

L'instant d'après, Jane se retrouva seule.

Seule comme jamais elle ne l'avait été.

53.

Samedi 8 novembre 2003,
20 h 30.

Stacy trouvait le loft curieusement paisible. Elle venait tout juste d'en pousser la porte et s'inquiétait du silence pensant qui enveloppait les lieux. Pas un bruit. Jane et Duke dormaient peut-être, mais Dave ? Elle l'avait appelé elle-même et il avait promis de rester avec Jane jusqu'à son retour.

Pas question de prendre le moindre risque.

Elle posa tout doucement son sac sur le guéridon de l'entrée et glissa la main sous son blouson.

Aux aguets, les doigts crispés sur la crosse de son pistolet, elle monta vers le loft à pas de loup.

Dave se tenait parfaitement immobile devant la fenêtre de la cuisine, le regard perdu dans les lumières de la ville.

— Salut, Dave.

Il sursauta et fit volte-face avec une étonnante vivacité.

— Tu m'as fait peur… Je ne t'ai pas entendue arriver.

— Désolée. Les flics sont comme les chats — rapides et silencieux. Ça fait partie du boulot.

Il ne répondit pas. Elle l'avait sans doute interrompu au beau milieu de ses pensées car il semblait peiner à retrouver ses esprits.

— Comment va-t-elle ? demanda Stacy.

— Aussi bien que possible. J'ai essayé de la faire parler un peu.

— Tu as obtenu quelque chose ?

— Pas vraiment, admit-il. Tu ne devrais pas avoir de mal à faire mieux que moi.

— On verra. Où est-elle ?

— Elle se repose.

Stacy se tourna vers la porte de la chambre, hésitant à réveiller sa sœur.

— Ça te dirait de manger chinois ? offrit-elle finalement. J'ai ramené de quoi nourrir un régiment.

— Merci, mais il faut que j'y aille.

Il se massa le visage des deux mains, l'air épuisé.

— Et puis je dois rappeler plusieurs patients.

— Tout va bien, Dave ?

— Je suis juste un peu inquiet pour Jane.

— Moi aussi… A ton avis, comment dois-je me comporter avec elle ? Elle vient de subir une telle succession de chocs… Je ne sais pas vraiment que lui dire, ni même s'il est souhaitable que je lui dise quoi que ce soit.

— Ecoute-la. C'est ce qui compte le plus.

Il glissa un regard brûlant vers la porte close de sa chambre.

— Jane est une femme intelligente, murmura-t-il. Elle trouvera le moyen de s'en sortir.

Il fit l'effort de sourire, mais ses yeux démentaient son optimisme. Stacy éprouva un élan de compassion envers cet homme dans l'impossibilité d'aider celle qu'il aimait.

— Merci d'être là pour elle. Pour nous.

— Vous pourrez toujours compter sur moi, dit-il en enfilant sa veste. N'hésite pas à m'appeler en cas de besoin.

Stacy le raccompagna jusqu'à la rue. Elle l'embrassa et attendit de le voir s'éloigner pour rentrer dans le loft.

Là, elle entrouvrit la porte de la chambre pour voir si Jane dormait bien. Elle la trouva éveillée et assise, Duke affalé sur ses jambes.

— Salut, lança-t-elle. J'ai des nems et du poulet à l'ananas, si ça te tente.

Le regard franc et déterminé de Jane la prit au dépourvu.

— Ted a été attaqué par-derrière, n'est-ce pas ? Et on lui a tranché la gorge ?

Stacy opina, un peu sur la défensive.

— Ce n'était pas un cambriolage, je le sais.

— Jane, ne recommence pas.

— Il part à la recherche de cette fille qu'il avait amenée au studio et, comme par hasard, il se fait assassiner cette nuit-là. La coïncidence ne te frappe pas ?

— Ted a peut-être inventé cette histoire de toutes pièces.

— Qu'est-ce que tu racontes ? Pourquoi aurait-il menti ?

— Pour se protéger, dissimuler la vérité.

— De quelle vérité parles-tu, Stacy ?

— Tu ne connaissais pas Ted aussi bien que tu le pensais. On vient d'apprendre deux ou trois choses à son sujet et il se pourrait fort bien qu'il ait été l'auteur de tes messages.

— Ted était mon ami, jamais il n'aurait...

— Laisse-moi finir. Ted s'appelait en réalité Jack Theodore Mann. Il avait fait de la prison, Jane, et il possédait un lourd casier judiciaire.

— Je ne te crois pas.

Parce qu'elle s'attendait à cette réaction, Stacy la coupa aussitôt :

— Je me doutais qu'il cachait quelque chose. On a entré ses empreintes digitales dans l'ordinateur central de la police.

— Mon ami vient de mourir et je ne te laisserai pas...

— Il était amoureux de toi. On a trouvé chez lui une pile de lettres d'amour à ton attention. Des enveloppes timbrées avec tes nom et adresse, mais qu'il n'a jamais osé t'envoyer. Il les conservait dans un tiroir de sa table de nuit. A en juger par leur état de délabrement, il devait les relire chaque soir avant de s'endormir.

— Mon Dieu, non...

— Et il avait rempli tout un album de photos truquées sur lesquelles vous posiez joue contre joue lors de cocktails mondains ou au bord de la mer.

Jane secoua la tête, révulsée par ces révélations.

— Je ne veux pas entendre un mot de plus.

— Jane, tu dois savoir qui il était vraiment…

— Tu ne comprends donc pas ? J'avais un ami et maintenant il est mort, protesta-t-elle les larmes aux yeux. Laisse-moi, j'ai besoin d'être seule pour penser à lui.

Stacy se remémora soudain le conseil de Dave : le plus important était d'écouter Jane.

Elle avait fait tout le contraire. Qu'est-ce qui clochait chez elle ? Pourquoi ce besoin d'avoir toujours raison ?

— Je suis juste à côté, si tu as besoin de moi.

Jane resta silencieuse. Duke sauta du lit et se dandina jusqu'à Stacy, qui se baissa pour le caresser.

— Alors bonhomme, on a envie d'aller faire une petite balade ?

Le chien s'élança aussitôt hors de la chambre, sans nul doute pour se précipiter vers la porte d'entrée. Stacy le suivit du regard avant de se tourner vers Jane. Celle-ci s'était recroquevillée sur son lit en position fœtale, lui tournant ostensiblement le dos.

— Je suis ta sœur, Jane, dit-elle d'une voix douce. Je suis dans ton camp. Pardonne-moi si parfois… tu as l'impression que ce n'est pas le cas.

Mais Jane s'obstina dans son silence, et elle se résolut à quitter la chambre, le cœur lourd.

Trois quarts d'heure plus tard, à bout de nerfs, elle marchait de long en large dans le salon. Après une petite promenade, Duke s'était assoupi au pied du sofa. Le poulet à l'ananas attendait sur la table basse dans sa boîte en carton. Stacy l'avait ouverte et refermée dans un même mouvement, incapable d'avaler quoi que ce soit. Elle n'avait vraiment pas la tête à ça.

Elle songea aux événements de la journée : la découverte des secrets de Ted, puis son assassinat. Quelque chose leur avait échappé, mais quoi ?

Elle se dirigea vers le vestibule et déverrouilla la porte menant à l'atelier. Les marches de l'escalier grincèrent sous ses pas. Arrivée en bas, elle prit le temps de s'imprégner de l'atmosphère du lieu. Aucun bruit, sinon les sons étouffés de la rue. Le meurtre de Ted avait laissé des traces — la sensation indéfinissable qu'un acte brutal avait été commis dans ces murs ; l'odeur persistante de la mort ; celle, plus entêtante, du produit industriel utilisé pour nettoyer le sang…

Elle s'était chargée elle-même de contacter une société de nettoyage une fois terminé le travail du médecin légiste et de la police technique et scientifique. Jane aurait très vite besoin de retravailler. Son art lui servait d'anti-douleur. Il en avait toujours été ainsi.

Stacy s'approcha de la porte donnant sur la rue et balaya du regard ce coin de la pièce. Nichée dans un mur sans fenêtre, une petite alcôve offrait assez de place pour poser une ou deux plantes en pot. Au plafond, l'ampoule avait grillé ou avait été dévissée.

L'assaillant de Ted l'avait entendu entrer. Ramassé dans l'alcôve, fondu dans l'obscurité, il avait attendu qu'il passe à sa portée. Stacy se représenta Ted, les bras chargés, essayant en vain d'allumer la lumière.

Il n'avait pas eu le temps de comprendre ce qui lui arrivait. Son meurtrier avait surgi de l'alcôve et l'avait égorgé. Adieu, l'ami.

Mais pourquoi ? Toute la question était là.

Rien n'avait disparu dans l'atelier. Rien ne semblait même avoir été dérangé. Attirés par les festivals de rue, les bars underground et les ateliers de tatouage, toutes sortes d'individus peu recommandables fréquentaient le quartier, dont un certain nombre de criminels en cavale. La plupart vivaient de rapines ou de la charité publique.

Dans tous les cas, le meurtrier de Ted n'était pas un amateur. Selon Pete, rien ne dénotait une quelconque hésitation de sa part. Il avait utilisé une lame à double tranchant d'une bonne dizaine de centimètres, parfaitement affûtée.

Stacy alla se placer à l'endroit même où Ted s'était écroulé. Elle étudia longuement la serrure et le panneau de commande du système de sécurité.

Aucun signe d'effraction. Comment l'assassin avait-il pu pénétrer dans l'atelier ? Jane avait remplacé le code de l'alarme ce matin-là seulement, c'est-à-dire *après* le meurtre de Ted Jackman, mais les serrures avaient été changées avant, elles.

Et si Jane avait raison ? Si Ted, de passage à l'atelier, était tombé par hasard sur l'homme qui la terrorisait ? A moins qu'il n'ait été suivi par le psychopathe ? Ou par cette femme qu'il avait soi-disant séduite dans l'atelier ?

Peut-être existait-elle, après tout.

Elle saisit son portable et composa le numéro de Mac. Il répondit à la seconde sonnerie.

— Que fais-tu ? demanda-t-elle.

— Je pense à une certaine Stacy.

Ces mots lui firent l'effet d'une caresse.

— J'aimerais être avec toi, murmura-t-elle.

— Comment se porte ta sœur ?

— Elle accuse le coup. Je l'ai laissée tranquille ; je crois qu'elle a besoin d'être seule.

— Désolé.

Chaude, réconfortante, la voix de Mac la rendit encore plus consciente de son immense besoin d'une présence rassurante.

Mon Dieu, elle s'aventurait vraiment en terrain inconnu.

— Tu lui as parlé des lettres et des photos trouvées dans l'appartement de Ted ?

— J'ai essayé, mais elle s'est braquée. Elle n'a rien voulu entendre.

— Après ce qu'elle vient de vivre, c'est compréhensible.

Un court silence s'ensuivit.

— Un truc me chiffonne, avoua-t-elle enfin. Si le vol est vraiment le mobile du crime, pourquoi est-ce que rien n'a été dérobé ?

— Le type a dû paniquer après avoir tué Ted et s'enfuir sans demander son reste.

— Je ne pense pas qu'on ait affaire à un fugitif ou à un junkie, Mac. Notre homme savait ce qu'il faisait. Quelque chose cloche dans ce scénario. Il y a beaucoup trop d'éléments disparates.

— Peut-être sont-ils disparates parce qu'ils n'ont tout simplement aucun lien entre eux.

— C'est possible.

Elle entendit alors un bruit en provenance du loft, comme si quelqu'un s'était déplacé à l'étage supérieur. Duke laissa échapper un faible aboiement.

— Il faut que je raccroche.

— Que se passe-t-il ?

— Je te rappelle tout à l'heure, dit-elle, refermant son portable et dégainant son arme dans un même mouvement.

Elle fit de son mieux pour remonter l'escalier le plus discrètement possible, maudissant à chaque pas le grincement des marches métalliques.

Parvenue dans l'entrée, elle nota le rai de lumière qui filtrait sous la porte de la cuisine. Derrière, quelqu'un marchait à pas feutrés.

La chambre de Jane était toujours fermée, mais Duke donnait des coups de patte derrière la porte. Stacy serra la crosse de son pistolet. A peine une demi-heure plus tôt, elle avait laissé l'animal dans le salon. Comment s'était-il retrouvé dans la chambre de Jane ?

Merde. Jamais elle n'aurait dû s'absenter du loft.

Prête à faire feu, elle s'avança vers la cuisine sans s'exposer à la lumière. Un tiroir coulissa à l'intérieur de la pièce. Quelqu'un était en train de fouiller son contenu.

Elle inspira profondément et poussa la porte d'un coup de pied.

— Pas un geste !

54.

Samedi 8 novembre 2003,
22 h 10.

Jane fit volte-face avec un cri d'effroi. Les baguettes chinoises lui échappèrent des mains et rebondirent sur le sol avec un petit bruit sec.

— Jane !

— Stacy !

— Qu'est-ce que tu fous dans la cuisine ? s'écria Stacy en rengainant son arme. Tu m'as flanqué une de ces trouilles...

— Moi ? C'est pourtant toi qui as débarqué en hurlant avec l'arme au poing !

— Excuse-moi, dit Stacy d'un ton agacé. La porte de ta chambre était fermée et j'ai entendu Duke gratter la porte... Je me suis inquiétée, tu comprends.

— Il a voulu venir avec moi tout à l'heure... Je croyais que tu dormais dans le salon et je ne voulais pas qu'il te réveille en te sautant dessus.

Elles restèrent un moment à se dévisager en silence, jusqu'à ce que Jane éclate de rire.

— Qu'est-ce qu'il y a de si drôle ? bougonna Stacy.

— Calamity Stacy et son Walton et Johnson.

— Très amusant. Estime-toi heureuse de ne pas avoir été transformée en passoire.

— Tu devrais peut-être essayer le décaféiné ?

Le sourire aux lèvres cette fois, Stacy se baissa pour ramasser les baguettes.

— Et qu'espérais-tu faire avec ça ? s'enquit-elle en les agitant sous le nez de Jane.

— M'en mettre plein la lampe, si tu veux tout savoir.

— Ça t'ennuie que je me joigne à toi ?

— Ça dépend quelle quantité de nourriture tu comptes ingurgiter.

— Goinfre.

Jane se dirigea en riant vers le réfrigérateur pour en sortir les boîtes en carton. Après avoir réchauffé le poulet à l'ananas, le riz et les nems, Stacy et elle portèrent le tout sur la table basse du salon, puis libérèrent Duke. Ravi d'être convié au festin, il bondit hors de la chambre en jappant joyeusement.

Elles ne prirent pas la peine de sortir des assiettes et mangèrent sans manières, s'échangeant les boîtes en carton après avoir copieusement pioché dedans. Elles discutèrent du climat hivernal, des dernières facéties du chien, des mérites comparés de la nourriture chinoise et japonaise — de tout et de rien, en somme, afin d'éviter les sujets qui les préoccupaient vraiment.

Ted. Son assassinat. Son amour inavoué pour Jane.

La réaction de celle-ci en apprenant la vérité.

Lorsqu'il ne resta plus un grain de riz dans les boîtes, Jane planta son regard dans celui de sa sœur.

— Pardonne-moi, dit-elle.

— Te pardonner de quoi ?

— Pour tout à l'heure. Je n'aurais pas dû m'en prendre au messager.

— Ce n'est pas grave. Je peux comprendre ta réaction.

Jane baissa les yeux un moment, avant de les relever au prix d'un effort visible.

— Pardonne-moi surtout d'avoir bousillé nos vies.

— En quoi aurais-tu bousillé nos vies, Jane ?

— En voulant faire l'intéressante ce matin-là. Je n'aurais jamais dû m'aventurer si loin dans le lac. Il fallait sans cesse que je me mette en avant.

Stacy secoua la tête.

— C'est moi qui t'ai mise au défi de le faire. Moi et mes amis. Si tu as nagé ce jour-là, c'est parce que nous avions décidé de sécher l'école et que nous t'avions entraînée avec nous.

— J'avais choisi de vous suivre.

— En tant que grande sœur, j'étais censée veiller sur toi. Donner l'exemple. Au lieu de ça, j'ai…

Elle se mordit la lèvre pour contenir son émotion.

— Tu as été à deux doigts de mourir, Jane. Et ton visage…

Les mots s'étranglèrent dans sa gorge. Jane lui effleura doucement la main.

— Tu n'y es pour rien, Stacy. Jamais je ne t'en ai voulu. Jamais, tu m'entends ?

Les yeux de Stacy s'embuèrent.

— Moi, je m'en suis voulue. Maman et papa aussi.

— Absolument pas. Ils étaient fâchés, c'est vrai. Mais fâchés contre nous deux.

— Contre nous deux ? Mes souvenirs sont un peu différents, dit-elle avec un rire cassant. La vérité, c'est qu'après l'accident, ils ne se sont plus jamais mis en colère contre toi.

— C'est faux.

— Ah bon ? Il m'a pourtant semblé qu'ils prenaient des gants en permanence avec toi. A partir du jour où tu es revenue de l'hôpital, ils ne t'ont plus jamais punie ; ils n'ont plus élevé la voix contre toi comme ils le faisaient avec moi. La différence de traitement entre nous était flagrante.

Jane prit les remarques de sa sœur en considération, essayant de déterminer à quel point elles étaient fondées. Ses parents l'avaient grondée. A l'occasion, ils l'avaient privée de téléphone, de télévision, ou envoyée dans sa chambre avant le dessert.

Mais rien de bien méchant.

— Je me souviens les avoir entendus un soir, poursuivit Stacy. Ils se disputaient. Maman pleurait. Tu venais de te faire opérer pour la énième fois et tu souffrais énormément. Tes plaies s'étaient de nouveau infectées… Papa était hors de lui. Il me jugeait fautive et n'arrêtait pas de dire *Ta fille* à maman en parlant de moi.

Le souvenir de ces heures douloureuses l'obligea à s'interrompre quelques secondes.

— Il se demandait si je ne l'avais pas fait exprès, par jalousie.

Toute la souffrance de Stacy transparaissait à travers ces mots. Jane savait pourtant qu'ils ne reflétaient pas la réalité. Leurs parents avaient eu si peur… A cette période, ils s'inquiétaient encore pour l'avenir de leur enfant. Leur vie était dominée par le chagrin et l'angoisse.

Elle tenta d'en convaincre Stacy, mais en cherchant plus à l'apaiser qu'à polémiquer.

Sa sœur mit du temps à répondre.

— Le problème, avoua-t-elle d'une voix tremblante, c'est qu'il n'avait pas complètement tort. J'étais jalouse de toi. Avant et après l'accident.

— Jalouse de moi ? Mais pourquoi, Stacy ?

— Comment peux-tu poser une question pareille ? Je voulais être la fille de papa. Sa vraie fille. Je passais des nuits à me demander pourquoi mon père était mort et pas le tien… Pourquoi tu n'étais pas l'étrangère, et moi sa vraie fille…

— Jamais tu n'as été considérée comme une étrangère, protesta Jane, bouleversée par cette déclaration. Ni par moi, ni par papa.

— C'est facile à dire pour toi.

— Papa t'aimait comme sa propre fille.

Devant la mine incrédule de sa sœur, Jane saisit sa main et enchaîna avec force :

— Crois-moi, Stacy. Il ne faisait pas la moindre différence entre nous. Il te regardait avec tant d'amour, tant d'orgueil… Le jour où tu as reçu ton diplôme de l'Académie de Police, il était fier comme Artaban… J'ai cru qu'il allait pleurer.

— Je l'aimais tellement, murmura Stacy, les yeux humides. Et après l'accident…

Elle laissa sa phrase en suspens et se leva.

— Après l'accident… ? insista Jane.

Stacy lui tourna le dos pour regarder la rue par la fenêtre.

— Tu veux tout savoir ? Ma jalousie n'a plus connu aucune limite après ton accident. Et comme je savais que je n'avais aucun droit d'être envieuse à ce point, je culpabilisais jour et nuit.

— Comment as-tu pu m'envier, Stacy ? J'étais si laide… Ma vie était tellement… affreuse. Je ne l'aurais pas souhaitée à mon pire ennemi.

— Justement, tout tournait autour de toi. Depuis ce jour, rien n'a plus compté que toi et ta santé. Moi, je n'existais plus. Même pour les petites choses de la vie quotidienne, les devoirs par exemple, papa et maman n'avaient pas de temps à me consacrer. Personne n'était là quand j'avais besoin d'un conseil concernant l'école, un copain ou un petit ami. Tu dis que je n'étais pas une étrangère ? A d'autres ! Avant l'accident, je me faisais peut-être des idées, mais plus après.

Jane se leva à son tour, abasourdie par ce qu'elle venait d'entendre.

— Je ne pouvais pas imaginer que tu te sentais exclue à ce point !

Stacy se retourna vivement, le visage rouge de colère.

— Bien sûr que tu l'ignorais ! Tout le monde s'en foutait. Toi comme les autres. On ne s'intéressait qu'à toi, ta santé, tes humeurs, ton avenir, tes opérations… Aux factures qui arrivaient chaque jour de l'hôpital. Heureusement que je n'étais pas à ta place dans le lac, parce que grand-mère n'aurait jamais mis la main à la poche pour financer la reconstruction de mon visage !

— Tu ne peux pas dire ça, Stacy. Ce n'était pas un monstre. Je suis sûre qu'elle t'aurait autant aidée.

— Pas un monstre ? Ça dépend d'où on se place. Cette femme m'aurait laissée crever de faim plutôt que de me donner une miette de pain ! C'est triste, mais c'est la vérité.

Jane leva une main tremblante.

— Que puis-je faire pour réparer tout ça ?

— Tu ne peux rien faire, parce que…

Sa voix se brisa. Elle inspira, les yeux fermés, puis se racla la gorge avant de poursuivre.

— Parce que le problème ne vient pas de toi. Ce n'est pas ta faute, Jane. En réalité, le problème vient de moi.

La vie de Jane n'avait pas été la seule à basculer ce matin-là, elle s'en rendait compte à présent. La colère de sa sœur, son ressentiment, se justifiaient entièrement. Personne ne s'était soucié de savoir comment le drame l'avait affectée. Ses sentiments, et même sa vie entière, avaient été occultés.

— Comment ai-je pu être aveugle à ce point ? murmura-t-elle en s'approchant de Stacy. Pourras-tu jamais me pardonner ?

— Tu n'as rien à te faire pardonner… Ce n'est vraiment pas ta faute. Et je me sens tellement… coupable. Toutes ces années à t'en vouloir… Au fond de moi, je savais bien que j'avais tort, mais je ne pouvais pas m'en empêcher… C'est moi qui te demande pardon, ajouta-t-elle après une pause.

— Qu'est-ce que tu racontes ? demanda Jane, les yeux brillants de larmes. Toi non plus, tu n'as rien à te faire pardonner. Tout ce que j'ai toujours désiré, c'est l'amour de ma grande sœur.

Elles tombèrent dans les bras l'une de l'autre, enfin libérées de toutes ces années d'incompréhension. Jane se sentit soudain si légère qu'elle fut prise d'un vertige — vertige partagé par sa sœur, elle l'aurait juré.

La conversation se poursuivit un peu, puis elles nettoyèrent les restes de leur repas et passèrent sous l'eau les quelques couverts qu'elles avaient utilisés. Jane retrouvait avec bonheur la complicité de leur enfance, le naturel de ces gestes de la vie quotidienne accomplis à deux.

Ces petites joies essentielles lui avaient cruellement manqué.

Stacy laissa tomber le torchon sur le comptoir de la cuisine.

— Il commence à se faire tard. Tu penses pouvoir dormir ?

— Pas encore. Je... J'aimerais qu'on parle de Ted. De ce que tu m'as appris sur lui.

Elle vit Stacy se raidir, mais ne se démonta pas pour autant.

— Il a peut-être laissé quelques épisodes de son passé dans l'ombre, mais je reste persuadée qu'il était incapable de me faire du mal.

— Il a *menti* sur son passé, corrigea Stacy. Il a fait de la prison, Jane. C'est un mensonge grave.

Sans lui laisser le temps de répondre, elle enchaîna :

— Tu n'as pas vu toutes ses lettres et ses montages photographiques. Crois-moi, il éprouvait pour toi un amour obsessionnel et malsain.

Jane se remémora les quelques fois où elle avait surpris Ted en train de la dévisager. L'intensité de son regard l'avait mise mal à l'aise, mais elle avait préféré mettre ça sur le compte de sa personnalité hors norme. Elle comprenait mieux à présent.

Soudain frissonnante, elle se frotta les bras en songeant à son ami. Elle ne pouvait se résoudre à ne voir en lui qu'un amoureux obsessif. Elle s'y refusait.

— Dans son journal intime, continua Stacy, il évoque sa haine de Ian. Il lui en voulait d'avoir volé la place qu'il espérait prendre dans ton cœur.

Les deux hommes ne s'étaient jamais appréciés. Mais de là à parler de haine ? songea Jane. C'était y aller un peu fort.

— Ted n'a pas pu m'envoyer ces messages. Celui qui les a écrits me déteste, Stacy. Il se moque bien de Ian. C'est à moi qu'il veut faire du mal. Or ça, Ted en était incapable. Il m'aimait. Et on l'a tué.

— Qui l'a tué d'après toi ? L'homme qui te harcèle ? Le pilote du bateau ?

— Oui.

— Et tu crois toujours en l'innocence de Ian ?

— Plus que jamais.

— Lorsque tu t'es rendue de nuit à la clinique, tu es tombée sur des éléments qui allaient dans le sens de sa culpabilité, n'est-ce pas ? C'est pour ça que tu as voulu garder le secret sur ton expédition nocturne.

— J'ai trouvé des éléments propres à me faire douter de lui, rectifia Jane. De sa fidélité. L'idée d'en parler m'était insupportable parce que j'avais honte de mes soupçons : j'avais l'impression de le trahir, de trahir notre mariage...

— Vous vous êtes disputés à ce sujet lors de ta dernière visite au parloir.

— Comment le sais-tu ? C'est Dave qui...

— Ian me l'a dit.

Stacy détourna le regard un instant.

— Il m'a demandé de te transmettre ses excuses.

— Et c'est maintenant que tu me le dis ?!

— Je n'étais pas convaincue de sa sincérité.

— Il me semble que c'est à moi de décider de ça. Ian est mon mari et...

— Et il est en prison, dans l'attente d'un jugement pour meurtre capital. Je suis un flic, Jane. Et ta grande sœur.

— Tu ne peux pas me protéger de lui, Stacy, parce que tu ne pourras jamais m'empêcher de l'aimer.

Stacy la fixa un long moment en silence.

— Très bien, déclara-t-elle enfin. Il m'a affirmé que Marsha bloquait deux heures bimensuelles pour tout le travail administratif. Et selon lui, elle a transféré tous les anciens numéros de son carnet d'adresses vers son PalmPilot. Un bon nombre de ces contacts dataient d'avant votre mariage.

Jane l'écouta attentivement. L'explication semblait logique. Ce pouvait être la vérité.

— Il m'a supplié de te dire qu'il t'aimait. Qu'il est désolé de s'être disputé avec toi. Que tu représentes tout pour lui et qu'il ne t'a jamais trompée. Voilà.

— Merci, murmura Jane.

Elle aurait tant voulu croire Ian sur parole, comme autrefois.

— A toi, maintenant, exigea Stacy.

Jane lui expliqua alors qu'elle avait trouvé dans le répertoire de son mari les numéros de Victoria Vanmeer et du Plaza, et dans son agenda des plages horaires récurrentes réservées à de longs déjeuners anonymes. Que ces découvertes étaient arrivées à la suite d'une autre trouvaille perturbante : d'après les dossiers de la clinique, trois des femmes qu'elle avait présentées à Ian étaient par la suite devenues ses patientes.

— Qui d'autre que Lisette Gregory ?

— Gretchen Cole et Sharon Smith.

— Ton coup de fil à Lisette ne concernait pas son carton d'invitation, n'est-ce pas ?

— Non.

Jane lui expliqua pourquoi elle avait appelé les trois femmes, sans omettre bien sûr les propos de Gretchen et Sharon sur l'intégrité et la conscience professionnelle de Ian. Quant à Lisette, elle n'avait jamais pu la joindre au téléphone.

Parce qu'elle était morte. Sauvagement assassinée.

— Jane, objecta doucement Stacy, interrompant le fil de ses pensées. L'ex-mari de Victoria Vanmeer nous a affirmé qu'elle avait eu une aventure avec Ian. Il est allé jusqu'à prétendre qu'à l'époque elle passait plus de temps dans le lit de Ian que dans le sien. Si cet homme dit la vérité — et je ne vois pas quel intérêt il aurait à inventer une histoire pareille —, Ian a menti. A toi comme à nous. Pourquoi ?

Jane replia les bras sur son ventre, comme si elle avait reçu un coup de poing à l'estomac. Cette question la torturait. Presque plus qu'elle ne pouvait le supporter.

— Je sais que je t'ai déjà posé la question, poursuivit Stacy, mais es-tu vraiment sûre et certaine de la fidélité de Ian ?

— Je l'étais… avant, répondit Jane sans parvenir à regarder sa sœur dans les yeux. Je serais morte plutôt que de mettre sa parole en doute. Mais maintenant…

Elle se censura in extremis, et s'efforça de mettre de l'ordre dans ses pensées.

— Où que j'aille, reprit-elle enfin, de nouveaux éléments surgissent qui l'accusent tous. Son ex-femme me jette au visage que Ian était un coureur de dot doublé d'un obsédé sexuel. Pour ma part, j'ai découvert dans son PalmPilot les numéros de Victoria Vanmeer et du Plaza. Quant à toi, tu m'apprends qu'il aurait menti en jurant n'avoir jamais couché avec Victoria… Et pourtant, dès que je le vois, je retrouve confiance en lui. En son amour et en sa fidélité.

Elle baissa pudiquement la tête.

— Je me suis toujours demandé ce qui pouvait bien l'attirer chez moi. Comme si son amour était trop beau pour être vrai. A présent, je… Je crois qu'il est temps d'envisager que cette crainte puisse être justifiée…

— Ce n'est pas compliqué de comprendre pourquoi il est amoureux de toi, Jane. Regardons les choses en face : tous les hommes qui croisent ta route tombent sous ton charme. Et je peux te dire pourquoi. Tu es forte, mais c'est une force douce et attirante. Tu ne juges pas les gens. Tu es généreuse. Tu t'intéresses aux autres. Tu es à la fois belle et vulnérable.

Jane voulut protester, mais Stacy ne lui en laissa pas le loisir.

— La fille défigurée et traumatisée que tu vois dans ton miroir est pour les autres une femme sûre d'elle, au sommet de sa beauté et de sa réussite. Une femme qui a triomphé du malheur…

Elle s'interrompit et lâcha un juron à voix basse.

— Qu'est-ce qu'il y a ?

— Mais oui, c'est pour ça… Tu as gagné. Tu as pris ta revanche sur ce salopard. C'est pour ça qu'il revient.

Stacy se prit la tête dans les mains.

— Un article sur toi a sans doute attiré son attention. Il t'avait laissé dans un état lamentable, brisée et défigurée. Et voilà qu'il apprend ta réussite éclatante, tant dans ta vie professionnelle que privée.

Elle leva les yeux vers Jane.

— Tu avais raison. Il a décidé de te punir. Pas seulement parce que tu as survécu. Mais aussi parce que tu as triomphé du malheur. Ç'a dû le rendre fou de rage.

— Alors il m'a retrouvée, intervint Jane, tout excitée. Il nous a observés, Ian et moi, pour connaître notre emploi du temps et nos habitudes. Il a tout orchestré avec le plus grand soin. D'abord, il a tué Victoria Van…

— Pas si vite, Jane. Je n'ai pas dit que je croyais Ian innocent. Tout au plus as-tu peut-être vu juste en désignant le pilote du bateau comme l'auteur de tes messages.

— Il n'existe aucune preuve directe contre Ian. Elton Crane me l'a affirmé.

— Il ne serait pas le premier suspect à être condamné sur la base de preuves indirectes, crois-moi.

Jane se tordit les mains.

— Ian est innocent, Stacy. Pourquoi refuses-tu de me croire ?

— Parce que je suis flic et que j'ai vu une tripotée d'hommes et de femmes jurer leurs grands dieux qu'ils étaient aussi innocents que l'enfant qui vient de naître, avant de se révéler des gibiers de potence de la pire espèce. J'ai entendu les protestations de leurs proches, leurs certitudes et leurs insultes et j'ai été le témoin de leur stupéfaction quand une preuve irréfutable condamnait le soi-disant innocent à une juste peine. Je suis navrée, Jane.

— Tu as bien voulu me donner raison en ce qui concerne le pilote du bateau… Fais un pas de plus et admets qu'il est derrière tout ça.

— Tu as douté de la fidélité de Ian, répondit-elle gravement. Fais un pas de plus et doute de son innocence.

— Aide-moi, Stacy. Je t'en supplie.

— Comment ? En te faisant part de tout ce que je sais ? Dans ce cas, c'est d'accord. Tant qu'aucune preuve physique irréfutable n'impliquera directement Ian dans l'un de ces meurtres, je ne te cacherai rien.

Cela ne suffisait pas. Elle devait absolument obtenir plus de sa sœur.

— Quels sont les éléments à charge sérieux en possession de la police ?

— Je n'ai pas le droit de te répondre.

— Très bien. Procédons autrement. Je vais te dire ce que je sais. La police pense tenir le mobile des crimes : son infidélité et ma fortune. Beaucoup de preuves indirectes rendent cette hypothèse crédible. De plus, les enquêteurs considèrent sans doute qu'il a eu le temps d'agir pendant mon sommeil la nuit où Victoria Vanmeer a été assassinée, d'autant plus qu'il est sorti ce soir-là.

Jane se leva et alla contempler le ciel étoilé à travers la fenêtre.

— Bien entendu, il y a aussi le téléphone portable de Victoria Vanmeer retrouvé près du corps de Lisette et le fait qu'il ait entretenu des relations, au moins professionnelles, avec chacune des victimes.

Elle se tourna vers sa sœur.

— Quoi d'autre ?

Devant le mutisme éloquent de Stacy, elle fronça les sourcils.

— En quoi le fait que je sois informée pourrait-il nuire à la partie adverse ? Tu penses que j'essaierai de détruire des pièces à conviction ? Que je courrai apprendre à mon époux incarcéré que le procureur cherche à le faire condamner ? Allons donc.

Stacy soupira longuement, aux prises avec sa conscience.

— Un roadster Audi TT rouge cerise a été aperçu à l'hôtel Plaza à l'heure du crime.

— Et la perquisition chez moi ? Que cherchaient-ils ?

— Des vêtements.

— Des vêtements ? Mais pourquoi…

— Une caméra du Plaza a surpris l'homme que nous croyons être le meurtrier de Victoria Vanmeer. De toute évidence, il connaissait le dispositif de surveillance de l'hôtel et s'est débrouillé pour ne jamais montrer son visage. Mais à en juger par sa taille et sa carrure, il pourrait s'agir de Ian.

— Je veux voir cet enregistrement.

Stacy ne put retenir un rire incrédule.

— Tu plaisantes !

— Je saurai tout de suite si c'est lui. Je t'en prie, Stacy, laisse-moi visionner cette cassette. Fais-le pour moi. Pour ma tranquillité d'esprit.

— Ça pourrait non seulement me coûter mon job, mais aussi me valoir des poursuites judiciaires. Je te rappelle qu'il s'agit d'un élément de preuve utilisé dans le cadre d'un procès pour meurtre capital. De toute façon, l'avocat de Ian pourra la visionner.

— Quand exactement ?

— Pendant la phase du procès réservée à la communication des pièces.

Selon la chronologie des événements fournie par Elton, ce dernier allait soumettre une requête visant à prendre connaissance des pièces à conviction et à obtenir un exposé détaillé des faits reprochés à Ian, et ce dans un délai maximum de trente jours. Tous ces éléments devaient lui être transmis avant l'ouverture des débats.

— Je ne peux pas attendre si longtemps, protesta-t-elle en venant se planter devant sa sœur… Je sais que le type de la cassette n'est pas Ian.

— Et si tu te trompais ? Si tu visionnais cet enregistrement et que tu reconnaissais ton mari ?

Cette éventualité l'ébranla. Elle se souvint des paroles de Ted, le jour où elle était partie voir l'ex de Ian.

Et si elle vous disait quelque chose que vous ne souhaitez pas entendre ?

Il avait eu raison. Le pire s'était produit. Pourquoi en serait-il autrement cette fois-ci ?

Elle trouva la force de chasser cette pensée de son esprit.

— Et si ça me permettait au contraire de t'affirmer que ce n'est pas lui ? Songes-y, Stacy. D'ici à ce que les pièces à conviction soient communiquées, je ne serai peut-être plus de ce monde.

55.

Lundi 10 novembre 2003,
6 h 30.

— Je crois qu'on fait une bêtise, admit Jane en garant sa Jeep. Mieux vaut renoncer.

— Trop tard, répondit Stacy. On s'en tient à notre plan.

Elle affichait une confiance de façade. En réalité, elle se demandait si elle n'avait pas perdu la tête. Les enregistrements des caméras de surveillance du Plaza se trouvaient dans la salle où étaient entreposées les pièces à conviction. Sortir une cassette pour permettre à Jane de la visionner était une pure folie. Elle risquait la mise à pied ou la révocation, sans parler des poursuites judiciaires.

Pourtant, elle se sentait prête à prendre le risque.

Pour sa sœur. Parce qu'elle le lui devait. Et parce que sa vie était en jeu.

D'ici à ce que les pièces à conviction soient communiquées, je ne serai peut-être plus de ce monde.

— Donne-moi vingt minutes pour aller chercher la cassette et la mettre dans le magnétoscope. Je vais prévenir la secrétaire de ta présence. Officiellement, tu viens faire une déposition.

— A propos du meurtre de Ted.

— C'est ça.

— Et si Mac est là ? Cette histoire de déposition va lui sembler louche.

— Il ne sera pas là, j'en suis presque certaine. Mais si par hasard il pointait son nez, ou si ça sentait le roussi d'une manière ou d'une autre, on laisse tomber le plan et on improvise. Je trouverai bien quelque chose, et tu n'auras qu'à suivre le mouvement.

Jane acquiesça, mais sans conviction. A vrai dire, elle commençait à trembler de peur.

— Ce sont juste des flics, tu sais, la rassura Stacy avant de descendre de la Jeep. Ils ne mordent pas.

Jane la regarda sortir en souriant. Le timing tenait une place prépondérante dans le plan concocté la veille au soir par sa sœur. Les équipes du matin n'arriveraient pas avant quarante minutes. A cette heure matinale, seuls de rares lève-tôt seraient présents, ainsi que les enquêteurs impliqués dans des affaires urgentes où chaque minute comptait. Les membres de l'équipe de nuit seraient au bout du rouleau, impatients de se mettre sous la couette. Personne ne s'étonnerait de la voir si tôt dans les locaux.

— Vingt minutes, lui rappela Stacy en s'éloignant.

Jane opina.

— Sois prudente !

Stacy enfonça les mains dans ses poches et s'éloigna d'un bon pas en pestant contre la grisaille et la fraîcheur de ce matin de novembre. Jane et elle s'étaient garé à quelques rues de l'hôtel de ville de façon à ne pas être aperçues ensemble.

Emprunter la cassette vidéo laisserait une trace écrite. Le policier de garde à l'entrée de la salle ne s'opposerait pas à ce qu'elle la prenne, mais il suffisait qu'une personne informée du dossier se mette dans la tête de vérifier le registre pour qu'elle dise adieu à sa carrière.

Les pièces à conviction faisaient l'objet d'une étroite surveillance. Au procès, l'accusation devait être en mesure de prouver qu'elles n'avaient été altérées en aucune manière. C'est pourquoi la police les suivait à la trace et se donnait les moyens de démontrer, en cas de besoin, qu'elle avait bien fait son travail. Des pièces trafiquées étaient synonymes de procès perdu.

Stacy salua quelques policiers en pénétrant dans l'hôtel de ville. Une fois à l'intérieur, elle apprécia la quiétude du rez-de-chaussée, encore préservé des jérémiades et de la colère de la foule.

Assis derrière son bureau, le préposé aux renseignements piquait un peu du nez.

— Bonjour, lança-t-elle.

Il marmonna un vague salut sans même relever le menton. Stacy se dirigea vers les ascenseurs. L'un d'entre eux semblait l'attendre, portes ouvertes. Elle consulta une horloge murale. 6 h 30. Exactement comme prévu.

Elle monta dans la cabine.

La salle des pièces à conviction se situait au cinquième étage. Stacy pressa le bouton et se passa la main dans les cheveux. Elle était épuisée. Depuis leur pique-nique impromptu de l'avant-veille, Jane et elle avaient rattrapé seize années de malentendus.

Elle lui avait même parlé de Mac et du nouveau tour pris par leur relation, allant jusqu'à lui confier qu'elle était en train de tomber amoureuse. *Très* amoureuse.

Qu'elle avait peut-être même trouvé l'homme de sa vie.

Jane s'était réjouie pour elle.

Elle tourna à droite en sortant de l'ascenseur.

Un officier en tenue veillait à l'entrée d'une salle. Il avait du mal à garder les yeux ouverts.

— Salut Sam. Encore une nuit de folie ?

— Ouais, je me suis amusé comme un petit fou… Vous êtes tombée du lit, inspecteur ?

— J'ai un peu abusé des congés ces derniers temps, je dois rattraper le temps perdu… Dites, j'ai besoin d'emprunter une cassette vidéo. Celle de l'affaire Vanmeer.

Il ouvrit un registre et lui tendit un stylo.

— Signez là, s'il vous plaît.

Elle s'exécuta tandis qu'il consultait son ordinateur.

— J'ai peur que quelqu'un soit passé avant vous…

Stacy se figea net. Mon Dieu, faites qu'elle ne soit pas aux mains de l'accusation. Si c'était le cas, la chance les aurait complètement abandonnées.

— Vous en êtes sûr ?

— Non… Attendez voir. Ah, voilà. Je l'ai trouvée. Je reviens tout de suite.

Stacy le regarda s'éloigner en se demandant si, au fond, elle n'aurait pas préféré que la cassette soit indisponible. L'agent ne tarda pas à revenir, un petit sac en plastique soigneusement étiqueté à la main. Il vérifia qu'elle avait bien inscrit son nom et la description de l'objet sur le registre avant de le lui confier.

— Je vous la ramène très vite.

— Il n'y a pas le feu. De toute manière, je sais où vous trouver.

Il ne voulait probablement rien sous-entendre par là, mais Stacy crut déceler une mise en garde dans ses paroles. S'il avait vent de ses agissements, le capitaine ne la raterait pas. Une révocation de la police n'était pas à exclure et il lui faudrait alors envisager une nouvelle vie. Reprendre des études ? Travailler dans la sécurité privée ? Compter sur l'argent de Jane pour subsister ?

— On n'échappe pas à un fin limier comme vous, dit-elle avec un sourire qu'elle espérait naturel. En attendant, vous devriez allez dormir un peu, Sam.

Elle reprit l'ascenseur et descendit au troisième étage, traversant les chaises brinquebalantes du « cimetière » pour atteindre la section des Affaires criminelles.

Kitty était déjà arrivée. Sur son bureau, une tasse de café et un beignet couvert de sucre glace faisaient office de petit déjeuner.

— Vous êtes bien matinale, inspecteur, lâcha-t-elle la bouche pleine.

— Mmm. Mac est déjà là ?

— Je ne l'ai pas vu, répondit Kitty en s'essuyant les doigts contre son jean pour attraper les nombreux messages en attente. Tenez, ça c'est pour vous, poursuivit-elle en en tendant un bon paquet à Stacy.

Stacy les consulta en vitesse. Le capitaine. Le bureau du médecin légiste. Plusieurs appels de la famille d'une des victimes. L'un d'eux retint plus particulièrement son attention : il venait de Benny Rodriguez, un confrère de la brigade des mœurs. Elle avait collaboré avec lui quelques années plus tôt lors d'une enquête commune aux deux services. Sans doute avait-il besoin d'un coup de main.

— Le capitaine est arrivé ? demanda-t-elle en fourrant les messages dans sa poche.

— Non. Il a rendez-vous avec le grand patron ce matin. Il ne sera pas là avant deux bonnes heures.

— Merci.

Elle s'arrêta soudain et se retourna.

— Au fait, ma sœur doit passer d'une minute à l'autre pour faire une déposition. Soyez gentille de me prévenir quand elle arrivera.

Puis elle alla s'enfermer dans la salle d'interrogatoire. A peine venait-elle de glisser la cassette dans le magnétoscope que son portable se mit à sonner. C'était Kitty : sa sœur était devant elle.

— Envoyez-la en salle d'interrogatoire numéro trois.

Stacy alla lui ouvrir. Jane semblait mal à l'aise, presque apeurée. Rien de compromettant, jugea Stacy. Les locaux de la brigade criminelle avaient cet effet sur la plupart des visiteurs. Son attitude n'attirerait donc pas l'attention.

Stacy referma la porte et resta appuyée contre, au cas où.

— La cassette est prête. Appuie sur « Lecture ».

Jane visionna l'extrait en silence, rembobina la bande et le visionna de nouveau. A la fin du second passage, elle ne tenait plus en place.

— Ce n'est pas lui !

— Tu en es certaine ?

— Oui.

— Comment peux-tu être aussi affirmative ?

— Ian ne possède pas de casquette ni de blouson de ce genre.

— Ça ne veut rien dire, Jane. Il aurait très bien pu les acheter pour commettre le crime et s'en débarrasser aussitôt après.

Jane fit la grimace. Stacy n'avait pas pris de gants, mais au fond elle avait raison.

— Ian ne se tient pas de cette manière. Il ne bouge pas comme ça.

— Sois plus précise.

— Je ne sais pas comment t'expliquer.

— Montre-moi sur la cassette.

Jane appuya sur « Lecture » et pointa son doigt sur l'écran.

— Regarde ses épaules. Tu vois comment ce type est courbé sous son blouson ? Ian se tient toujours droit, lui. C'est une des choses qui m'ont séduite chez lui quand je l'ai rencontré.

Sur la bande, les portes de l'ascenseur s'ouvrirent pour laisser passer l'homme.

— C'est pareil ici. Ian se déplace avec des mouvements fluides, élégants. Ce type… Je ne sais pas comment le formuler… on dirait un sportif qui roule des mécaniques.

Stacy plissa les yeux, concentrée sur l'image. Elle essayait de se souvenir de la démarche de Ian, en vain.

— Je suis désolée, Jane, mais…

Quelqu'un frappa à la porte. Stacy attendit avant d'ouvrir que Jane ait éteint le magnétoscope et le moniteur. C'était Mac… Elle était dans le pétrin jusqu'au cou, à présent.

— Salut, dit-elle.

— Salut toi-même. Qu'est-ce que tu fais là à une heure pareille ?

— Je rattrape le temps perdu… C'est une vieille habitude, tu dois connaître ça toi aussi, plaisanta-t-elle avec un sourire forcé.

Il avisa soudain Jane.

— Bonjour, madame Westbrook.

— Bonjour, inspecteur.

— Vous pouvez m'appeler Mac.

Stacy avait le sentiment de voir les points d'interrogation se multiplier dans le regard de son coéquipier. Son front se plissa lorsqu'il remarqua le moniteur vidéo.

— Que se passe-t-il ? demanda-t-il à Stacy.

— Jane était sur le point de s'en aller.

— Ah bon ? La secrétaire m'a pourtant affirmé que vous veniez faire une déposition.

Jane blêmit. Stacy réfléchit à toute vitesse. Elle ne souhaitait pas mentir, mais elle ne pouvait non plus avouer la vérité à Mac.

— Je m'apprêtais à la renvoyer. Je ne vois pas l'utilité d'une déposition. Qu'en penses-tu, toi ?

— Je pense qu'il faut qu'on ait une petite conversation, tous les deux.

— Pas la peine de me raccompagner, lança Jane en s'éclipsant. Appelle-moi, Stacy.

Ils la regardèrent s'éloigner, puis Mac referma la porte.

— Je me suis réveillé à 5 heures du matin.

Stacy resta muette. Elle s'attendait au pire.

— La mort de Ted Jackman me taraudait. Je me suis souvenu de tes réflexions à propos des pièces à conviction et j'ai eu envie de jeter de nouveau un œil à la cassette du Plaza. C'est pour ça que je suis venu aux aurores. Et, vois-tu, j'ai découvert un truc étrange auprès de Sam…

Il marcha jusqu'au magnétoscope et appuya sur la touche « Eject ». Cassette en main, il se tourna vers elle.

— Il m'a dit qu'elle venait tout juste d'être sortie. Par ma propre coéquipière.

Elle ne put le regarder en face.

— Qu'est-ce qui t'arrive, Stacy ?

— Je ne vois pas de quoi tu parles.

— Arrête de te foutre de ma gueule. Tu viens de montrer l'une de nos plus importantes pièces à conviction à la femme de l'accusé.

Elle ouvrit la bouche pour nier, mais murmura finalement :

— Elle est certaine que cet homme n'est pas Ian.

— Le contraire m'aurait étonné.

— J'ai bien réfléchi à tout ça, Mac. A la mort de Ted Jackman et…

— Arrête ! L'affaire est bouclée, Stacy. Tu ne comprends donc pas ? A présent c'est aux avocats de jouer, et au jury de décider.

— Tu vas me dénoncer au capitaine ?

— Je ne vais pas foutre ma carrière en l'air pour ta sœur, grinça-t-il en s'approchant tout près d'elle. Toi aussi, tu devrais te demander si tu es prête à sacrifier ton job pour elle.

Il lui rendit la cassette et se dirigea vers la porte. Au moment de sortir, il se retourna.

— Tu étais un bon flic, Stacy. J'admirais ton travail et j'étais fier d'être ton coéquipier. Mais laisse-moi te dire que là, tu fais n'importe quoi. Tu pars en vrille et je ne suis pas certain de vouloir assister à ta chute… Pour être franc, je n'ai même aucune envie de ramasser les morceaux.

Sur ces mots, il quitta la pièce, laissant Stacy seule avec sa conscience.

56.

Lundi 10 novembre 2003,
9 h 00.

Seule dans la salle d'interrogatoire, Stacy ressassa les paroles de son coéquipier et amant, avec encore en tête l'expression de son visage lorsqu'il les avait prononcées.

Elle lui avait menti. Elle avait trahi sa confiance.

Je ne vais pas foutre ma carrière en l'air pour ta sœur. Toi aussi, tu devrais te demander si tu es prête à sacrifier ton job pour elle.

Laisse-moi te dire que là, tu fais n'importe quoi... Je ne suis pas certain de vouloir assister à ta chute... Pour être franc, je n'ai même aucune envie de ramasser les morceaux.

Comment lui en vouloir d'être déçu ?

Elle se passa la main sur le visage, comme si elle espérait d'un geste laver sa culpabilité. Une dénonciation au capitaine n'aurait rien de scandaleux. Et elle comprendrait qu'il demande à travailler avec quelqu'un d'autre.

Même si elle espérait de toutes ses forces le contraire.

Mais le plus important à ses yeux était de regagner la confiance de Mac. Par quel moyen ? Le plus simple, songea-t-elle, était de commencer par faire preuve d'honnêteté avec lui.

Après avoir rapporté la cassette à Sam, elle se mit à la recherche de son coéquipier.

Personne à son bureau. Au dos de sa chaise, sa veste en tweed témoignait pourtant de sa présence dans les locaux de la brigade.

Le goût du rangement ne figurait pas parmi les principales qualités de Mac : son bureau croulait sous les rapports, dossiers, gobelets en plastique plus ou moins vides, journaux…

En voulant attraper le *Usa Today*, elle remarqua une photo qui dépassait d'une enveloppe en papier kraft. Elle la sortit entièrement et découvrit, prise sur le lieu du crime, l'image d'une femme morte. La victime semblait avoir été battue à mort. Les coups l'avaient rendue presque méconnaissable. Elle était nue jusqu'à la taille.

Stacy ne pouvait détacher son regard de cette photo. Quelque chose l'interpellait, comme une vague impression d'avoir croisé cette femme à un moment ou un autre. Mais quand ? Et dans quelles circonstances ?

— C'est la prostituée tabassée par son proxénète dont je t'ai parlé l'autre jour, dit Mac dans son dos.

Stacy se retourna.

— Vous avez coffré cette ordure ?

— On n'arrive pas à mettre la main sur lui. Il a sans doute quitté la ville… Il refera surface, ajouta-t-il en haussant les épaules. Tôt ou tard, ils finissent toujours par refaire surface.

— J'ai l'impression de l'avoir déjà vue.

Il s'empara de la photographie.

— Qu'est-ce qui te fait dire ça ?

— Je n'en sais rien. Comment s'appelle-t-elle ?

— Sassy pour les intimes. Gwen Noble pour l'état civil.

Stacy secoua la tête. Ce nom ne lui disait rien. Mac remit la photo dans l'enveloppe et la jeta sur son bureau.

— Je suis désolée, murmura-t-elle. Si tu savais comme je m'en veux…

— De quoi ?

— Tu sais de quoi je parle, Mac.

Il resta longtemps silencieux, le visage impassible.

— J'aimerais te faire confiance, Stacy, répondit-il enfin, mais j'ignore si c'est encore possible. Entre coéquipiers, la règle est de ne jamais mentir.

A la manière dont il avait insisté sur le mot coéquipiers, elle comprit qu'il faisait aussi allusion à l'aspect privé de leur tandem.

Elle attendait un homme comme Mac depuis si longtemps… *Mon Dieu, faites que je n'aie pas tout gâché.*

— Je comprends que tu doutes de moi. Mais je te demande de me donner une autre chance. Je ne te ferai plus jamais un coup pareil.

— Même si c'est pour protéger ta sœur ? Réfléchis bien avant de faire ce genre de promesse, Stacy.

Le regard intrigué d'un collègue passant à proximité incita Stacy à reculer d'un pas. Ils se parlaient à une distance qui pouvait en dire long à tous ceux dont le métier consistait à observer autrui.

— C'est tout réfléchi. Je veux que tu puisses de nouveau me faire confiance. Ça compte énormément pour moi.

Mac suivit du regard l'inspecteur qui s'éloignait.

— Très bien… chère coéquipière.

Le soulagement lui fit presque tourner la tête.

— Le médecin légiste nous a donné son rapport sur Jackman ?

— Pas encore. Par contre, j'ai des nouvelles de Doobie.

Stacy se figea. Elle avait toujours adoré ces montées d'adrénaline.

— Où se trouve-t-il ?

— A l'instant où je te parle, je n'en ai pas la moindre idée. Mais ce soir à minuit, il nous attendra dans la ruelle derrière le Big Dick's.

Stacy ne put retenir un sourire. Enfin, elle allait en savoir plus. Ce soir, le pilote du bateau aurait un nom.

57.

Lundi 10 novembre 2003,
23 h 15.

Assise sur le lit de la chambre d'amis, Jane regardait sa sœur se préparer pour son rendez-vous nocturne avec Doobie.

— Je veux t'accompagner.

— Pas question.

— Ce n'est pas juste, Stacy.

— Peut-être, mais c'est comme ça.

Jane se rembrunit.

— Tu pourrais au moins m'écouter.

— Certainement pas.

Le ton catégorique de Stacy ne suffit pas à la décourager.

— Qui mieux que moi pourrait convaincre Doobie de livrer le nom de ce type ? C'est moi qu'il a laissée pour morte dans l'eau du lac.

— Aucun civil ne doit être impliqué dans une opération de police, un point c'est tout.

— Ce n'est pas une affaire policière ; c'est une affaire personnelle.

— Tu sais que tu peux être pénible quand tu t'y mets ?

La remarque glissa sur Jane.

— Sérieusement, Stacy, admets que j'ai raison. Personne n'est mieux placée que moi pour le pousser à lâcher ce nom… Selon lui, mon drame le hante depuis des années. Il est rongé par le remords.

Je pourrais le supplier, être pathétique… Tiens ! Je mettrai mon bandeau de pirate. Ça marche à tous les coups.

— Tu débloques, Jane.

— Ce type est un indic qui gagne sa vie en dénonçant ses amis à la brigade des stup'. Je lui proposerai de l'argent. Beaucoup d'argent.

Pour la première fois, Stacy sembla prendre les propos de sa sœur en considération.

— Ça peut s'avérer dangereux.

Jane s'enfonça dans la brèche.

— Pas avec les meilleurs inspecteurs de la ville pour me protéger.

— Mac refusera tout net.

— Je lui ferai du charme.

La sonnerie de la porte d'entrée se fit entendre.

— Ça doit être lui, répliqua Stacy avec un sourire de défi. C'est le moment de nous montrer ce que tu sais faire.

Jane alla décrocher l'Interphone. C'était bien Mac. Elle lui ouvrit et descendit l'accueillir à la porte en compagnie de Duke.

— Stacy est prête ? demanda-t-il.

— Nous sommes prêtes toutes les deux.

— Je vous demande pardon ? dit-il en regardant Stacy qui arrivait derrière elle.

— Elle s'imagine qu'elle va nous accompagner.

— Hors de question.

Jane recommença à exposer tous ses arguments.

Sans succès.

— Non.

Mac se tourna vers Stacy.

— Dis à ta sœur que ce n'est même pas la peine d'y penser.

— La tête de mule est une spécialité familiale, répondit Stacy, que la situation semblait fort divertir.

— J'irai que vous le vouliez ou non, décréta Jane. A minuit dans la ruelle derrière le Big Dick's. Rien ne m'empêche de m'y rendre par mes propres moyens.

Mac jeta un regard désespéré à Stacy. Mais, loin de venir à sa rescousse, elle haussa les épaules.

— Les arguments de Jane ne sont pas dénués de bon sens.

— Non mais je rêve… Je devrais vous laisser vous débrouiller seules, toutes les deux.

— Un peu de café pour la route ? offrit Jane avec un sourire mielleux.

Ni Mac ni Stacy ne savaient refuser un café. Jane prit son temps pour le faire, désireuse de les laisser en tête à tête. Leurs murmures filtraient à travers la porte. Puis le rire de sa sœur s'éleva. Un rire un peu rauque, comme une invitation au plaisir.

Pas trop tôt, songea Jane. Stacy rêvait depuis si longtemps de rencontrer un homme qui sortirait du lot… Elle méritait d'être aimée.

Après avoir rempli une bouteille Thermos de café, elle appela les deux tourtereaux. Stacy arriva la première, le visage empourpré et les lèvres gonflées de désir. A cet instant, Jane éprouva cruellement l'absence de son mari.

Ian lui manquait tant. Elle avait besoin de son soutien moral. Envie de ses caresses.

Stacy devina ses pensées et lui massa le dos du plat de la main.

— Tout va s'arranger, tu vas voir…

Jane décida d'y croire. La fin du cauchemar approchait, se dit-elle un peu plus tard en montant dans la voiture de Mac. Ce soir promettait d'être une étape déterminante. Elle entrevoyait enfin le bout du tunnel. Bientôt, Ian serait de retour à ses côtés.

Peu de mots furent échangés pendant le trajet. Une pluie fine tombait sans discontinuer, et le va-et-vient régulier des essuie-glaces leur tint lieu de conversation.

Une fois arrivé, Mac contourna le bar pour se garer à proximité de la ruelle.

— Attendez ici, dit-il à Jane. Stacy et moi, on va s'assurer que vous ne courez aucun danger.

Elle fit mine d'accepter, mais ouvrit sa portière aussitôt qu'ils se furent éloignés du véhicule. Pas question de prendre le risque de voir Doobie s'en aller sans avoir livré son secret. L'opportunité de connaître l'identité de son agresseur ne se représenterait peut-être jamais. Or sa vie et celle de Ian dépendaient de ce nom.

Elle descendit de la voiture. La pluie froide lui cingla les joues. Le cœur battant, elle accéléra le pas jusqu'à atteindre la ruelle. Les voix de Stacy et de son coéquipier résonnaient dans le noir. Mac se mit à appeler Doobie.

Aucune réponse.

— On est en avance ? demanda Stacy.

— Non, c'est cet abruti qui est en retard.

— Et bien sûr, il pleut.

— Tu as de quoi éclairer un peu ?

— Oui, j'ai pris ma lampe torche.

L'instant d'après, un faisceau de lumière déchira la pluie et l'obscurité. Un coup de tonnerre se fit entendre au loin. Mac poussa un juron.

— C'est lui ? fit la voix de Stacy.

— Ouais, c'est bien ce vieux Doobie, entendit Jane après quelques secondes de silence.

— Il est mort ?

— Ça, pour être mort, il est bien mort.

Jane poussa un cri étouffé. Non ! C'était impossible.

Elle s'élança dans la ruelle, et s'arrêta net devant les ombres ramassées de Mac et Stacy. Un homme gisait à terre devant eux, le visage collé au pavé crasseux et mouillé.

A en juger par l'angle de sa tête, il avait eu le cou brisé.

58.

Mardi 11 novembre 2003,
6 h 45.

Le capitaine les avait pris entre quatre yeux. A présent, le visage de plus en plus rouge, il paraissait sur le point d'exploser. Stacy rentra la tête dans les épaules. Par sa faute, son coéquipier se retrouvait comme elle dans une situation pour le moins délicate.

Elle lança à Mac un regard désolé. Il était trop tard cependant. Le capitaine était déjà monté sur ses grands chevaux et rien ne semblait plus en mesure de le calmer.

— Laissez-moi vous dire que vous êtes dans de sales draps tous les deux ! Vous avez agi comme des débutants. Non mais qu'est-ce qui vous est passé par la tête ?!

— Nous sommes parvenus à arranger un rendez-vous avec notre indicateur…, commença Stacy.

— Vous avez impliqué un civil dans une opération de police, nom de Dieu !

— On voulait vérifier un renseignement…

— Dans le cadre de quelle affaire ? Celle de votre sœur ?

Son ton sarcastique piqua Stacy au vif.

— Oui, monsieur. Je vous ai tenu informé de sa situation, des messages de menaces reçus, de la poupée mutilée déposée sur son oreiller. Et vous êtes au courant du meurtre de son assistant survenu hier…

Cette dernière phrase le fit bondir.

— Evidemment que je suis au courant ! Je suis au courant du moindre crime commis dans ma juridiction !

— Cela va sans dire, monsieur. Je voulais simplement souligner que…

— Mes inspecteurs ne sont pas habilités à monter de telles opérations, est-ce clair ?

— Vous m'aviez encouragée à poursuivre mes investigations…

— Bouclez-la, Killian, coupa-t-il en se levant.

Elle se redressa à sa suite, réprimant une réplique qui n'aurait pas arrangé son humeur. Le meurtre de Doobie avait changé la donne et elle n'avait pas eu d'autre choix que de s'en ouvrir à son supérieur. De son point de vue, le pilote du bateau venait de prendre une nouvelle envergure. Du statut d'enfoiré psychopathe, il passait à celui de tueur froid et calculateur.

— Avec tout le respect que je vous dois, capitaine Schulze, je dois être franche avec vous : je commence à craindre que nous n'ayons arrêté un innocent.

Il resta silencieux, mais ses yeux lançaient des éclairs.

— Ian Westbrook n'a tué ni Victoria Vanmeer, ni Marsha Tanner, ni Lisette Gregory, poursuivit-elle sans se démonter. Les derniers rebondissements de l'enquête désignent comme coupable l'homme qui harcèle ma sœur. Il a tué Ted Jackman, et maintenant Doobie pour le faire taire. Ian Westbrook a été victime d'une machination.

— Vous êtes impliquée personnellement ! hurla-t-il. Nous avons notre coupable, et il est en prison.

Il respira fort par le nez, comme un taureau prêt au combat, et se tourna vivement vers Mac.

— Quant à vous, McPherson, je m'attendais à un peu plus de jugeote de votre part.

— Oui, monsieur.

Mac s'éclaircit la voix.

— Toutefois, je dois reconnaître que les remarques de l'inspecteur Killian ne sont pas entièrement dénuées de fondement. A mon avis, l'homme qui envoie des messages de menace n'est pas un enfant de chœur. On constate une escalade dans l'intimidation. Le colis déposé chez Jane Westbrook peut raisonnablement nous faire craindre pour son intégrité physique.

Le silence bourru du capitaine l'encouragea à poursuivre.

— Si l'histoire de Doobie est vraie — et selon moi elle l'est —, il faut considérer le pilote du bateau comme un dangereux psychopathe qui n'hésitera pas à passer à l'acte. Un meurtrier en puissance à qui l'on peut vraisemblablement imputer les meurtres de Doobie et de Ted Jackman... Ceci dit, ajouta-t-il après une pause, je ne partage pas l'opinion de l'inspecteur Killian au sujet de l'innocence de Ian Westbrook. Nous avions assez d'éléments à charge pour l'arrêter et je maintiens que nous avons pris la bonne décision.

— Enfin un peu de bon sens, grommela le capitaine en regagnant son fauteuil.

— Je sollicite l'autorisation de poursuivre l'enquête, le pria Mac dans la foulée. J'aimerais me pencher sur le passé de Doobie, interroger sa famille... Quelqu'un se souviendra peut-être de cet ami d'enfance, de son nom...

— Très bien, accepta le capitaine en ouvrant le tiroir de son bureau.

Il en sortit un tube de médicaments contre les brûlures d'estomac, et fourra deux ou trois comprimés crayeux dans sa bouche.

— Arrêtez d'échafauder des thèses, poursuivit-il en les mâchant furieusement. Je veux des solutions, pas des questions. Et je veux un suspect derrière les barreaux. Je me suis bien fait comprendre ?

— Oui, monsieur, murmura Mac. Je vous remercie de votre confiance, capitaine.

Stacy remercia Mac du regard et se dirigea vers la sortie. Elle se croyait tirée d'affaire quand la voix du capitaine la retint.

— Je n'ai jamais douté de vos priorités, Killian. Et je préférerais ne pas avoir à commencer maintenant. Est-ce clair ?

Ça l'était. Clair comme de l'eau de roche.

59.

Jeudi 13 novembre 2003,
9 h 45.

Jane attendit que le gardien daigne accompagner Ian au parloir. Elle ne l'avait pas vu depuis une semaine. Sept jours, un laps de temps insignifiant dans une vie, sans parler de l'éternité… Et pourtant, la mort avait frappé deux fois autour d'elle depuis sa dernière visite, et ils avaient perdu leur enfant.

A cela s'ajoutait le meurtre de Doobie. L'absence de trace de lutte et de blessures défensives avait amené Stacy et Mac à conclure à une attaque par-derrière. L'assassin était probablement un familier de la victime, quelqu'un en qui l'indic avait confiance. Un briquet Bic et une cigarette intacte avaient été retrouvés sous son corps. Sans doute Doobie avait-il tourné le dos au vent pour essayer de l'allumer.

Elle avait été à deux doigts d'apprendre le nom de son bourreau ; de mettre un visage sur l'homme qui l'avait défigurée et privée de sa jeunesse.

Deux doigts de trop.

Ce salaud avait toujours un coup d'avance. Comme s'il lisait dans ses pensées.

Chez elle cette nuit-là, elle avait prié. Elle avait besoin de force. Besoin d'aide. Besoin de justice.

Au petit matin, elle avait imploré le ciel de libérer son mari. De préserver l'avenir de leur couple. Les récents événements les avaient séparés aussi sûrement que la paroi de Plexiglas du parloir. Inutile de se voiler la face ; leur amour s'évaporait lentement. Chaque jour un peu plus. La cruauté de cette perte s'apparentait pour Jane à celle de leur bébé.

Ian arriva dans sa combinaison orange, suivi de près par le gardien. Il alla se poster devant la paroi et posa la main sur le Plexiglas, sans esquisser le moindre mouvement pour décrocher le téléphone. Il articula simplement : « Je t'aime. »

Elle appuya sa main face à la sienne et sentit se réchauffer le verre. La gorge nouée et les yeux brûlants, elle souffrait de ne pouvoir lui retourner ses mots d'amour.

Ils restèrent ainsi, debout et comme pétrifiés, regardant l'autre sans pouvoir l'atteindre. D'un geste lourd et résigné, Ian se décida enfin à décrocher le récepteur. Elle l'imita.

— J'ai le cœur brisé, déclara-t-il simplement avec une émotion contenue. Je ne sais que dire ou que faire pour te soulager.

— Rien ne pourra jamais me soulager.

— Nous aurons d'autres enfants. Je te le promets.

Loin de la réconforter, ses paroles la blessèrent et la mirent hors d'elle.

— Comment peux-tu me faire une telle promesse ? Dans ta situation… notre situation…

Les mots s'étranglèrent dans sa gorge.

— Je te demande pardon de m'être disputé avec toi, dit-il. J'étais jaloux, en colère.

Il baissa un peu la voix.

— Tu ne me croyais pas et j'en souffrais… J'avais une peur bleue de te perdre.

— Où que j'aille, je me retrouve confrontée à des éléments qui t'accusent. Je voulais que tu me rassures, c'est tout.

— Et tu en avais tout à fait le droit. Est-ce que Stacy t'a parlé ? Je l'ai chargée de t'expliquer…

— Oui, elle l'a fait.

Son regard se perdit un moment dans le vide, puis se posa de nouveau sur son mari.

— Mais elle n'avait pas à nous servir d'intermédiaire. Je suis ta femme et j'estime pouvoir légitimement attendre des réponses de ta part.

— Que veux-tu savoir ? Demande-moi n'importe quoi, supplia-t-il. Je refuse qu'il y ait la moindre zone d'ombre entre nous.

— Il est peut-être déjà trop tard pour ça.

Il vacilla comme s'il venait de recevoir un coup violent.

— Ne dis pas des choses pareilles, Jane. Je ne le supporterais pas, tu sais. Demande-moi ce que tu veux.

— As-tu eu une aventure avec Victoria Vanmeer ?

Il n'hésita pas une seconde.

— Avant de te rencontrer, oui. Ça n'avait rien d'une relation exclusive. Victoria fréquentait beaucoup d'hommes.

Jane se mordit la lèvre.

— Continue.

— C'est pour ça que son numéro se trouve dans mon Palm. Idem pour celui du Plaza. On s'y retrouvait. Elle aimait les palaces et le sexe. Elle voulait toujours essayer des jeux nouveaux, insolites.

Jane aurait aimé se couvrir les oreilles et disparaître sous terre. Prétendre que tout cela n'existait pas.

— Tu as couché avec d'autres patientes ?

— Avec quelques-unes. Mais pas tant que j'étais leur médecin. On se rencontrait par hasard dans une soirée, on parlait un peu de leur opération et de ses suites, et on se laissait entraîner sur un autre terrain.

Il se prit la tête dans les mains. Jane vit qu'elles tremblaient.

— Je n'étais pas un moine, Jane. Je n'ai jamais prétendu en avoir été un.

— Est-ce que tu m'as trompée, Ian ?

— Jamais.

Elle voulait tant le croire. Au point d'en souffrir dans sa chair.

Alors pourquoi n'y parvenait-elle pas ?

— Lorsque je t'ai rencontrée, poursuivit-il d'une voix apaisée, j'ai compris que je ne désirerais plus jamais une autre femme.

— Tu as menti à la police.

— Au moment même où je l'ai fait, j'avais conscience de commettre une erreur. Mais tu étais là devant moi, et… la vérité n'arrivait pas à sortir. Je savais qu'elle te ferait mal, et cette idée m'était insupportable.

— Mentir t'a rendu encore plus coupable aux yeux de la police.

— Je le sais maintenant… Mais je ne suis impliqué ni de près ni de loin dans la mort de Victoria. Quand ils m'ont posé la question, j'ai pensé que notre aventure sans lendemain ne présentait aucun intérêt pour leur enquête.

— Un mensonge se paie toujours.

— Et maintenant tu n'as plus confiance en moi.

— Je sais que tu n'as pas tué ces femmes.

Les yeux de Ian brillaient douloureusement à travers la cloison vitrée. Agrippée au combiné du téléphone, sa main tremblait encore.

— Et de mon amour ? En doutes-tu, Jane ?

Elle interrogea son cœur mais n'y trouva aucune réponse. Elle préféra changer de sujet.

— Ted est mort, annonça-t-elle doucement. Il a été assassiné dans l'atelier.

Ian devint pâle comme un linge.

— La police pense qu'il a surpris un cambrioleur.

— Ce n'est pas ton avis ?

— Non. Il y a autre chose derrière tout ça. Tu te souviens de cet indicateur dont je t'avais parlé ? Celui qui accompagnait le pilote du bateau, ce matin-là au lac… Eh bien il a été assassiné, lui aussi. L'inspecteur McPherson l'avait contacté et nous devions le rencontrer. Mais quand on est arrivés sur le lieu du rendez-vous, il était…

— Nous ? On ? Es-tu en train de me dire que tu…

A son tour, elle lui coupa la parole. Elle n'avait ni le temps ni la patience d'apaiser les angoisses de son mari. Les événements se bousculaient à un rythme qui interdisait ce genre de digression. Elle approcha son visage de la paroi.

— Stacy nous aide à présent. Et son coéquipier s'y met, lui aussi. Nous allons te sortir de là, Ian. Je te le promets.

Il appuya son front contre le Plexiglas.

— Ne prends pas de risque… Laisse les flics faire leur boulot. Je préfère pourrir dans cette prison que de mettre ta vie en danger.

Le gardien fit un pas en avant. La demi-heure était écoulée. Jane et Ian se levèrent dans un même mouvement, téléphone en main.

— Promets-moi de ne pas commettre d'imprudence, supplia-t-il. Promets-moi de faire très attention à toi.

— Je serai prudente… Et je t'aime, ajouta-t-elle après une pause.

Alors qu'elle sortait de la prison, Jane comprit que ne pas aimer son mari était tout simplement impossible.

Cette prise de conscience la plongea dans un état étrange, où la joie se disputait à une peur sans nom.

60.

Jeudi 13 novembre 2003,
11 h 45.

Curieusement, sa conversation avec Ian avait rempli Jane d'énergie, et même d'espoir. Elle avait laissé un message sur le portable de Stacy et décidé de s'enfermer dans son atelier. Plusieurs mois plus tôt, profitant d'un après-midi morne et pluvieux, elle avait entamé une sculpture de Ted. Les moulages étaient prêts, mais elle n'y avait jamais versé le métal en fusion.

Elle projetait à présent de s'y atteler. Une fois la sculpture terminée, elle l'offrirait à la famille de Ted, en souvenir de leur amitié.

Elle posa le pied sur l'avant-dernière marche de l'escalier en colimaçon, précédée de Duke. Le chien disparut à l'angle du vestibule.

Ted. Face contre terre dans une mare de sang.

Une abominable sensation de déjà-vu cloua Jane sur place. Quand Duke réapparut, elle ne put s'empêcher de baisser les yeux.

Pas de sang sur ses pattes, pas de traces rouges au sol. Dieu merci.

L'animal dressa les oreilles et se mit à gémir. Les poils de son dos se hérissèrent. Les produits de nettoyage n'y changeaient rien : il flairait encore l'odeur de la mort.

— Tu crois qu'on s'y habituera un jour ? lui dit-elle.

Il la considéra d'un air circonspect avant de détaler vers la porte de l'atelier. Elle l'entendit grogner et renifler, visiblement dérouté par les odeurs violentes et contrastées.

Descendre la dernière marche et avancer… Il le fallait. Jamais elle ne permettrait à ce salopard de la chasser de son lieu de travail.

Jane entra dans la pièce. Elle trouva sans peine les moulages qu'elle avait réalisés à partir du corps et du visage de Ted et les transporta jusqu'à un grand établi situé au fond de l'atelier. En creux et en relief, le plâtre suivait fidèlement les traits familiers de son ami. Jane l'effleura du bout des doigts, les yeux baignés de larmes, comme une aveugle retrouve un être cher. Les révélations de Stacy ne l'empêcheraient jamais de penser à lui ainsi. Un être cher. Un ami.

Elle prit un chariot roulant qu'elle remplit de tout ce dont elle avait besoin. Du papier de verre fin et extrafin ; un bidon d'eau ; du Sopalin et sa Black & Decker pour faire sauter toute imperfection conséquente.

Le temps passa sans heurts. Immergée dans son travail, Jane percevait son atelier comme un confortable cocon. Un endroit particulier où plus rien n'existait que son art.

Après une caresse savante à la surface du moule, elle estima ce dernier presque prêt. L'opération suivante allait pouvoir commencer. Jane se penchait pour attraper une feuille de papier de verre extrafin quand elle remarqua une petite clé qui dépassait de sous le revêtement recouvrant le plateau supérieur du chariot.

Elle souleva le petit tapis en caoutchouc et s'en empara. La taille correspondait à la serrure du casier encastré dans le chariot. Elle essaya d'ouvrir celui-ci. Impossible. Pourquoi Ted l'avait-il fermé à clé ?

Intriguée, elle s'accroupit devant le chariot et déverrouilla la porte du casier. A l'intérieur, au lieu du matériel habituellement entreposé, elle distingua une boule de vêtements.

Une plainte étouffée lui échappa lorsqu'elle s'en saisit. Elle eut le sentiment d'avoir été trahie, tout en s'efforçant de nier l'évidence sous ses yeux.

Un blouson d'aviateur en cuir. Des gants. Et une casquette de l'équipe de base-ball des Atlanta Braves.

Un parfum léger les enveloppait. Une fragrance féminine où la fleur se mêlait au musc.

Rien à voir avec son parfum. Plutôt celui d'une femme comme Victoria Vanmeer…

Jane laissa choir les vêtements et recula maladroitement, prise de panique. La nuit du meurtre de Victoria Vanmeer, Ian était venu dans l'atelier. Elle s'était réveillée d'un cauchemar et l'avait trouvé sur le pas de la porte de la salle de projection. Elle se souvenait de l'air frais dont son pull était imprégné lorsqu'il l'avait prise dans ses bras.

Mais il ne portait pas de manteau.

Tout simplement parce qu'il venait de s'en débarrasser. Mon Dieu… Les yeux clos, elle s'efforça de l'imaginer pénétrant dans l'atelier. Sans doute avait-il retiré le blouson, la casquette et les gants avant d'entrer, au cas où ils se croiseraient. Il avait ensuite fourré les habits dans le casier du chariot, et, après l'avoir verrouillé, avait glissé la clé sous le revêtement en caoutchouc.

Pourquoi dans l'atelier ? se demanda-t-elle. Pourquoi ne pas les avoir cachés dans le loft ; dans un placard ou un tiroir ? Ou bien dans sa voiture, sous un siège ou dans le coffre ?

Un sanglot monta en elle. Elle avait envie de vomir. Comment cela se pouvait-il ? Ian, son amour. Son mari. Non, impossible…

Elle alla s'allonger sur le canapé en osier, sans pouvoir détacher son regard du blouson et de la casquette. Elle eut une pensée pour Lisette. Pour Marsha.

Une pensée pour Ted.

Ted. Ian ne pouvait être impliqué dans ce meurtre en revanche. Peut-être son assistant avait-il vraiment surpris un cambrioleur ?

Ou bien quelqu'un d'autre… Jane se redressa sur ses coudes. Quelqu'un venu dans son atelier pour une raison bien particulière.

Pour déposer les vêtements. Une preuve physique qui établirait un lien irréfutable entre Ian et l'assassinat de Victoria Vanmeer.

Ça tombait sous le sens !

Il fallait appeler Stacy sur-le-champ. Lui faire part de sa découverte et de ses conclusions.

Tant bien que mal, elle atteignit le téléphone. La messagerie vocale du portable de Stacy se déclencha à la première sonnerie. Plutôt que de laisser un message, elle décida d'essayer de la joindre à son bureau.

— Brigade criminelle, j'écoute.

Jane reconnut la voix de Kitty, la secrétaire.

— Bonjour, je souhaiterais parler à l'inspecteur Killian, je vous prie.

— Désolée, l'inspecteur Killian n'est pas là pour le moment. Puis-je vous passer l'un de ses collègues ?

Pas là pour le moment ? Ce n'était pas normal.

— Allô ? Madame ? Est-ce une urgence ? Si c'est le cas…

— N-non… C'est pour… Je suis sa sœur.

Sa voix, fluette et aiguë, résonnait bizarrement à ses propres oreilles.

— Avez-vous essayé de la joindre sur son portable ?

— Oui, merci.

Elle raccrocha sans attendre. Elle ressentait le besoin urgent de voir Stacy, de lui parler avant que sa découverte n'arrive aux oreilles de quelqu'un d'autre. Il fallait la convaincre que les vêtements avaient été placés là par le vrai meurtrier afin de compromettre Ian.

Jane se passa la main dans les cheveux en un geste nerveux. Elle devait se concentrer, réfléchir. Stacy n'était pas à son bureau, alors qu'elle lui avait bien dit qu'elle s'y rendrait. Mais elle avait aussi prévu de passer chez elle dans l'après-midi afin de prendre quelques affaires, arroser les plantes, relever le courrier et écouter ses messages.

De toute évidence, elle se trouvait chez elle. Jane composa donc le numéro de son domicile, mais tomba une fois de plus sur le répondeur. Poussée par l'envie d'agir, elle ramassa son sac à main, mit Duke en laisse et se dirigea vers sa Jeep.

Elle venait de bifurquer dans une rue quand un ballon rouge rebondit devant elle sur la chaussée, suivi par une petite fille hilare. Jane écrasa la pédale de frein. Sa voiture s'immobilisa dans un crissement de pneus au moment où la mère de l'enfant arrivait en courant. Elle entoura sa fille des deux bras et lança un regard noir en direction de la Jeep.

Jane roulait vite. Bien trop vite pour un quartier où vivaient des enfants. Le souffle court, elle remercia le ciel que rien de grave ne soit arrivé.

Tu dois te ressaisir, Jane.

Elle appuya sur l'accélérateur, tout doucement cette fois-ci. Sur sa droite, elle reconnut avec un coup au cœur la maison de Marsha. La dernière fois qu'elle l'avait vue, une bande de plastique jaune fluo délimitait tristement le périmètre. A sa place trônait à présent un panneau « A vendre ».

Jane passa encore deux pâtés de maisons avant de se ranger dans la petite allée qui menait au garage de Stacy. Après avoir entrouvert une vitre de la Jeep pour que Duke ait un peu d'air, elle se hâta vers la porte d'entrée. Personne ne répondit à son coup de sonnette. L'œil collé contre la porte vitrée, elle essaya de distinguer quelque chose à l'intérieur. Apparemment, le salon était désert.

Un chien se mit à hurler dans le lointain, bientôt imité par Duke.

Jane frémit, en proie à un affreux pressentiment. L'histoire se répétait-elle ? Elle songea à Marsha. A l'odeur répugnante qui régnait dans sa maison. Au son de sa propre voix lorsqu'elle avait appelé la pauvre femme. Au corps ligoté de la malheureuse. A son visage violacé.

Jane resta un moment tétanisée. Ce matin-là, Stacy était censée se rendre à son bureau. Et si elle n'y était jamais parvenue ?

Elle s'efforça de chasser ses craintes et, d'une main hésitante, tenta de tourner la poignée. La porte était fermée à clé.

Elle contourna la petite maison. Personne. Elle s'approcha alors de la porte de la cuisine. Comme le salon, la pièce semblait parfaitement vide.

Rien n'était arrivé à Stacy. Elle avait sûrement eu le temps de passer chez elle et de repartir. Peut-être même s'étaient-elles croisées sur la route.

Mais elle voulait en avoir le cœur net.

Jane sortit son trousseau de son sac à main. Par précaution, Stacy lui avait confié un jeu de clés après avoir acheté sa maison. L'alarme se déclencha sitôt que Jane se fut introduite dans l'entrée. Elle se dirigea vers le panneau de commande et tapa le code secret, espérant que sa sœur n'avait pas eu la mauvaise idée d'en changer.

La sirène se tut une fois le dernier chiffre composé. Jane poussa un soupir de soulagement. Elle appela ensuite sa sœur et s'aventura plus avant dans la maison. Le souffle court, elle guetta une odeur suspecte, mais ne perçut que des effluves de produits ménagers à base de pin et de citron.

Elle vérifia les pièces les unes après les autres, en terminant par la chambre de Stacy. Un certain désordre y régnait. Le lit avait été fait à la hâte et plusieurs vêtements gisaient en tas près de la table de nuit, dont le joli chemisier de soie qu'elle lui avait offert pour Noël.

Désolée de le voir se froisser, Jane ne put s'empêcher de vouloir l'étendre sur la couette. Alors qu'elle se penchait vers le tas de vêtements, son regard se posa sur un dossier dont une partie dépassait du tiroir de la table de nuit. L'onglet rose sur lequel était inscrit le nom de sa sœur retint plus particulièrement son attention.

Il s'agissait d'un dossier médical. Identique à ceux des patientes de Ian.

La main tremblante, elle s'en empara et l'ouvrit en grand. Il ne contenait pas grand-chose : deux feuilles de papier en tout et pour tout. La première était un formulaire standard à remplir par la patiente. L'autre, un compte rendu manuscrit du chirurgien. Avant même de remarquer le logo de la clinique sur les documents, Jane avait reconnu l'écriture de son mari.

Elle resta un moment interdite. Sa sœur avait donc pris rendez-vous avec Ian pour une consultation. Voilà comment ils s'étaient connus. Ce qu'elle ne parvenait pas à comprendre, c'est pourquoi ce dossier se trouvait chez elle…

La silhouette féminine. La mystérieuse voleuse croisée lors de son expédition nocturne à la clinique.

Pourtant, quand elle avait raconté cette folle nuit à sa sœur…

Stacy n'avait rien dit.

Anéantie, elle reposa le dossier là où elle l'avait trouvé et quitta la maison. Mille questions se bousculaient dans sa tête lorsqu'elle s'installa au volant de sa Jeep. Pourquoi Stacy lui avait-elle caché la vérité ? Que signifiait ce mensonge ?

Bien décidée à éclaircir ce mystère, Jane reprit le chemin du loft.

61.

Jeudi 13 novembre 2003,
14 h 15.

Sans qu'elle sache comment, elle réussit à regagner son domicile saine et sauve. Elle n'avait nul souvenir du trajet, n'aurait su dire si la circulation était dense ou fluide, ou si elle avait respecté les feux rouges. A présent, debout dans le vestibule entre le loft et l'atelier, elle ne pouvait se remémorer avec certitude où était garée sa voiture.

Sa tête lui semblait sur le point d'exploser. Incrédulité et colère s'affrontaient en elle. Dans le meilleur des cas, Stacy avait menti par omission. Dans le pire… Jane n'osait aller au bout de cette hypothèse.

Pourquoi mentir ? La question la taraudait sans cesse, lancinante, inquiétante.

Duke la bouscula, impatient de rentrer dans l'une ou l'autre partie de la maison. Jane se décida pour l'atelier… et tomba nez à nez avec Stacy. Portable collé à l'oreille, sa sœur se tenait devant le chariot roulant.

— Te voilà enfin ! s'exclama-t-elle. Je me faisais un sang d'encre.

— A qui parlais-tu ?

Stacy fronça les sourcils.

— Kitty m'a prévenue de ton appel et je suis arrivée aussi vite que possible. Tu m'as foutu une sacrée trouille… Pourquoi me regardes-tu comme ça, Jane ?

— J'attends une réponse. A qui parlais-tu au téléphone ?

— A Mac. Il est en chemin.

Jane baissa les yeux sur le blouson, la casquette et les gants. La vérité s'imposa à elle de plein fouet.

— Ne t'approche pas de moi.

— Jane, qu'est-ce que…

— Je suis au courant, Stacy… Je sais tout, ajouta-t-elle en élevant la voix.

Stacy fit un pas vers elle.

— Je ne comprends pas un mot de ce que tu me racontes.

— Je t'ai dit de ne pas t'approcher de moi.

— Je crois que tu as besoin de t'asseoir et de te calmer.

— Tu les as déposés ici… Pour piéger Ian.

— Déposé quoi ?… Ça ?

L'étonnement de Stacy semblait tout à fait sincère. Jane s'efforça de maîtriser le tremblement de sa voix.

— Tu possèdes une clé de l'atelier et tu connais le code pour éteindre l'alarme. C'est le même que le tien.

— Où veux-tu en venir ?

— J'ai trouvé le dossier, Stacy. Le dossier médical en provenance de la clinique de Ian. La voleuse qui m'avait fait si peur cette nuit-là, c'était toi.

Les traits de sa sœur se crispèrent.

— Comment as-tu…

— Comment ai-je mis la main dessus ? En te cherchant, tout simplement. Je me suis souvenue que tu devais faire un saut chez toi…

Elle eut un rire aigu, presque hystérique.

— Quand je pense que je m'inquiétais à ton sujet… Je craignais qu'il ne te soit arrivé quelque chose.

— Jane, intervint doucement Stacy, ce n'est pas ce que tu crois.

— C'est toujours ce qu'on prétend dans ces cas-là, n'est-ce pas ? Pourquoi as-tu fait ça, Stacy ? Tu me hais donc tellement ? Tu m'envies au point de vouloir tout me prendre ?

— C'est vrai que je suis allée consulter Ian pour des implants mammaires. C'est comme ça que nous nous sommes rencontrés. J'avais envie à l'époque d'avoir ce que d'autres femmes possèdent naturellement.

Elle s'avança vers Jane, qui recula de nouveau.

— Je vais appeler la police.

— Je voulais une relation sérieuse. Peut-être même des enfants. Je me demandais pourquoi certaines femmes étaient toujours entourées d'hommes et pas moi... Dieu merci, je me suis ressaisie et j'ai compris qu'un bonnet D n'allait pas m'apporter l'amour... Je n'ai pas déposé ces pièces à conviction dans ton atelier, Jane. Réfléchis un peu : ai-je la moindre ressemblance avec la personne filmée par la caméra de surveillance du Plaza ? Et puis, je ne suis pas forte au point de prendre si facilement le dessus sur un homme comme Ted. Oui, je me suis rendue dans la clinique de Ian cette nuit-là. Mais c'était uniquement pour reprendre mon dossier avant que mes collègues ne tombent dessus.

— Tu espères me faire croire que tu t'es introduite là-bas afin de récupérer un dossier pratiquement vide ?

— Oui. Tu ne comprends donc pas ? Mon nom est inscrit dessus, expliqua-t-elle en passant une main nerveuse dans ses cheveux. Les flics de la brigade qualifient les implants mammaires de nichons de pétasse. S'ils avaient découvert que j'avais envisagé de m'en faire poser, je serais devenue la risée de toute la brigade. Voilà pourquoi j'ai décidé de me rendre à la clinique.

— Tu n'as pas remarqué ma Jeep ?

— Tu imagines bien que je ne serais pas rentrée si je l'avais vue. Je me souviens avoir entendu un chien aboyer, mais j'ai supposé que ça venait de chez le voisin.

Elle s'était garée derrière les containers à ordures.

Jane croisa les bras.

— Tu m'as menti, Stacy. Je pensais que la femme invitée par Ted dans mon atelier et la silhouette aperçue cette nuit-là dans la clinique étaient une seule et même personne… Et tu le savais !… Tu m'as délibérément caché la vérité. On était censées se serrer les coudes dans cette affaire et tu m'as trahie.

— Je suis vraiment désolée. Je sais que j'ai eu tort. Je t'en prie, Jane, tu peux me croire maintenant. Je viens de te dire toute la vérité.

— Et pourquoi devrais-je te croire ?

— Parce que je suis ta sœur.

Sentant sa colère s'évanouir, Jane alla s'effondrer sur le canapé en osier.

Stacy n'était pas la meurtrière. Bien sûr que non. Pas plus qu'elle ne pouvait être la complice de qui que ce soit.

Pourtant, quelqu'un avait placé ces vêtements dans l'atelier pour sceller le sort de Ian.

Elle releva la tête pour regarder sa sœur entre ses larmes.

— Quelqu'un a déposé ces affaires ici pour incriminer Ian.

— Il est coupable, Jane.

— Ne dis pas ça, je t'en supplie.

Stacy vint s'accroupir devant le canapé.

— Je commençais moi aussi à croire en son innocence. Mais il faut se rendre à l'évidence, Jane. Je suis navrée.

— La femme que Ted a invitée dans l'atelier…

— Cette femme n'a peut-être jamais existé.

— Et Ted ? Il a surpris l'assassin en train de déposer les affaires et…

— Jane, coupa Stacy en lui prenant les deux mains. Ma puce… Ces vêtements constituent une preuve physique qui établit un lien formel entre Ian et le meurtre de Victoria Vanmeer. Si on y ajoute la cassette de surveillance du Plaza, le portable retrouvé près du corps de Lisette et les autres preuves indirectes en possession de l'accusation, le jury ne pourra que reconnaître la culpabilité de Ian. Ça ne fait plus aucun doute.

Jane secoua la tête comme une petite fille butée. Elle avait le sentiment que le monde s'écroulait. Qu'on venait de lui porter le coup de grâce.

Le pilote du bateau faisait demi-tour, déterminé à achever sa sinistre besogne.

Elle lutta de toutes ses forces contre le désespoir qui la gagnait. Elle voulait continuer à croire en son mari, en son innocence. En leur amour aussi. Ils avaient partagé un rêve auquel elle ne pouvait renoncer sans se battre jusqu'à son dernier souffle. Le rêve d'un bonheur partagé, d'une vie de famille…

— Il y a forcément une explication à tout ça, murmura-t-elle. Comment Ian pourrait-il être un assassin ? Je l'aime tant.

Ses derniers mots moururent dans un sanglot et Stacy serra un peu plus fort les mains de sa sœur.

— Ce que je vais te dire ne va pas être facile à accepter, Jane, mais je dois être honnête avec toi. Ian savait pertinemment que le mandat de perquisition ferait l'impasse sur l'atelier. Il y a planqué le blouson, la casquette et les gants au cas où on parviendrait à remonter jusqu'à lui. Il savait que sa chère femme jurerait ses grands dieux qu'il ne la trompait pas et qu'il était innocent de tous ces crimes… Mais Ian te trompait, Jane. Il a tué Victoria Vanmeer parce qu'elle le menaçait de tout te raconter. Et il a tué Marsha pour la faire taire, parce qu'elle en savait trop… A mon avis, il couchait aussi avec Lisette, poursuivit Stacy après une pause. Mais elle représentait un danger. Si la police avait découvert cette liaison, elle se serait posé des questions sur son compte et il aurait pu vous dire adieu à toi et à ta fortune. C'est pour ça qu'il s'est débarrassé d'elle.

Jane courba le dos. Même confrontée aux preuves les plus accablantes, elle voulait croire en l'innocence de son mari.

— Et comment expliques-tu le meurtre de Ted ?

— Compte tenu de ce que nous avons découvert sur lui, je pense que c'est Ted qui t'envoyait les lettres de menaces. Dérangé comme il l'était, il s'imaginait sans doute que la peur te rapprocherait de lui. Que tu te tournerais vers lui faute d'avoir Ian à tes côtés. Le soir où il a été tué, il a dû surprendre un cambrioleur.

Ça tenait debout, mais elle refusait de l'admettre.

— Les lettres sont l'œuvre du pilote du bateau. C'est lui qui est derrière tout ça. D'ailleurs, le meurtre de Doobie le prouve.

Stacy hésita, manifestement à court d'arguments.

— Doobie évoluait dans un milieu à risque. Sa principale activité consistait à trahir des criminels souvent dangereux. Ça faisait de lui une cible de choix pour un tas de gens peu recommandables... Ecoute, ajouta-t-elle comme si elle se rendait compte de la faiblesse de son explication, je n'ai pas encore toutes les réponses, mais je ferai la lumière sur cette histoire. Tu peux compter sur moi.

La sonnerie de la porte d'entrée empêcha Jane de répondre.

— C'est sans doute Mac.

— Je ne me sens pas en état de lui parler.

— Juste une petite déposition. A peine quelques questions.

Stacy alla ouvrir. Son coéquipier entra, suivi d'un deuxième inspecteur. Liberman, se souvint Jane.

Mac s'avança vers elle d'un air compatissant.

— J'ai besoin que vous me racontiez exactement ce qui s'est passé ce matin et dans quelles circonstances vous avez découvert le blouson, la casquette et les gants.

D'une voix blanche, elle fit le récit détaillé des événements de la matinée, sans toutefois faire la moindre allusion à son passage chez Stacy ou à la découverte du dossier médical.

— Le casier de rangement était verrouillé ?

— Oui. J'ai trouvé la clé là-dessous, dit-elle en indiquant le revêtement en caoutchouc.

— Vous avez été surprise qu'il soit fermé à clé ?

— Oui. Ted et moi, on ne le...

Ses derniers mots furent inaudibles. Mac jeta un regard interrogateur à Liberman, qui répondit d'un petit signe de tête. Ça suffisait comme ça.

— C'est tout pour le moment. Nous aurons peut-être d'autres questions plus tard.

Jane les pria de l'excuser et quitta l'atelier. Refusant que Stacy la raccompagne, elle siffla Duke et se dirigea vers l'escalier en colimaçon, consciente du regard des trois autres dans son dos.

Quelque chose la poussa soudain à se retourner, comme un courant d'air frais dans son cou. Mais Stacy et les deux inspecteurs discutaient à voix basse, sans plus s'occuper d'elle.

Ce sentiment d'être observée était-il le fruit de son imagination ? Ou une prémonition ?

Elle monta les dernières marches quatre à quatre et ferma la porte à double tour derrière elle.

62.

Jeudi 13 novembre 2003,
15 h 15.

De retour à l'atelier, Stacy fut surprise de n'y trouver que Mac.

— Où est passé Liberman ?

— Il est parti porter les pièces à conviction au labo.

— Parfait.

Mac l'attira contre lui.

— Je suis désolé de ce qui arrive, Stacy.

— Moi aussi.

Elle inspira profondément, s'enivrant de son odeur. Elle se sentait à l'abri dans ses bras. Surtout — même si elle osait à peine l'admettre —, elle se sentait aimée.

Elle se dégagea à regret.

— Quelle idiote je fais… Tu m'avais pourtant prévenue. Et le capitaine aussi… C'était gros comme une maison, mais je n'ai rien voulu voir.

— Il s'agit du mari de ta sœur. C'est difficile de rester objectif face à ses proches.

Elle secoua la tête comme pour chasser ses derniers doutes.

— Quelque part, j'ai encore du mal à y croire. Pourquoi a-t-il fait ça, Mac ? Il avait tout ce qu'un homme peut désirer.

— Apparemment, ça ne lui suffisait pas, dit-il en caressant du doigt la joue de Stacy. L'appât du gain pousse certaines personnes aux pires extrémités. Tu devrais savoir ça depuis longtemps, ma beauté.

— C'est ce que nous enseigne notre métier, n'est-ce pas ?

— Exactement.

Il l'embrassa à pleine bouche avant de s'écarter.

— Je dois retourner au bureau. Tu y vas aussi ?

— Je te suis. Quoique la perspective d'affronter le capitaine ne me réjouisse guère.

— Ne t'inquiète pas. Tout ira bien.

— C'est une promesse ?

— Evidemment. D'ailleurs, en voici un avant-goût, chuchota-t-il en se penchant de nouveau pour l'embrasser.

Un sourire un peu hagard éclairait le visage de Stacy lorsque Mac se détacha d'elle.

— Je passe voir Jane et je te retrouve au bureau, dit-elle.

Elle regarda s'éloigner son amant, puis monta au loft, encore grisée. Mais la promesse de Mac prit un goût de plus en plus amer à mesure qu'elle montait les marches. Pourquoi Jane et elle ne pouvaient-elles être heureuses en même temps ? Pourquoi leurs destins semblaient-ils devoir toujours se croiser ? Le plaisir que lui avait procuré le baiser de Mac s'envola ainsi très vite, remplacé par un mélange de culpabilité et de compassion pour Jane.

Après avoir frappé discrètement à la porte, elle entra dans la chambre de sa soeur. Recroquevillée sur les couvertures, Jane lui tournait le dos. Stacy l'appela à voix basse. Duke, allongé au pied du lit, ouvrit un œil endormi. Aucune réaction de la part de Jane.

Sur la table de chevet, elle remarqua un verre d'eau à moitié vide et un flacon de pilules. Elle traversa la pièce pour en vérifier le contenu.

Ambien. Le somnifère prescrit par le médecin après l'arrestation de Ian.

En proie à une panique soudaine, elle renversa les comprimés roses dans le creux de sa main et se mit à les compter. L'étiquette du flacon indiquait une contenance de trente pilules dosées à dix milligrammes. Il en restait vingt-cinq et elle se souvenait parfaitement avoir déjà entendu Jane dire qu'elle en avait pris pour dormir.

Un peu rassurée, elle observa sa sœur. Jane venait à peine de perdre son bébé et un ami proche, et la condamnation de son mari pour meurtre ne faisait désormais guère de doute. Qui pourrait supporter pareille épreuve ?

D'un autre côté, elle avait surmonté d'autres drames dans sa vie. C'était une femme forte, une battante. Les gens comme elle n'avalaient pas un tube de somnifères. Ils se défendaient bec et ongle.

Mais pas question de prendre le moindre risque.

Elle fourra les somnifères dans sa poche et sortit de la chambre pour appeler Dave. Le message du répondeur se déclencha.

— Salut, Dave, c'est Stacy. Tu peux me rappeler dès que possible ? C'est au sujet de Jane.

Il décrocha au même moment.

— Stacy ? Il y a un problème ?

Elle lui expliqua rapidement ses craintes au sujet des somnifères.

— Je ne pense pas que l'on puisse redouter un geste inconsidéré de sa part, mais j'hésite quand même à la laisser seule. Ça t'ennuierait de lui tenir compagnie quelques heures ?

— Jane déteste les médicaments, répondit-il. Qu'est-ce qui a pu la pousser à en prendre aujourd'hui ?

Stacy crut percevoir un bruit dans la chambre.

— Attends une seconde, Dave.

Elle alla jeter un œil. Jane n'avait pas bougé d'un pouce.

— Allô ? fit-elle à voix basse. Excuse-moi, je croyais avoir entendu quelque chose. Ecoute, je ne peux pas entrer dans les détails maintenant. Mais pour résumer, Jane est dans un sale état et je dois partir travailler. Ça me rassurerait si tu veillais sur elle.

Dave resta un moment silencieux, comme s'il faisait le point sur ses obligations de la journée.

— Je suis sur le point d'en terminer avec un patient et j'ai un autre rendez-vous dans la foulée. Je pourrais être chez Jane dans une bonne heure. Ça te convient ?

— Génial. Merci, Dave. Heureusement que tu es là.

Une heure et quart plus tard, la BMW de Dave se rangeait devant chez Jane. Stacy le vit arriver depuis la fenêtre et se précipita à sa rencontre. Le capitaine venait d'appeler : il voulait la voir sur-le-champ.

— Que se passe-t-il ? demanda-t-il.

L'inquiétude se lisait sur son visage.

— Je n'ai pas le temps de tout t'expliquer, mais on a trouvé des preuves physiques de la culpabilité de Ian et… Je te raconterai plus tard, d'accord ?

Il acquiesça d'un signe de tête. Stacy courut vers son 4x4 et jeta un coup d'œil dans le rétroviseur au moment de démarrer. Dave venait de disparaître chez Jane. Il l'aimait. Sans doute faudrait-il du temps à sa sœur pour accepter la culpabilité de Ian et se remettre d'une inévitable séparation… Mais une fois fait le deuil de son mariage, elle trouverait peut-être une nouvelle chance de bonheur en Dave.

Stacy l'espérait. Elle l'espérait de tout son cœur.

63.

Jeudi 13 novembre 2003,
16 h 30.

Grâce à une circulation fluide — et à une vitesse excessive —, Stacy regagna les locaux de la Brigade criminelle en un temps record. Une fois montée au troisième étage, elle commença, comme d'habitude, par récupérer ses messages.

— Le capitaine est disponible ? demanda-t-elle à Kitty.

— Non, répondit la jeune fille en faisant éclater la bulle de son chewing-gum. Il discute avec deux officiers de la Police des polices, Williams et Cooper.

Stacy réprima une grimace.

— Ah bon ? Et ils sont là pour quoi ?

— Pour *qui*, vous voulez dire... Aucune idée, ajouta la petite blonde en haussant les épaules.

— Le capitaine souhaitait me parler. Prévenez-moi dès qu'il en aura terminé avec ces messieurs.

— Comptez sur moi.

Stacy fit un détour par la salle où étaient groupés les bureaux des inspecteurs.

— Mac est là ?

— Ça fait à peu près un quart d'heure qu'il est parti. Il voulait voir le médecin légiste, mais je crois qu'il comptait repasser chez lui après ça, indiqua un collègue. Tu peux le joindre sur son portable.

Stacy le remercia d'un bref sourire et se dirigea vers son bureau. L'après-midi prenait une tournure pour le moins déplaisante. La présence de membres de l'Inspection Générale des Services ne laissait rien présager de bon, surtout lorsqu'on était convoqué d'urgence par le capitaine. S'agissait-il de la cassette vidéo montrée à Jane ? Se pouvait-il que Mac l'ait dénoncée ? Ou L'IGS avait-elle eu vent de la présence de sa sœur lors d'une opération de police ?

Dans un cas comme dans l'autre, les choses se présentaient mal.

— Salut, Killian. Toujours la reine des chieuses ?

Elle fit volte-face. Les dents blanches de l'inspecteur Benny Rodriguez s'étiraient en un sourire moqueur. Le souvenir de son message lui revint alors à l'esprit. Elle avait oublié de le rappeler.

— Je fais de mon mieux pour rester à la hauteur de ma réputation, Rodriguez. Et toi, toujours le plus gros frimeur de la police de Dallas ?

— Toujours, *chaquita*.

Son accent espagnol ne la trompait pas : Benny avait passé presque toute sa jeunesse sur la côte Est des Etats-Unis et avait bénéficié d'une éducation bon chic bon genre. Il était revenu à Dallas afin de montrer que les immigrés hispaniques pouvaient faire autre chose que nettoyer les piscines des riches Texans.

— Qu'est-ce qui me vaut l'honneur ?

— J'avais envie de voir s'il faisait bon vivre chez les collègues de la Crim'.

— On nage en plein glamour, non ?

— J'en ai le souffle coupé.

— Non, ça c'est à cause de Camp, dit-elle en désignant un collègue qui tapait un rapport sur le bureau voisin. Il oublie régulièrement de prendre sa douche.

L'inspecteur en question fit mine de renifler ses aisselles d'un air dégoûté avant de retourner à son rapport en haussant les épaules.

Benny le regarda en riant.

— En fait, reprit en s'adressant de nouveau à Stacy, je suis venu voir McPherson au sujet d'une prostituée assassinée l'autre jour. Je me suis dit que je pourrais aussi bien faire d'une pierre deux coups et en profiter pour te dire un mot.

— Excuse-moi de ne pas t'avoir rappelé. C'est la folie depuis quelques jours. Que puis-je faire pour toi ?

— On peut se parler en privé ? demanda-t-il en jetant un bref coup d'œil à l'inspecteur Camp.

— Pas de problème. Suis-moi.

Elle l'emmena dans une salle d'interrogatoire.

— Je t'écoute, fit-elle après avoir fermé la porte.

— Tu connais bien Dave Nash, je crois ?

— Dave ? Bien sûr, c'est un très bon ami.

Que Benny connaisse Dave n'avait rien de surprenant. Non seulement ce dernier travaillait parfois comme consultant pour la police de Dallas, mais un grand nombre de gradés passablement déprimés avaient fréquenté son cabinet.

— Ecoute, on surveille un bookmaker de près depuis quelque temps. Le type a des relations très, très haut placées dans pas mal de domaines — drogue, prostitution, etc. La totale.

— La mafia ?

— Tout juste, opina Benny en accrochant ses pouces aux poches frontales de son jean. Le problème, c'est que ton ami Dave figure à plusieurs reprises sur nos écoutes téléphoniques.

Stacy n'en revenait pas. Dave, un joueur compulsif ?

Les jeux d'argent étaient illégaux au Texas, à l'exception de ceux pratiqués entre amis dans un cadre privé. L'organisation de paris clandestins constituait une infraction majeure.

Benny prit sa tête des mauvais jours.

— D'après ce que je sais, Nash a récemment perdu un gros paquet de fric. Il doit des sommes colossales à des gens qui sont loin d'être des enfants de chœur.

Merde. Comment Dave avait-il pu être si stupide ?

— Je ne sais pas quoi te dire, Benny. Je n'en reviens pas.

— Dave est un brave type et je l'aime bien, mais à partir du moment où sa voix apparaît sur nos écoutes, je ne peux plus rien faire pour lui. On va le convoquer dans les jours qui viennent et lui mettre la pression pour qu'il nous livre des noms. Je suis navré, Stacy.

64.

Jeudi 13 novembre 2003,
17 h 10.

Du plus profond de son sommeil, Jane perçut les gémissements de Duke, puis le bruit de ses pattes contre les murs de sa niche.

Bizarre... Le chien l'avait pourtant accompagnée dans la chambre.

Il avait sûrement besoin de sortir.

Elle entrouvrit les yeux. Son corps lourd lui faisait l'effet d'une masse inerte, mais elle se força à bouger.

Tout lui revint alors en mémoire. Les somnifères avalés et, avant cela, son horrible trouvaille : le blouson, la casquette et les gants, preuve que son mari était bien le coupable.

Accablée, elle étouffa un cri dans l'oreiller.

— Jane ?

Dave se tenait debout devant la fenêtre, un sourire aux lèvres. L'attitude de son ami lui parut déplacée. Comment pouvait-il afficher un visage radieux après ce qu'elle venait de vivre ?

Encore un peu assommée par ses somnifères, elle s'efforça de se rappeler ce qui s'était passé avant qu'elle s'endorme. Elle se souvenait vaguement avoir entendu Stacy téléphoner à Dave, le prier de venir auprès d'elle. Mais elle était incapable de dire si cela remontait à cinq heures ou à cinq minutes.

— Comment te sens-tu ? demanda-t-il.

— Groggy, avoua-t-elle en s'asseyant. Ça fait longtemps que je dors ?

— Aucune idée. Je ne suis là que depuis trois quarts d'heure.

— Ce n'était pas nécessaire de venir jouer les baby-sitters, tu sais.

— Stacy m'a appelé, dit-il en s'approchant du lit. On a eu drôlement peur.

— Peur de quoi ?

— Les somnifères, Jane. Ça ne te ressemble tellement pas d'en prendre. Et avec tout ce qui s'est passé…

— Je n'ai aucune intention de me suicider, Dave. Je croyais que tu me connaissais un peu mieux que ça.

— Je suis peut-être la personne qui te connaît le mieux, répondit-il en lui prenant la main. C'est pour ça que je peux imaginer la violence du choc que tu as subi aujourd'hui. A quel point tu t'es sentie trahie de découvrir que Ian avait caché dans ton atelier les vêtements qu'il portait le soir du crime. Qu'il s'était servi de toi pour se protéger. Tu lui as donné ton cœur, ta confiance. Et il les a foulés au pied.

Le monde chavirait autour d'elle et, pour le moment, son seul point d'ancrage était la main de Dave.

— Je ne veux pas en parler, murmura-t-elle en la serrant de toutes ses forces. C'est encore trop tôt.

Il posa un baiser sur ses doigts crispés.

— Je comprends. A ta place, je ressentirais la même chose.

Elle aurait donné n'importe quoi pour retrouver la confiance aveugle qu'elle affichait quelques heures plus tôt. Ou, à défaut, l'oubli du sommeil.

Est-ce ainsi que commence la déchéance ? se demanda-t-elle. Est-ce ainsi que l'on sombre dans l'alcool ou la drogue ? Avec ce désir de tout oublier, de se perdre dans le néant ? Alcoolisme et toxicomanie lui avaient toujours semblé réservés aux autres… Mais à présent, brisée par un chagrin sans nom, elle comprenait qu'on puisse avoir envie de s'étourdir jusqu'à l'avilissement.

— J'aimerais tant pouvoir t'aider à supporter ta peine, Jane, ajouta Dave en caressant sa main. Crois-moi, le temps fera son œuvre. La souffrance s'estompera, et tu finiras par reprendre goût à la vie.

— Tu me le promets, fumeux génie ?

Sa tentative pour alléger l'atmosphère échoua misérablement tant sa douleur était palpable.

— Je te le promets, dit-il en pressant ses lèvres sur son front. Heureusement que je suis là, n'est-ce pas ?

Elle dévisagea son ami. Quelque chose la chiffonnait, mais quoi ?

L'effet persistant du médicament l'empêchait de bien se concentrer. Et puis, tout à coup, elle se souvint : Stacy avait prononcé ces mêmes mots, tout à l'heure au téléphone. Elle avait appelé du couloir qui longeait sa chambre. Jane somnolait, mais les paroles de sa sœur lui étaient parvenues distinctement à travers la cloison.

Je ne peux pas entrer dans les détails maintenant. Mais pour résumer, Jane est dans un sale état et je dois partir travailler. Ça me rassurerait si tu veillais sur elle... Merci, Dave. Heureusement que tu es là.

Jane remonta plus avant le fil de sa mémoire, jusqu'aux tous récents propos de Dave.

Je peux imaginer la violence du choc que tu as subi aujourd'hui. A quel point tu t'es sentie trahie de découvrir que Ian avait caché dans ton atelier les vêtements qu'il portait le soir du crime.

Stacy avait dû tout lui raconter de vive voix à son arrivée au loft. Puisqu'elle n'avait rien dit de précis au téléphone, c'était la seule explication possible.

— Comment es-tu au courant, Dave ?

— Au courant de quoi, ma douce ?

— Des vêtements trouvés dans l'atelier.

— Stacy m'a donné tous les détails au téléphone, affirma-t-il sans ciller. Elle tenait à ce que je mesure bien la gravité de la situation et à ce que j'abandonne toutes affaires cessantes mes malheureux patients pour venir à ton chevet.

Il mentait. Jane frissonna. Mais pourquoi ? Qu'avait-il à cacher ? Et si ce n'était pas Stacy, qui avait bien pu le mettre au courant ?

A moins qu'il n'ait lui-même placé les vêtements dans l'atelier.

Non. Ça allait trop loin. Elle était en train de perdre la tête. Ses pensées se bousculaient, s'emmêlaient. Dave était son meilleur ami. Il l'avait épaulée quand personne d'autre n'était là pour elle. Pas même sa sœur.

Mais il connaissait tout d'elle. Ses goûts et ses dégoûts. Se procurer une clé de l'atelier et le code de l'alarme aurait été pour lui un jeu d'enfant. Elle lui avait toujours témoigné une confiance sans borne.

— Pourquoi me regardes-tu comme ça ?

— Comme quoi ? articula-t-elle d'une voix mal assurée.

— Comme on regarde un ennemi.

Un ennemi. Et si c'était lui, celui qui tirait les ficelles ?

Mais pourquoi ? Ça n'avait aucun sens... Oh, si seulement elle pouvait retrouver les idées claires !

— Tu trembles, dit-il doucement en lui pressant les doigts. Ne t'inquiète pas. Je suis là pour te protéger et te réconforter. J'ai toujours été là pour toi, n'est-ce pas ?

Il approcha d'elle son visage. Ses yeux brillaient d'une lueur fiévreuse.

— N'est-ce pas, Jane ?

Elle acquiesça d'un signe de tête, incapable de prononcer le moindre mot.

— Je t'aime, Jane. Je t'ai toujours aimée.

Sa sincérité ne faisait aucun doute. Mais comment l'amour aurait-il pu le conduire à commettre les actes dont elle le soupçonnait ? Pourquoi vouloir détruire ce qu'on adore ?

Amour et haine, lui avait-il expliqué, sont deux sentiments d'égale intensité. Ils engendrent la création comme la destruction.

— Tu te souviens de notre première rencontre ? Moi, je m'en rappelle comme si c'était hier, poursuivit-il sans attendre sa réponse. C'était un peu avant ton accident. Je considère que ta vie a vraiment commencé après le drame. Mais moi, j'ai eu l'impression de naître ce jour-là : le 16 février. On venait de fêter la Saint-Valentin. J'ai toujours pensé qu'une erreur s'était produite. Comme si la flèche de Cupidon avait lambiné en chemin et atteint son but avec deux jours de retard.

Le 16 février ? Elle se creusa la tête pour se remémorer cette journée. Mais elle n'en gardait aucun souvenir.

— C'était au centre commercial, poursuivit-il. Devant la boutique Gap. Je suis tombé sur toi. Littéralement. Tu portais un pull lavande qui mettait en valeur ton visage... Je n'avais jamais rien vu de si beau. Je t'ai aussitôt proposé de sortir avec moi.

Jane revoyait la scène à présent. Il lui était rentré dedans par mégarde et l'avait aidée à ramasser ses affaires éparpillées au sol. Pendant tout ce temps, il n'avait cessé de jacasser : sa famille venait juste d'emménager à Dallas, il ne connaissait encore personne en ville... Et puis sans prévenir, il lui avait proposé de passer la chercher le samedi soir pour l'emmener dîner quelque part. Tandis que ses amies se moquaient de lui, elle avait gentiment décliné l'offre avant de s'en aller.

L'incident avait été oublié sur-le-champ, et le jeune homme maladroit avec.

— Tu étais accompagnée de ces pimbêches prétentieuses, continua-t-il. Abbie Benson, entre autres, était une vraie salope. Je la détestais. Elle m'avait traité d'empoté et m'avait ri au nez. J'ai cru mourir de honte.

Abbie Benson. Jane avait oublié jusqu'à son existence. Abbie l'avait évitée après son accident, comme d'ailleurs toutes ses amies.

Elle était morte une douzaine d'années plus tôt, renversée par un chauffard qui avait pris la fuite. Jane croyait se souvenir que...

Le chauffard n'avait jamais été arrêté.

Une autre pensée la traversa dans la foulée : *Le père de Dave était alors propriétaire d'un bateau.*

Ça ne l'avait pas frappée à l'époque. Dans les beaux quartiers de Dallas, posséder un bateau n'avait rien d'extraordinaire. Elle n'était d'ailleurs jamais montée à bord de celui-ci : après le drame, toutes les activités nautiques lui avaient fait horreur.

Sans prêter attention à son silence, Dave continua obstinément à évoquer leur passé commun. Il racontait d'anciens événements, ressuscitait de vieux camarades de lycée, le tout avec une étonnante profusion de détails. Il n'avait rien oublié : ni les noms de leurs fréquentations de l'époque, ni les horaires de ses cours, ni aucune de leurs sorties.

Mon Dieu, était-ce seulement possible ? Se pouvait-il que Dave soit le psychopathe à l'origine de ces affreux messages ? Se pouvait-il qu'il soit son bourreau, le pilote du bateau qui l'avait laissée pour morte seize ans plus tôt ?

— Aujourd'hui, comme par le passé, le destin s'acharne à nous réunir, murmura-t-il comme s'il se parlait à lui-même. Tu ne vois donc pas ce qu'il nous enseigne ? Nous sommes faits l'un pour l'autre, Jane.

La manière dont il la regardait lui donna la chair de poule. Son calme masquait mal un gouffre de désespoir. Elle le voyait lutter pour préserver les apparences, mais sa belle façade se lézardait.

Il semblait sur le point d'imploser.

Il fallait à tout prix joindre Stacy.

Jane se tortura l'esprit pour trouver quelque chose à dire. De quoi l'éloigner sans l'alarmer, le temps d'appeler sa sœur.

Duke, qui aboya à cet instant précis, lui fournit un prétexte en or.

— Stacy m'a demandé de laisser le chien hors de sa niche tant que cette affaire n'est pas résolue. Il ne peut pas me protéger s'il est enfermé.

— C'est à moi de te protéger. C'est pour ça que je suis venu.

— Mais j'ai l'impression qu'il a besoin de sortir, objecta-t-elle en esquissant un geste pour descendre du lit.

Dave la repoussa fermement contre les oreillers.

— Il n'a besoin de rien.

— Mais je ne l'ai pas…

— Chuuut… Rassure-toi. Je l'ai promené pendant que tu dormais.

C'était faux. Son visage respirait le mensonge. Comment avait-il réussi à la tromper toutes ces années durant ?

Elle fit semblant de le croire.

— Merci, Dave. Mais peux-tu quand même avoir la gentillesse d'aller jeter un œil sur lui ? Juste pour avoir l'esprit tranquille… Ah, et si tu profitais de ton séjour dans la cuisine pour me préparer un thé, je serais une femme comblée.

— Avec plaisir, ma belle, accepta-t-il l'embrassant de nouveau sur le front. Je reviens tout de suite.

A peine eut-il quitté la chambre qu'elle sauta du lit et se mit frénétiquement à chercher le sans-fil. Pourquoi ne se trouvait-il pas sur la table de nuit ?

Où donc…

Le vestibule. C'est de là que Stacy avait appelé Dave. Jane sortit de sa chambre sur la pointe des pieds, puis s'immobilisa pour tendre l'oreille. Dave s'affairait dans la cuisine. Elle se précipita vers le vestibule. Le téléphone était bien là, posé sur le guéridon.

Elle s'en empara et composa le numéro du portable de Stacy. *Réponds, Stacy. Je t'en prie…*

« L'inspecteur Killian n'est pas disponible pour le moment. Vous pouvez laisser un message après le bip sonore ou appeler le… »

— Qu'est-ce que tu fais, Jane ?

Son cœur fit un bond dans sa poitrine. Elle se retourna en affichant un sourire aux allures de grimace.

— Je… J'appelle Stacy. Pour la rassurer.

Il s'approcha d'elle et lui confisqua le téléphone. Après avoir raccroché, il glissa l'appareil dans la poche intérieure de sa veste.

— Que tu es bête. Tu sais bien que je suis là pour m'occuper de tout ça, voyons. Au dodo, maintenant.

— Ecoute, Dave, je me sens bien maintenant. Je vais m'habiller.

— Voilà qui m'étonnerait, dit-il en l'empoignant par le bras.

Il la poussa vers sa chambre, et ensuite dans son lit. Dans la cuisine, le cri de la bouilloire se mêla aux aboiements de Duke.

— Tu as été victime d'un choc. Tu n'es ni rétablie ni aussi forte que tu le crois.

Il avait tort sur ce dernier point. Mais Jane n'avait pas l'intention de le détromper. Cette erreur d'appréciation serait peut-être sa planche de salut.

65.

Jeudi 13 novembre 2003,
17 h 30.

Assise à son bureau, les yeux dans le vague, Stacy songeait à son ami Dave. Il n'avait jamais manqué de rien. Voiture, habits, logement : il avait toujours possédé ce qui se faisait de mieux. C'était un amoureux des voyages et Las Vegas comptait parmi ses destinations préférées. Elle se souvenait aussi l'avoir entendu évoquer une visite au champ de course de Santa Anita lors de son dernier séjour en Californie.

Mais de là à l'imaginer dans la peau d'un parieur compulsif…

Quand et comment avait-il attrapé le virus ? se demanda-t-elle. Lors de ses premières vacances à Vegas ? En allant assister à une course de lévriers ? En pariant sur des matchs de football américain ? A quel moment un divertissement anodin s'était-il transformé en une dangereuse dépendance ?

Parce qu'à en croire Benny, Dave n'avait rien d'un parieur du dimanche. Il souffrait d'une véritable addiction et s'était mis dans de beaux draps.

Au Texas, participer à des paris clandestins constituait une infraction de classe C, c'est-à-dire un délit puni d'une amende pouvant aller jusqu'à cinq cents dollars. Hélas pour Dave, sa situation semblait bien plus délicate. Il s'était acoquiné avec un bookmaker lié à la mafia, lui-même cible d'une opération de police de grande envergure. Il devait de l'argent à ce malfrat. Des sommes considérables qu'il ne possédait pas.

Comment avait-il pu être assez bête pour se fourrer dans un pétrin pareil ?

Et si Benny s'était trompé ?... Non, impossible. Les écoutes téléphoniques ne mentaient pas. La police était sur le point de convoquer Dave. D'après son collègue des mœurs, ils allaient lui proposer une réduction des charges pesant contre lui en échange de sa pleine coopération.

Une idée en entraînant une autre, elle songea à la prostituée battue à mort que Benny avait aussi évoquée. Elle ne pouvait s'ôter de l'esprit cette impression de l'avoir déjà vue quelque part.

Cela l'avait frappée lorsqu'elle avait découvert sa photo sur le bureau de Mac, et cela la frappait encore à présent. Il lui fallait en avoir le cœur net. Benny pouvait l'aider à faire la lumière là-dessus. Un regard à sa montre la rassura un peu ; le capitaine n'avait pas l'air trop pressé de la recevoir.

Passant en revue les messages laissés en souffrance sur son bureau, elle retrouva celui de l'inspecteur Rodriguez. Son numéro de portable y figurait et elle le composa aussitôt.

— Rodriguez, j'écoute ? fit-il avant même la fin de la première sonnerie.

— Salut, Benny. C'est Stacy. Dis-moi, tu aurais le dossier de cette prostituée tabassée à mort par son mac ?

— Bien sûr. Il prend d'ailleurs beaucoup trop de place dans mon placard. De quoi as-tu besoin ?

— En fait, j'aimerais bien y jeter un œil.

— Il est à ta disposition. Ça t'ennuie de me dire pourquoi tu souhaites le consulter ?

Elle lui expliqua ses raisons.

— Intéressant, commenta-t-il après un silence. Ecoute, avant de venir t'encanailler à la brigade des mœurs, passe voir Liberman et McPherson. La plupart des pièces du dossier sont aussi en leur possession.

Stacy le remercia et se dirigea vers le bureau de son coéquipier. Une pile de documents entassés pêle-mêle le recouvrait entièrement. Après une fouille minutieuse, elle en extirpa le dossier de Gwen Noble, alias Sassy. Première arrestation à seize ans pour racolage sur la voie publique. Depuis lors, une bonne vingtaine d'amendes pour le même motif.

Jusque-là, rien d'extraordinaire. C'était le dossier typique d'une jeune prostituée. Elle avança jusqu'aux photos de son cadavre.

Le corps meurtri allongé sur le trottoir livra cette fois-ci son secret. Stacy avait sous les yeux l'explication à son sentiment de déjà-vu.

La prostituée portait un bijou à son cou. Un crucifix similaire à celui qu'elle avait cédé à la clocharde rencontrée près du corps de Lisette. Une mince chaîne en or ornée d'une croix nacrée aux reflets turquoise.

Stacy se concentra sur le visage de la morte, tentant de se souvenir des traits de la clocharde. Sassy avait vingt-quatre ans, soit un âge largement inférieur à celui qu'elle avait donné à l'indigente de la ruelle. Mais la crasse et la boue vieillissaient il est vrai son visage, soulignant ses cernes et ses imperfections.

Elle se souvint alors d'avoir remarqué la surprenante propreté de ses mains, de s'en être étonnée même, avant finalement de passer à autre chose.

Elle s'était fait berner.

Sauf que, en bon flic qu'elle était, elle avait conservé ce détail dans un coin de sa tête, prêt à resurgir au moment opportun.

Stacy examina les clichés les uns après les autres jusqu'à trouver un gros plan du cou brisé de Sassy. On y distinguait le collier dans ses moindres détails.

Merde. Il ne s'agissait pas d'un crucifix similaire à celui qu'elle avait échangé contre le portable de Victoria Vanmeer. *C'était le sien.*

L'une des plus importantes pièces à conviction établissant un lien entre Ian Westbrook et Lisette Gregory provenait d'un faux témoin : une prostituée engagée pour jouer le rôle d'une SDF.

Et maintenant, cette femme était morte.

Avait-on voulu la faire taire à jamais ?

Stacy bondit sur ses pieds. Elle devait joindre Mac le plus vite possible.

Les mots de son coéquipier résonnèrent tout à coup à ses oreilles. *L'appât du gain pousse certaines personnes aux pires extrémités.*

Dave avait de graves problèmes financiers. Il devait trouver des liquidités d'urgence sous peine de terribles représailles. Or Jane était riche. Riche à millions, même.

L'appât du gain pousse certaines personnes aux pires extrémités. L'amour aussi. La rencontre de ses deux motivations pouvait constituer un cocktail détonnant. Une charge potentiellement mortelle.

Jusqu'où Dave était-il prêt à aller pour conquérir Jane et sa fortune ? Jusqu'au bout de l'horreur ?

Bien sûr, l'hypothèse semblait farfelue de prime abord. Pourtant, tout concordait. Jane n'avait plus de secrets pour Dave. Il connaissait son mode de vie, ses habitudes, ses pensées, ses peurs les plus intimes. Il pouvait facilement accéder à son loft et à son atelier.

Stacy le revit la nuit où elle l'avait surpris au chevet de sa sœur, à l'hôpital, la tête entre les mains. Sa position exprimait-elle la force de son amour ? Ou sa culpabilité pour le mal qu'il avait fait ?

Elle composa le numéro de Mac et tomba sur sa messagerie.

— Dave Nash est l'homme que nous recherchons, déclara-t-elle. Celui qui harcèle Jane aujourd'hui et qui l'a défigurée il y a seize ans. Dave est aussi l'assassin de Ted et j'ai la certitude qu'il a placé le blouson, la casquette et les gants dans l'atelier de ma sœur… Il se trouve en ce moment même auprès de Jane, ajouta-t-elle en s'efforçant de maîtriser sa voix. Heureusement, il ignore que j'ai découvert le pot aux roses. Retrouve-moi là-bas le plus vite possible.

A peine avait-elle refermé son portable qu'un double bip lui indiqua un appel en son absence. Elle l'ouvrit de nouveau pour consulter l'écran : l'appel avait été effectué dix minutes plus tôt et provenait du loft.

La gorge nouée, elle appela sa sœur. Dave décrocha sur-le-champ.

— Allô ? dit-il d'une voix feutrée.

Stacy décida de ne pas évoquer l'appel manqué. S'il venait de Dave, il en parlerait de lui-même.

— Salut, c'est Stacy.

— Ah, Stacy… J'ai essayé de te joindre tout à l'heure.

— Alors, c'était toi ? dit-elle, soulagée.

— Ben, évidemment, répliqua-t-il comme s'il trouvait la question incongrue. Je pensais que tu aimerais avoir quelques nouvelles fraîches. Jane s'est réveillée, plutôt en forme. Je lui ai préparé un thé.

— Tu me la passes, s'il te plaît ?

— Désolé, elle vient de se rendormir.

Stacy tenta de masquer son angoisse.

— Duke est là ?

— Bien sûr, voyons. Où veux-tu donc qu'il soit ?

— Toute cette histoire m'a mise sur les nerfs, se défendit-elle avec un rire forcé. Ecoute, Dave, ne l'enferme pas dans sa niche, d'accord ? On ne sait jamais, Duke peut vous protéger en cas de besoin.

— J'ai l'impression que tu me caches quelque chose, Stacy.

Que lui cachait Dave ? Voilà la vraie question.

Peut-être rien de plus que ses problèmes de dépendance au jeu… Et si l'homme au bout du fil était ce même bon vieux Dave qu'elle avait toujours connu ? Un gouffre immense séparait un parieur compulsif d'un meurtrier, et elle pouvait l'avoir franchi un peu vite.

— Mais non, Dave. Comme je viens de te le dire, je suis un peu sur les nerfs.

Là-dessus, elle raccrocha. Tout en rangeant son portable dans sa poche, elle s'efforça de trouver un indice de sa culpabilité dans leur courte conversation. Autant qu'elle s'en souvînt, rien d'anormal n'avait percé ni dans ses propos, ni dans l'intonation de sa voix. Il semblait parfaitement naturel.

Ce qui, étant donné les événements, ne voulait strictement rien dire.

Sauf si elle s'était trompée à son sujet.

Un « si » dont pouvait dépendre la vie de Jane.

Elle fut tentée d'alerter la cavalerie, d'envoyer au loft une demi-douzaine d'officiers de police. Mais en cas de fausse alerte, le capitaine la ferait révoquer.

Jane ne courait a priori aucun danger tant que Dave ne se doutait pas de ses soupçons. Il ne fallait surtout pas l'inquiéter, le pousser à commettre un geste radical ou désespéré.

Pour le moment, il devait se sentir rassuré. Sans doute se disait-il que tout avait marché comme sur des roulettes : la dernière pièce du puzzle, celle qui devait à jamais sceller le destin de Ian, venait d'être découverte.

Il ne pouvait qu'être ragaillardi. Confiant en son avenir.

Respire, Killian. On se calme. Il faudrait au moins une demi-heure pour arriver au loft. Mac s'y trouverait peut-être avant elle. De toute manière, il l'attendrait avant d'entreprendre quoi que ce soit, sauf si Jane était en danger immédiat.

Elle se précipita vers la porte, empoignant son blouson au passage. En la voyant partir, Kitty se leva de son siège.

— Le capitaine peut vous recevoir, l'avertit-elle. Il m'a demandé de vous…

— Pas maintenant, répondit Stacy. Dites-lui que je passerai le voir tout à l'heure.

— Non, maintenant, Killian, tonna la voix de son supérieur.

Il venait de sortir de son bureau, et affichait son air des mauvais jours.

Stacy consulta sa montre, le cœur battant.

— Ecoutez, capitaine, je suis désolée mais j'ai une urgence… Il s'agit de ma sœur et…

— Justement, l'interrompit-il sans ménagement, on voulait vous parler d'elle.

Deux hommes apparurent juste derrière lui, dans l'embrasure de la porte.

— Killian, je vous présente messieurs Williams et Cooper, de l'IGS. Ils aimeraient s'entretenir avec vous.

66.

Jeudi 13 novembre 2003,
18 h 30.

Dave faisait les cent pas sous les yeux de Jane. Il marmonnait dans sa barbe et se figeait de temps à autre pour se passer la main dans les cheveux. Son agitation confinait à la détresse.

Jane était parvenue à entendre une partie de sa conversation avec Stacy, bien qu'il ait pris soin de sortir dans le couloir après avoir fermé la porte de la chambre. Au téléphone, il avait réussi à donner le change, mais il était revenu dans la chambre après avoir raccroché et s'était mis à marcher de long en large, sans lui adresser la parole.

Pourquoi ? Avait-il le sentiment de s'être trahi devant elle ? Sentait-il que le temps lui était compté ?

Elle avait bien songé à pousser un cri pour se faire entendre de Stacy, mais Dave aurait alors pu se sentir acculé. Agressé. Ça, Jane préférait l'éviter pour le moment. Elle pensait encore pouvoir le raisonner — en espérant juste de tout son cœur ne pas avoir à regretter cette décision.

— Dave ? l'appela-t-elle d'une voix douce.

Il s'arrêta net pour la regarder. Elle tapota le bord du lit pour l'inviter à s'y asseoir.

— Tu n'as pas l'air dans ton assiette.

— Je vais bien, merci. C'est juste que je m'inquiète pour toi.

Elle s'efforça de sourire.

— Il n'y a aucune raison de s'inquiéter. Viens donc t'asseoir sur le lit. Je crois qu'on devrait parler un peu, toi et moi.

Il s'exécuta, la mine circonspecte.

— Pourquoi as-tu dit à Stacy que je dormais ?

— Parce que tu as besoin de repos.

— Nous sommes amis depuis si longtemps. Tu peux me parler à cœur ouvert, tu sais.

Elle essaya de donner à sa voix un ton de reproche amical.

— Dis-moi la vérité, Dave.

— Il me semble que tu la connais déjà. Je me suis trahi en mentionnant les vêtements trouvés dans l'atelier.

Il fit craquer les jointures de ses doigts.

— Tu ne dormais pas quand Stacy a téléphoné, n'est-ce pas ?

D'instinct, elle décida de se montrer honnête.

— En effet, j'étais réveillée.

— Me faire pincer sur une bêtise…

Il la fixa bien en face.

— Je regrette vraiment ce qui s'est passé, Jane.

Une colère aussi soudaine que violente s'empara d'elle. Elle fit de son mieux pour se dominer, mais ne put étouffer sa rancœur.

— Tu regrettes d'avoir orchestré tout ce cirque macabre ? Ou de t'être trahi ?

— Je t'aime, Jane. Je te demande de me croire. Je suis incapable de te faire du mal.

— Vraiment ? Et comment qualifierais-tu ce que tu m'as fait subir ? L'arrestation de Ian ne m'a pas fait de mal, à ton avis ? Et la mort de gens pour qui j'avais de l'affection ? La perte de mon bébé ?

Il lui était de plus en difficile de se maîtriser.

— Quand tu m'as arraché la moitié du visage, ce matin-là, au lac, tu penses que tu m'as fait du bien, peut-être ? Pendant toutes ces années, je te croyais mon ami. Je te faisais confiance. Et voilà que j'apprends que tu es mon bourreau.

Il esquissa un mouvement pour se relever. Elle l'en empêcha.

— Tu savais qu'on allait sécher les cours ce jour-là, n'est-ce pas ? Tu nous avais entendus planifier notre virée au lac et tu nous as suivis, c'est bien ça ? Quand tu m'as aperçue dans l'eau, tu as voulu me punir d'avoir refusé ton invitation. Tu as eu envie de m'entendre hurler en dédommagement de ta soi-disant humiliation…

Il parut blessé, puis furieux.

— C'est comme ça que tu me remercies d'avoir été ton ami ? Ton champion et ton défenseur ?

— Pourquoi pas mon créateur, tant que tu y es ? Après tout, ma vie n'a vraiment commencé qu'après l'accident. Ce sont tes propres mots, Dave.

— Tu aurais dû m'appartenir, explosa-t-il, rouge de colère. Ta fortune aurait dû m'appartenir. Sur qui pouvais-tu compter jour et nuit ? Sur moi.

Il se leva d'un bond, entraînant Jane par le bras.

— Moi ! répéta-t-il en hurlant. Pas Ian Westbrook !

Il la secoua avec une telle violence que ses dents s'entrechoquèrent. Paniquée, elle chercha des yeux un objet avec lequel se défendre. Duke aboyait dans la cuisine. Si seulement elle parvenait à courir jusque-là et à le libérer… Ou jusqu'à la porte d'entrée pour s'enfuir au-dehors…

La rue était loin d'être vide à cette heure-ci. Il y avait Snake, ses clients… Si elle atteignait la fenêtre et se mettait à crier, l'un d'eux viendrait peut-être à son secours…

— Tu m'as abandonné, Jane. Peux-tu seulement imaginer ce que j'ai ressenti ?

— Je ne savais pas, articula-t-elle. Si je m'étais doutée…

— Tout ça, c'est des conneries ! hurla-t-il. Salope ! Tu m'as rejeté !

— Je ne voulais pas… Je suis désolée, balbutia-t-elle d'une voix tremblante. Je t'en prie, pardonne-moi. Je t'aime, Dave.

Les yeux de son ancien ami s'emplirent de larmes. Il la repoussa si brutalement qu'elle s'effondra en arrière sur la table de nuit. La lampe se renversa, imprimant des ombres folles sur le mur.

— Pardonne-moi d'avoir porté la main sur toi, supplia-t-il en s'approchant d'elle. Je suis incapable de te faire du mal. Comment pourrais-je ? C'est juste que… C'en est trop…

Il enfouit son visage dans ses mains tremblantes.

— Ça ne… peut plus durer. Ces hommes… je leur dois tellement d'argent. J'ai pris un emprunt, mais maintenant… la police, ils…

Elle recula de quelques centimètres, cherchant à tâtons une arme de fortune. Ses doigts effleurèrent la lampe qui gisait à terre. Elle l'empoigna fermement et rassembla ses forces. Elle savait qu'elle n'aurait droit qu'à une chance.

— … ils sont au courant de tout. Je suis coincé. Le bateau prend l'eau de toutes parts. Mais on pourrait quitter ensemble ce monde injuste. Toi et moi. Jane et Dave pour l'éternité.

— L'éternité pour toi tout seul ! hurla-t-elle en lui assenant un coup violent sur le crâne.

Il y eut un craquement horrible. Le sang gicla sur le visage incrédule de Dave. Il la regardait sans comprendre, les lèvres mobiles mais silencieuses, le sang coulant sans discontinuer sur sa tempe et sa joue.

Mais il restait debout.

Terrifiée, Jane laissa tomber la lampe et s'enfuit vers la porte d'entrée.

Elle entendit ses pas derrière elle, de plus en plus proches. Elle hésita un instant. Si elle parvenait jusqu'à la cuisine et libérait Duke…

La sonnerie de la porte d'entrée retentit.

— Au secours ! cria-t-elle. Aidez-moi !

— Jane ! C'est Mac. Ouvrez la porte.

Elle appuya sur le bouton de l'Interphone et dévala les marches jusqu'à la porte pour la déverrouiller. Elle sanglotait toujours, mais l'espoir avait cette fois pris le dessus sur la panique. Elle tourna la clé. Au moment où elle saisissait la poignée, quelque chose la tira en arrière par le cou. Ses mains accrochèrent un cordon mouillé et collant.

Le fil électrique de la lampe. Tout gluant de sang. Le sang de Dave.

Dave l'insultait et implorait son pardon dans la plus grande confusion, tout en serrant le fil de plus en plus fort. Elle essaya de le griffer, de se débattre, de lui donner des coups de pieds. En vain.

Un étau compressait son cerveau. Puis, juste quand la lumière se mettait à baisser devant ses yeux grands ouverts, un son semblable à un coup de tonnerre fit bourdonner ses oreilles et la porte s'ouvrit à toute volée. Mac s'engouffra dans le vestibule, l'arme au poing.

— Lâche-la, Nash ! Tout de suite !

Dave laissa échapper un cri d'exclamation. La surprise lui fit desserrer son étreinte, si bien que Jane parvint à se libérer. Elle tomba à genoux, bouche ouverte, cherchant désespérément à aspirer un peu d'air.

Mac fit alors feu sans sommation.

La détonation résonna longtemps dans l'entrée. L'impact de la balle projeta Dave en arrière. Mac continua à tirer — une fois, deux fois. Comme au ralenti, Dave se tourna vers Jane et tendit les bras dans sa direction. Il murmura son prénom.

Puis il s'écroula.

67.

Jeudi 13 novembre 2003,
19 h 10.

Horreur, terreur et soulagement se confondirent en un cri rauque dans la gorge de Jane. Elle courut se réfugier dans les bras de Mac.

Dieu merci, se dit-elle. Il était moins une. Elle était de nouveau passée à deux doigts de la mort.

Mac attendit qu'elle se calme pour la repousser délicatement et l'examiner avec inquiétude.

— Ça va aller ?

— Oui, je…

Malgré elle, son regard revint se poser sur Dave. Il gisait en travers des marches du vestibule, la bouche ouverte comme un poisson mort. Ses yeux dénués d'expression fixaient bêtement le plafond. Une balle s'était logée entre eux, juste au milieu, creusant une sombre cavité. Son sang gouttait en cascade de marche en marche, jusqu'à la porte d'entrée, où commençait à se former une mare opaque.

Jane tituba, les jambes en coton.

— Je crois que je vais vomir.

— Asseyez-vous, l'enjoignit Mac en approchant une chaise. Baissez la tête et respirez profondément.

Elle s'exécuta et l'entendit pendant ce temps composer un numéro sur son portable. Il passait sans nul doute un appel à son bureau, pour faire un rapport sur la situation et demander l'intervention d'une équipe spécialisée.

Au lieu de ça cependant, il laissa un message à sa sœur :

— J'ai bien eu ton mot, Stacy. Je suis presque arrivé au loft. Ne t'inquiète pas, je maîtrise la situation. Au moindre problème, j'appelle les renforts… J'ai beaucoup pensé à nous deux, ajouta-t-il d'une voix basse et profonde. Je… Je t'aime, Stacy.

Jane releva la tête et le fixa sans comprendre.

Il soutint son regard en raccrochant. Le sien, moqueur et cruel, était celui d'un homme sans cœur.

Elle comprit alors la vérité. L'abominable vérité.

Ce n'était pas Dave le coupable. C'était Mac. Lisant dans ses pensées, celui-ci eut un sourire narquois.

— En plein dans le mille. Le méchant n'est autre que l'amant de la grande sœur.

Elle jeta un œil sur Dave, sur son sang qui ne cessait de s'écouler.

— Et l'ami Dave ici présent fera un excellent bouc émissaire, ajouta Mac.

Sur ce, il rangea son portable et sortit de sa poche une paire de gants en latex. Le genre porté par les chirurgiens et les techniciens de la police.

Ou par les criminels désireux de ne laisser aucune empreinte.

— Vous aimeriez peut-être en savoir un peu plus ? Je vous dois bien une petite explication…

Incapable d'articuler le moindre mot, elle acquiesça d'un signe de tête.

— J'ai connu Dave quand je travaillais à la brigade des mœurs. Voyez-vous, votre vieil ami est… était, corrigea-t-il, un joueur compulsif.

Mac écarta les doigts et tira sur les gants pour les ajuster.

— Un gros joueur qui s'est attiré de gros problèmes. En particulier avec un organisateur de paris clandestins protégé par la mafia.

Notre minet s'est vite trouvé coincé : les flics d'un côté — c'est-à-dire moi — et de l'autre les hommes de main du bookmaker.

— Alors il s'est tourné vers vous, devina Jane, étonnée de réussir à s'exprimer si calmement.

— En effet. Il est venu me supplier. Et pour me convaincre, il m'a assuré avoir un moyen imparable d'empocher une véritable fortune.

— Moi, murmura-t-elle, écœurée.

— Quelle perspicacité..., s'amusa-t-il. J'ai donc remboursé ses dettes les plus urgentes, et nous avons mis notre projet sur pied. Dave pensait que si on parvenait à mettre Ian hors jeu, de préférence en le compromettant, vous chercheriez forcément à vous consoler auprès de lui. Il en était convaincu. Un mariage s'ensuivrait et il pourrait enfin mettre la main sur le pactole. D'autant que votre union avait toutes les chances de se terminer tragiquement.

Mac s'approcha de Dave et se pencha pour retirer délicatement le fil électrique de ses mains inertes.

— Tout avait été organisé dans le moindre détail. Mais notre ami répugnait à s'acquitter de la dernière clause de notre contrat. Vous voyez ce que je veux dire ?

Elle répondit par la négative.

— Le fait est qu'il vous aimait vraiment. A sa manière un peu particulière, bien sûr. J'ai fini par comprendre qu'il n'aurait pas le cran d'aller jusqu'au bout. Mon petit doigt me disait qu'il finirait par se vautrer avec délice dans son rôle de riche époux, tandis que moi je devrais me contenter de bouffer des pâtes le restant de ma vie avec mon salaire de flic.

Il consulta sa montre, comme pour évaluer le temps dont il disposait.

— Mais je peux me passer de Dave maintenant. Stacy est mon passeport pour une place au soleil.

Jane saisit où il voulait en venir. Stacy était tombée amoureuse de Mac. Elle espérait même avoir trouvé en lui l'homme de ses rêves. D'amants, ils pouvaient donc devenir mari et femme. Sa mort à elle ferait alors d'eux un couple riche puisque Stacy était sa seule héritière.

— Vous avez décidé de modifier le plan à votre seul avantage ? demanda-t-elle d'une voix tremblante.

— On ne peut décidément rien vous cacher… Tout le monde s'imaginera que le pilote du bateau, après sa campagne de terreur, a décidé d'en finir avec vous. Le type qui vous harcelait était un tueur — vous n'avez pas arrêté de le crier sur tous les toits. Et puis la mort de Doobie en constitue la preuve. Stacy a fini par penser comme vous… Et moi aussi, ajouta-t-il avec un sourire. On s'est même débrouillés pour en convaincre le capitaine.

— Mais Ian…

— Ian plongera pour les meurtres de Victoria Vanmeer et de Marsha Tanner. Peut-être aussi pour celui de Lisette Gregory. Les charges qui pèsent contre lui sont accablantes. Il sera sans doute condamné à la peine de mort.

Mac avait tout prévu. La vie de Ian allait être sacrifiée, comme la sienne et celle de Stacy. Il n'y avait aucune échappatoire. Elle émit un petit cri plaintif, semblable à celui d'un animal blessé.

— Le pilote du bateau était votre ami Dave Nash, tout le monde est d'accord là-dessus, n'est-ce pas ?… Moi, je trouve ça ignoble de sa part, ajouta-t-il en riant.

— Je ne vois pas ce qui vous amuse.

— C'est que vous n'êtes pas si perspicace que ça alors. Vous n'avez toujours pas compris qu'il n'y avait jamais eu de pilote de bateau surgi du passé ? C'est vous qui vous êtes mis ça dans le crâne… Pareil pour Doobie.

— Mais Doobie existait bel et bien ! J'ai vu son cadavre dans la ruelle.

— Oh, pour ça oui. C'était une petite ordure tout ce qu'il y a de plus réelle… Mais il ne m'a jamais rien raconté sur un quelconque pilote de bateau. J'ai inventé cette histoire de toutes pièces — et j'avoue que je n'en suis pas peu fier.

Jane sentit son sang se glacer dans ses veines.

— Mais comment…

— Nous avons utilisé vos peurs contre vous, Jane. Dave les connaissait toutes. Il était sûr que vous attribueriez les lettres de menace à l'homme qui avait failli vous tuer dans le lac. Comme il avait prévu que vous arriveriez à en convaincre Stacy.

Jane serra les dents pour les empêcher de claquer. Dave connaissait ses peurs les plus intimes, le moindre de ses cauchemars. Elle avait même compté sur lui pour leur donner un sens et les dominer.

Tu as peur de tout perdre de nouveau, Jane. Dans ton esprit, il va encore essayer de s'en prendre à toi pour finir sa sale besogne.

Comme un sorcier cruel, Dave avait nourri ses angoisses. Au moment même où il lui prodiguait ses conseils, il s'arrangeait pour engendrer les monstres dont étaient peuplés ses mauvais rêves.

Et dire qu'elle lui avait fourni toutes les clés… Il n'avait eu qu'à ouvrir les portes.

— Et Ted ? demanda-t-elle.

— Il s'est trouvé au mauvais endroit au mauvais moment… Il est entré dans l'atelier pendant que j'y plaçais les vêtements.

Elle avait vu juste.

— Mais le code de l'alarme… Comment avez-vous réussi à…

— A entrer ? Vous oubliez que je suis de la police, ma petite dame. Je n'ai eu qu'à me renseigner auprès de la société qui a installé votre système de sécurité.

— Vous avez tué Ted…

— Et les autres aussi. Dave n'avait ni le cran ni la capacité de s'en occuper. Décidément, sa mort n'est pas une grande perte.

— Toutes ces vies volées… Comment pouvez-vous…

— Me regarder dans le miroir ? compléta-t-il en riant. Ne vous faites pas de bile pour moi ; je m'en sors plutôt bien. Et même avec un certain brio, quand j'y pense. Mais votre inquiétude me touche, vraiment.

Pas l'ombre d'un regret ou d'un remords. Ses crimes ne pesaient pas le moins du monde sur sa conscience. Un véritable psychopathe, songea Jane. Sous ses apparences affreusement normales, cet homme était dépourvu de tout sens moral.

— Chaque meurtre a joué un rôle, vous savez, poursuivit Mac sur un ton badin. Personne n'est mort pour rien. L'assassinat de Doobie, par exemple, a permis de convaincre la police de l'existence de l'homme qui vous harcelait. Et de sa dangerosité.

— Et pourquoi avoir assassiné Victoria, Marsha et Lisette ?

— Pour faire accuser votre mari, bien sûr. Pour le mettre hors jeu. L'idée était de vous isoler et de vous terroriser.

Comme ce matin-là dans l'eau du lac.

— Le choix de la première victime était primordial pour la réussite de notre plan. Il nous fallait une femme qui avait été à la fois la patiente et l'amante de Ian. Une femme assez facile pour ne pas perdre de temps à l'attirer dans mon lit. Victoria était une candidate prometteuse et elle s'est révélée à la hauteur de nos espérances.

— Vous lui avez donné rendez-vous au Plaza.

— Ah non, corrigea-t-il. C'est elle qui a tout arrangé. Cette femme était une croqueuse d'hommes.

— Comment l'avez-vous dénichée ?

— Grâce à Dave. Marsha lui faisait confiance, à cause de vous. Un jour, il l'a rencontrée « par hasard » dans son café préféré. C'est devenu un rituel matinal. Il lui a fait du charme, l'a baratinée, a fait semblant de se passionner pour ses histoires de chirurgie esthétiques.

— Et elle a mentionné Victoria Vanmeer parmi ses anecdotes de travail, conclut Jane en s'efforçant de conserver un semblant de calme.

— Tout juste. Marsha ne portait pas Victoria dans son cœur. Elle n'arrivait pas à comprendre ce que son patron avait pu lui trouver.

— Mais pourquoi ? murmura-t-elle. Pourquoi m'avoir fait tant de mal ?

Il s'approcha d'elle, le visage radieux. Ce salopard s'amusait de la situation.

— Le fric, Jane. Toujours le fric. Tous ces jolis millions sur lesquels vous êtes assise.

Sans cesser de sourire, il attrapa les deux extrémités du fil électrique et les tira d'un coup sec.

— Quel dommage que je n'aie pas pu vous sauver des griffes de Nash… Bien entendu, j'ignorais qu'il était déjà trop tard quand je lui ai tiré dessus pour l'obliger à vous lâcher.

Le message laissé à Stacy. Les empreintes de Dave sur le fil électrique. Son histoire tiendrait debout.

— Stacy aura beaucoup de peine, mais je serai là pour l'aider à surmonter cette épreuve. Je serai l'homme dont elle a toujours rêvé.

Il se rapprocha si près qu'elle put sentir son haleine sur son visage.

— Dave en savait également long sur les peurs et les désirs de votre sœur.

— Salaud ! hurla Jane. Ne touchez pas à elle !

— Désolé, mais ça ne va pas être possible, dit-il avec un petit rire. Pour tout vous dire, je crois même que je vais lui passer la bague au doigt. Le plus tôt sera le mieux. Nous vivrons heureux, mais contrairement aux contes de fées, nous n'aurons pas le temps d'avoir beaucoup d'enfants : l'un de nous mourra dans des circonstances tragiques. Devinez qui ? Un accident est si vite arrivé…

Jane chercha une issue autour d'elle. Coincée. Si au moins elle pouvait l'obliger à se servir de son arme, il aurait plus de mal à se justifier.

Stacy ne goberait pas ses mensonges sans se poser de questions. Elle ne se laisserait pas abuser et finirait par découvrir la vérité.

Mon Dieu, donnez-lui la lucidité nécessaire pour échapper à cette ordure.

Jane tenta le tout pour le tout et se leva d'un bond. Il n'eut aucun mal à la rattraper. Sa tentative eut même le don de l'amuser. Riant à gorge déployée, il l'attira contre lui et passa le fil électrique autour de son cou. Dans la cuisine, Duke faisait un raffut de tous les diables. Sa niche devait être en piteux état.

Jane se débattit de toutes ses forces. Elle n'espérait pas s'en sortir vivante, mais lui infliger une ou deux marques propres à éveiller la suspicion de ses collègues. De Stacy.

— Ça suffit, maintenant, grommela-t-il en serrant le fil.

Des points lumineux explosèrent devant ses yeux. Elle voulut le griffer, mais les gants de latex le protégeaient. Impossible aussi de lui donner des coups de pieds — ses jambes se dérobaient sous elle. Du coin de l'œil, elle perçut un éclair noir et blanc. Duke, songea-t-elle, au bord de l'inconscience. Il était parvenu à se libérer de sa niche.

L'instant d'après, elle s'affaissa par terre. Libre. Mac poussa un cri de douleur, lequel fut vite couvert par les grognements féroces de Duke. Puis une détonation retentit, suivie d'un gémissement aigu.

Duke ! Non !

— Ça suffit, les conneries ! gronda Mac en la hissant sur ses pieds. Par ici, ma belle. Il est temps de mourir.

68.

Jeudi 13 novembre 2003,
19 h 35.

Dans la rue, Stacy entendit un coup de feu et la plainte d'un animal blessé. Tous deux venaient de chez sa sœur. Elle rangea son portable ouvert dans la poche extérieure de son blouson et dégaina son pistolet, le cœur battant à tout rompre.

Ses joues étaient baignées de larmes. Pendant l'entretien avec son capitaine et les officiers de l'IGS, elle avait compris que Dave avait eu besoin d'un complice pour monter une telle machination.

Quelqu'un au fait des rouages de la police et de la manière dont se collectaient les preuves. Quelqu'un en contact avec tous les acteurs du drame : un indicateur, une prostituée, le ministère public et la brigade criminelle de Dallas.

Sans parler d'elle.

Ce quelqu'un, c'était Mac. Il avait longtemps travaillé à la brigade des mœurs. Sans doute y avait-il connu Dave, à cause de ses problèmes de dépendance au jeu. Doobie, lui, devait lui servir d'indic à l'occasion. Et elle était prête à parier que si elle se donnait la peine de fouiller le dossier de Sassy, elle découvrirait le nom de McPherson associé à une ou plusieurs des arrestations de la prostituée. De plus, seul Mac savait qu'elle avait montré une pièce à conviction — l'enregistrement du Plaza — à la femme du principal suspect.

Il l'avait piégée. Sa dénonciation à la Police des Polices visait à la retenir, à lui laisser le temps de mettre un point final à son plan : tuer Jane.

Tout s'était éclairé pendant l'interrogatoire des hommes de l'IGS. En même temps qu'elle répondait machinalement à leurs questions, elle avait remis en ordre les pièces du puzzle. Mac avait dû demander expressément à faire équipe avec elle au moment de son transfert vers la brigade criminelle. Elle avait jusqu'alors supposé que ce tandem leur avait été imposé à tous les deux, mais elle avait préféré poser la question au capitaine pour en avoir le cœur net. Son supérieur avait confirmé ses doutes : Mac était bien à l'origine de leur partenariat.

Elle tenait le dernier morceau du puzzle.

Bien entendu, ni les hommes de l'IGS ni le capitaine n'avaient accordé le moindre crédit à ses accusations. Il ne s'agissait à leurs yeux que d'une tentative de diversion pathétique. Pour se disculper. Convaincue de l'inutilité de ses dénégations et pressée par le temps, Stacy s'était absentée pour aller aux toilettes et n'était jamais revenue.

En toute logique, ils allaient se lancer à sa poursuite. Aucune importance. Loin de s'inquiéter, elle croisait les doigts afin qu'ils ne tardent pas trop.

La porte d'entrée était entrebâillée. Elle perçut des bruits de lutte, les gémissements de douleur de Duke, une voix d'homme qui grognait comme sous le coup d'un violent effort.

Pas le temps d'attendre du renfort.

Elle ouvrit la porte d'un coup de pied et s'avança dans l'entrée en brandissant son arme.

— Lâche-la, espèce d'enfoiré ! cria-t-elle. Lâche-la tout de suite !

Mac desserra un peu sa prise, mais ne libéra pas Jane.

— Quelle surprise… Je pensais que la visite de l'IGS te retiendrait plus longtemps.

— Je leur ai faussé compagnie… La dénonciation anonyme venait de toi, bien entendu ?

— Tout juste, mon amour. Et l'IGS n'a eu qu'à consulter le registre de la salle des pièces à conviction pour se convaincre du bien-fondé de cette petite info. Malin, non ?

Elle songea à l'appel qu'elle avait passé de son portable juste avant d'entrer chez Jane.

Elle s'était montrée plus maligne que lui. Enfin, à supposer que la communication passe bien…

— Et tu as insisté pour faire équipe avec moi au moment de ton affectation à la criminelle ?

— Gagné. J'ai raconté que j'avais beaucoup entendu parler de ta façon de travailler, qu'il me semblait qu'on pourrait faire du bon boulot ensemble, etc. Mais le capitaine n'en demandait pas tant. Tu avais une telle réputation d'emmerdeuse qu'il était trop heureux de voir quelqu'un se porter volontaire pour faire équipe avec toi.

Sa bouche se tordit en un sourire méprisant.

— Aucun de ces minables n'a su comment s'y prendre avec toi. Tous des faibles.

Il affichait une telle autosatisfaction… C'était à vomir.

— Tu te surestimes, McPherson.

— Et toi, tu n'as pas l'air plus étonnée que ça… Qu'est-ce qui t'a mise sur la voie ?

— La photo du cadavre de Sassy. A moins que tu ne préfères l'appeler la clocharde de la ruelle ?

La surprise le rendit muet.

— Je lui avais donné mon crucifix en échange du portable, poursuivit-elle. J'ai peut-être oublié de t'en parler. Toutes mes excuses, Mac.

— Et tu as reconnu ton crucifix sur les clichés de la police. Putain de merde.

Le doigt sur la gâchette, Stacy s'obligeait à se concentrer sur Mac, à se montrer aussi professionnelle que possible. Elle évitait de regarder Jane de peur de commettre une bêtise.

— Tu es le seul à avoir un lien avec tous les acteurs de cette affaire, Mac.

Il lâcha de nouveau un juron, tandis qu'un sourire triste venait éclairer le visage de Stacy.

— C'est curieux, tu sais. Sur le moment, quand j'ai donné mon collier à cette femme, ça m'a fait un drôle d'effet. Comme si Dieu allait m'abandonner si je ne le portais plus. Apparemment, c'est le contraire qui s'est produit. Depuis le début, Il m'a prise sous son aile.

Mac éclata d'un rire moqueur. L'idée qu'une intervention divine ait pu contrarier ses projets lui semblait du dernier grotesque. Stacy ne fut pas surprise de sa réaction. Elle lui expliqua ne pas en attendre moins de la part d'un enfoiré d'assassin dépourvu de tout sens moral.

— N'empêche qu'il t'a fallu un sacré coup de chance pour comprendre, Stacy, rétorqua-t-il. Peu importe qu'il soit ou non tombé du ciel ; le fait est qu'en tant qu'inspecteur tu peux repasser… Je n'ai pas arrêté de te fournir des indices. Combien de fois t'ai-je répété que tu ne devais surtout pas t'impliquer personnellement ? Que ça te pousserait forcément à commettre des erreurs ? Et toi, qu'est-ce que tu as fait ? Tu t'es précipitée dans le lit de ton ennemi. Ne t'ai-je pas dit aussi que Jane se trompait au sujet du pilote du bateau ? Que seule sa peur le faisait exister ? Nom d'un chien, Stacy, ouvre les yeux !

Il avait raison.

Elle était tombée dans le panneau parce qu'elle avait tellement voulu croire en lui. Depuis si longtemps, elle attendait un homme comme Mac. Ou plutôt un homme semblable au personnage joué par Mac.

— Laisse-la partir, ordonna-t-elle d'une voix égale. Fais un pas de côté sans mouvement brusque et pose ton arme à terre.

— Ne sois pas ridicule, Stacy. Réfléchis un peu. On a la possibilité de poursuivre l'aventure ensemble. On pourrait se la couler douce comme deux nababs.

— On pourrait, c'est vrai… Mais il y a juste un petit problème, Mac. Je n'ai pas le moindre désir de partager ma vie avec un meurtrier. Même si c'est une vie de luxe.

— La fortune de Jane aurait dû t'appartenir pour moitié. Tu trouves juste qu'elle ait toujours été l'enfant gâtée de la famille ? Qu'elle ait hérité de tout cet argent ? Pour couronner le tout, elle t'a volé l'homme dont tu étais tombée amoureuse la première.

Un rictus de triomphe ponctua cette tirade. Mais il allait en être pour ses frais. Ces arguments n'atteignaient plus Stacy. L'amertume, la jalousie et le ressentiment qu'elle ressentait autrefois vis-à-vis de Jane s'étaient évaporés pour laisser place à un sentiment dont il ignorait la force : l'amour.

— Tu m'as dit récemment qu'il existait des gens prêts à tout pour de l'argent. Prêts à envoyer un innocent dans le couloir de la mort ou à séduire une femme rendue vulnérable par trop de solitude, par exemple… Je n'avais pas compris que tu parlais de toi.

— Il ne faut pas t'en vouloir pour si peu, ma chérie. Tout ça, c'était du business. Tu es une jolie fille et un bon coup par-dessus le marché. Qu'est-ce qui nous empêche de profiter de la vie ? On pourrait bien s'amuser, tous les deux.

— S'amuser, toi et moi ? Pourquoi pas ? Mais rira bien qui rira le dernier, Mac.

A ces mots, elle plongea lentement une main dans la poche de son blouson et en sortit son portable encore ouvert.

— Vous avez entendu, mon capitaine ? demanda-t-elle.

Les traits de Mac se figèrent sous l'effet de la surprise. Puis la rage les déforma. Il poussa Jane sur le côté et tendit la main vers son pistolet, mais Stacy lui planta une première balle dans la poitrine avant même qu'il n'ait pu pointer son arme sur elle. Elle continua ensuite de tirer jusqu'à ce qu'elle ait entièrement vidé son chargeur.

Les mains raides de Mac laissèrent échapper son pistolet. Chose étrange, son visage était dénué d'expression, comme si la vie l'avait abandonné depuis longtemps déjà.

Il s'écroula lourdement.

Stacy continua à le fixer quelques instants, puis enjamba son corps immobile pour venir secourir Jane.

— Tu peux respirer ?

Seul un mot parvint à sortir de la gorge meurtrie de sa sœur, tel un douloureux croassement :

— Duke…

— On va tout faire pour le sauver, Jane. Ne parle pas.

Une large ecchymose se détachait sur la gorge de sa sœur. La trace laissée par le fil électrique encerclait son cou d'un ruban pourpre.

Mac aurait pu lui écraser l'œsophage. Encore une minute et elle serait morte. Cinq de plus, et Mac s'en serait sorti avec les félicitations de ses supérieurs. Serait-il parvenu à lui faire avaler sa version des faits ?

En toute honnêteté, elle n'en savait rien. Sans doute aurait-elle eu envie de le croire.

D'une main fébrile, elle porta de nouveau le téléphone à son oreille.

— Vous êtes toujours là, mon capitaine ?

— Un peu, que je suis toujours là. C'était quoi, ce boucan ?

— McPherson est mort, annonça-t-elle d'une voix neutre. La brigade canine est requise pour des soins urgents.

— C'est comme si c'était fait.

Elle l'entendit hurler ses instructions.

— Il va falloir me fournir quelques explications, Killian.

A peine eut-elle acquiescé que plusieurs officiers de police firent une entrée fracassante dans le vestibule.

— La cavalerie vient d'arriver, dit-elle.

— C'est pas trop tôt, répondit-il. Demandez-leur pourquoi ils ont autant traîné.

— A vos ordres. Mais ça devra attendre un peu. Je vous rappelle plus tard.

Elle lui raccrocha au nez et tendit le portable à sa sœur.

— Tiens, passe donc un coup de fil à l'avocat de Ian. Ton mari va rentrer à la maison.

Épilogue

Samedi 20 mars 2004,
22 h 45.

Assise en tailleur dans l'obscurité de sa salle de projection, Jane essayait en vain de se concentrer sur le film en noir et blanc.

— *De quoi avez-vous peur, Joyce ? Quand vous êtes seule dans le noir, dites-moi, quel monstre vient vous hanter ?*

Elle avait beau faire des efforts, ses pensées ne cessaient de vagabonder. A dire vrai, elle ne ressentait plus le même sentiment d'urgence dans son travail. Les récents événements semblaient avoir redéfini ses priorités. Elle ne pouvait encore deviner où tout cela la mènerait, mais déjà se dessinaient les contours — encore flous — d'une autre vie.

Elle avait confiance.

Confiance. Ce mot la fit naturellement songer à Stacy. Sa sœur était passée au loft dans l'après-midi, porteuse de nouvelles plutôt surprenantes.

Adieu la police : elle venait de démissionner. Elle avait eu sa dose de cadavres et souhaitait repartir de zéro. Reprendre des études, peut-être. A toutes fins utiles, elle avait déjà rempli les formulaires d'inscription de plusieurs écoles de formation, toutes situées hors du Texas.

Jane n'en avait pas cru ses oreilles. Elle avait supplié Stacy de revenir sur sa décision. A présent qu'elles s'étaient enfin retrouvées, l'idée de la voir partir lui était infiniment douloureuse.

Stacy était restée ferme.

— Je suis la seule à pouvoir enfin construire l'existence dont je rêve. Et je suis décidée à m'y mettre.

Le tintement d'un collier précéda l'arrivée de Duke. La balle de Mac s'était fichée dans son épaule, endommageant le nerf radial, mais il s'en était tiré. Tout au plus souffrait-il d'une légère claudication, témoignage indélébile de ces heures noires, mais surtout de sa loyauté à toute épreuve. En venant à bout de la corde qui l'attachait à sa niche, il avait arraché sa maîtresse à une mort certaine.

Comme à son habitude, il posa sa grosse tête sans grâce sur les cuisses de Jane.

— Mon héros, chuchota-t-elle en approchant son visage tout près de celui de l'animal.

Il la remercia du compliment d'un grand coup de langue sur la joue.

— Je me demande si cet animal n'est pas le véritable amour de ta vie.

Elle leva les yeux. Ian se tenait derrière elle, sur le pas de la porte, les mains dans le dos.

— Il m'a sauvé la vie, dit-elle en souriant.

— Et la mienne par la même occasion.

Un effrayant *Et si ?...* s'immisça dans ses pensées. Elle le repoussa. La peur ne ferait pas la loi dans cette maison. Il ne dépendait que d'elle de ne pas laisser ses angoisses influer sur ses choix et ses actions. Elle ne permettrait plus à ses frayeurs de lui dicter sa conduite. Elle ne donnerait plus vie aux fantômes de son passé. Et tant pis si le pilote du bateau lui restait à jamais inconnu. Elle se résignait à ignorer, pour toujours peut-être, s'il l'avait blessée intentionnellement ou pas.

Cela n'avait plus d'importance.

— Désormais, on ne servira plus à Duke que de la nourriture de tout premier choix, déclara-t-elle. Cette décision prend effet immédiatement et n'a pas de limite dans le temps.

— Aucune objection de ma part, mon amour… Comment se passe ton travail ? ajouta-t-il en indiquant le moniteur.

— Ça va.

Leurs regards se croisèrent. Il comprenait. Au-delà des cernes sous ses yeux à lui, au-delà des quelques mèches blanches apparues dans les cheveux de Jane, les événements de l'automne dernier les avaient profondément changés.

Entre eux, les choses ne seraient plus jamais comme avant.

Les doutes et les mensonges les avaient fait souffrir, mais le temps, comme une patine, avait apaisé leurs blessures. Ensemble, ils avaient fait le deuil de leur enfant perdu. Celui d'un mariage parfait, ruiné par les sombres desseins de Mac. Celui surtout de leur innocence.

Cette dernière perte avait sans doute été la plus cruelle. Rien, pas même leurs pires cauchemars, ne les avait préparés à vivre de telles épreuves.

Pourtant, ils en étaient ressortis plus forts qu'avant, plus soudés. Jamais plus quelqu'un ne réussirait à les séparer.

Jane se leva et vint se blottir contre lui, les bras autour de sa taille, la joue sur son torse. La fraîcheur du soir imprégnait sa peau et ses vêtements. Elle leva les yeux vers lui.

— Toi, tu es sorti…

— J'ai promené Duke.

— Vraiment ? Je constate pourtant qu'il se trouve ici même, avec moi.

Elle haussa un sourcil et se frotta le menton.

— Me cacheriez-vous quelque chose, docteur Westbrook ?

— Je plaide coupable, madame Westbrook.

Le visage rayonnant, il fit surgir un sac rose et blanc de derrière son dos.

— Crème glacée à la pistache et au caramel parsemée d'éclats d'amandes grillées… C'est le parfum préféré du bébé.

DANS LA MÊME COLLECTION

Par ordre alphabétique d'auteur

OLGA BICOS	*Nuit d'orage*
OLGA BICOS	*La mort dans le miroir*
LAURIE BRETON	*Ne vois-tu pas la mort venir ?*
BARBARA BRETTON	*Le lien brisé*
JAN COFFEY	*La dernière victime*
JASMINE CRESSWELL	*La Manipulatrice*
JASMINE CRESSWELL	*Le secret brisé*
JASMINE CRESSWELL	*La mort pour héritage*
JASMINE CRESSWELL	*Soupçons mortels*
JASMINE CRESSWELL	*Je saurai te retrouver*
CAMERON CRUISE	*La perle de sang*
MARGOT DALTON	*Amnésie*
MARGOT DALTON	*Kidnapping*
MARGOT DALTON	*Le sceau du mal*
MARGOT DALTON	*Crimes inavoués*
WINSLOW ELIOT	*L'innocence du mal*
LYNN ERICKSON	*Le Prédateur*
SUSANNE FORSTER	*Le cercle secret*
TESS GERRITSEN	*Présumée coupable*
TESS GERRITSEN	*Crimes masqués*
TESS GERRITSEN	*Ne m'oublie pas*
HEATHER GRAHAM	*L'invitation*
HEATHER GRAHAM	*L'ennemi sans visage*
HEATHER GRAHAM	*Le complot*
HEATHER GRAHAM	*Soupçons*
HEATHER GRAHAM	*La griffe de l'assassin*
HEATHER GRAHAM	*Prémonition*
HEATHER GRAHAM	*L'ombre de la mort*
HEATHER GRAHAM	*Danse avec la mort*
HEATHER GRAHAM	*Noires visions*
HEATHER GRAHAM	*Nuits blanches*
GINNA GRAY	*Le voile du secret*
GINNA GRAY	*La cavale*
GINNA GRAY	*Les bois meurtriers*
KAREN HARPER	*Testament mortel*
KAREN HARPER	*Le saut du diable*
KAREN HARPER	*L'œuvre du mal*
KAREN HARPER	*Les portes du mal*
KAREN HARPER	*Une femme dans la nuit*
KATHRYN HARVEY	*La clé du passé*
BONNIE HEARN HILL	*La disparue de Sacramento*
BONNIE HEARN HILL	*Mortelle perfection*

.../...

DANS LA MÊME COLLECTION
Par ordre alphabétique d'auteur

CHRISTIANE HEGGAN	*Miami Confidential*
CHRISTIANE HEGGAN	*L'Alibi*
CHRISTIANE HEGGAN	*Intime conviction*
CHRISTIANE HEGGAN	*Labyrinthe meurtrier*
CHRISTIANE HEGGAN	*Par une nuit d'hiver*
CHRISTIANE HEGGAN	*Troublantes révélations*
CHRISTIANE HEGGAN	*Intention de tuer*
CHRISTIANE HEGGAN	*Meurtre à New York*
METSY HINGLE	*Le masque de la mort*
METSY HINGLE	*La fille de l'assassin*
GWEN HUNTER	*Faux diagnostic*
GWEN HUNTER	*Virus*
GWEN HUNTER	*Les mains du diable*
GWEN HUNTER	*Le triangle du mal*
GWEN HUNTER	*La piste du mal*
LISA JACKSON	*Noire était la nuit*
LISA JACKSON	*Dans l'ombre du bayou*
CHRIS JORDAN	*L'étau*
PENNY JORDAN	*De mémoire de femme*
PENNY JORDAN	*La femme bafouée*
R.J. KAISER	*Qui a tué Jane Doe ?*
ALEX KAVA	*Sang Froid*
ALEX KAVA	*Le collectionneur*
ALEX KAVA	*Les âmes piégées*
ALEX KAVA	*Obsession meurtrière*
ALEX KAVA	*Le Pacte*
RACHEL LEE	*Neige de sang*
RACHEL LEE	*Le lien du mal*
RACHEL LEE	*Secret meurtrier*
DINAH McCALL	*Le silence des anges*
HELEN R. MYERS	*Mortelle impasse*
HELEN R. MYERS	*Les ombres du doute*
HELEN R. MYERS	*Mort suspecte*
HELEN R. MYERS	*Suspicion*
HELEN R. MYERS	*La marque du diable*
CARLA NEGGERS	*L'énigme de Cold Spring*
CARLA NEGGERS	*Piège invisible*
CARLA NEGGERS	*La dernière preuve*
BRENDA NOVAK	*L'étrangleur de Sandpoint*
BRENDA NOVAK	*Noir secret*

.../...

DANS LA MÊME COLLECTION
Par ordre alphabétique d'auteur

MEG O'BRIEN	*Le piège*
MEG O'BRIEN	*En lettres de sang*
MEG O'BRIEN	*Pluie de sang*
MEG O'BRIEN	*La déchirure*
MEG O'BRIEN	*Spirale meurtrière*
SHIRLEY PALMER	*Zone d'ombre*
SHIRLEY PALMER	*Le bûcher des innocents*
EMILIE RICHARDS	*Le refuge irlandais*
EMILIE RICHARDS	*Mémoires de Louisiane*
EMILIE RICHARDS	*Le testament des Gerritsen*
EMILIE RICHARDS	*L'héritage des Robeson*
EMILIE RICHARDS	*L'écho de la rivière*
EMILIE RICHARDS	*Promesse d'Irlande*
EMILIE RICHARDS	*Du côté de Georgetown*
NORA ROBERTS	*Possession*
NORA ROBERTS	*Le cercle brisé*
NORA ROBERTS	*Et vos péchés seront pardonnés*
NORA ROBERTS	*Tabous*
NORA ROBERTS	*Coupable innocence*
NORA ROBERTS	*Maléfice*
NORA ROBERTS	*Enquêtes à Denver*
NORA ROBERTS	*Crimes à Denver*
NORA ROBERTS	*L'ultime refuge*
NORA ROBERTS	*Une femme dans la tourmente*
FRANCIS ROE	*L'engrenage*
FRANCIS ROE	*Soins intensifs*
KAREN ROSE	*Le lys rouge*
M. J. ROSE	*Rédemption*
M. J. ROSE	*Le cercle écarlate*
M. J. ROSE	*La cinquième victime*
JOANN ROSS	*La femme de l'ombre*
SHARON SALA	*Sang de glace*
SHARON SALA	*Le soupir des roses*
SHARON SALA	*Meurtre en eaux troubles*
SHARON SALA	*L'œil du témoin*
SHARON SALA	*Expiation*
MAGGIE SHAYNE	*Noir paradis*
MAGGIE SHAYNE	*Un parfait coupable*
TAYLOR SMITH	*Le carnet noir*
TAYLOR SMITH	*La mémoire assassinée*
TAYLOR SMITH	*Morts en série*

.../...

DANS LA MÊME COLLECTION
Par ordre alphabétique d'auteur

ERICA SPINDLER	*Rapt*
ERICA SPINDLER	*Black Rose*
ERICA SPINDLER	*Le venin*
ERICA SPINDLER	*La griffe du mal*
ERICA SPINDLER	*Trahison*
ERICA SPINDLER	*Cauchemar*
ERICA SPINDLER	*Pulsion meurtrière*
ERICA SPINDLER	*Le silence du mal*
ERICA SPINDLER	*Jeux macabres*
ERICA SPINDLER	*Le tueur d'anges*
ERICA SPINDLER	*Collection macabre*
AMANDA STEVENS	*N'oublie pas que je t'attends*
AMANDA STEVENS	*La poupée brisée*
TARA TAYLOR QUINN	*Enlèvement*
ELISE TITLE	*Obsession*
CHARLOTTE VALE ALLEN	*L'enfance volée*
LAURA VAN WORMER	*La proie du tueur*
KAREN YOUNG	*Passé meurtrier*

6 TITRES À PARAÎTRE EN JANVIER 2009

MIRA

Composé et édité par les
éditions Harlequin
Achevé d'imprimer en octobre 2008

par

LIBERDÚPLEX

Dépôt légal : novembre 2008
N° d'éditeur : 13907

Imprimé en Espagne